Wenn wir aufhören zu träumen, verwandeln wir uns in Schatten

Die Autorin

1979 geboren und aufgewachsen in der Brüder-Grimm-Stadt Hanau, war Helen B. Kraft schon von Kindesbeinen an von der Macht des Wortes fasziniert. Bereits in frühen Jahren begann sie, eigene Geschichten und Figuren zu entwickeln, bis sie im Laufe der Zeit im Genre der romantischen Fantasy ein Zuhause fand. Unterstützt durch ihren Mann, der ihr immer den Rücken freihält, lebt Helen noch immer in Hanau, wo sie stets auf der Suche nach neuen Ideen ist. Ihr Debüt feierte die Autorin 2012 mit ihrem Roman HÖLLENJOB FÜR EINEN DÄMON, erschienen beim Machandel Verlag Haselünne.

Weitere Titel der Autorin:

Victorian Secrets – Verbotene Sünden
Victorian Secrets – Verbotene Träume

Helen B. Kraft

VICTORIAN SECRETS

Verbotenes Vertrauen

Steampunk Romance

ROMANCE EDITION

VERBOTENES VERTRAUEN

HELEN B. KRAFT

1. Auflage

Deutsche Erstveröffentlichung

8712 Niklasdorf, Austria

Covergestaltung: © jdesign.at
Titelabbildung: © Nejron Photo
Printed in Germany

ISBN-Taschenbuch: 978-3-902972-71-2
ISBN-EPUB: 978-3-902972-81-1

www.romance-edition.com

1. Kapitel

24. Dezember 1889

Das Gebäude des *Scotland Visional Yard*, kurz SVY, einer Unterabteilung des Scotland Yard lag in der Nähe von vielbefahrenen Gleisen, damit die umliegenden Bewohner das stetige Stampfen und Röhren der Maschinen nicht hörte, die sich darin befanden.

Für viele mochte der Altbau mit der schnörkellosen Fassade, den sichtbaren Backsteinen und den nur rudimentär vorhandenen Giebeln kaum einer Beachtung wert sein, für Rosie Loyde dagegen bedeutete es Heimat. Hier lebte sie schon seit über einem Jahrzehnt, und obwohl die Holzvertäfelungen knackten, die Flure gespenstisch hallten und die Mitarbeiter, die täglich ein- und ausgingen mitunter ruppig sein konnten, fühlte sich Rosie wohl.

Sie hatte ihr eigenes Reich, wenngleich sie vor Kurzem mehr oder weniger daraus vertrieben worden war und eine Wohnung außerhalb bezogen hatte. Die Gründe dafür waren vielschichtig und einer einzelnen Person die Schuld daran zu geben, kam für Rosie nicht in Frage, zumal sie ihren Teil dazu beigetragen hatte, dem Ruf des SVY zu schaden.

Sie lief durch die leeren Flure, die sonst von Agenten bevölkert wurden, zu der kleinen Küche, um sich einen Tee aufzusetzen. Innerhalb des Gebäudes verzichtete sie auf Schuhe, genoss das Gefühl der kühlen Fliesen unter ihren bloßen Füßen. Obwohl es draußen vermutlich schneite, war es im SVY-Hauptquartier immer angenehm warm. Die Gerätschaften im Keller und der Traumextraktor in diesem Stock sorgten für gleichbleibende Temperaturen, weswegen sich Rosie keinerlei Sorgen um eine Erkältung machte.

Mit einem Summen auf den Lippen betrat sie die Küche, holte eine Tasse, das kleine Sieb und die Dose mit der duftenden Teemischung aus dem Schrank, ehe sie einen Kessel mit Wasser auf den kleinen Ofen stellte. Geschickt maß sie die benötigte Menge ab, gab sie in das Sieb, das sie vorsichtig auf die Tasse setzte. Wer sie so sah, würde nicht annehmen, dass sie von Geburt an blind war, denn sie bewegte sich so selbstsicher wie eine Sehende – zumindest hatte Emma St.Claire ihr dies immer wieder versichert.

Während sie darauf wartete, dass das Wasser kochte, sann Rosie über die Geschehnisse der letzten Wochen nach. Alles schien im Wandel zu sein. Emma hatte als Traumgängerin die Träume von Sir Ian Connery überwacht, sich in den Lord verliebt und nach einigen schrecklichen Missverständnissen, zu denen Rosie aktiv beigetragen hatte, das SVY verlassen, um ihren Geliebten zu heiraten. Seitdem hatte Rosie ihre Freundin nur einmal kurz getroffen. Dazu kam, dass auch Tom Doyle, Leiter des SVY seit einigen Tagen nicht mehr hier gewesen war. Nachdem er über einen Hinweis auf die *Hand der Nacht*, einen Dieb, der Londons Adelshäuser in Angst versetzte, gestolpert war, fehlte von ihm jede Spur.

Rosie machte sich dennoch keine Sorgen um ihn. Wenn jemand es schaffte, aus schwierigen Situationen herauszukommen, dann Tom. Der Mann war auf der Straße aufgewachsen und kannte jeden schmutzigen Trick. Rosie musste es wissen, sie kannte schließlich seine Träume. Als eine der wenigen im SVY kannte sie die Träume *aller* Traumgänger, denn ohne Rosie konnten die Behörden Verbrechen unter Umständen nicht nachweisen, die durch die Traumgänger extrahiert wurden.

Das Pfeifen des Kessels riss Rosie aus ihren Grübeleien. Tom war sicher nichts zugestoßen.

Sie goss das kochende Wasser durch das Sieb, wartete einige Minuten, dann legte sie es auf einen dafür bereitstehenden Teller. Einmal am Tag kam eine Putzfrau und räumte hier auf. An den Festtagen vielleicht nicht unbedingt, aber ein oder zwei Tage machte ein wenig Unordnung nichts aus.

Den Tee in einer Hand lief Rosie zurück zum Extraktorraum. Das gleichmäßige Brummen der Maschine sowie das Poltern und Zischen, das hin und wieder aus dem Keller kam, gehörten zu ihrem Leben dazu wie das Atmen. Ihr Vater hatte den Extraktor gebaut, um Rosie einen Weg zur Außenwelt zu verschaffen. Dennoch hatte sie es nie als Last empfunden, hierzubleiben. Deshalb fühlte sie sich im Hauptquartier am wohlsten. Ihre Wohnung war zweckmäßig eingerichtet, aber viel zu leise. Die Hauswirtschafterin sah nach dem Rechten, schien aber stets zu glauben, Rosie sei ein Pflegefall, der rund um die Uhr bewacht werden müsse, was ihr gehörig an den Nerven zerrte. Schon deshalb zog sie die idyllische Einsamkeit eines leeren SVY-Gebäudes der vermeintlichen Gemütlichkeit ihres Heimes vor.

Wie von selbst fanden Rosies Füße den Weg zu der kleinen Treppe, die hinauf zu dem Einlass des Extraktors führte. Obwohl die Stufen aus geriffeltem Metall bestanden, störte sie sich nicht daran, sie unter den bloßen Füßen zu spüren. Im Gegenteil, es war sogar fast angenehm. Rosie wollte gerade die Erste davon erklimmen, als sie Geräusche hörte.

Sie legte den Kopf schräg und lauschte. Keines davon gehörte hierher. Es klang fast so, als ...

Vermutung wurde zur Gewissheit, als Rosie Stimmen vernahm.

»Sie muss hier sein. In ihrer Wohnung war sie nicht.«

»Liebling, hast du darüber nachgedacht, dass sie vielleicht einfach allein sein möchte?« Ein leicht spöttischer Tonfall färbte den dunklen Klang dieser Stimme, die Rosie nur aus einem Traum kannte.

Sie überlegte, was sie tun sollte. Sich verstecken oder sich über den unerwarteten Besuch freuen? Nach den Dingen, die sie Emma beinah angetan hatte, wollte sich Freude nicht so recht einstellen. Andererseits war ihre Freundin nicht unbedingt nachtragend.

Die Geräusche kamen näher. Emma und ihr Ehemann kamen den Flur in Rosies Richtung entlang. Sich jetzt zu verstecken, brachte ohnehin nichts mehr. Der Extraktorraum bot nur einen Ausgang auf den Flur, den die beiden entlangkamen, und in der Maschine selbst wäre Rosie leicht aufzufinden.

Ergeben hockte sie sich auf die oberste Stufe und wartete, bis das Schaben der Tür die Ankunft ihrer Gäste ankündigte. Die Teetasse stellte sie neben sich.

Da Rosie kein Licht benötigte, rechnete sie damit, dass die beiden sich erschraken, wenn sie Rosie im Dunkeln entdeckten.

Wie aufs Stichwort vernahm sie das charakteristische Zischen der Zündeinheit, als die Gaslampen entflammten.

»Oh«, rief die Frau erschrocken, als sie Rosie entdeckte, die langsam aufstand.

»Guten Abend, Emma.« Sie wandte den Kopf leicht nach links und nickte knapp. »Sir.«

»Du hast mich erschreckt, Rosie! Warum hockst du hier im Dunkeln?«

Eine überflüssige Frage, die sie ignorierte. »Sollte ich nicht lieber fragen, weswegen Ihr hier herumschleicht, Lady St.Claire-Connery?«

Emma schnalzte mit der Zunge. »Lass das! Du weißt am besten, dass ich keine Lady bin. Wir sind Freunde! Außerdem ist es unhöflich, eine Frage mit einer Gegenfrage zu beantworten.«

Lord Connery machte ein Geräusch, das verdächtig nach einem Glucksen klang, und Rosie erinnerte sich, einen solchen Kommentar schon einmal gehört zu haben – in einem von Emmas Träumen. Der

Lord hatte dabei keine unwesentliche Rolle gespielt.

»Verzeihung«, sagte sie ruhig und wartete ab. Es musste schließlich einen Grund geben, warum sich die beiden zu so später Stunde hier aufhielten. Rosie hatte zwar die Glockenschläge nicht gezählt, aber die schiere Anzahl hatte ihr gezeigt, dass es inzwischen fast Mitternacht sein musste.

»Vergiss es, es tut auch nichts zur Sache. Wir wollen dich einladen, die Festtage mit uns zu verbringen. Es ist hier so einsam und du bist meine Freundin. Es würde uns freuen, wenn du unserer kleinen Familie Gesellschaft leistest!«

Familie. Das Wort hatte etwas Seltsames an sich. Rosie kannte Emmas Vergangenheit, wusste von den unausgesprochenen, furchtbaren Dingen, die ihr Vater getan hatte – und doch war die frischgebackene Lady frohen Herzens eine Ehe mit dem Lord eingegangen. Rosie freute sich zwar mit der einzigen Frau, die sie je als Freundin bezeichnet hatte, aber sie teilte nicht deren Ansichten. Ihre eigenen Erfahrungen mit dem Thema waren nämlich auch nicht besonders erfreulich.

»Das ist furchtbar lieb, aber ich wäre dennoch gern allein.«

Emma schien etwas sagen zu wollen, denn Rosie hörte, wie sie Luft holte, aber Ian kam ihr zuvor.

»Wenn Sie meinetwegen ablehnen, Miss Loyde, möchte ich Sie wissen lassen, dass ich keinerlei Groll gegen Sie hege. Das, was Sie taten, geschah nur aus Zuneigung zu Emma. Ich verstehe Ihr Verhalten und trage Ihnen nichts nach.« Er klang ruhig, als habe er lange darüber nachgedacht, wie er dies sagen sollte.

Wie vermutlich die meisten Blinden konnte Rosie Lügen ziemlich leicht erkennen. Gewöhnliche Menschen nahmen es wahrscheinlich kaum wahr, aber bei einem Lügner veränderte sich die Atmung, die Stimme zitterte mitunter und selbst geübte Betrüger verrieten sich durch nervöse Reaktionen. Rosie erkannte nichts davon an Ian.

Daher lächelte sie sanft. »Ich danke Ihnen, es bedeutet mir viel, das zu wissen. Ich wollte Ihnen nicht schaden, Lord Connery.«

»Ich weiß. Und bitte, nennen Sie mich Ian.«

»Er mag seinen Titel nicht besonders«, warf Emma mit einem Grinsen in der Stimme ein, was ganz und gar nicht ihrer Stellung entsprach.

»Einverstanden. Dann Ian. Ich danke für die Einladung, aber ich muss ablehnen.«

»Aber Rosie ...«, versuchte Emma es erneut, und Rosie konnte sich lebhaft vorstellen, wie sie das Gesicht verzog.

»Ich bitte dich, meine Entscheidung zu akzeptieren, Emma. Ich mag Weihnachten nicht besonders. Versteh das bitte. Ich wäre keine gute Gesellschaft.« Sie würde den beiden nicht sagen, dass Weihnachten für sie mit Verlust und Trauer verbunden war, und sie es deshalb vorzog, sich zu verkriechen. Sie wollte ihnen nicht das Fest verderben.

»Gibt es nichts, was wir tun können, um dich zu überzeugen? Gar nichts?«

Rosie schüttelte den Kopf. Ihre Freundin klang den Tränen nahe, doch in diesem Punkt ließ sie nicht mit sich streiten. Vor fünfzehn Jahren, am Weihnachtstag, war ihre Mutter an Tuberkulose gestorben und vor fünf Jahren, nachdem er den Traumextraktor fertiggestellt hatte, war ihr Vater verschwunden. Nein, die Festtage waren für Rosie wahrlich kein Grund zum Feiern.

»Dräng sie nicht, Liebes.«

»Aber sie ist doch hier ganz allein, Ian!«

Rosie seufzte. Hin und wieder geschah es, dass sich Anwesende vergaßen und dachten, sie sei taub und nicht blind. »Emma, ich mag Sie, wirklich, aber auch meine Geduld kennt Grenzen«, sagte sie daher schärfer als beabsichtigt. Sie wollte keinen der beiden vor den Kopf stoßen, deshalb bemühte sie sich, gemäßigter zu reagieren. »Es ist Ihr erstes gemeinsames Weihnachtsfest. Genießen Sie es einfach.«

Vielleicht mochte Emma noch etwas ergänzen, aber sie tat es nicht. Mit einem Seufzen umarmte sie Rosie, die davon ein wenig überrascht wurde. Um Emma herum streckte sie die Hand aus, sodass Ian sie fassen und schütteln konnte.

»Es war mir eine Freude, Sie endlich persönlich kennenzulernen, Rosie. Vielleicht erweisen Sie uns die Ehre eines späteren Besuchs?« Er klang so charmant, dass sie ungern von vornherein nein sagte. Diesem Mann schlug vermutlich niemand leicht etwas ab, insbesondere jetzt nicht mehr, seit er den Titel des Lordkanzlers trug.

»Es wäre mir eine Ehre, Ian.«

Emma löste sich von Rosie, die sich im nächsten Moment auf die Wange geküsst fühlte. Dem leichten Kratzen nach zu urteilen, kam diese Zuneigungsbekundung von Ian.

Emma lachte leise. »Frohe Weihnachten, Rosie.«

»Frohe Weihnachten, Emma. Ian.«

Verwirrt und kopfschüttelnd lauschte Rosie, wie sich die beiden entfernten. Der Lord entsprach in keinster Weise ihrer Vorstellung eines Gentlemans. Nicht, dass er unhöflich war, sein Verhalten mochte nicht den gängigen Konventionen entsprechen, aber damit passte er zu Emma. Es war einfach ein Gefühl, das Rosie sagte, dass es den Mann nicht sonderlich kümmerte, was andere über ihn dachten. Damit schaffte er es, sich einen kleinen Platz in Rosies Herzen zu sichern. Genauso einen Mann brauchte Emma, um zu lernen, die Vergangenheit ruhen zu lassen.

Langsam drehte sie sich um. Der Tee fiel ihr wieder ein, also bückte sie sich nach der Tasse, deren Inhalt kalt geworden war. Da Rosie keinerlei Lust verspürte, sich erneut in die Küche zu begeben, stellte sie die Tasse auf die nächstbeste flache Ablage und stieg endlich zu ihrer Kabine hinauf.

Beim Eintreten in den Extraktor fühlte sie die vertraute Enge des kleinen Raumes. Mehr als einen bequemen Stuhl gab es darin nicht. Im Laufe der Zeit hatte Rosie Polster anbringen lassen, die inzwischen bequemen Kissen gewichen waren. Mit einem Seufzer der Erleichterung ließ sie sich hineinfallen.

Gesellschaft ist etwas Feines, wenn sie weiß, wann sie wieder zu verschwinden hat, pflegte ihr Vater in manchen Momenten zu sagen. Rosie wusste, was er damit gemeint hatte.

Sie vermisste ihre Eltern. Das Lachen ihrer Mutter, wenn sie mit Rosie spielte, ihr vorsang oder das Haar bürstete, die dunkle Stimme ihres Vaters, wenn er sie anleitete, sich nicht in ihr Schicksal zu ergeben, sondern immer weiterzumachen.

»Du bist eine starke Frau«, hatte er ihr zu ihrem achtzehnten Geburtstag gesagt und es genauso gemeint. Obwohl sie beide wussten, dass er ihre besondere Gabe nicht mochte. Joseph Loyde hasste es, wie die Battersea-Katastrophe die Ungeborenen verändert hatte. Trotzdem war er immer stolz auf Rosie gewesen und hatte es bei jeder sich bietenden Gelegenheit gezeigt.

Bis auf einen Tag im Jahr, wenn er sich in sein Arbeitszimmer einschloss, niemanden hören oder sehen wollte und böse wurde, wenn man ihn dennoch störte. Erst kurz vor seinem Verschwinden hatte Rosie herausgefunden, dass ihr Vater an diesem Tag etwas getan hatte, was er bis zum Ende seines Lebens bereuen würde: Er hatte ihren fünf Jahre älteren Bruder in London ausgesetzt.

Trotz dieses Wissens hatte Rosie ihren Vater nie dafür verachtet. Es waren harte Zeiten gewesen für eine junge Familie, deren Erstgeborener Anzeichen für eine Andersartigkeit zeigte. Obwohl Rosie nie erfahren hatte, über welche Fähigkeiten ihr Bruder verfügte, wusste sie, dass die Battersea-Katastrophe für ihre gesamte Familie furchtbare Auswirkungen gehabt hatte. Wäre die Fabrik im Jahr 1857 niemals explodiert und die giftigen Chemikalien entwichen, wären die damals Ungeborenen ohne die Fähigkeiten, Träume zu betreten, auf die Welt gekommen. Es gäbe keine Phantome und andere Veränderungen. London würde nicht unter einem grünen Wetterleuchten leben, von dem man Rosie erzählt und das sie nur durch Traumgänge gesehen hatte. Sie würde als arme Blinde vielleicht in einem Heim dahinvegetieren und besäße nicht ihre Gabe, Träume zu extrahieren.

Alles wäre anders gekommen.

Rosie lebte nicht gern in der Vergangenheit. Es machte sie traurig, an die verpassten Gelegenheiten zu denken. Trotzdem hätte sie gern ihren Bruder kennengelernt.

Aber jammern half eben nicht. Das Leben ging seinen Gang, auch wenn diese Redewendung nur dazu diente, sich besser zu fühlen.

Nachdem Rosie eine bequeme Position gefunden hatte, schloss sie die Augen. Gleich würde sie an jenen Ort gelangen, den niemand außer ihr kannte. Über die Jahre hinweg, die sie bereits als Medium im Extraktor hauste, hatte sie aus allen Träumen jene Bilder in ihrem Gedächtnis gespeichert, die ihr am besten gefielen. Daraus schuf sie sich eigene Träume. Und einen Gefährten, der sie nahm, wie sie war, ohne Ansprüche zu stellen, und der sie nicht wie ein rohes Ei behandelte.

Als sie in ihre Traumwelt glitt, seufzte sie wohlig. Hier konnte sie sich endlich entspannen und die Geister der Vergangenheit hinter sich lassen.

Und *er* wartete bereits.

Rosie nahm sich die Zeit, ihn zu bewundern. Obwohl sie ihn selbst erschaffen hatte, genoss sie seinen Anblick jedes Mal aufs Neue. Er hatte breite Schultern und schmale Hüften. Er überragte Rosie um einiges. Wenn sie sich an ihn schmiegte, umfing seine Wärme sie und spendete ihr Geborgenheit. Durch die Traumgänge bei anderen hatte Rosie erfahren, dass viele Frauen Männer mit gewaltigen Muskelbergen bevorzugten, sie jedoch mochte zwar die Stärke eines Mannes, doch sehen wollte sie sie nicht.

Ihr Traumgefährte wandte sich in diesem Moment zu ihr um, als könne er es nicht erwarten, sie endlich zu begrüßen. Seine geschmeidigen Bewegungen wirkten wie fließend, als er langsam auf sie zukam. Auf seinem kantigen Gesicht umspielte ein sanftes Lächeln seinen ansonsten scharf geschnittenen Mund. In den graublauen Augen lag ein Funkeln, das allein Rosie galt. Sie liebte es. Ebenso wie das kurze rote Haar und den etwas helleren Bart, der sich sauber gestutzt über die Wangen und den Mundbereich sowie das Kinn zog. Rosie hatte großen Wert darauf gelegt, dass seine Züge Lebenserfahrung aufwiesen. Feine Fältchen gruben sich in seine Augenwinkel. Tiefere bildeten Grübchen auf seinen Wangen, wobei sie auf der rechten Seite stärker ausgeprägt waren, weil er meist nur einen Mundwinkel hob, sobald er lächelte. Wenn er über etwas nachdachte, wurde eine tiefe Falte zwischen seinen Brauen sichtbar. Die Kombination all dessen machte ihn für Rosie zum attraktivsten Mann, den sie bislang kennengelernt hatte.

Jetzt breitete er die Arme aus und sie flog ihm förmlich entgegen. Die Wärme seiner Hände, als er über ihre Wangen streichelte, ließ Rosie aufseufzen. So musste sich nach Hause kommen anfühlen.

»Da bist du ja endlich«, begrüßte er sie wie jedes Mal. Seine Stimme dunkel vor Sehnsucht.

Anders als sonst wollte sich heute allerdings nicht die Zufriedenheit einstellen, die Rosie sonst dabei empfand. Emmas und Ians Besuch hatten sie aus der Bahn geworfen.

»Scht, halt mich einfach nur«, murmelte sie daher und rieb ihre Nase an seiner breiten Brust.

Er legte sein Kinn auf ihren Scheitel und tat, worum sie ihn gebeten hatte. Widerworte kannte er nicht. Er war ihr Geschöpf, dessen Entstehung Rosie nicht einmal erklären könnte, wenn man sie danach fragte. Sie war keine Traumgängerin, keine Empathin oder Phantomin, wie sie nach Battersea zuhauf aufgetaucht waren. Ihre einzige Fähigkeit bestand darin, Träume mithilfe der Maschine sichtbar zu machen. Trotzdem war dieser Ort, die Umarmung ihres Gefährten, ja sogar der Wind auf ihrer Haut real – mit dem einzigen Unterschied, dass Rosie hier zudem noch sehen konnte. Sie fühlte alles, schmeckte, roch, obwohl es einzig ihrer Fantasie entsprang.

Wie von selbst schlüpften ihre Finger unter sein Hemd. Sie streichelte über die warme Haut und genoss das Gefühl. Als sie den Kopf hob, um ihm ihre Lippen zum Kuss darzubieten, kam er der stummen Aufforderung mit seinem typisch schiefen Lächeln nach.

Sein fester Mund streifte Rosies Lippen, die sie nur zu willig teilte. Als seine Zunge darüber strich und seine Hände auf Wanderschaft gingen, schob Rosie jegliche Bedenken beiseite. Sie war hier, um zu entspannen. Wenn sie wieder klar denken konnte, würde sie sich mit dem, was sie bedrückte, auseinandersetzen. Nicht jetzt.

»Du bist so wunderschön«, murmelte er und neigte den Kopf, um knabbernd dem Grad ihres Kiefers zu folgen. Als er ihre Beuge erreichte und über die empfindsame Stelle an ihrem Hals leckte, ging ihr Atem schneller.

Sie zog die Hände unter dem Hemd hervor und begann an den Knöpfen zu nesteln. Zwar hätte sie ihn mittels Gedankenkraft ausziehen können, aber sie genoss es zu sehr, ihn Stück für Stück freizulegen, wie ein Geschenk, das sie auspackte. Es war schließlich Weihnachten.

Jeder Zentimeter Haut, der sichtbar wurde, empfing einen Kuss, der ihren Gefährten wohlig erschauern ließ, während er selbst seine Liebkosungen fortsetzte.

»Mein Lieber ...«, murmelte Rosie zwischen zwei Küssen und schob ihm das Hemd von den Schultern. Leicht gebräunte Haut, feine, fast nicht wahrnehmbare Härchen sprossen auf seiner Brust, liefen hinunter zum Bauch, wo sie sich zu einer dünnen Linie verdichteten.

Rosie lächelte, als sie durch seine Hose hindurch über die Wölbung strich, die sich ihr entgegenreckte.

Als sie ihre Hand in den Bund stecken wollte, hörte sie ein Geräusch, das nicht hierher passte. Sie hob den Kopf, sah ihren Gefährten an, der nichts bemerkt zu haben schien. Trotzdem zog sie sich zurück. Er hinderte sie nicht. Wie auch? Er besaß schließlich keinen eigenen Willen.

Sie verließ ihr Traumreich und verharrte bewegungslos in ihrem Sessel. Mit schräggelegtem Kopf lauschte sie, doch alles blieb ruhig. Womöglich hatte sie sich getäuscht. Der Besuch von Ian und Emma hatte sie nervös gemacht, wenngleich dazu eigentlich kein Grund bestand.

Schon wollte sie sich wieder ihrem Traumgefährten zuwenden, als sie unsanft in die Realität zurückgerissen wurde. Rosie kannte jedes Geräusch, jedes Schnaufen, Stampfen und Zischen, das der Traumextraktor von sich gab. Sie wusste, wie es sich anhörte, wenn die Labortechniker die Mechanik bedienten oder die Agenten über die Flure liefen. Jede Diele, die knarren konnte, hatte ihren eigenen Ton, der Rosie so vertraut war, wie der eigene Atem. Veränderte sich etwas oder in Momenten der Stille ertönte ein Geräusch, das nicht da sein durfte, wurde sie hellhörig.

So wie jetzt.

Sie stemmte die Hände auf die Lehnen ihres Sessels, um aufzustehen, als sie die dumpfen Laute von Schritten wahrnahm, die die metallenen Stufen zum Extraktor heraufkamen.

Mit klopfendem Herzen wandte sie das Gesicht zum Eingang. Kein Techniker oder Agent würde sie um diese Zeit stören, ohne sich zu erkennen zu geben. Tom, der hin und wieder aufgetaucht war, um sich seine Traumerinnerungen von Royalyn anzusehen, war seit einiger Zeit verschwunden und ihn erkannte sie an seinen Schritten. Nein. Wer auch immer sich da anschlich, konnte nichts Gutes im Schilde führen.

»Wer ist da?« Ärgerlich runzelte Rosie die Stirn. Sie klang zu verängstigt.

Niemand antwortete, deshalb tastete sie nach ihrer Tasse. Wenn sie dem Eindringling die Flüssigkeit ins Gesicht kippte und ihm das Porzellan entgegenwarf, gewann sie vielleicht etwas Zeit. Zu spät fiel ihr ein, dass sie die Tasse draußen stehen gelassen hatte.

Es gab nichts im Bauch des Traumextraktors, mit dem sie sich hätte wehren können. Sie besaß keine Waffen und selbst wenn, hätte sie nicht gewusst, wie sie anzuwenden seien. Ihr Leben lang war sie behütet worden, was ihr jetzt zum Verhängnis werden könnte.

»Geben Sie sich zu erkennen!«, verlangte sie. Die Stimme diesmal fester, obwohl sich alles in ihr zusammenzog.

»Guten Abend, werte Rosie.« Knisternd wie gefaltetes Pergament antwortete William Gull.

Rosie erkannte ihn, denn er gehörte zu den wenigen Leuten außerhalb des SVY, die wussten, dass sie als Medium arbeitete.

»Doktor Gull?«

»Ja, ich bin es.«

Sie runzelte die Stirn. Wenn er sie nicht ebenfalls zu sich einladen wollte, um die Festtage mit ihm zu verbringen, hatte er hier um diese Zeit definitiv nichts verloren. »Es ist schon reichlich spät, Doktor. Was wollen Sie?«

Er antwortete nicht. Stattdessen hörte Rosie ein Zischen, das von keiner der hiesigen Maschinen stammte, gefolgt von einem Glucksen und dem Schlagen von Glas auf Glas.

Auch dieses Geräusch war ihr vertraut. Es kam zwar nicht oft vor, aber auch ihr wurde hin und wieder Medizin mittels einer Spritze verabreicht. Nur stand keine Untersuchung an, schon gar nicht zu so später Stunde.

»Ganz ruhig, meine Liebe. Es tut nur einen kleinen Moment weh.«

Er packte sie. Rosie schrie auf und wehrte sich. Der Griff des Arztes fühlte sich an wie ein Schraubstock, während er sich fest um ihr

Handgelenk schloss. Gull zog ihren Arm gerade und wollte die Spritze ansetzen. Instinktiv ließ Rosie ihren Kopf nach vorn schnellen.

Sie verfehlte den Mann. Ob er ausgewichen war oder so stand, dass sie ihn nicht traf, konnte sie nicht sagen. Nackte Panik ließ das Blut in ihren Adern schneller fließen. Sie holte tief Luft und zog erneut an ihrem Arm. Diesmal entkam sie dem Klammergriff und riss die Hand hoch.

»Beruhig dich, du Miststück!«, fluchte Gull und setzte noch liederlichere Wörter hinzu, als etwas Gläsernes auf dem Boden zerschellte.

Die Spritze, schoss es Rosie durch den Kopf und warf sich nach vorn. Mit ihrem geringen Gewicht würde sie Gull nicht verletzen können, aber womöglich brachte es ihn aus dem Gleichgewicht.

Der Schlag einer Faust traf sie so unvermittelt im Gesicht, dass sie nicht einmal aufschreien konnte. Sie hörte noch, wie der Arzt mit ehrlichem Bedauern in der Stimme sagte: »Das hätte nicht sein müssen. Ich wollte Ihnen nicht wehtun.«

Dann schlug er erneut zu.

2. Kapitel

1. Januar 1890

Rosie kämpfte gegen die Angst, als sie das Rascheln des Vorhangs hörte. Er kam zurück. Sofort begann ihr Herz, schneller zu schlagen. Es kam ihr vor, als hämmere es schon seit Tagen wie ein Trommler, der zu viel Absinth getrunken hatte. Wie lange würde sie das noch durchstehen, ehe sie vollends zusammenbrach? Wobei, das war es ja, was diese Männer von ihr wollten. Ihren Willen brechen. Sie gefügig machen. Mit allen ihnen zur Verfügung stehenden Mitteln.

Nun, fast allen. Noch hatte keiner gewagt, mehr zu tun, als sie anzubrüllen, zu schlagen und an gewissen Stellen zu berühren. Letzteres kam ausschließlich von Charming, der es sich nicht nehmen ließ, selbst über Rosies Schenkel zu streicheln, bis er fast ihre Scham erreichte; der an ihren Brüsten entlangstrich, sodass sie eine Gänsehaut bekam. Er ging nie weiter, aber es war dennoch widerlich.

Allein bei der Erinnerung daran schüttelte sich Rosie.

Tränen hatte sie längst keine mehr. Seit ihrer Entführung mochten Tage, Wochen oder gar Monate vergangen sein. Sie wusste es nicht. In ihrer kleinen Welt, die nur noch aus dem bestand, was man ihr gestattete oder antat, hatte sie jegliches Zeitgefühl verloren.

Niemand kam, um sie zu retten.

Nicht einmal Tom.

Dabei hatte sie ihn gespürt. Er war da gewesen! Nach ihrer Entführung. In einem Traum. Und er hatte sie gehört, da war sie sich ganz sicher. Weil seine Emotionen wie Wellen an einem Strand zu ihr zurückgespült worden waren. Angst, Verzweiflung und Hass – eine Kombination, die Rosie fast körperlich wehgetan hatte.

Trotzdem befand sie sich immer noch in der Gewalt des schlimmsten Luden der Stadt.

»Na, meine Schöne, hast du mich vermisst?« Die Stimme kam von dort, wo Rosie den Ausgang vermutete. Sehen konnte sie es ja nicht, was ihre Peiniger genau wussten. Sie spielten mit ihr, tauchten unvermittelt auf, sodass sie manchmal nicht mehr daran glaubte, ihren Sinnen trauen zu dürfen.

Ihr Mund wurde trocken, ihre Handflächen feucht. Alles in ihr sträubte sich dagegen, dass der Mann sie anfasste, doch wehren konnte sie sich nicht. Ihre hilflosen Versuche, ihn zu treten, kommentierte er nur mit einem Lachen. Er hatte auch nichts zu befürchten, da Rosie immer noch mit Armen und Beinen an die Bettpfosten gefesselt war. Dann fühlte sie seine Hand im Nacken. Das Glas, das ihre Lippen berührte.

»Trink, Schätzchen. Du weißt doch, dass du es brauchst.«

Sich zu weigern, brachte nichts. Er fand immer einen Weg, ihr das Zeug einzuflößen. Es schmeckte widerlich, dennoch schluckte Rosie, bis er das Glas fortzog. Er würde ihr noch ein paar Minuten Ruhe gönnen, ehe er mit den Schlägen begann oder ihr Spritzen verabreichte. So war es bisher immer gewesen.

»Bist ein braves Mädchen.«

Wenn er nur aufhören würde, so sanft zu sprechen. Als ob er Charming imitierte, was Schauder über Rosies Körper laufen ließ.

Ihre Glieder wurden schwer. Die Droge zeigte langsam Wirkung. Sie hatte ihren Peiniger und Charming darüber reden gehört, dass das Gift, das sie in ihre Venen drückten, mit nichts vergleichbar war, was die Menschen bislang kannten. Es wirkte anders als Opium, machte aber genauso abhängig.

Nur was genau mit *anders* gemeint war, wusste Rosie nicht zu sagen. Sie wollte hier weg. Jetzt. Sofort! Es musste doch einen Weg geben, diesem furchtbaren Ort zu entkommen. Rosie zermarterte sich das Gehirn. Ohne Ergebnis. Das Einzige, woran sie sich festhalten konnte, war ihr Hass. Um nicht den Verstand zu verlieren, klammerte sie sich an dieses Gefühl. Es brannte nicht heiß genug, um sie zu verbrennen, und es schaffte auch nicht, ihr dabei zu helfen, sich zu befreien. Aber es befeuerte ihre Standhaftigkeit.

Als raue Hände über ihre bloßen Arme hinauffuhren, zerstob dieser eherne Gedanke. Sie wimmerte leise und versuchte sich gegen das zu wappnen, was nun kommen würde. Doch als seine Hand ihre Wange traf und ihr Kopf zur Seite geschleudert wurde, konnte sie nur leise aufschreien.

Wieder zog der Mann sich zurück. Schürte ihre Erwartung weiterer Schläge. Die manchmal kamen, manchmal nicht. Er hatte ihr nie seinen Namen verraten. Wozu auch? Sie trug die meiste Zeit über einen Knebel, damit ihre Schreie nicht nach draußen drangen, obwohl Rosie bereits mehrere davon aus anderen Räumen vernommen hatte, seit sie hier war. Dennoch schien es in ihrem Fall wichtig zu sein.

Sie hatte viel mitbekommen, weil das Bett, auf dem sie misshandelt wurde, offenbar in Charmings Arbeitszimmer stand, damit er zusehen konnte, wie man sie schlug.

Dieser gottlose Sadist, der in den sieben Kreisen der Hölle schmoren sollte, genoss vermutlich jede Sekunde dieses Schauspiels.

Um sich abzulenken, sagte Rosie im Geist ihr Mantra auf: *Ich werde nicht zerbrechen.*

Das hatte sie sich schon am ersten Tag nach der Entführung geschworen. Doch seitdem war viel geschehen, dass sie hin und wieder an ihrem Durchhaltevermögen zweifelte. Ihr gesamter Körper spannte sich jedes Mal an, wenn jemand den Raum betrat und Angst flutete sämtliche ihrer Sinne.

Hieß das nicht, dass sie schon nah dran war, zu zerbrechen?

Inzwischen traute sie sich nicht einmal mehr, vor Erschöpfung einzuschlafen. Immer wieder wurde sie unsanft geweckt: mit Schlägen, mit kaltem Wasser, das man ihr ins Gesicht schüttete. Deshalb war der Schlaf zu einem Feind geworden.

Stattdessen lauschte sie in die Stille und betete, dass Charming zu viel zu tun hatte, um sich ihrer anzunehmen oder dass der andere einfach nicht kam. Ihre Hoffnungen erfüllten sich nie.

Sie verzog stumm die Lippen zu etwas, das man von außen vermutlich für ein Lächeln halten konnte. Für sie dagegen war es kaum mehr als eine Grimasse. Es kostete so unendlich viel Kraft. Wer hätte schon gedacht, dass das Medium Rosie, ein geschätztes Mitglied des *Scotland Visional Yard* einmal in den Fängen von brutalen Gangstern landen würde? Sie hatte ihren Traumextraktor fast nie verlassen, weil sie ohne die Maschine mehr als nur unter ihrer Blindheit litt.

Emma ... Auch sie kam nicht, um Rosie zu retten, wusste wahrscheinlich nicht einmal, dass sie entführt worden war.

Oh, Tom, warum kommst du nicht?

Der warme Atem ihres Peinigers traf unvermittelt ihre nackte Brust. Oh, nein, sie hatte sich zu sehr auf sich selbst konzentriert und nicht darauf gelauscht, wohin er gegangen war. Jetzt befand er sich in unmittelbarer Nähe. Wollte er ihr eine Spritze setzen? Mehr von den Drogen einflößen oder ...?

Seine Hand berührte sachte ihre Bauchdecke. Dort blieb sie liegen, bis Rosie das Gefühl hatte, die Stelle habe Feuer gefangen. Sie wünschte, sie mittels Gedankenkraft bewegen zu können. Es ging nicht. Also zog sie den Bauch ein. Hielt die Luft an. Alles, nur, damit der Mann sie losließ.

Er lachte. Es klang so eisig, so gemein, dass Rosie eine Gänsehaut bekam. Die Tränen, die sie für vergossen gehalten hatte, quollen von selbst unter ihren Lidern hervor. Es gab nichts, was sie dagegen tun konnte.

»Aber, aber, meine Schöne, wer wird denn weinen? Bin ich nicht lieb zu dir?«

Beim ersten Mal hatte sie den Fehler begangen, den Kopf zu schütteln. Er hatte sie hart dafür bestraft.

Die Ankunft einer weiteren Person enthob sie dieses Mal der Antwort.

»Machen wir Fortschritte?« Charmings Stimme erkannte Rosie inzwischen sehr genau.

Er machte sich nur selten die Mühe, leise zu sein. Rosie hatte ihn nur ein einziges Mal gesehen. In jenem Traum, in dem sie Tom um Hilfe gebeten hatte. Daher wusste sie, dass Charming schlank und hochgewachsen mit hellem Haar war, das er perfekt gekämmt trug. Er mochte edle Kleidung, was auch das Rascheln der Seidenanzüge und der Duft teuren Parfüms, bewiesen. Überhaupt hatte er an jenem Tag auf Rosie einen aalglatten Eindruck gemacht. Dabei war ihr dieser Begriff nur irgendwann einmal zugetragen und umständlich erklärt worden. Dennoch passte er zu Charming, dessen Verhalten nicht berechenbar schien. Immer, wenn Rosie zu wissen glaubte, wie er reagieren würde, tat er das genaue Gegenteil.

In seiner ganzen Art war er furchteinflößend, was nicht zuletzt daran lag, wie er jeden um sich herum behandelte. Als wären Menschen nichts weiter als eine Ware, die man zum Verkauf anbieten könne. Vermutlich dachte er auch genau das.

»Langsam. Ja. Sie hat einen starken Willen.«

Charming schnalzte mit der Zunge. »Das geht viel zu langsam, das Mittel sollte längst wirken. Ich brauche sie gefügig und das bald. Gull, dieser arrogante Narr von einem Hofarzt hat sein Ziel nicht erreicht. Wenn ich meine Pläne noch umsetzen will, muss das bald geschehen. Rosies Verschwinden wurde inzwischen längst bemerkt!«

Durch mehrere solcher Gespräche wusste Rosie, dass William Gull einen Anschlag auf die Königin verübt hatte, den Tom und dessen Freundin gerade so verhindert hatten.

Anfangs hatte Rosie angenommen, dass eine Verhaftung der Grund dafür war, weshalb Tom sie nicht rettete, doch nachdem sie erfahren hatte, dass er sich auf freiem Fuß befand, war diese Hoffnung wie eine Seifenblase zerplatzt.

»Ich weiß, Sir, aber das Mädchen ist nicht wie die anderen. Sie ...«

»... ist gefesselt und blind. Was willst du noch? Oder muss ich diese

Arbeit selbst übernehmen?«

Rosie blendete das Gespräch aus. Die beiden führten es inzwischen so oft, dass sie dessen Ausgang bereits kannte.

Die Vorstellung von weiteren Demütigungen, Nebeln, die den Verstand umwölkten, und Schmerzen raubten Rosie kurz den Atem.

Ruhig bleiben. Du weißt, dass du das überstehen kannst. Bleib stark Rosie. Irgendwann ist es vorbei.

Irgendwann würden ihre Qualen ein Ende nehmen. Entweder, weil sie starb oder Charming bekommen hatte, was er wollte.

»Erhöhe die Dosis.«

»Das könnte sie umbringen, Sir! Ich verabreiche ihr jetzt schon sehr viel.«

»Dann tu etwas, dass es schneller geht!«, knurrte Charming ungeduldig. Seine sonst seidige Stimme klang nun wie das Kläffen eines Hundes.

»Es gibt andere Wege, mein Lieber.«

Stoff raschelte. Vermutlich, weil sich die Männer zu einer weiteren Person umdrehten.

»Was meinst du, Victor?«

»Ich habe da etwas aus Indien mitgebracht. Aber es birgt ein Risiko.«

Charming lachte auf. »Das Ganze hier ist ein Risiko! Versuchen wir es. Hilf Lester dabei, zu tun, was nötig ist. Ich will Ergebnisse sehen!«

Er verdiente den Tod. Doch das Leben klammerte sich fest und wollte einfach nicht schwinden. Noch nicht einmal die Verletzungen, die ihm durch die Schüsse von Doktor William Gull zugefügt worden waren, brachten ihn um. Sie schmerzten nur, als ob jemand ein glühendes Eisen hineingerammt hätte.

Während Guinn auf dem Grund der Themse lag und das eisige Wasser seine Muskeln auskühlte, gingen ihm alle möglichen und unmöglichen Gedanken durch den Kopf.

Nachdem er versucht hatte, die Königin zu stürzen und ausgerechnet seine beste Freundin Royalyn verraten hatte, um seine Rache zu bekommen, sollte er die Augen schließen und einfach aufgeben. Aber sein verfluchtes mechanisches Herz tickte einfach weiter. Und die Ballons, die wie Blasebälge funktionierten und ihm als Lungen dienten, schafften es auch ohne Sauerstoff, ihn am Leben zu halten.

Nein, Seamus »Guinn« McGuinney würde nicht so einfach abtreten, wie er es sich vorgestellt hatte. Als Held, der die Frau, die er liebte, einem anderen überließ und sich opferte, um ihr und ihm die Flucht zu ermöglichen. Es gab keinen anderen Grund, weswegen ein Mann wie er sich für andere anschießen ließ.

Gerade, als er sich mit weiteren Selbstzweifeln geißeln wollte, tauchte das verweinte Gesicht einer jungen Frau vor ihm auf: langes, weißblondes Haar und milchige, blaue Augen.

Guinn blinzelte, versuchte das Bild zu vertreiben. Er erinnerte sich an die Frau, war ihr vor einigen Tagen in einem Bordell begegnet, wo sie hilflos und gefesselt auf einem Bett gelegen hatte. Schon damals war ihm der flehende Blick durch und durch gegangen. Als ob es ihr tatsächlich möglich wäre, ihn zu *sehen*. Er hatte versucht, sie zu ignorieren, trotzdem verfolgte ihn dieser Augenausdruck seitdem.

Normalerweise half es, wenn sich Guinn auf etwas anderes konzentrierte, aber am Grund des Flusses gab es nichts, womit er sich ablenken konnte. Nur das stetige Ticken seines Herzens, das leichte Rauschen des Wassers in seinen Ohren, das ihn fast in einen tranceähnlichen Zustand versetzte.

»Hilf mir!«

Fast war ihm, als könne er eine seidig-weiche Stimme hören, die nach ihm rief. Seine Sinne mussten verrücktspielen. Immerhin lag er schon einige Zeit im kalten Wasser. Vielleicht versagte die Technik in seinem Leib doch noch. Womöglich flackerte die Kohle in seiner Brust als letztes Aufbäumen, bevor sie erlosch und in Wahrheit hörte er einen Engel locken. Wobei, in seinem Fall würde wohl eher eine Teufelsbuhle nach ihm schreien.

»Geh weg, lass mich in Ruhe!«, er konnte diese Worte nur denken, ohne das verschmutzte Flusswasser in den Mund zu bekommen.

»Schick mich nicht fort, bitte. Komm und rette mich!«

Immer noch diese Stimme, tränenschwanger diesmal und fast schon resigniert. Das konnte er sich nicht einbilden. Oder doch? Fast fühlte es sich an, als führe er mit dieser Traumgestalt ein Gespräch.

War das überhaupt möglich? Er wusste, dass sie zum *Scotland Visional Yard* gehörte, das Traumgänger beschäftigte. Charming hatte sie das *Herz der Maschine* genannt, womöglich besaß sie besondere Fähigkeiten, von denen Guinn nichts ahnte.

Er schüttelte sich. Was kümmerte ihn das Schicksal einer Fremden? Nein, nein, nein. Sie war nicht sein Problem. Sie war ...

Hilflos.

Allein in den Fängen eines Mannes wie Charles Tenderly, den alle wegen seiner aalglatten Art nur Charming nannten, würde die Frau zerbrechen, wenn niemand sie befreite.

Das wusste Guinn, ebenso wie ihm klar war, dass niemand außer ihm ihren Aufenthaltsort kannte.

Wie um seine Gedanken zu bestätigen, fühlte er Finger, die sich um sein Gesicht legten, eine Stirn, die seine berührte.

»Ich brauche dich!«

Alles in Guinn schrie auf, dass das nicht wahr sein konnte. Sie konnte nicht hier sein, bei ihm unter der Wasseroberfläche!

»Guinn!« Sein Name als verzweifelter Schrei, der den kümmerlichen Rest dessen, was an ihm menschlich war, mit neuem Leben füllte. »Gib mich nicht auf! Bitte!«

Doch das Bild der Frau wollte einfach nicht weichen.

Mit einem stummen Fluch zu einem Gott, an den er nicht glaubte, drehte sich Guinn auf den Bauch. Dann stemmte er sich mit dem mechanisch veränderten rechten Bein und dem ebenfalls modifizierten linken Arm in eine aufrechte Position. Er ließ sich von der Strömung ein Stück treiben, bis er festen Stand fand. Sein mit Metall gefüllter Körper besaß nicht genug Auftrieb, weswegen er mühsam auf den dunklen Schatten zu stapfte, der das Ufer markierte.

Bei jedem seiner Schritte stob der feine Sand unter seinen Füßen auf, wirbelte herum und verschlechterte die Sicht, trotzdem konnte Guinn dank seiner veränderten Augen genug sehen, um nicht die Orientierung zu verlieren.

Zwischen lose schwimmenden Eisschollen über ihm tauchte ein heller Lichtschein auf. Guinn hielt darauf zu, durchstieß schließlich die Wasseroberfläche und atmete harsch ein. Er mochte keine echten Lungen mehr besitzen, dennoch schmeckte frische Luft besser als das, was seinen Körper antrieb, wenn er unter Wasser feststeckte.

Nach einem kurzen Blick der Orientierung schwamm Guinn zum Ufer. Er fühlte die Anstrengung, die Schwere, die wie Blei an ihm zog, nicht zuletzt hervorgerufen durch den Blutverlust, aber er kämpfte dagegen an.

Mit schwindender Kraft schaffte es Guinn, sich an der steinigen Wand nach oben zu ziehen. Seine Finger krallten sich in das befestigte Ufer, das vom Schneematsch feucht war. Guinn zitterte vor Kälte, seine Muskeln fühlten sich an, als bestünden sie aus Stein und in seinen Fingerspitzen breitete sich ein unangenehmes Kribbeln aus, während er seinen Oberkörper hinaufzog. Zu allem Überfluss krampfte sich sein Magen zusammen, weil er zu viel des ekelhaften Flusswassers geschluckt hatte. Das stetige Brennen an seiner Seite gemahnte Guinn, sich nicht zu schnell zu bewegen, trotzdem stemmte er sich hoch, bis er mit dem Oberkörper flach auflag. Er zog die Beine nach und rollte sich vom Ufer weg, um dann auf dem Bauch liegenzubleiben.

Guinn konnte ein Zischen nicht unterdrücken, als er fühlte, wie in seiner Brust etwas steckenblieb. Eines der Zahnräder, die sein Herz antrieben, musste sich beim Klettern aus der Themse verkantet haben. Mit etwas Glück löste sich das Problem von selbst. Falls allerdings eines der Bauteile verbog ... nun, dann käme er seinem früheren Wunsch zu sterben vielleicht doch schneller nach, als ihm im Moment lieb war. Zudem setzte heftiges Schneetreiben ein. Kälte biss ihm in die Haut. Seine gesamte Kleidung troff vor Nässe, was ihn wie Espenlaub an einem windigen Sommertag zittern ließ, trotzdem konnte er sich nicht bewegen.

»Großartig«, grunzte er. »Der Themse entkommen, um von einem Schneesturm in die Knie gezwungen zu werden.«

Eigentlich hasste er Leute, die Selbstgespräche führten, aber im Augenblick war er sein einziger und somit bester Gesellschafter. Es half auch nichts, sich darüber aufzuregen, denn wenn er nicht bald Unterschlupf fand, hatte er ganz andere Sorgen. Das Rumpeln in seiner Brust beunruhigte ihn. Die mechanischen Teile, mit denen sein Körper vor Jahren modifiziert worden war, benötigten Schmiermittel und Hitze. Beides befand sich nicht in Reichweite und nach so langer Zeit unter Wasser drohten die Kohlen in Guinns Brust tatsächlich zu verlöschen.

Nur noch eiserner Wille half ihm dabei, sich hochzustemmen, während der Westwind schärfer um ihn herum pfiff und sich einen Spaß daraus machte, ihn noch weiter zu quälen.

Guinn sah zum Himmel hinauf und bleckte die Zähne. Das grüne Leuchten flackerte über den Himmel und schien ihn zu verhöhnen. Falls es je einen Gott gegeben haben sollte, hatte er London am Tag der Katastrophe mit wehenden Fahnen verlassen. So viel stand fest.

Ein Quietschen ließ Guinn innehalten. In der Annahme, eine Luftdroschke nähere sich ihm, wandte er den Kopf, doch er befand sich ganz allein auf dem Embankment. Kein Fahrzeug war zu sehen. Da registrierte er, dass das Geräusch von einem hohen Pfeifton begleitet wurde und aus seiner Brust kam.

»Verdammt!«

Offenbar war er schwerer beschädigt, als er angenommen hatte, dazu kamen die Verletzung und der hohe Blutverlust. Keine gute Kombination. Wenigstens war keine der Ölleitungen beschädigt. Ein Schauer, der dieses Mal nichts mit der Kälte zu tun hatte, rann ihm über den Rücken. Es gab niemanden mehr, der ihm helfen konnte. Doktor William Gull, der ihm die Mechanik in die Brust gesetzt und ihn zu einem Mitverschwörer gegen die Krone gemacht hatte, saß bestimmt längst im Tower oder war tot. Doch wer sonst, außer dem Leibarzt der Königin, wäre im Stande, die Teile zu ersetzen, die Guinn am Leben hielten? Er kannte niemanden. Was nicht zuletzt der Grund für seinen Hass auf Königin Victoria war. Sie hatte alle umbringen lassen, die von ihrem Geheimnis, dass sie ebenfalls nicht mehr vollständig menschlich war, wussten. Mit Gulls Tod, würde der Erfinder dieser Technik auch verschwinden und niemand könnte ihn ersetzen.

Guinn runzelte die Stirn, als ein flüchtiger Gedanke durch seinen von Kälte verwirrten Verstand trieb. Irgendjemand würde die Königin reparieren müssen, sofern deren Mechanik versagte. Doch daran durfte er im Augenblick nicht denken. Er konnte sich weder dem Palast nähern noch würde er diese ominöse Person auf die Schnelle finden. Vorher wäre er erfroren.

Wie zum Beweis ließ Schwindel Guinn scharf Luft holen. Alles um ihn herum drehte sich, sodass er gezwungen war, sich mit einem Arm auf dem gefrorenen Boden abzustützen. Er könnte um Hilfe rufen, aber wer würde schon einem nassen, blutenden Kerl beistehen, der aussah, als wäre er ein gemeiner Krimineller?

Der Fokus seiner Augen zog sich zu einem winzigen Punkt zusammen. Sein Arm gab nach und Guinn landete mit dem Gesicht im Schneematsch.

Wie lange er so dagelegen haben mochte, wusste er nicht. Als er wieder einigermaßen klar denken konnte, fühlte er, wie sich kleine Hände an ihm zu schaffen machten. Er roch den Gestank der Straße, der ihm sofort verriet, dass ein Dieb versuchte, ihn auszurauben.

»Der is' zu schwer, Jimmy, ich kann ihn nich' allein umdreh'n. Hilf mir!«

»Bist du sicher, dass er tot ist, Fizz?« Schritte kamen näher. Der Gestank nach Abfall verstärkte sich.

»Er atmet gar nich'. Und falls doch, verreckt er bald. Der brauch' sein Geld nich' mehr, Jimmy!«

Die Stimmen klangen jung, weswegen Guinn auf Straßenkinder tippte. Es waren zwei und sie schienen sich ihrer Sache sehr sicher. Weil er es allein ohnehin nicht mehr geschafft hätte, sich auf den Rücken zu drehen, ließ er zu, dass sie das taten.

Beinah hätte ihr Ächzen ihn lächeln lassen, doch er wollte sich nicht verraten und das Brennen an seiner Seite tat sein Übriges, ihn daran zu hindern. So war das eben, wenn man sein Geld auf der Straße verdiente.

Die Jungs mühten sich redlich ab und schließlich schafften sie es mit vereinten Kräften, Guinn auf den Rücken zu drehen. Sofort sammelte sich kalte Feuchtigkeit unter seinem Mantel, was ihn unwillkürlich erschauern ließ. Aber wenigstens konnte er jetzt leichter atmen.

»Er bewegt sich! Ich bin weg.« Jimmy klang panisch und rannte davon.

»Mehr für mich«, grummelte Fizz und begann routiniert die Manteltaschen abzuklopfen.

Guinn schlug die Augen auf und packte den Jungen am Handgelenk. Der Bursche trug mehrfach geflickte, schmutzig-braune Kleidung, die an vielen Stellen löchrig war. Er hatte zerzauste, zu lange aschblonde Haare und unter langen Wimpern sah Guinn hellgrüne Augen hervorblitzen. Ein hässliches Muttermal in der Form eines Halbkreises zierte die Stirn, und der leichte Überbiss war vermutlich der Grund dafür, dass der Junge lispelte.

Der Knabe schrie auf und versuchte sich loszureißen. Ohne Erfolg. Guinns mechanischer Arm funktionierte, auch wenn der dazugehörige Körper sich nicht aufsetzen und davonlaufen konnte.

»Finger weg, Kleiner!«

»Lass mich los, Mann. Oder ich schlitz' dir die Kehle auf!«

Guinn verzog das Gesicht. Das Pfeifen in seiner Brust begann von Neuem. »Womit? Du hast gar kein Messer, sonst würdest du nicht vermeintlich Tote ausrauben.«

Der Junge hörte das Geräusch und riss die Augen auf. Vielleicht ahnte er, dass Guinn kein echter Mensch mehr war, vielleicht dachte er auch, selbst in eine Falle getappt zu sein.

»Ich muss schließlich von was leben, Mann!«

»Verständlich, aber ich bin nicht tot.« Woher nahm er eigentlich die Kraft, so lange Reden zu schwingen? Es ging ihm von Minute zu Minute schlechter. »Willst du dir ein paar Münzen verdienen?«

Fizz krauste die Nase und dachte sichtlich angestrengt nach.

»Wie?«

»Kennst du den Arzt, der in Whitechapel die Kranken versorgt, wenn sie sich keine Hilfe leisten können?«

»Ja«, sagte er gedehnt.

»Ich muss zu ihm.« Guinn hoffte, dass Doktor Corson-Smythe zumindest die Wunde versorgen konnte. Für den Rest ... nun da fand sich eine Lösung. Oder auch nicht.

»Und wie soll ich dich da hinschaffen, Mann?«

»Luft ...« Verdammt, ihm wurde wieder schwindelig. »Luftdroschke.«

Jetzt lachte der kleine Kerl auch noch. »Als ob die anhalten, wenn ich sie rufe. Außerdem brauch' ich nur abwarten, bis'de kalt bist. Dann bekomm' ich mein Geld auch.«

»Hab ... nichts ... bei mir.«

Der Junge fluchte, dass Guinn das Herz warm wurde, aber er hatte nicht mehr die Kraft, etwas zu sagen. Und wann verdammt noch mal hatte die Welt begonnen, sich so schnell zu drehen?

Vollkommen entkräftet beobachtete Guinn, wie Fizz aufstand, sich den Schnee von den Hosenbeinen wischte und wegging. Vorbei die Chance, Hilfe zu erhalten. Er hätte es wissen müssen. Straßenkötern vertraute man nicht. Vielleicht sollte er einfach versuchen auszuruhen. Sein Körper hatte unter dem Eiswasser nicht aufgehört zu funktionieren, weshalb sollte er es jetzt tun? Vermutlich benötigte er nur etwas Ruhe. Solange ihm niemand die Kehle durchschnitt, war alles in Ordnung. Und langsam wurde ihm auch wieder warm ...

»Da isser.«

»Und er hat Geld?« Eine unbekannte Stimme drang an Guinns Ohr.

»Sagt er jedenfalls.«

»Also schön.«

Guinn wurde auf die Beine gezogen. Er fühlte, wie jemand seinen Arm hob und einen Kopf darunter schob. Obwohl er versuchte, demjenigen zu helfen, schaffte er es nicht. Wo war seine ganze Kraft denn plötzlich hin?

Außerdem fror er schon wieder.

Er versuchte, den Helfern zu sagen, dass sie ihn liegenlassen sollten, obwohl etwas in ihm schrie, dass das falsch war. Doch als er den Mund öffnete, entwich ihm nur ein Seufzen.

Das Stampfen der Maschine ging Charming durch und durch. Es lief über seine Haut, wand sich um seinen Brustkorb und ließ ihn vibrieren. Trotzdem tat Charming nichts anderes, als sich die Finger in die Ohren zu stecken. Nicht, weil das Röhren der einzelnen Komponenten der Gerätschaft zu laut gewesen wäre, nein, er wollte einfach das Flehen des Mannes auf der Liege vor ihm nicht mehr hören.

»Bitte! Lass mich gehen. Ich hab nichts getan! Ich hab dich nicht verraten, Charming. Das würde ich nie tun!«

Der Kerl, dessen Name er längst vergessen hatte, war mit Lederriemen festgeschnallt, die ihm um die Hand- und Fußgelenke sowie um den Hals liefen. Dünne Metallplättchen, an denen feine Drähte befestigt waren, lagen auf seinem Brustkorb. Ein Helm, der das schüttere braune Haar verbarg, wurde ebenfalls mit der Maschine durch Leitungen verbunden.

»Bitte!«

Charming verdrehte die Augen und gab dem Labortechniker durch ein Kopfnicken zu verstehen, dass er beginnen konnte. Der Mann mittleren Alters, mit Stirnglatze und Bauchansatz trug einen grauen Kittel und presste die Lippen zusammen, sagte aber nichts, während er zu dem Bedienelement ging, auf dem mehrere Lämpchen leuchteten. Den Blick stur auf die Druckanzeige gerichtet, griff er nach einem Hebel, den er stufenweise nach unten zog.

Zunächst geschah gar nichts. Dann jedoch schien es, als erwache die Maschine zum Leben. Das Röhren wurde tiefer, dem Stampfen gesellte sich ein rhythmisches Rumpeln hinzu und mit einem Zischen entwich Dampf aus einem der Ventile. Sofort stieg die Temperatur im Raum an.

Charming kannte das bereits und wusste, dass das vollkommen normal war. Trotzdem kontrollierte er, ob der Techniker Anzeichen von Besorgnis zeigte, während er die Armaturen im Auge behielt. Er tat es nicht. Dafür gellte nun der Schrei des Gefesselten durch das Labor.

Dank der Bänder, die ihn hielten, konnte der Mann sich lediglich aufbäumen, um zu versuchen, den Schmerzen zu entgehen, die mit rasender Geschwindigkeit durch seinen Körper liefen. Der Techniker hatte es Charming genauestens erklärt. Die Prozedur konnte nicht schmerzfrei durchgeführt werden, denn das, was sie vorhatten, sollte den Mann verändern. Nur dass der es für eine Strafe hielt, während Charming darin eine Belohnung sah.

Immer wieder zuckte der Gefesselte. Sein Kopf ruckte hin und her. Speichel lief aus seinem Mund. Nach einer Weile verdrehte der Mann die Augen nach oben, bis nur noch das Weiße sichtbar war. Schließlich verlor er die Kontrolle über seine Blase. Aber auch damit hatte der Techniker gerechnet und eine entsprechende Unterlage vorbereitet. Trotzdem drang der scharfe Geruch unangenehm in Charmings Nase. Da die Schreie aber verebbt waren, konnte er jetzt die Finger aus den Ohren nehmen und sich stattdessen ein Taschentuch vors Gesicht halten. Es dämpfte den Gestank ein wenig.

Der Labortechniker verließ indes seinen Platz und kam zur Liege. Er beugte sich über den Bewusstlosen, legte zwei Finger an dessen Hals und sah auf seine Taschenuhr.

»Sein Puls ist normal. Kein Anzeichen dafür, dass ...« Er konnte nicht weitersprechen, weil der Bewusstlose plötzlich erneut krampfte.

Diesmal so heftig, dass selbst die Lederriemen verdächtig knirschten. Sehnen traten an Armen und Beinen hervor, der Hals schwoll an, bis das Gesicht des Mannes rot angelaufen war. Der Speichel wich einem schaumigen Brei, den Charming von tollwütigen Hunden kannte.

Ehe er eine diesbezügliche Bemerkung machen konnte, erschlaffte der Körper, der Kopf des Mannes rollte zur Seite und der Techniker fluchte.

»Er ist tot, Sir. Wieder ein Fehlschlag.«

Der Dritte in den letzten beiden Tagen. Langsam war es Charming leid. Aber er würde nicht aufgeben. Irgendwann hatten sie Erfolg. Dieser Kandidat hier hatte wenigstens länger durchgehalten als sein Vorgänger.

»Machen Sie weiter. Wir haben noch fünf Freiwillige. Spätestens morgen will ich Ergebnisse sehen.«

»D-das ist reichlich knapp.«

»Das ist mir egal. Tun Sie, wofür Sie am Leben bleiben dürfen.«

Der Labortechniker erbleichte. Er rang unwillkürlich die Hände, nickte aber schließlich. »Verstanden, Sir.«

3. Kapitel

3. Januar 1890

Gedämpftes Stöhnen und leise Schreie aus dem Bordell drangen an Charmings Ohr, während er über seinen Bücher hockte und versuchte, sich auf die Zahlen zu konzentrieren. Er ließ es sich nicht nehmen, die Tageseinnahmen selbst in das Kassenbuch einzutragen und am Rand die Namen der Freier zu vermerken, die ihm in Zukunft noch nützlich sein konnten. Doch heute wollte es ihm nicht gelingen, bei der Sache zu bleiben.

Immer wieder huschte sein Blick zu der Frau auf dem Bett, die sich unruhig hin- und herwarf. Ihre blasse Haut, die nur selten Sonnenlicht gesehen hatte, hob sich kaum von den weißen Laken ab, ihr helles Haar hing zerzaust über ihrem blassen Gesicht. Das dünne Tuch, das Charming erst vor einigen Stunden über Rosie gebreitet hatte, lag schon wieder auf dem Boden, sorgte dafür, dass Gänsehaut über ihren Körper strich. Ein Stück von Charming bedauerte, dass er Rosie auf diese Art bearbeiten musste. Nicht, weil er Mitleid empfand, das tat er nicht, er wusste nicht einmal, was dieses Wort bedeutete. Sondern weil er eine andere Form der Folter vorgezogen hätte. Charming mochte es, dabei zuzusehen, wie Frischfleisch zugeritten wurde, ehe es auf Freier losgelassen werden konnte. Bei dieser kleinen Schönheit wäre es ein wahres Vergnügen gewesen, dem beizuwohnen. Doch das ging nicht. Rosie diente einem anderen Zweck. Sie würde dafür sorgen, dass das *Scotland Visional Yard* mit seinem verdammten Traumextraktor in Zukunft nur noch das sah, was Charming wollte. Da Rosie das einzige Medium war, das die Maschine bedienen konnte, würden die Behörden nahezu alles tun, um sie zurückzubekommen. Sogar viel Geld zahlen. Umso überraschter würden sie sein, wenn Rosies Hilfe anders ausfiel, als diese Schwachköpfe erwarteten.

Dann endlich wäre Charming der wahre König von London. Wer die Unterwelt regierte, beherrschte das Empire. Dazu musste man nicht auf einem goldgeschmückten Thron sitzen und sich hofieren lassen. Es genügte, allen einen Schritt voraus zu sein und die Schritte seines Gegners zu kennen.

Wie von selbst glitt Charmings Hand in die kleine Tasche seiner

Weste und nestelte die silberne Taschenuhr hervor. Ein kurzer Druck auf den Schnapper und der Deckel sprang auf. Eine viertel Stunde noch, dann würde sich Charming erneut um Rosie kümmern müssen. Etwas, woran er nicht gewöhnt war. Normalerweise überließ er es seinen Leuten, die Frauen zu brechen, zuzureiten oder was auch immer gerade von Nöten war. In diesem Fall jedoch kam es auf seine Mithilfe an.

Als Victor ihm ein rascheres Voranschreiten versprochen hatte, hätte Charming nicht erwartet, dass er sich selbst die Finger schmutzig machen musste. Doch neben Schlägen, Schlafentzug, Kälte, Drogen und einer strengen Diät aus Hirsebrei, der zudem widerlich schmeckte, gehörte nun einmal auch eine Bezugsperson, die nett zu dem Opfer war. Als logische Konsequenz war die Wahl auf Charming gefallen, denn er wollte schließlich in naher Zukunft über den Willen der Frau gebieten und das funktionierte nur, wenn sie sich ihm vollständig unterwarf, sich an ihn band, als sei er ihr einziger Rettungsanker.

Charming bleckte die Zähne. Nett zu sein, gehörte definitiv nicht zu den Attributen, auf die er stolz war.

»Boss?«

So in Gedanken versunken hatte er nicht einmal gehört, wie der hochgewachsene Bursche in abgetragener, aber gut erhaltener Kleidung sein Domizil betreten hatte. Auf seinem Kopf saß ein brauner Filzhut, der ihm tief ins Gesicht hing, wodurch man seine Augen nicht sehen konnte. Über einem zerschlissenen grauen Hemd trug er eine dunkelbraune Weste, die schon bessere Tage gesehen hatte.

Charming verließ sich darauf, dass die Wachposten vor seinem Büro nur jene durchließen, die keine Gefahr für ihn darstellten. Für jeden anderen Fall lag eine geladene Pistole in der obersten Schublade seines Schreibtisches. Bei diesem Mann benötigte Charming sie allerdings nicht, denn er hatte den Besucher erwartet.

»Robert, komm näher.«

Der Mann tat wie ihm geheißen. Seine Finger kneteten unablässig den durchweichten Filzhut, den er sich bei Charmings Worten hastig vom Kopf gezogen hatte. Dadurch wurden hellbraune Locken sichtbar, durch die Robert in Verbindung mit ausdrucksstarken braunen Augen fast verletzlich wirkte. Charming ließ sich nicht von diesem Anblick täuschen. Der Mann besaß eine starke Rechte und wusste diese auch zu gebrauchen. Nur wenn er den Mund öffnete, erkannte man, dass der Bursche aus der Gosse stammte.

»Hast du Neuigkeiten für mich, Robert?«

»Ja, Boss. Es ist soweit.«

Bei diesen Worten schoss Charmings Puls in die Höhe. Robert meinte das Labor, in dem der einstige Lordkanzler Pendergast seine Machenschaften zum Sturz des Empires geplant hatte, ehe er als Schlächter von London von seinem eigenen Bruder enttarnt und von dessen späterer Ehefrau zur Rechenschaft gezogen worden war. Endlich. Vor Monaten hatten seine Straßenratten begonnen, nach dem geheimen Versteck zu suchen. Falls Robert ihn nicht belog, bedeutete die Entdeckung einen Meilenstein in Charmings weiteren Plänen.

»Wann?«

Aus der Innentasche seiner Weste zog Robert ein gefaltetes Stück Papier. »Er bat mich, es Ihnen verschlossen zu geben?«

Charming nickte und legte das Kassenbuch beiseite, um für die Karte Platz zu schaffen. Dann wartete er ungeduldig, bis Robert ihm den Umschlag reichte.

Mit vor Aufregung zittrigen Fingern öffnete er ihn. Er las die wenigen Zeilen aufmerksam. Robert hatte nicht gelogen. Victor und Lester hatten eine weitere Maßnahme eingeleitet, die Charmings Pläne vorantrieben.

Charming hob den Kopf und sah Robert an. »Sehr gut, ich bin zufrieden.«

»Danke, Boss.« Robert wartete, ob noch eine Reaktion kam, bevor er sich umwenden und gehen würde.

Weil er angesichts dieser unerwarteten Botschaft in guter Stimmung war, wollte Charming ausnahmsweise großzügig sein und stand auf. Er blickte noch einmal auf seine Taschenuhr.

Noch fünf Minuten.

Er ging zu dem Vorhang, der sein Arbeitszimmer vom eigentlichen Bordell trennte.

»Violett! Beweg deinen Hintern hierher!«

Es dauerte nicht lange, da tauchte eine hochgewachsene Brünette mit ausladendem Becken und straffen Brüsten auf, die sie unter einem Gewand aus fast durchsichtigen Tüchern nur unzureichend verbarg. Obwohl ihre Nase mehrfach gebrochen war und ihrem Gesicht dadurch einen asymmetrischen Ausdruck verlieh, war Violett immer noch schön genug, dass Charming einen guten Preis für ihre Dienste verlangen konnte. Dummerweise zählte zu den Dingen, die diese Hure mit sich brachte, auch die Ansteckung mit Syphilis, weshalb Charming sie nur noch selten einsetzen konnte. Nur er und ein Trunkenbold von Arzt aus dem Eastend wussten davon. Nicht einmal Violett kannte ihr dunkles Geheimnis. Sie würde bald sterben, aber noch sah man ihr die Krankheit nicht an.

»Ja, Sir?«

»Kümmere dich um Robert. Sei besonders aufmerksam zu ihm. Er hat es sich verdient.« Ebenso wie den Tod, den Violett ihm bringen würde. »Auf Kosten des Hauses versteht sich.«

Falls Violett davon überrascht war, zeigte sie es nicht. Im nächsten Augenblick hakte sie sich bei Robert unter, der sein Glück nicht fassen konnte und übers ganze Gesicht strahlte. Während sie wie eine Klette an ihm klebte, bedankte er sich überschwänglich bei Charming.

»Nicht der Rede wert. Du hast es dir verdient.«

»Trotzdem, Boss, vielen Dank!«

Er winkte ab und komplimentierte die beiden auf die andere Seite des Vorhangs, dann drehte er sich um. Robert mochte gute Arbeit geleistet haben, aber Charming hasste es, wenn er Boss genannt wurde. Jeder wusste das und nannte ihn deswegen nur Sir oder beim Namen. Robert hatte sich in dieser Hinsicht als beratungsresistent erwiesen, und Charming war es leid, sich ständig zu wiederholen. Außerdem hatte er das Bedürfnis, jemanden zu bestrafen – einfach, weil er es konnte.

Er strich sein Jackett glatt, prüfte den Sitz seiner Haare, indem er sich über zwei Finger leckte und einige Strähnen glatt strich, ehe er zum Bett ging.

Es war Zeit, Rosie seine gesamte Aufmerksamkeit zukommen zu lassen.

Sobald er an der Längsseite stand, beugte er sich vor und hob die Decke auf. »Rosie, Schätzchen, ich bin es: Charlie.«

Sie regte sich, seufzte leise, noch immer benebelt von den Drogen, die Lester ihr in regelmäßigen Abständen verabreichte.

»Komm schon, Kleines, wach auf.« Wie er es hasste, so zu tun, als sei er ein netter Mensch, aber er verstand die Notwendigkeit und riss sich zusammen. Beinah liebevoll zog er die Decke über Rosies nackten Leib, die wohlig erschauerte, als ihr mit einem Mal wieder warm wurde.

»Charlie?«

»Ja, Schätzchen. Ich bin hier. Ich habe dir deine Decke zurückgebracht.«

»D-danke.«

Oh, wie froh sie doch jedes Mal klang. Und es wurde immer besser, je öfter er sich ihr gegenüber aufmerksam zeigte. Wie bei einem Hund, den man dressierte, sorgten Lester und er dafür, dass sie einen strikten Zeitplan einhielten. So wie es aussah, schienen sie langsam Erfolg zu haben. Nach nicht einmal drei Tagen.

Charming grinste boshaft. »Schon gut, Kleines. Gleich ist dir wieder warm. Hast du Hunger?«

Sie nickte zaghaft. »G-gibt es heute etwas anderes als den Brei?« Noch während sie sprach, erschauerte sie.

»Tut mir leid, nein. Aber du gewöhnst dich daran. Möchtest du dich aufsetzen und selbst essen?«

Sie biss sich auf die Lippe, offensichtlich unschlüssig, wie sie darauf reagieren sollte. Schließlich siegte die Hoffnung. »Ich ... ja. Aber darfst du denn meine Fesseln lösen?«

Er durfte alles, was er wollte, aber das musste sein kleines Opfer ja nicht wissen. Längst hatte sie verdrängt, dass er und Charming dieselbe Person waren. Für Rosie war Charlie der Heilsbringer, während der Lude Lester dazu anwies, sie zu quälen. Charming wusste nicht, woran es lag, vielleicht an ihrer Blindheit, aber in jedem Fall war er mit dem Ergebnis mehr als zufrieden.

»Nur eine Hand, mein Schatz, und du musst mich dich wieder fesseln lassen, ehe Lester zurückkehrt. Versprichst du mir das?«

Sie nickte. Doch das genügte Charming nicht. Er verlangte die absolute Kapitulation. »Du musst es mir schon sagen, Rosie.«

Sie hob das Kinn und starrte ihn durch blinde Augen so intensiv an, dass er schon glaubte, sie können ihn wirklich sehen. »Ich verspreche es, Charlie.«

Er streichelte sanft über ihren Kopf. »Das ist mein braves Mädchen.«

Es roch nach Albträumen. Guinn erschauerte und wollte sich über die Arme reiben, doch er konnte nicht. Er war zu schwach. Sein ganzer Körper schien zu glühen. Fieber? Angesichts der Tatsache, dass er längere Zeit in der Themse herumgelegen und sich dann klatschnass an Land geschleppt hatte, nicht sehr unwahrscheinlich. Doch woher kam dieser penetrante Geruch nach Zimt, Nelken und Alkohol, dazu ein Odeur, das Guinn mit dem Tod in Verbindung brachte?

»... ihn ausliefern. Das ist meine Chance, Will!«

»Nein, Shawn, das wirst du nicht. Er kam hierher, weil er meine Hilfe benötigt. Ich werde nicht zulassen, dass du ihn verhaften lässt!«

Guinn hob die schweren Lider. Er sah zwei Männer durch einen dunstigen Schleier hindurch, der über seinen Augen zu liegen schien. Nach mehrmaligem Blinzeln erkannte er einen hochgewachsenen Herrn in braunem Anzug. Die Haare des Mannes wiesen deutliche Grauschlieren auf, was ihm ein distinguiertes Aussehen verlieh. Guinn identifizierte Doktor Corson-Smythe, der mit einem deutlich kleineren Herrn diskutierte. Der passte irgendwie gar nicht in die Gesellschaft des Arztes. Sein Hemd war fleckig und die Hose wurde von einem Gürtel mit Zahnradschloss gehalten, das jeden Moment nachgeben konnte. Im Gesicht trug der Mann einen Schnauzer, der ebenso ungepflegt war, wie das zu lange rotbraune Haar. Trotzdem erkannte Guinn den Mann: Inspector Shawn Whiting.

Dass ihm ausgerechnet ein hochrangiger Beamter von Scotland Yard hier begegnen musste, passte Guinn überhaupt nicht. In seinem hilflosen Zustand jedoch konnte er nicht vielmehr tun, als dem Streit der beiden zu lauschen und zu hoffen, dass der Inspector von seinem Vorhaben absah, ihn auszuliefern.

Derweil nutzte er die Gelegenheit, herauszufinden, wo er sich befand. Fizz musste ihn tatsächlich zu der Praxis des Arztes geschafft haben. Woher der Junge die Adresse kannte, wollte Guinn besser nicht wissen. Stattdessen freute er sich darüber, dass er nicht am Ende doch wieder in der Themse gelandet war, sondern in einem sauberen Zimmer, an dessen Wänden dunkle Holzschränke befestigt waren. Hinter Glastüren entdeckte er Fläschchen, Tiegel und sogar einen Totenkopf. In einer Ecke stand ein hoher Schrank, dessen Inhalt Guinn nicht erkennen konnte. Dafür aber die Zeichnung eines menschlichen Skelettes, die daneben an der Wand hing. Ein niedriger Schreibtisch, auf dem sich allerlei Papiere stapelten, stand auf der gegenüberliegenden Seite. Zwischen den Möbeln blitzten gesäuberte und mit weißen Fugen versehene Backsteine hervor, und es gab keine Fenster nur Belüftungsschlitze, was Guinn verriet, dass sich dieser Raum im Keller befinden musste.

»Shawn, nimm' Vernunft an!«

Whiting funkelte den Arzt an. »Oh, ich bin sehr vernünftig, alter Freund. Mir will nur nicht in den Kopf, wieso ausgerechnet ein ehrbarer Bürger dieser Stadt einen gesuchten Verbrecher deckt!«

Corson-Smythe hob eine Braue. »Muss ich dich allen Ernstes daran erinnern, dass du bereits einmal vorschnell gehandelt hast? Außerdem bist du betrunken. Wenn du so beim Yard auftauchst, werden dich alle nur auslachen. Denk nach, Shawn, komm zur Vernunft. Das hier ist keine Jagd auf einen Mörder.«

»Woher willst du das wissen, Will? Kennst du diesen Burschen so gut, dass du deine Hand für ihn ins Feuer legst?« Whiting schüttelte den Kopf und fuhr sich mit einer Hand über den Mund. Als er bemerkte, dass sich etwas im Bart verfangen hatte, zupfte er es heraus und warf es achtlos beiseite. »Nein, mein Freund, diesmal bin ich mir sicher. Die Königin hat vor Jahren einen Haftbefehl gegen diesen Kerl erlassen. Sein Bild ist mir tagtäglich auf den Fluren des Yards begegnet, wenn ich an seinem Steckbrief vorbeilief. Was auch immer er ausgefressen hat, es muss schlimm genug gewesen sein, dass Victoria höchstpersönlich seine Inhaftierung gefordert hat.«

»Nicht meine Verhaftung, sondern meinen Tod«, murmelte Guinn leise.

Offenbar laut genug, dass er die Aufmerksamkeit der Männer erregte. Mit zwei langen Schritten war Corson-Smythe an seiner Seite und legte ihm eine Hand auf die Stirn.

»Ah, Sie sind wach. Gut so. Sie haben ja auch lange genug geschlafen. Fast drei Tage! Ich hatte schon Sorge, mein Eingriff wäre misslungen. Ist schon eine Weile her, seit ich mit Zange und Zahnrädern anstelle von medizinischem Besteck hantiert habe.«

Neben ihm schnalzte der Inspector mit der Zunge. Dadurch wehte eine Wolke aus Bier- und Whiskeydunst zu Guinn, der angewidert das Gesicht verzog. Der Polizist war betrunken. Kein Wunder, dass er mit dem Arzt diskutierte.

Der sprach munter weiter, als habe er von Guinns Reaktion nichts mitbekommen. »Die Mechanik in Ihrer Brust hat durch die Schussverletzungen keinen Schaden genommen. Lediglich ein paar kleinere Bauteile waren verbogen. Ein Zahnrad musste ich ersetzen. Sie hatten Glück«, er tätschelte Guinns Arm, »dass ich zum einen über eine Uhr verfügte, die ein passendes Ersatzteil bot und zum anderen, dass ich wusste, was ich da tat. Ihr Erschaffer hat ganze Arbeit geleistet, Sie in etwas ganz Besonderes zu verwandeln.«

Das bezweifelte Guinn zwar, aber er verbiss sich den bösen Kommentar, der zweifelsohne sowieso nicht über seine ausgedörrten Lippen gekommen wäre. Er leckte darüber und musste feststellen, dass selbst das keine Linderung brachte.

»Warten Sie, junger Mann.« Über die Schulter blickte er Whiting an. »Bring mir ein Glas Wasser.«

Der Inspector grummelte leise vor sich hin, brachte aber das Gewünschte. Während Corson-Smythe eine Hand unter Guinns Nacken schob und das Glas an seinen Mund hielt, damit er kleine Schlucke nehmen konnte, tigerte Whiting auf und ab. Guinn ließ ihn keinen Augenblick aus den Augen. Falls der Inspector seine Drohung wahrmachte und Scotland Yard verständigte, musste Guinn vorher verschwinden.

Auf einen Kampf mit der Polizei konnte und wollte er sich nicht einlassen. Noch immer fühlte er sich, als wate er durch Sirup, seine Glieder schienen mit Gewichten gefüllt.

Gleichwohl weckte das kühle Wasser, das ihm die Kehle hinabrann seine Lebensgeister, sodass er sich etwas besser fühlte. Nur nicht genug, um einen Fluchtversuch zu wagen.

Als das Glas fast geleert war, gab er einen Laut von sich, damit der Arzt es fortnahm.

»Besser?«

»Ja. Danke.«

»Er kann sprechen. Sehr gut!« Whiting stürmte an den Tisch, von dem Guinn jetzt erst bemerkte, dass er darauf lag.

Unangenehme Erinnerungen an einen Operationssaal, eine missglückte Betäubung und unsägliche Schmerzen stiegen in ihm auf. Jetzt wusste er endlich, woran ihn die Gerüche hier erinnerten. Fast schon meinte er, das Zischen des Kolbens zu hören, mit dem die Maske betrieben wurde, die den Äther verabreichte. Er sah Ärzte und Schwestern in weißen Kitteln, die seinen Brustkorb öffneten. Hörte den Befehl von Doktor Gull an eine unbekannte Krankenschwester: *»Er ist so weit, Schwester. Geben Sie mir das Skalpell.«*

Plötzlich war alles wieder da. Die Angst, bei lebendigem Leibe ausgeweidet zu werden, die Schmerzen, die Verzweiflung. Guinn unterdrückte einen Schrei und versuchte, sich aufzusetzen, doch der Arzt drückte ihm lediglich den Zeigefinger gegen die linke Schulter und schaffte es mit Leichtigkeit, ihn unten zu halten.

»Nicht so hastig. Sie haben sich noch nicht vollständig erholt. Außerdem muss ich die Funktionen Ihrer Organe überprüfen, ehe ich Sie gehen lassen kann.«

»Einen Teufel werden Sie. Ich ...«

»Er geht nirgendwohin, Will! Er ist mein Gefangener!«, brüllte Whiting gleichzeitig. Sein Kopf nahm die Farbe seiner Barthaare an und für den Augenblick schien es fast, als würde er vor Wut ohnmächtig.

Dieser Anblick schaffte es, Guinn zurück aus der Vergangenheit zu holen. Er schüttelte den Kopf, versuchte den Albtraum zu vertreiben, der ihn in Form von Erinnerungen angegriffen hatte. Es war schon so lange her und Corson-Smythe wirkte auf ihn nicht wie das Monster, das zusammen mit William Gull die Operation durchgeführt und sich an Guinns Leid ergötzt hatte.

Um sich zu beruhigen, konzentrierte sich Guinn auf den Inspector und erkannte, dass der Alkohol dem Mann zusetzte. Was mochte geschehen sein, dass sich dieser grundsolide Mann so dermaßen vergaß?

Ein Zeitungsartikel, den er vor Kurzem gelesen hatte und in dem es um die Aufklärung der Schlächter-Morde gegangen war, fiel Guinn wieder ein. Hatte darin nicht gestanden, dass Whiting einen Adeligen fälschlicherweise beschuldigt hatte? Guinn erinnerte sich nicht mehr genau, aber es passte zu dem, was er hier sah.

Er räusperte sich. »Doktor ...«

»Ja, mein Junge?«

»Ich ... muss hier weg.«

»Gar nichts musst du! Außer ins Kittchen wandern.«

»Shawn! Es reicht! Entweder, du hältst den Mund, gehst zurück in den Nachbarkeller und becherst weiter, bis du meine Whiskeyvorräte vollends vernichtet hast oder du verlässt mein Haus. Siehst du nicht, dass es ihm schlecht geht?«

»Oh doch, das sehe ich und ...«, Whiting spie die Worte fast.

»Shawn! Das ist meine letzte Warnung. Wenn du jemals wieder einen Tropfen von mir bekommen möchtest, bist du jetzt still oder gehst!«

Guinn sah, wie der Inspector die Worte abwog, dann zog er die Schultern hoch, verschränkte die Arme vor der Brust und lehnte sich gegen den Schreibtisch. Dass er dabei einige Papiere zu Boden warf, schien ihn nicht weiter zu stören.

Der Arzt sah wieder besorgt zu Guinn hinunter. »Ruhen Sie sich aus. Sobald Sie wieder etwas zu Kräften gekommen sind, sehe ich mir die Mechanik genauer an.«

»Nein, Doktor. Ich muss gehen ... jetzt. Eine Frau ... Hilfe.«

Stirnrunzelnd sah ihn der Arzt an. Dachte er vielleicht, Guinn halluzinierte? Er legte erneut eine Hand auf Guinns Stirn. »Ich muss ein Thermometer holen. Ich dachte, das Fieber wäre gesunken.«

»Mir geht es ... gut, Sir«, schaffte Guinn das Gemurmel zu unterbrechen. »Ich ... eine Frau wurde entführt. Zeit ... drängt.«

Sofort richtete sich Whiting auf. Triumphierend deutete er auf Guinn. »Hab ich es dir nicht gesagt, Will! Er hat eine Frau entführt! Er gehört verhaftet.«

»Nicht ... nicht ich. Charming.«

Das wiederum nahm dem Inspector den Wind aus den Segeln. Offenbar hatte er von dem Zuhälter gehört, der nicht einmal davor zurückschreckte, sich mit der Polizei anzulegen. Vielleicht aber hatte er auch zu der Gruppe Polizisten gehört, die einst versucht hatten, Charmings Laden zu schließen und dafür gehörig Dresche bezogen hatten. Irgendwie bezweifelte Guinn, dass allein die Nennung des Namens sonst ausgereicht hätte, Whiting zu beeindrucken.

»Wovon zum Teufel reden Sie da? Wen hat Charming entführt? Wann? Und warum?«

»Shawn, siehst du nicht, dass er vollkommen entkräftet ist? Er bleibt ja kaum richtig wach. Hab Geduld. Morgen ist auch noch ein Tag.«

Ja, morgen brach ein weiterer Tag an. Aber womöglich kamen sie dann zu spät. Die blinde Frau ...

»In-Inspector?«

»Was?«, blaffte Whiting und beugte sich jetzt ebenfalls über ihn. Zwei förmlich schwebende Gesichter über sich zu sehen, war fast zu viel für Guinns ramponierten Verstand. Er blinzelte, versuchte sich klarzumachen, dass sein Kopf ihm einen Streich spielte. Die Männer waren keine körperlosen Gesichter.

»Die Frau, die entführt wurde ...«

»Ja?«

»Sie ist eine von Ihnen ... D-das Herz der Maschine.« So hatte Charming die Frau genannt. Guinn kannte keinen richtigen Namen und hoffte daher, Whiting würde wissen, wen er meinte.

Als der Polizist erblasste, sah Guinn seine Hoffnung bestätigt. »Er hat Rosie?«

Guinn schaffte ein schwaches Nicken.

»Verdammt! Will, ich muss zum Yard. Alle zusammentrommeln, die ...«

»Dir nicht glauben werden?« Corson-Smythe hob erneut seine Braue. »Shawn, ich sage es nur ungern: Du stinkst zum Himmel, deine Kleidung ist – gelinde gesagt – lädiert, und dein Ruf ... Nun, seien wir ehrlich, der existiert fast nicht mehr. Niemand wird dir glauben. Und wo willst du überhaupt hin? Weißt du, wo sich dieser Charming versteckt hält?«

Whiting schüttelte missmutig den Kopf. Sein Mund bildete einen geraden Strich und seine Nase zuckte, als wolle er gleich lospoltern.

»Siehst du? Du kannst die Frau gar nicht finden.« Corson-Smythe tätschelte Guinns Arm. »Aber der Bursche hier kann es. Lass mich ihn zusammenflicken und aufpäppeln. Dann könnt ihr gemeinsam die Frau retten. Wenn du sie heil zurückbringst, mein alter Freund, wirst du ein Held sein, und du kannst noch einmal von vorn beginnen.«

Obwohl Whiting wirkte, als habe er auf eine besonders saure Zitrone gebissen, gab er schließlich nach. Er nahm seinen Platz an der Schreibtischkante wieder ein.

Unterdessen zog Corson-Smythe das Tuch, das Guinns Körper bedeckte nach unten. Dadurch kam dessen bloßer Brustkorb zum Vorschein. Guinn musste nicht hinsehen, um zu wissen, warum Whiting scharf Luft holte, als der Arzt an zwei Punkten gleichzeitig auf den Brustmuskel drückte und sich mit leisem Quietschen eine zwei Handbreit hohe wie breite Klappe öffnete.

»Ich wäre ja nie auf die Idee gekommen, eine Ofentür dort einzubauen.« Der Tonfall des Arztes klang angewidert und bewundernd zugleich, während er zu niemand bestimmten murmelte. »Als ich mich damals aus Gulls Forschungen zurückzog, weil ich nicht mit ansehen wollte, was er Unschuldigen antat, hätte ich nie erwartet, dass er derartigen Erfolg aufweisen würde. Vielleicht hätte ich doch nicht gehen sollen.«

»Will, das ist abartig!«

Der Arzt hob den Kopf und sah seinen Freund ruhig an. »Nein, Shawn. Das ist die Zukunft.«

4. Kapitel

7. Januar 1890

Es roch nach Blumen. Lilien, schätzte Rosie, die den schweren Duft schon immer gemocht hatte. Warum er ihr ausgerechnet in die Nase stieg, kurz bevor Drogen ihre Sinne vernebelten und sie zu einem hilflosen brabbelnden Etwas werden ließen, konnte sie sich nicht erklären. Sie wusste nur, dass er nicht von Charming oder seinen Spießgesellen ausging. Niemand in dem Bordell roch so. Trotzdem breitete sich der Geruch aus, füllte sämtliche Sinne und verhinderte dadurch, dass sich Rosie auf etwas anderes als darauf konzentrieren konnte.

Dabei war es so wichtig, die Kontrolle zu behalten. Sie musste sich zusammenreißen, sich an den Gedanken festklammern, dass Charlie ihr half, diese endlose Quälerei zu überstehen. Charlie war gut zu ihr. Eine Konstante in ihrem schrecklichen Leben, das nur durch ihn einen Sinn bekam. Er war ihr Morgenstern, ihr Halt. Ja, Rosie, lächelte sanft, er könnte alles von ihr verlangen, sie würde es ihm geben. Aus Dankbarkeit, denn ohne ihn hätte sie sich längst aufgegeben.

Charlie hatte ihr geraten, zu tun, was die Männer verlangten, dafür belohnte er sie mit einer Decke, mit Essen und netten Worten.

»Rosie, komm schon, mein Schatz, du musst wach bleiben.« Charlie tätschelte sanft ihre Wange. »Lester kommt bald wieder. Da willst du doch nicht schlafen, oder?«

»N-nein.« Doch, wollte sie! Sie wollte fort von diesem grausamen Rohling, der sie quälte, während in den sanften Nebeln ihrer Träume ein Mann auf sie wartete, der alles für sie tat.

Anfangs hatte er sie noch zurückgewiesen, aber jetzt ... Jetzt redete er mit ihr. Fast so liebevoll wie Charlie.

»Du bist so ein braves Mädchen. Komm, setz dich auf.«

Rosie tat, wie ihr geheißen, obwohl es ihr widerstrebte. Sie wollte schlafen. Jetzt.

Sie verschränkte trotzig die Arme vor der Brust. Dabei fiel ihr zum ersten Mal auf, dass sie nicht länger gefesselt war. Wozu auch? Sie fühlte keinerlei Bedürfnis mehr, zu fliehen. Nicht, solange Charlie da war, um sie zu beschützen.

Er strich ihr übers Haar und küsste sie sanft auf den Scheitel.

»Wenn er dir heute etwas befiehlt, wirst du ein braves Mädchen sein und gehorchen? Damit er dir nicht wieder wehtut?« Sein Tonfall bekam eine ängstliche Färbung. »Bitte, Rosie. Ich ertrage es nicht, wenn er dich so quält.«

Sofort flammte Scham in ihr auf. Charlie sollte sich nicht ihretwegen schlecht fühlen. Das war nicht richtig.

»Ich versuche es. Ja?« Zu mehr konnte sie sich nicht durchringen, dennoch lechzte sie danach, dass Charlie ihren Versuch anerkannte. Sie stellte sich vor, wie er enttäuscht das Gesicht verzog, und löste die Arme, um nach ihm zu greifen.

Doch er war fort. Sie fasste nur Luft. »Charlie?«

»Ich bin noch hier.« Traurigkeit, so tief und schwer, dass sie beinah wie eine greifbare Last in der Luft hing. »Rosie, wenn du dich Lester heute erneut widersetzt ... ich habe ihn prahlen hören, was er mit dir vorhat.«

Alle möglichen Schrecken schossen Rosie durch den Kopf. Das Schlimmste wäre, wenn er ihr die Jungfräulichkeit raubte. Sie ertrug es ja schon kaum, wenn Lester ihre bloßen Schenkel berührte. Weil es sich so falsch anfühlte.

»Ich ... ich kann nicht, Charlie. Nicht so. Ich brauche ...«

»Was? Was brauchst du? Sag es mir, Liebes. Ich versuche, dir doch zu helfen!«

Rosie leckte sich die spröden Lippen. Sie verzehrte sich nach dem süßen Vergessen, das die Drogen mit sich brachten, gleichzeitig wehrte sie sich verzweifelt gegen dieses Bedürfnis nach falscher Sicherheit. Sie hob das Kinn, richtete ihre Augen auf die Stelle, an der sie Charlie vermutete. »Mehr. Ich brauche mehr.«

Obwohl sie flüsterte, musste er sie verstanden haben. Sie hörte, wie etwas klapperte, als er ein Kästchen aus der Schublade des Schränkchens nahm, das neben dem Bett stand. Woher sie das so genau wusste, blieb auch dieses Mal ihrem Verstand verborgen. Ebenso, wie die Tatsache, warum sie mit wohligen Schauern darauf reagierte, das leise Zischen zu hören, wenn Charles den Kolben aufzog, um die Spritze mit dem Gift zu füllen, das sie gefügig machte.

»Bist du dir wirklich sicher?«, fragte er ein letztes Mal, während er gleichzeitig ihren Arm abband und die Nadel ansetzte.

»Ja!«

Schon fühlte sie den Stich, die Kälte, als die Droge ihre Venen flutete. Im ersten Augenblick wollte Rosie aufspringen, davonrennen. Doch sie blieb, wo sie war, spürte, wie mit jedem Tropfen, der von ihrem Blut aufgenommen wurde, ihr Widerstand schmolz.

Nur am Rande bekam sie mit, wie Charlie die Nadel herauszog und geräuschvoll das Kästchen forträumte.

»Was tust du da!« Charming klang wütend.

Es folgte ein Klatschen und ein heiserer Laut. »Sie brauchte es!«, rief Charlie.

Rosie runzelte die Stirn. Hatten die Stimmen der beiden schon immer so ähnlich geklungen?

»Lester!«, brüllte Charming. »Schaff den Kerl raus und dann kümmer' dich wieder um die Frau.«

Ein kurzes Handgemenge folgte, der Stoff des Vorhangs raschelte, dann herrschte unheilvolle Stille, die an Rosies Nerven zerrte. Was hatten die Männer mit Charlie gemacht?

Schließlich hielt sie es nicht mehr aus.

»Nein! Bitte, ich tue alles, was ihr verlangt, aber bitte, lasst Charlie in Ruhe!« Tränen rannen ihr über die Wangen. Mit vor der Brust gefalteten Händen flehte sie: »Alles, ich tue alles. Alles, alles, *alles.*«

Sie warf sich nach vorn und fiel aus dem Bett. Dass sie sich dabei die Knie aufschürfte, war Rosie egal. Sie musste nur diese Männer zufrieden stellen, wie Charlie es ihr gesagt hatte. Dann würde ihm nichts geschehen. Wenn sie nur ein braves Mädchen war, dann ... Der Gedanke zerstob. Wärme breitete sich in Rosies Gliedmaßen aus. Sie fühlte sich plötzlich vollkommen schwerelos. Alles, was sie vor einigen Augenblicken noch zu Tode verängstigt hatte, fiel von ihr ab. Zwar kauerte sie noch immer auf dem Boden, aber jetzt ging damit kein Gefühl der Demütigung einher, nur Gleichgültigkeit war geblieben.

Bedächtig setzte sie sich auf ihre Fersen, wartete ab, was als Nächstes geschehen mochte. Nur eine leise, fast kaum wahrnehmbare Stimme in ihrem Innern schrie gequält auf, sagte in ständiger Wiederholung: *Du bist eine starke Frau, Rosie!*

Doch sie hörte nicht darauf. Ihre Sinne richteten sich einzig und allein auf die Männer, die soeben wiederkehrten. Ihren Atem, das Rascheln ihrer Kleidung, der Geruch, der von ihnen ausging.

Schritte hielten vor ihr inne. Dann hörte Rosie ein heiseres Lachen. »Mir scheint, Sir, Sie haben es geschafft!«

»Das«, erklang Charlies Stimme mit einem hohntriefenden Unterton, die nur Charming gehören konnte, »erscheint mir ebenso, mein Lieber.«

Jäh erkannte Rosie ihren Fehler. Charming und Charlie waren ein und dieselbe Person. Nur hatte sich der eine stets grob, der andere liebevoll um sie gekümmert, weswegen es ihm gelungen war, sie in die Irre zu führen.

Die Scham, die sie hätte empfinden sollen, schaffte es nicht an die Oberfläche der gedämpften Gefühle, die durch die Drogen beeinflusst wurden.

Zurück blieb nur ein einziger, trauriger Gedanke: Rosie hatte ihren freien Willen für den falschen Mann aufgegeben. Dann verschwand auch dieser Gedanke.

Das *Black Cob* am *Old Swan* Pier galt als Tummelplatz für alle, die in der Unterwelt Londons Rang und Namen besaßen. Hier tätigten Schmuggler, Schwarzbrenner, Huren, Diebe und allerlei sonstiges Gesindel ihre Geschäfte, tauschten Waren oder betranken sich einfach. Ein ungeschriebenes Gesetz besagte: Was im *Cob* gesprochen wird, dringt nicht nach draußen, sonst dringt ein Dolch in deine Brust. Daran hielten sich mehr oder weniger alle. Die Wenigen, die meinten, für sie gelte diese Regel nicht, endeten meistens mit dem Gesicht nach unten in der Themse. Das Wirtshaus lag etwas abseits am Pier, umgeben von mehreren alten Lagerhäusern, von denen die meisten den ortsansässigen Schwarzhändlern gehörten.

Guinn saß in einer Nische, den Rücken an die Wand gelehnt und beobachtete das Treiben ringsum, während er mit beiden Händen sein Whiskeyglas umfasste, um dessen Inhalt anzuwärmen. Eine stadtbekannte Dirne versuchte gerade, sich an einen Freier heranzumachen, der schon ein paar Becher zu viel intus hatte, wovon sie sich vermutlich leichtes Spiel erhoffte. Der Wirt versetzte einem der Schankmädchen eine Maulschelle, weil sie etwas von dem teuren Ale verschüttet hatte und an einem der Tische wurde lautstark Karten gespielt. Es roch nach vergossenem Alkohol und Urin. Alles ganz normal für einen Abend im *Cob*, dennoch störte Guinn etwas, doch er konnte es nicht benennen.

Ständig liefen ihm Schauer über den Rücken, die ihn vor einer drohenden Gefahr warnten, doch da war nichts, worauf sich dieses Gefühl hätte beziehen können.

Um sich abzulenken, nahm Guinn einen Schluck und erstarrte, derweil ihm das scharfe Getränk die Kehle hinabrann. Einen solch guten Tropfen gab es im *Cob* nicht.

Ein Mann am Kartentisch sprang auf, warf seinem Gegenüber sein Blatt ins Gesicht und brüllte: »Heyswood, du Scheißkerl, hol die Asse aus deinem Ärmel oder ich schlitz' dir den Wanst auf, elender Betrüger!«

Der Angesprochene sprang ebenfalls auf und zückte ein Messer. Sofort kamen mehrere Männer herbei, um die Kontrahenten auseinanderzuhalten.

Da fiel Guinn auf, dass er diese Szene schon einmal erlebt hatte. Damals hatte er noch selbst mit Charming Geschäfte getätigt. Und wenn ihn nicht alles täuschte, würde besagter Lude gleich an seinen Tisch treten. Er blickte auf und sah in die grauen Augen von Tom Doyle, dem Leiter des *Scotland Visional Yard*.

Guinn kannte den Mann. Er hatte ihm vor einiger Zeit das Leben gerettet. Ihm und Roya, einer jungen Frau, von der er einst dachte, er liebe sie. Dummerweise hatte sie sich lieber dem Agenten zugewandt, der sich als ein früherer Geliebter entpuppt hatte. Kein Wunder also, dass er diesen Kerl nicht ausstehen konnte.

»McGuinney, für einen Toten wirken Sie sehr lebendig.«

Der hochgewachsene, schlanke Blonde nahm sich ungefragt einen Stuhl. Wütend ballte Guinn die Fäuste, um nicht über den Tisch zu springen und den Mann anzugreifen. Doch wenn ihn nicht alles täuschte, handelte es sich hier um einen Traum, und wie auch immer Doyle es anstellte, diesen zu manipulieren, er würde sicher auch zu verhindern wissen, dass Guinn ihn angriff.

»Was tun Sie hier?« Er konnte nichts dagegen tun, dass er fauchte wie eine Katze, der man auf den Schwanz getreten war.

»Nun, das habe ich mich im ersten Moment bei Ihnen auch gefragt. Nach Ihrem spektakulären Abgang in die Themse hätten sie längst im Atlantik verschollen sein müssen. Wie konnten Sie überleben ... Seamus? Oder darf ich Sie Guinn nennen?« Ohne auf eine Aufforderung zu warten, ließ sich Tom rittlings auf dem Stuhl Guinn gegenüber nieder.

»Guinn genügt.«

»Fein. Also, verraten Sie mir, wie Ihnen dieses Kunststück gelungen ist?«

»Und wenn nicht?«

Tom hob einen Mundwinkel, seine grauen Augen funkelten amüsiert. »Sie haben keine Ahnung, wozu ich fähig bin, oder? Das hier«, er machte eine weit ausholende Handbewegung, »ist mein Reich. Ich kann es nach meinen Wünschen verändern und gestalten. Sie sind nur eine Randfigur, die mich neugierig gemacht hat.«

Diese Information war neu für Guinn, aber es erklärte einiges. Auch, weswegen Roya diesen Mann ihm vorgezogen hatte. Sie kamen trotz der gesellschaftlichen Unterschiede aus derselben Welt. Traumgänger unter sich. Sie teilten Geheimnisse, von denen Guinn nicht einmal ... nun ja träumen konnte.

»Was wollen Sie von mir, Doyle?«

»Von Ihnen persönlich? Nichts. Ich habe nach einem Traum gesucht, der vom *Cob* handelt, um Informationen zu erhalten und finde Sie. Da ich dachte, Sie seien tot, hat mich das neugierig gemacht.«

Guinn schnaubte. »Und jetzt? Werden Sie Scotland Yard von meinem Überleben erzählen, um sich einen Orden zu verdienen?«

Zu seiner Überraschung schüttelte Tom den Kopf. »Nein, werde ich nicht. Ich kann Sie zwar nicht ausstehen und finde, das, was Sie getan haben, war falsch. Aber Sie haben immerhin versucht, es wieder gutzumachen. Außerdem mag meine künftige Frau Sie. Wenn ich Roya sage, dass Sie leben, wird sie sich sehr darüber freuen und ich ... sehe es zu gerne, wenn sie glücklich ist. Aber wenn ich das für Sie tue, dann verlange ich eine Gegenleistung.«

Umsonst ist nur der Tod und selbst der kostet das Leben, dachte Guinn bei sich und bedeutete Tom mit einem Kopfnicken fortzufahren.

»Wie ich sagte, suche ich jemanden und hoffte, ihn in diesem Traum zu finden.«

»Wen?«

»Charming.«

Guinn glaubte nicht an Zufälle. Dass der SVY-Agent ausgerechnet in seinem Traum nach dem Luden suchte, konnte kein Glückstreffer sein. Um seinen inneren Aufruhr nicht zu verraten, nahm er einen Schluck des Whiskeys, von dem er jetzt annahm, dass er ihn Tom verdankte.

»Weshalb suchen Sie ihn?«

»Weigern Sie sich mir zu helfen, wenn ich es Ihnen nicht verrate?«

Guinn zuckte mit den Schultern. »Nein. Ich war nur neugierig. Charming ist ein gefährlicher Mann. Niemand legt sich freiwillig mit ihm an.«

»Das hörte ich bereits, doch er hat etwas, das mir gehört.«

Das wurde immer interessanter. »Sie sprechen dabei nicht zufällig von einer jungen Frau. Weißblondes Haar, blind?«

Tom stieß ein Geräusch aus, das sowohl Überraschung als auch ein Fluch sein konnte. Genauer vermochte Guinn es nicht zu benennen.

»Wie kommen Sie darauf?«

Guinn stellte das Glas ab, schob es ein Stück beiseite, damit er die Unterarme auf der klebrigen Tischplatte ablegen konnte, und sah Tom eindringlich an. Den Mann nicht zu mögen, war eine Sache, eine ganz andere, ihm zu vertrauen. Aber was hatte er schon zu verlieren? Er selbst? Nichts. Die Frau, um die es ging? Alles.

»Ich weiß, wo sie ist.«

Toms Hand schoss vor und er packte ihn am Kragen. »Wo?«

Anstatt sich zu befreien, sah Guinn ihn ruhig an. »Ihnen zu sagen, an welchem Ort sie sich befindet, wird Ihnen nichts nutzen. Sie kommen da ohne Hilfe nicht rein. Charming ist nicht umsonst immer noch am Leben, obwohl er es sich mit allen anderen Kriminellen dieser Stadt verscherzt hat. Er weiß, wie er sich absichert. Täuschen Sie sich nicht, Doyle, er weiß bereits, dass Sie nach ihm suchen, und wird alles tun, um Sie daran zu hindern, dass sie die Frau finden.«

Tom sank zurück auf seinen Platz. Auf seine Miene trat ein Ausdruck der Frustration. Er fuhr sich mehrfach durch das blonde Haar, bis es in alle Richtungen abstand und er gar nicht mehr wie ein ehrenhafter SVY-Agent wirkte.

»Was schlagen Sie vor?«

»Wir haben zufälligerweise dasselbe Ziel. Also sollten wir uns zusammentun.«

»Weiter.«

»Ich kenne Charmings Versteck und auch seine ungefähre Mannstärke. Wenn wir es geschickt anstellen, kommen wir alle mit dem Leben davon. Wenn nicht ...« Guinn drehte die Handflächen nach oben. »Dann sind wir Fischfutter und alle, die uns begleiten gleich mit.«

Für einen Augenblick dachte Tom darüber nach. Sein Gesichtsausdruck blieb diesmal neutral, was Guinn sagte, niemals mit dem Mann Karten zu spielen. Sogar die Spannung seiner Schultern hatte sich kaum verändert. Wäre da nicht dieser eine Ausbruch der Frustration gewesen, hätte Guinn glauben können, dieser Mann besäße keinerlei menschliche Regungen.

Schließlich atmete Tom hörbar aus. »Was schlagen Sie vor?«

Guinn grinste boshaft. »Wie viele Männer können Sie für eine ordentliche Keilerei auftreiben, Doyle?«

Die klagenden Laute einer Harfe drangen an Guinns Ohr und rissen ihn unvermittelt aus der Begegnung mit Tom Doyle, mit dem er über mehrere Stunden hinweg einen Plan ausgearbeitet hatte, wie sie die Frau, die der Agent Rosie nannte, befreien konnten.

Der Wechsel kam so unvermittelt, dass Guinn unwillkürlich versuchte aufzuwachen, da er inzwischen wusste, dass er sich in einem Traum befand. Doch zwischen Schlafen und Wachen hing er einfach fest. Er nahm den Raum, in dem Corson-Smythe ihn untergebracht hatte wahr, hörte die gedämpften Stimmen von ihm und Whiting im Nebenzimmer, roch den Gestank von Alkohol, der ihn würgen ließ.

Sein Verstand allerdings befand sich auf einer vollkommen anderen Bewusstseinsebene. Obwohl er wusste, dass er inzwischen in einem Bett lag, das sich in einem der oberen Stockwerke von Corson-Smythes Haus befand, wähnte er sich immer noch im Keller und lief doch gleichzeitig einen weißen Sandstrand entlang, um dem Klang der Harfe auf den Grund zu gehen.

Über ihm schrien Möwen, und als Guinn zum Himmel hinaufsah, stellte er zu seiner Überraschung fest, dass von dem Wetterleuchten jedwede Spur fehlte. Er suchte die Umgebung ab, entdeckte Klippen, die leicht verschwommen in der Ferne auftauchten, hörte das Rauschen von Wellen, das die Musik begleitete, und spürte den Sand unter den bloßen Zehen. Guinn trug keine Schuhe und genoss das ungewohnte Gefühl. Gleichwohl fragte er sich, weshalb er von diesem Ort überhaupt träumen konnte. Während des Gesprächs mit Doyle hatte der ihm nämlich verraten, dass Schlafende nur Erlebtes in ihren Träumen sehen konnten, es sei denn, sie waren besonders geschult, oder besaßen wie der Agent besondere Fähigkeiten. Keins von beidem traf auf Guinn zu. Seine einzige Kraft bestand in der Technik, die in seinem Leib verbaut war und ihn zu dem Mechanischen gemacht hatte, der nur noch bedingt als Mensch gewertet werden konnte.

Vorsichtig näherte er sich der Quelle der Musik. Die bittersüße Melodie hüllte ihn ein, ließ den einen oder anderen Schauder über seinen Rücken laufen und erschütterte seine Seele.

Guinn folgte dem Strand, zu dessen Linker sich gewaltige Klippen auftürmten, die roh und schwarz in den Himmel aufragten. Vereinzelte Findlinge, kleinere und flachere Steine, fanden sich auch im Sand wieder und markierten so einen Weg, als wäre er von Menschenhand geschaffen. Am Ende, nur als winziger Punkt, der sich dunkel vom Firmament abhob, entdeckte Guinn einen Pavillon. Dass er überhaupt erkannte, um was es sich handelte, obwohl die Ränder seines Blickfelds verwaschen waren, schob er auf seine veränderten Augen. Was jedoch nicht erklärte, weswegen er nicht sagen konnte, wer sich dort befand. Er sah nur Schemen, die entfernt an menschliche Umrisse erinnerten.

Zum ersten Mal seit einer Ewigkeit fühlte Guinn, wie sein Herzschlag stockte. Das Gefühl kam so plötzlich, dass er einen überraschten Laut ausstieß und stolperte. Obwohl er sich schnell wieder fing, warf ihn diese Erfahrung einen Augenblick lang aus der Bahn. Er legte eine Hand auf die Stelle, wo einst sein Herz gesessen hatte und spürte dem stetigen Klopfen nach, das von Sekunde zu Sekunde an Geschwindigkeit zulegte. Guinns Handflächen wurden feucht; er erschauerte. Zu intensiv wallten Gefühle in ihm auf, die er schon so lange nicht mehr wahrgenommen hatte. Die Welt um ihn herum schien sich schneller zu drehen, während er gleichzeitig langsamer lief aus Sorge, wenn er den Pavillon erst einmal erreicht hatte, würde sein Herz wieder nur ticken. Die Kohle in seiner Brust, die Mechanik antreiben, die ihn am Leben hielt und er wieder zu einem Unwesen werden, das nichts Menschliches mehr besaß.

Trotz der Versuche, den Moment der Begegnung hinauszuzögern, erreichte Guinn das weiße Zelt viel zu früh für seinen Geschmack. Bahnen aus Stoff wehten im Wind, der an Kraft gewonnen zu haben schien. Das Singen der Harfe tanzte weiter in der Luft. Wer auch immer da spielte, störte sich offensichtlich nicht daran, einen unerwarteten Zuhörer zu haben. Oder rechnete derjenige vielleicht sogar mit Guinn?

Er streckte eine Hand aus, packte eine Stoffbahn und schob sie beiseite.

Das Innere des Pavillons war mit weichen Teppichen ausgelegt. Guinn sah bunte Kissen, ein winziger, schmaler Tisch in der Mitte, darauf Süßigkeiten, Gebäck und ein silbernes Tee-Service nebst Tassen. Fast auf der anderen Seite des Zeltes stand die Harfe, an der eine schlanke Gestalt saß. Fast ätherisch durchsichtig erschien ihr Leib, so hell und licht wirkte er.

Guinn kniff die Lider zu schmalen Schlitzen, fragte sich, wieso er auf diese Entfernung die Person nicht genau sehen konnte und machte einen Schritt vorwärts.

Plötzlich legten sich Ketten aus Eisen um seine Fußgelenke, doch ehe er straucheln konnte, wurden auch seine Arme gefesselt. Wie Jesus am Kreuz stand er da, die Arme und Beine gespreizt, unfähig, sich zu bewegen.

»Lass mich los!« Er brüllte und warf sich gegen seine Fesseln, ohne damit etwas zu erreichen. Sie gaben nicht nach, aber sie zogen sich auch nicht fester zu, was er beinah erwartet hatte.

Allerdings weckte er die Aufmerksamkeit des Harfenspielers. Er drehte den Kopf, sah Guinn an und das traurigste Lächeln, das Guinn jemals gesehen hatte, zerschnitt ein makelloses Gesicht.

Sie war es. Rosie. Dennoch schien sie nur ein Abbild ihrer Selbst zu sein.

Die Musik erstarb.

»Du? Was?« Guinn wusste, dass er brabbelte, aber die Worte schafften es nicht von seinem Gehirn in seinen Mund. All das war zu viel für einen einfachen Mann wie ihn.

Als die Frau sich dann auch noch geschmeidig erhob und langsam auf ihn zuschritt, die bloßen, zierlichen Füße nahezu bedächtig aufsetzte, brannte sich der Anblick in sein Gedächtnis. So tief, dass Guinn schon jetzt wusste, dass er es niemals vergessen würde:

Seidige Haut, die nur unzulänglich von einer dünnen hellblauen Lage Stoff verdeckt wurde. Die leicht aufgerichteten dunklen Knospen perfekter Brüste blitzen darunter hervor. Rosie hielt den Kopf stolz erhoben, schämte sich ihrer Offenherzigkeit nicht, sondern kam mit wiegenden Hüften näher. Wäre nicht der traurige Gesichtsausdruck, hätte Guinn annehmen können, sie wolle ihn verführen, wenngleich er das niemals geglaubt hätte.

»Was willst du von mir?«, schaffte er hervorzupressen. In seiner Kehle steckte ein Kloß, den er trotz aller Versuche, ihn hinunterzuschlucken, nicht loswurde.

Rosie reagierte nur, indem sie den Kopf schräg legte und ihn aus diesen seelenvollen Augen anblickte.

»Du bist nicht gekommen«, sagte sie schließlich mit dieser Stimme, die Guinn schon auf dem Grund der Themse verrückt gemacht hatte.

Dieses Mal jedoch hatte sie eine andere, gänzlich unerwünschte Nebenwirkung. Sie schoss in seinen Leib wie eine Feuerlohe und setzte Dinge in Gang, die er nicht erwartet hatte. Was machte diese Frau mit ihm? Sie manipulierte seine Sinne, soviel stand fest, aber wie gelang es ihr, auch seinen Körper derart zu beeinflussen, dass er sie begehrte? Obwohl er sie lediglich ein einziges Mal – und das nur sehr kurz – gesehen hatte.

Guinn schüttelte sich, versuchte den Bann loszuwerden und seinen Unterleib dazu zu bewegen, das Blut wieder dorthin zu lenken, wo es mehr gebraucht wurde: in seinem Kopf.

»Warum bist du nicht gekommen?«

»Ich ... äh ...« Wie sollte er ihr erklären, dass er in der Realität noch immer auf dem Krankenbett lag? Dass Corson-Smythe ihm gegenüber unerbittlich blieb, wenn es darum ging, dass er aufstand und sich überanstrengte?

Er könnte ihr erzählen, dass Doyle und er bereits ihre Rettung planten, aber es schien ihm falsch, diesen Moment der Zweisamkeit damit zu belasten. Auch falls es ihnen nicht gelang, sie herauszuholen.

»Rosie, hör zu, ich werde kommen, das verspreche ich dir.«

»Lügen.« Sie wandte sich ab, ging zu einem Kissen und ließ sich elegant darauf nieder. Dass dabei ihr Kleid nach oben rutschte und einen Großteil eines cremig-weißen Schenkels entblößte, schien sie nicht zu stören. »Niemand kommt. Ich bin allein. Ich war es immer und werde es immer sein. Das Mädchen aus dem Traumextraktor. Ein Ding, das man benutzen kann.« Sie seufzte leise. »Ich habe nur noch diesen Ort. An dem ich mir vorstellen kann, dass du da bist. Hier finde ich Geborgenheit, wenn sie mich quälen.«

Der Kloß aus Guinns Kehle fiel in seinen Magen und verwandelte sich in einen fetten Klumpen Pech. »Haben sie ...?« Er konnte die Frage nicht aussprechen. Wenn Rosie ihm jetzt sagte, dass Charmings Leute sie vergewaltigt hatten, würde etwas in ihm zerbrechen. Auch wenn er selbst nicht wusste, weshalb. So betete er stumm, dass sie verneinte, ihm sagte, dass es ihr gut ging, obwohl er genau wusste, dass es nicht stimmte.

»Ich bin nicht mehr dieselbe«, ging sie über seine Frage hinweg. »Und doch habe ich mich kaum verändert.« Sie hob die freie Hand und spielte mit einer Strähne ihres Haares, drehte sie vor ihrem Gesicht, als könne sie nicht glauben, dass sie sie sehen konnte. »Ich weiß, das alles hier entspringt meiner Fantasie, aber warum du? Ich habe dich in der Realität gesehen, dich um Hilfe angefleht, doch du bist gegangen. Warum also bist du jetzt hier?«

Mit einem Satz war sie auf den Beinen und stand direkt vor Guinn. So schnell, dass er es nicht hatte kommen sehen. »Du hast mich mit Ihnen allein gelassen!«

Sie waren einander so nah, das Guinn ihre Körperwärme fühlen konnte. Oder vielmehr hätte fühlen können. Von ihr ging nur Kälte aus.

»Rosie, bitte. Ich konnte es damals nicht. Auch ich bin nicht mehr derselbe, der ich damals war. Ich will es wieder gut machen, dir helfen.«

»Das kannst du nicht. Niemand kann das. Ich gehöre jetzt ihm.«

Das wollte Guinn von allen Dingen, die er je gehört hatte, am allerwenigsten glauben. Noch gab es Hoffnung. Nicht nur für sie, auch für ihn. Sofern es ihm gelang, sie zu retten, würde der Teufel seine Seele vielleicht freigeben, wenn er eines Tages starb.

Ehe er jedoch ein weiteres Wort hervorbringen konnte, winkte sie mit der Hand. »Geh!«

Die Ketten rissen an ihm, sodass die Gelenke fast aus den Pfannen gezogen wurden. Er schrie auf, wehrte sich mit allem, was er hatte, doch es genügte nicht.

»Rosie bitte, hör' mir doch zu!«

In rasender Geschwindigkeit wurde er rückwärts über den Strand gezogen. Sand peitschte ihm ins Gesicht, setzte sich in seine Augen, sodass Tränen hervorquollen und ihn blind machten. Guinn schrie immer wieder Rosies Namen. Hörte, wie der Hall verklang, fühlte die Felsen unter seinem Körper entlangschrammen, wenn er dagegen stieß.

Im nächsten Moment saß er aufrecht im Bett. Die Decke war zu seiner Hüfte hinuntergerutscht, sodass die Kälte genug Angriffsfläche bekam. Guinn fröstelte und fuhr sich über die Stelle, an der sein Herz einst gesessen hatte. Der Mechanismus öffnete sich, weil er so fest dagegen drückte, und das Türchen schwang auf. Als Guinn den Kopf neigte, sah er, dass die Kohle in seiner Brust fast verloschen war.

»Ich werde dich da rausholen, Rosie. Und wenn es das Letzte ist, was ich tue«, schwor er und warf die Decke zur Seite.

Corson-Smythe konnte zur Hölle fahren. Es wurde Zeit, dass Guinn etwas unternahm.

5. Kapitel

8. Januar 1890

Guinn kauerte zwischen mehreren Fässern am *Old Swan Pier* und wartete ungeduldig, dass Whiting aus dem *Cob* herauskam. Es war immer noch eisig kalt. Wie spitze kleine Finger glitten einzelne Schneeflöckchen in Guinns Kragen und sammelten sich dort, um als geschmolzenes Wasser seine Wirbelsäule entlang zu rinnen. Unwillkürlich erschauerte er und rieb sich über den Nacken. Dadurch streckte er seinen Oberkörper, was die Bauchwunde nicht sonderlich guthieß und sich mit einem Stechen bemerkbar machte.

Was gäbe Guinn jetzt dafür, sich ins warme Innere der Kaschemme zurückzuziehen, ein Pint oder zwei zu trinken und sich von der Atmosphäre mitreißen zu lassen. Doch er konnte es nicht. Zu viele kannten sein Gesicht und würden nicht zögern, ihn für kleine Münze an jeden, der es wollte, auszuliefern. Also blieb nur diese Möglichkeit, denn anders als Roya besaß er nicht die Fähigkeit, sich unsichtbar zu machen.

Die Tür zum *Cob* öffnete sich und wehte Stimmen, leise Musik und den Duft der Unterwelt zu Guinn hinüber. Er stellte sich vor, wie die Wärme des Schankraums ihn einhüllte und dafür sorgte, dass seine Muskeln aufhörten zu zittern.

So kalt, dachte er wütend und klemmte seine Hände unter die Achseln, *war es nicht einmal auf dem Grund der Themse gewesen.*

Im Schein einer gasbetriebenen Lampe tauchten drei Gestalten auf. Guinn richtete sich auf. Eine der Personen erkannte er als Whiting, dessen vorstehender Bauch schon von weitem zu sehen war. Die beiden anderen waren schmaler und um einiges kleiner. Die Gruppe schloss die Tür des *Cob* hinter sich und lief auf geradem Weg auf Guinns Versteck zu. Da er trotz seines mechanisch veränderten Auges die Gesichter der Fremden nicht erkennen konnte, rutschte er tiefer in die Schatten. Einen Vorteil vergab man nicht. Und Guinn wäre dumm, traute er Whiting blind über den Weg. Der Mann war einst ein Polizist gewesen. Was sollte ihn also daran hindern, ihn doch noch zu verraten?

Vor den Fässern blieben die drei Gestalten stehen und sahen sich nervös um. Whiting lugte in Guinns Versteck, sah ihn aber offensichtlich nicht. »Guinn, wo sind Sie?«

Wenn sie mehr Zeit hätten, würde er sich einen Spaß daraus machen, den Inspector weitersuchen zu lassen, so aber gab er sich einen Ruck und wollte in dessen Blickfeld treten.

»Falls Sie mich belogen haben, Shawn, werden Sie es bereuen«, zischte da eine der Gestalten. Eine Frau, was sogar trotz des leisen Tonfalls deutlich wurde.

»Ruhig, Royalyn. Es nutzt ihm nichts, uns hierher zu locken. Ich habe eine Pistole auf seinen Unterleib gerichtet. Er wird uns nichts tun, nicht wahr, Whiting?«

Insgeheim musste Guinn lachen, als er die Worte der zweiten Person vernahm. Er kannte sie nicht, ahnte aber, dass sie und Whiting mehr als nur ein Problem miteinander hatten. Zeitgleich breitete sich ein Gefühl der Wärme in seinem Innern aus. Roya war hier. Wie Doyle es versprochen hatte.

»Seien Sie still! Er muss hier irgendwo sein. Ich weiß es einfach. Immerhin habe ich ihn hier zurückgelassen.« Whiting klang ziemlich beunruhigt. Vielleicht fürchtete er, Guinn habe sich verdrückt. Besser, er beruhigte den armen Kerl.

»Das bin ich auch.« Er trat aus seinem Versteck und ließ das rotglühende Auge aufblitzen, damit man ihn nicht mit jemand anderem verwechselte. Es wäre zu leicht, in diesem diffusen Licht zu behaupten, man habe ihn für einen Räuber gehalten und deswegen erschossen. Soviel zumindest traute er dem einstigen Inspector durchaus zu. Vor allem, nachdem er erfahren hatte, dass der Mann Sir Ian Connery fälschlicherweise verdächtigt hatte, der Schlächter von London zu sein, anstatt sich auf die Ermittlungen gegen dessen Bruder Jackson Pendergast zu konzentrieren, der dadurch beinah freigekommen wäre.

»Guinn!« Die kleinere der beiden Frauen stieß ein Geräusch aus, das halb nach Lachen, halb nach Weinen klang. Sie sprang nach vorn und warf sich in seine Arme. »Gott, ich konnte es nicht glauben, als Tom sagte, du lebst!«

Rein instinktiv fing er sie auf, atmete ihren warmen Rosenduft und erinnerte sich der Dinge, die er nicht haben durfte. Roya war vergeben. Sie gehörte jetzt einem anderen, das musste er wohl oder übel lernen zu akzeptieren. Trotzdem fühlte er dort, wo einst sein Herz gesessen hatte, einen dumpfen Stich. Diesmal jedoch nicht so schlimm, wie in jenem Augenblick, als er davon erfahren hatte.

»Kleines, es tut gut, dich zu sehen.« Er zog sich ein Stück zurück, um sie ansehen zu können.

Sie trug eine gestrickte Mütze, die ihr langes Blondhaar verbarg. Ein langer Mantel verhüllte ihre verführerische Figur und schwere Stiefel taten ihr Übriges, dass sie auf den ersten Blick als Mann durchginge – wenngleich als ein besonders schmächtiger. Trotzdem blieb sie für ihn die schönste Frau, die er jemals gesehen hatte, bis auf ... Nein, er würde jetzt nicht an die blinde, hilflose Frau in Charmings Fängen denken und sich ablenken lassen.

Anscheinend fand das auch die andere Frau, denn sie räusperte sich. Guinn nahm sie genauer in Augenschein. Sie war etwas größer als Roya, trug ihre dunklen Haare zu einem Zopf geflochten, aus dem sich bereits einige Löckchen wieder gelöst hatten. Obwohl sie einen langen Mantel trug, ahnte er, welche Art von Kleidung sie darunter trug. Seines Wissens nach bevorzugten SVY-Agentinnen bequeme Hosen und Blusen, um sich besser bewegen zu können. Emmas herzförmiges Gesicht wirkte harmlos, doch in ihren Augen lag ein Ausdruck, den Guinn nur zu gut kannte. Diese Frau hatte schon einiges erlebt und wusste sich zu behaupten.

»Wir sollten mit der Wiedersehensfeier warten, bis wir unser Ziel erreicht haben, meint ihr nicht?«, meldete sie sich zu Wort. Sie trat vor und hielt Guinn eine zierliche Hand entgegen. Von der Waffe, die sie angeblich mit sich führte, fehlte jede Spur. »Emma St.Claire-Connery.«

Fragend sah er von ihr zu Whiting, ohne die Begrüßung zu erwidern. Schulterzuckend senkte sie die Hand wieder. Anscheinend machte es ihr nicht viel aus, wenn Guinn ihr Misstrauen entgegenbrachte.

»Das ist Lordkanzler Connerys Frau. Außerdem ist sie eng mit Rosie befreundet. Sie und ihr Mann helfen uns bei unserer Aufgabe.«

»Nein.« Guinn schüttelte den Kopf. »Wir schaffen das auch allein.«

Als Roya wegtreten wollte, ließ er es sich nicht nehmen, den Arm um sie zu legen, als hätte er jedes Recht dazu. Da bemerkte er zum ersten Mal, seit sie ihn angesprochen hatte, die Anspannung in Emmas Körper. Sie schien zu wissen, wer oder was er war und hatte keine Sekunde lang ihre Achtsamkeit fallengelassen. Mit einer fast unauffälligen Bewegung steckte sie beide Hände in ihre Manteltaschen. Vermutlich befand sich in einer davon die Waffe. Insgesamt schien Emma es gewohnt zu sein, mit Menschen seines Schlages zu tun zu haben. Sie konnte also nicht nur ein hübsches Gesicht für das SVY sein. Wenngleich sie tatsächlich recht ansehnlich war. Kein

Vergleich mit Roya, die klein, blond und üppig gebaut war oder der ätherischen Schönheit von Rosie, aber trotzdem ...

Reiß dich zusammen, Guinn. Du bist nicht hier zum Gaffen, befahl er sich selbst. »Gehen Sie nach Hause, junge Lady. Das hier ist nur etwas für miese Straßenratten.«

Für einen Moment legte Emma den Kopf schräg, dann erschien ein Strahlen auf ihrer Miene. »Wie gut, dann bin ich hier ja genau richtig!«

»Sie ist eine von uns Guinn.« Roya stieß ihm leicht gegen die Brust. Als sie das feste Material spürte, das unter seinem Hemd die kleine Tür zu seinem Herzen verbarg, verzog sie das Gesicht, ging aber nicht darauf ein. Sie wusste, *was* Guinn tatsächlich war. »Ohne Emma und den Lordkanzler können wir unsere Rettungsmission ohnehin vergessen.«

Emma hob eine Braue. »Um es genau zu sagen, Guinn, mein Gatte hat bereits dafür Sorge getragen, dass eine Hundertschaft Schutzmänner einsatzbereit ist sowie Luftdroschken und schwere Bewaffnung. Sie sagten Tom, Sie rechnen mit Widerstand?«

Zwar gefiel es Guinn immer noch nicht, die Frau dabei zu wissen, doch dass sie sich von ihm nicht unterkriegen ließ, machte sie ihm sympathisch. Außerdem vertraute er auf Royas Urteil, wenngleich er es in Bezug auf Doyle für nicht ganz so zuverlässig hielt. Aber dazu würde er sich nicht mehr äußern.

Er nickte. »Richtig. Charming schart Schläger und Mörder um sich. Wir kommen nicht in das Bordell hinein, wenn er sich darin verschanzt.«

»Die Polizei dient als Ablenkungsmanöver. Doch damit sie rechtzeitig vor Ort sein kann, sollten Sie mir jetzt sagen, wohin ich sie lotsen soll, damit Sie Rosie in dem Durcheinander befreien können.«

Offenbar kannte sie den Plan, den Guinn mit Doyle besprochen hatte, was auf der einen Seite gut war, auf der anderen barg es das Risiko, dass jemand sie bei dem Gespräch darüber belauscht haben könnte.

Als ob sie seine Gedanken erriet, verschränkte Emma die Arme vor der Brust. »Niemand außer uns kennt den genauen Plan und niemand weiß, weshalb wir das Bordell hochnehmen. Offiziell haben wir während eines Traumgangs Hinweise darauf erhalten, dass in dem Haus ein Helfershelfer von William Gull versteckt gehalten werden soll, nachdem die Königin persönlich fahnden lässt. Der Anschlag auf sie war schließlich kein Kavaliersdelikt. Zudem haben wir das Gerücht gestreut, es sei ein kleiner Racheakt gegen Charming, der sich einmal zu oft herausgenommen hat, sich über die Polizei lustig zu machen. Glauben Sie mir, Guinn, so viele Freiwillige unter den kronentreuen Schutzmännern, wie sich danach gemeldet haben, hat noch nie jemand zuvor gesehen. Mir schien«, sie hob einen Mundwinkel. »dass einige unter ihnen ein gesteigertes Interesse daran haben, mit diesem Schwein eine Rechnung zu begleichen. Wie dem auch sein mag, wir verschwenden hier wertvolle Zeit.«

Das taten sie, weswegen sich Guinn von Roya löste und vorbeugte. Obwohl Emma größer als Roya war, musste er den Rücken wölben, um ihr ins Ohr flüstern zu können. »Sie scheinen eine besonders starke Frau zu sein, Lady St.Claire-Connery. Passen Sie auf sich auf. Wenn es hart auf hart kommt, werden Charmings Leute keine Rücksicht darauf nehmen, dass Sie eine Frau sind.«

»Das weiß ich, *Mister McGuinney*, aber ich habe auch den Schlächter zu Fall gebracht, da werde ich mich wohl gegen ein paar Trunkenbolde zur Wehr setzen können.« Bei der Erwähnung des Namens, setzte Whiting zum Protest an. Emma sah ihn nur an und er schloss den Mund mit einem deutlichen Geräusch.

Guinn bezweifelte zwar, dass Emma gegen mehrere von Charmings Leuten etwas auszurichten vermochte, aber er sagte nichts dazu.

»Außerdem«, fuhr sie fort, »bin ich Rosies einzige Freundin. Sie wird nur mir oder Tom vertrauen. Sie brauchen mich also.«

Auch das würden sie sehen, wenn es soweit war.

»Dann treffen wir uns also vor Ort.« Er nannte ihr die Adresse des Bordells. Ehe er sich abwandte und Whiting bedeutete, ihm zu folgen, sah er Roya noch einmal fest an. »Ich könnte deine Hilfe brauchen, Kleines. Niemand kommt so leicht in Gebäude hinein oder hinaus wie du.«

Roya schüttelte den Kopf. »Tut mir leid, Guinn. Aber ich kann mich nicht als Phantom in Charmings Nähe wagen. Er besitzt eine Waffe, mit der er mich töten könnte. Zumindest besaßen seine Männer eine solche. Vermutlich hat er sie längst zurückerhalten. Das Risiko kann ich nicht eingehen. Ich werde in der Zwischenzeit das Versteck wie besprochen vorbereiten. Vertrau Emma. Sie weiß, was sie tut.«

Enttäuschung wallte in Guinn auf. Er hätte gern mehr Zeit mit Roya verbracht, wozu sie gezwungen gewesen wäre, wenn sie ihm auf direktem Weg half.

»Wollen wir es hoffen.«

Da nun alles gesagt war, trennten sie sich. Während Guinn neben Whiting zu der Luftdroschke stiefelte, die Corson-Smythe ihnen zur Verfügung gestellt hatte, gingen die Frauen in die entgegengesetzte Richtung. Sie alle hatten ihre Aufgaben und würden, sofern eine höhere Macht ihre Hand darüber hielt, einen Weg finden, Rosie zu retten.

Dumm nur, das Guinn bezweifelte, dass es irgendein mystisches Wesen interessierte, was aus der blinden Frau oder ihnen allen wurde.

»Ich frage mich gerade, warum Sie die Adresse erst jetzt bekannt gegeben haben, Guinn?« Whiting blieb unvermittelt stehen und riss ihn so aus seinen Gedanken.

Normalerweise wäre er einfach weitergelaufen und hätte den Idioten stehen gelassen, auch weil alles in ihm drängte, die Aufgabe endlich hinter sich zu bringen. Aber ebenso sehr wollte er wissen, worauf diese Frage anspielte.

»Vertrauen Sie mir etwa nicht, Inspector?«

Eine Ader auf Whitings Stirn schwoll an und seine Schultern bebten verdächtig, was Guinn ein Grinsen entlockte. Er liebte es, den Kerl aus der Reserve zu locken. Sie mochten Verbündete sein, aber Freunde eben noch lange nicht.

»Vertrauen muss man sich verdienen, Guinn. Ebenso wie Respekt. Sie sind ein Verbrecher, die ich aus Prinzip als nicht vertrauenswürdig einschätze. Ich will nur sichergehen, dass Sie uns nicht alle in eine Falle locken!«

Guinn drehte sich gänzlich zu seinem Begleiter um und verschränkte die Arme vor der Brust. Er tat es nicht ohne Grund, denn eigentlich hatten sie für solche Spielchen keine Zeit. Dennoch wollte, nein musste er seine Position deutlich machen. »Wenn ich Sie tot sehen wollte, Whiting, wären Sie es bereits. Ich bin durchaus in der Lage, einem Mann wie Ihnen den Hals umzudrehen, ohne ins Schwitzen zu kommen. Selbst mit den Verletzungen, die Ihr lieber Doktor so schön verbunden hat. Der Grund für mein Schweigen lag einzig und allein darin begründet, dass ich Doyle nicht traue. Ich musste sichergehen, dass es Roya gut geht. Vermutlich hätte er mir alles erzählt, nur, damit ich ihm preisgebe, wo sein kleines Medium ist. Jetzt habe ich sie gesehen und weiß, dass wir auf derselben Seite stehen.«

Whiting sah aus, als wolle er noch etwas sagen. Er schwieg jedoch, was Guinn als Aufforderung betrachtete, weiterzugehen. Er fühlte die

Blicke des anderen wie Dolche im Rücken. Es kümmerte ihn nicht. Sein Lebtag hatte er nur getan, was er für sich als richtig erachtete. Er würde dies nicht ändern, nur weil ein mickriger, kleiner Polizist glaubte, einem Verbrecher nicht trauen zu können. Nun, das sollte man ohnehin nicht, aber in diesem Fall gab es keinen Grund für Zweifel. Sie verfolgten alle dasselbe Ziel und am Ende fand vielleicht jeder, was er sich von Herzen wünschte.

Charming schnalzte mit der Zunge und fuhr anschließend mit einer Hand über sein Haar, um zu prüfen, ob seine Frisur noch perfekt saß. Es störte ihn nicht, dass anschließend seine Finger von Pomade glänzten. Alles, wirklich alles lief zu seiner Zufriedenheit.

»Wir haben die Waren verladen und ins Labor gebracht, Sir.« Lester nickte zum Bett. »Sollen wir sie jetzt rüberbringen?«

Charming strich seine Weste glatt. »Noch nicht. Sie wird nicht weglaufen. Ich möchte mich vorher davon überzeugen, dass alles vorbereitet ist.«

»Vertrauen Sie uns nicht?«

»Dir schon, mein Hübscher.« Charming lachte leise. Dann streichelte er Lester über die Wange und genoss es, wie der Mann zusammenzuckte. Keiner seiner Leute mochte es, wenn er sie auf diese Art ansah oder berührte. Nicht, dass er jemals in den eigenen Gewässern gefischt hätte. Ansehen, aber nicht anfassen, das war Charmings Devise. Männer, die ihren Anführer hassten, waren nicht bereit, alles für ihn zu tun. Nichtsdestotrotz zögerte er nicht, ihnen das Gefühl zu geben, sie stünden auf seiner Wunschliste. Angst war die beste Fessel, die Charming kannte. »Aber diesen Laborratten nicht. Es muss alles perfekt sein. Ich will keine Überraschungen erleben. Es genügt, dass Gull versagt hat. Ich werde nicht scheitern.« Er holte tief Luft. »Rosie!«

Bloße Füße tapsten über den Läufer, der zu Charmings Schreibtisch führte, dann trat die junge Frau in sein Blickfeld. Sie trug noch immer keinen Fetzen Stoff am Leib.

Es juckte Charming in den Fingern, durch ihr Haar zu streichen und sie an sich zu ziehen. Aber sie auf diese Art zu brechen, hätte nichts gebracht. Es hätte sie zerstört, womöglich ihre Fähigkeiten beeinträchtigt. Der andere, der harmlosere, von Victor vorgeschlagene Weg war die bessere Wahl gewesen. Jetzt folgte sie ihm wie ein Hündchen und tat alles, was er verlangte.

Schon erstaunlich, dachte er, *wie schnell sie zerbrochen ist, kaum, da sie etwas Aufmerksamkeit und nur einseitige Ernährung erhalten hat.* Er nahm sich vor, dieses Wissen zu perfektionieren. Sich Menschen auf diese Art untertan zu machen, war ein Weg, den er nie beschritten hätte, wenn er nicht diese zarte Person getroffen hätte. Diese Art der Folter hatte seinen ganz eigenen Reiz, den Charming weidlich auszukosten gedachte. Rosie war erst der Anfang.

Wie aufs Stichwort sank sie neben ihm auf die Knie und hob erwartungsvoll den Kopf. Sie zeigte keinerlei Anzeichen, dass sie sich vor ihm fürchtete. Im Gegenteil. Bewunderung lag in den blinden Augen, die ihn fixierten, obwohl sie ihn gar nicht wahrnehmen konnten.

Unwillkürlich erschauerte Charming. Diese Augen verfolgten ihn sogar bis in seine Träume, weswegen er die Zähne zusammenbiss, bis er fühlte, dass der Muskel auf seiner Wange heftig zuckend dagegen protestierte. Rosie besaß eine derart seltsame Ausstrahlung, dass ihm anders wurde, wenn er sich zu sehr darauf konzentrierte. Seinen Untergebenen gegenüber durfte er sich das jedoch nicht anmerken lassen, deshalb schenkte er dem anderen Mann ein verführerisches Lächeln, während er ihn weiterhin streichelte.

»Siehst du, mein Hübscher, *das* ist der Gehorsam, den ich erwarte. Und um einen solchen zu erhalten, ist es unbedingt erforderlich, selbst nach dem Rechten zu sehen.«

Lester schluckte und nickte. »Natürlich, Sir. Sie kennen sich damit besser aus als ich.«

Charming tätschelte seine Wange. Er wusste, dass der Mann ihn schamlos belog, aber er störte sich nicht daran. Er besaß die Kontrolle über ihn wie über jeden anderen, solange er die unsichtbare Grenze, die dieser gezogen hatte, nicht überschritt. Doch sie zu berühren, ihre Standhaftigkeit zu testen, bereitete ebenso viel Vergnügen.

Gerade wollte er eine entsprechende Bemerkung machen, da hörte er den erstickten Schrei eines seiner Mädchen.

Charming runzelte die Stirn. Als er es bemerkte, glättete er sie sofort wieder, um keine Falten zu riskieren. Jetzt legte er den Kopf schräg und lauschte. Vor langer Zeit hatte er gelernt, die Frauen an ihren Geräuschen zu erkennen. Er wusste, wie sie klangen, wenn sie Schmerz, Lust oder Langeweile empfanden. Dieser Laut allerdings klang zu sehr nach Angst, als das es nicht sämtliche Alarmglocken in ihm zum Läuten brächte.

»Sieh nach, was da los ist.«

Lester beeilte sich, den Raum zu verlassen. Angespannt wartete Charming auf seine Rückkehr. Den Blick fest auf den Vorhang gerichtet, der sein Arbeitszimmer vom Begrüßungsraum trennte, fragte er sich, was da draußen vorging. Er lauschte, hörte, wie einige Freier fluchten. Ein paar Mädchen versuchten, sie zum Bleiben zu überreden, dennoch schien es ihnen nicht zu gelingen, wenn er die schnellen Schritte, das Knistern von Stoff und die flehenden Stimmen richtig interpretierte.

Rosie neben ihm stieß ein Wimmern aus, das seine Konzentration durchbrach. Er verzog die Lippen und blickte auf ihren weißblonden Schopf. Sie zitterte, aber er wusste, dass es nicht aufgrund der drohenden Gefahr geschah, sondern weil er ihr noch keinerlei Aufmerksamkeit geschenkt hatte.

»Es ist alles gut, meine wunderschöne Rose. Dir geschieht nichts.« Sein Lächeln grub sich tiefer ein. »Das verspreche ich dir.«

Lester schlug den Vorhang zurück und trat ein. Hektische Flecken zierten seine Wangen. »Sir, wir haben ein Problem.«

»Was gibt es?«

»Lockhardt von der Schmiere ist hier. Er ist betrunken.«

Ärgerlich schüttelte Charming den Kopf. »Was interessiert mich das? Bring ihn zum Schweigen. Schaff' ihn raus, was auch immer nötig ist, aber ...«

»Er faselt etwas von Schutztruppen, Sir«, unterbrach Lester.

Normalerweise hätte Charming ihn dafür gerügt, in diesem Fall jedoch, verschlug es ihm glatt die Sprache. Schutztruppen? Sein Blick fiel auf Rosie. Konnte es sein, dass die Männer sie suchten?

Er wies mit dem Kinn auf sie und hob fragend eine Braue.

»Nein. Es geht um die Mädchen. Außerdem hat er etwas ...«

»Genug! Er soll es mir selbst sagen. Du kümmerst dich um die Angelegenheiten, die wir besprochen haben.«

»Ja, Sir.« Lester nickte abschließend und machte auf dem Absatz kehrt.

Nur wenige Minuten später torkelte Constable Lockhardt durch den Vorhang. Der Mann war schlaksig, von hohem Wuchs mit lockigem Backenbart. Sein Helm hing schief auf seinem eierförmigen Kopf und seine hervorstehenden Zähne taten ihr Übriges, dass er wie ein Pferd wirkte.

Charming hielt sich nicht mit einer Begrüßungsfloskel auf. Er woll te Antworten und das sofort. Als der Mann sich im Laufen abfing, ehe er nach vorn auf den Boden fallen konnte und dabei lautstark rülpste, zog Charming ein Taschentuch hervor und hielt es sich vor die Nase. Widerlicher Kerl. Kein Wunder, dass er auf seiner Gehaltsliste stand. Polizisten, die der Hurerei und dem Saufen zusprachen, waren leicht zu kaufen.

»Also? Rede!«

»He, Mann, Boss, Charming, Sir. Ich h-hab da einen h-heißen Tipp.«

»Das hörte ich. Sag schon, um was es geht.«

»'ne Hundertschaft, oder auch mehr. Suchen jemanden.« Mit gierigem Blick musterte er Rosie, die noch immer auf dem Boden kauerte. Als er sich die Lippen leckte, trat Charming dazwischen.

»Wen suchen sie?«

»Keine Ahnung.« Lockhardt zuckte mit den Schultern. »H-hab ich vergessen.«

Zorn wallte in Charming auf und er war kurzzeitig versucht, dem Mann den Schlagstock, der an dessen Gürtel baumelte, zu entwenden und ihm über den Schädel zu ziehen. Leider, so fürchtete er, würde das bei dem Kerl keinen Schaden verursachen. Wo nichts war, konnte nichts verletzt werden. Außerdem entsprach das nicht seinem Stil.

»Was willst du für die Information?«

»N'Nümmerchen?« Wieder das gierige Leuchten in Rosies Richtung.

Weil der Kerl es offenbar auf die sanfte Art nicht verstand, musste Charming wohl deutlicher werden. Er mochte zwar nach außen nicht danach aussehen, aber er konnte durchaus seine Interessen durchsetzen, selbst wenn es bedeutete, sich die Finger schmutzig zu machen.

»Nicht sie. Vergiss, dass du sie überhaupt gesehen hast. Sie gehört mir.«

Ein Wimmern, das Angst und Zustimmung zugleich bedeuten konnte, kam von Rosie, die sich inzwischen auf die Fersen gesetzt hatte und ihre Knie umklammerte. Sie schaukelte vor und zurück. Charming strich ihr übers Haar. »Ganz ruhig, meine Liebe, dir geschieht nichts.«

»Wer dann?«

Violett kam Charming erneut in den Sinn. Doch der Constable stand bereits mit einem Bein im Grab, betrachtete man seine gelbe Gesichtsfarbe und den feinen Schweißfilm, der seine Haut bedeckte. Nein, ihn mit Syphilis zu infizieren, war Ressourcenverschwendung.

»Du kannst jedes Mädchen draußen haben, solange du deinen Mund hältst und aufhörst, meine Pferdchen scheu zu machen. Und sollte nur ein Freier abgehauen sein, wirst du deren Zeche übernehmen.«

»He! Ich liefere wichtige Informationen!«

»Noch hast du kein brauchbares Wort herausgebracht, Lockhardt.«

Der Mann begann leicht zu zittern. Ob es daran lag, dass er schon lange nichts mehr getrunken hatte, woran Charming insgeheim zweifelte, bedachte man den Gestank, der von ihm ausging, oder daran, dass er sich fürchtete, blieb dabei offen. Schließlich straffte sich Lockhardt, fuhr sich mit einer Hand über den Mund und sagte: »Du sollst einen von Gulls Helfern hier versteckt halten. Die Königin selbst hat angeordnet, dass dein Haus durchsucht wird. Und um ehrlich zu sein, deine Jungs haben uns wohl einmal zu oft verprügelt. Die anderen reißen sich förmlich darum, euch aufzumischen.«

Das erklärte einiges. Vor einigen Jahren hatte bereits eine kleinere Truppe versucht, seine Pferdchen zu befreien und war kläglich gescheitert. Charmings Leute hatten mehrere Schutzmänner krankenhausreif geschlagen. Dieses Mal würde es nicht anders laufen.

Charming hob eine Braue. »Und du nicht?«

»Warum denn? Ich bekomm hier immer mal wieder einen Stich umsonst und du zahlst gut. Naja, meistens zumindest.«

Loyalität unter Ganoven, dachte Charming sarkastisch. »Also schön. Danke für die Warnung. Und jetzt verschwinde.«

Nachdem Lockhardt gegangen war, rieb Charming sich übers Kinn. Rosie, die sich aufgerichtete hatte, sobald sie wieder allein waren, umfasste seine Wade mit zaghaftem Griff.

Doch dieses Mal hatte er keinen Blick für das Weibsbild. Zu viele Dinge gingen ihm durch den Kopf. Wenn die Schutzmänner hier einfielen, würden sie zwangsläufig Rosie entdecken. Da war schnell eins und eins zusammengezählt und eine falsche Summe errechnet.

Er schüttelte den Kopf. Nein, soweit durfte er es nicht kommen lassen. Mit langen Schritten ging er zu seinem Schreibtisch und öffnete die oberste Schublade. Er zog die Kladde hervor, in der er alle wichtigen Informationen notierte, und steckte sie in seine Weste. Dann nahm er sich seinen Mantel, der an einem Ständer in der Ecke hing, und schlüpfte hinein. Wie immer verzichtete er auf einen Hut, der zwar gentlemanlike wäre, aber seine Frisur ruinieren würde. Erst danach drehte er sich zu Rosie um.

»Steh auf, mein Täubchen. Ich habe eine Aufgabe für dich.«

6. Kapitel

9. Januar 1890

Die Straße lag friedlich unter ihnen. Gelbe Pfützen aus Licht unter Gaslampen boten spärliches Licht für die Nachtwächter, die um diese Uhrzeit als Einzige durch die Straßen Londons marschierten. Wenngleich sie sich für gewöhnlich von diesem Teil der Stadt tunlichst fernhielten. Zu viel Gesindel, zu groß die Gefahr, selbst verletzt zu werden. Die Bürger dieses Stadtteils weinten ihnen keine Tränen nach, weil sie damit weit mehr Freiheit genossen, als die meisten anderen Londoner.

Guinn fluchte unterdrückt, als feines Quietschen von Hooverfahrzeugen an sein Ohr drang, und betete inständig darum, dass es nur dem modifizierten Organ zu verdanken war, dass er es hörte. Andernfalls wären Charming und seine Schläger gewarnt, noch ehe alle Mann vor Ort Stellung bezogen hatten. Dass die Polizei keine regulären Kutschen einsetzte, lag nur zum Teil daran, dass diese schon vor Ewigkeiten ausgemustert worden waren. Doch die modernen Fahrzeuge hatten den Nachteil, dass die Luftkissen, auf denen sie dahinglitten, oft an Auftrieb verloren, was die übrige Mechanik zu spüren bekam. Was, wie in diesem Augenblick, durch protestierende Geräusche zum Ausdruck kam.

»Hören Sie das?«, fragte Guinn leise Whiting, der neben ihm auf dem niedrigen Dach eines Gebäudes gegenüber des Bordells stand.

Es war kurz nach Sonnenaufgang. Die Nacht hatte sich noch nicht vollständig verzogen und dicke Wolken am Himmel taten ihr Übriges, um das wenige Sonnenlicht, dass es überhaupt gab, fernzuhalten. Das Battersea-Leuchten färbte die sonst weißen Flecken grün, was sie, wenn ein Blitz daraus hervorzucken würde, umso bedrohlicher wirken ließ. Glücklicherweise fiel nur leichter Nieselschnee, der zwar unangenehm, aber bei weitem nicht so schlimm war, wie ein Gewittersturm es wäre. In der Luft hing der feuchte Geruch nach Morgen. Die Temperaturen lagen etwas über dem Gefrierpunkt und machten es für Guinn nicht gerade leichter, ruhig auszuharren.

»Was?« Der Inspector wirkte sichtlich verwirrt, was eine Welle der Erleichterung in Guinn hervorrief. Wenn der Mann es nicht hörte, konnten es Charmings Schläger innerhalb des Bordells auch nicht.

Noch lief alles nach Plan. Nur die Position des Freudenhauses bereitete Guinn ein wenig Sorge. Es lag in einem Hinterhof. Um hineinzugelangen, musste man einen Durchgang zwischen zwei Gebäuden durchqueren, über dem eine Wohnung lag. Dadurch war das Bordell auf den ersten Blick nicht zu sehen. Nur Eingeweihte kannten diesen Ort und aus Angst vor Charming sprach niemand darüber. Durch seine Lage war es allerdings auch leichter zu verteidigen, als es ein gewöhnliches Wohnhaus gewesen wäre.

Guinn rollte mit den Schultern, um seine schmerzenden Muskeln zu entspannen. Die hatte ihm Gull nicht ersetzt, weswegen er jeden einzelnen nach den letzten Tagen spürte. Flüchtig erinnerte er sich des Sprungs von Big Bens Glockenturm, der ihn anständig durchgeschüttelt hatte. Es war schon zwei Wochen her, seit Guinn die Bombe hinter den Zifferblättern versteckt hatte, die den Glockenturm in die Luft gesprengt hatte. Aber trotzdem fühlte es sich an, als sei er erst gestern mehrere Meter in die Tiefe gesprungen. Er drängte den Gedanken beiseite. Die Erlebnisse lagen in der Vergangenheit. Nur das Jetzt zählte noch. Ein wenig Schmerz ließ sich leicht verkraften. Vorausgesetzt er weitete sich nicht auf den Rest seines Körpers aus, wovon Guinn zunächst nicht ausging. Wäre da nicht diese verfluchte Kälte!

Bevor er und Whiting hergekommen waren, hatten sie eine kurze Rast eingelegt, um die Mechanik in seiner Brust neu zu befeuern. Nicht, dass es notwendig gewesen wäre, aber irrationale Angst hatte Guinn dazu getrieben.

Erneut erklang das Quietschen. Diesmal näher. Über dem Flackern einiger Gaslaternen hinweg meinte er, nun auch huschende Personen zu erkennen. Er blinzelte, um seine mechanischen Augen zu aktivieren und konzentrierte sich auf die Stelle. Freund oder Feind? Besser, sie wussten es rechtzeitig. Guinn runzelte die Stirn, versuchte herauszufinden, was seine Aufmerksamkeit erregt hatte.

Als er es erkannte, stieß er einen Fluch aus. »Gottverdammt! Sehen Sie!«

»Wo?« Whiting kniff die Lider zusammen und ruckte mit dem Kopf hin und her, bis Guinn ihm die Stelle wies.

»Das sind unsere, oder?«

Dem stimmte Guinn zu. Doch die Schutzmänner waren nicht allein. Mehrere geduckte Gestalten schlichen durch die Straßen. Sie hielten Knüppel, Beile und Messer in den Händen. So gut es bei ihrer Anzahl, die er nicht abzuschätzen wusste, ging, duckten sie sich in

Schatten und Hauseingänge. Trotzdem würden sie irgendwann bemerkt werden.

Schusswaffen entdeckte Guinn zu seiner Erleichterung keine, aber auch so bedeutete die Anzahl an zwielichtigen Figuren, dass der Plan nicht aufging. Vermutlich hatte jemand schön die Hand dafür aufgehalten, als er oder sie diese Information weitergab.

»Ich fürchte, wir sind aufgeflogen.«

Whiting reckte den Hals, versuchte offensichtlich mehr zu erkennen. Seinem angestrengten Gesichtsausdruck nach zu urteilen, gelang es ihm nicht.

»Wie kommen Sie darauf?«, fragte der just und zupfte an seinem Bart.

Guinn wollte gerade antworten, als er einen einzelnen Schutzmann erkannte, der hocherhobenen Hauptes durch die Straße lief. Er sah dabei immer wieder auffällig nach hinten, damit auch der letzte Idiot mitbekam, dass er nicht allein unterwegs war.

»Was zum ...? Littlechild, du Tölpel!« Whiting spuckte aus.

»Sie kennen ihn?«

»Constable Littlechild – zumindest war er das früher. Wir haben zusammengearbeitet, aber dieser Hornochse war zu dämlich für diese Art Arbeit und hat beinah dafür gesorgt, dass wir den Falschen aufgehängt hätten. Er wird uns noch verraten, wenn ...« Der Satz erstarb Whiting auf den Lippen, weil plötzlich ein lautes Pfeifen die Nacht zerriss. »Oh nein! Littlechild, du Idiot!«

Fassungslos beobachteten sie, wie der Schutzmann stehen blieb, eine Hand noch immer an der Pfeife im Mund, die er weiterhin blies, und mit der anderen wild gestikulierend auf die Leute zeigte, die sich auf die Polizisten zubewegten.

Mit einem Mal ging alles sehr schnell. Littlechild warf sich herum und rannte davon. Die schweren Hooverfahrzeuge des Scotland Yard kamen in Sicht, flankiert von dutzenden Polizisten, die ihre Knüppel schwangen.

Ein scharfer Befehl schallte durch die Straße. »Vorwärts!«

Unvermittelt flammten überall in den Häusern Lichter auf. Menschen erschienen an den Fenstern, sahen neugierig hinunter in die Straßen und weitere Schatten krochen aus ihren Verstecken.

Nicht gut. Normalerweise interessierten sich die Bewohner dieses Stadtteils nur für sich selbst und reagierten nicht einmal, wenn sie Trillerpfeifen oder lautes Rufen hörten. Wenn innerhalb so kurzer Zeit alles wach war, hieß das, jemand hatte ihnen erzählt, dass etwas vor sich ging.

»Heiliger Strohsack! Wo kommen die denn alle her?« Whiting streckte seinerseits eine Hand aus und deutete auf weitere Schläger, die sich in rasantem Tempo aus einer der anderen Straßen und dem Hof des Bordells näherten. Auf Höhe von Charmings Etablissement hielten sie kurz inne und verschmolzen mit dem restlichen Trupp, nur um dann gemeinsam weiterzugehen.

Noch geschah dies fast leise. Sie hörten lediglich das Klatschen, wenn Männer ihre Schlagstöcke auf die flache Handfläche niedergehen ließen, raue Flüche, derbe Worte und das gleichmäßige Trampeln von Füßen.

Die Luft schmeckte seltsam. Nach Gewalt und Tod, falls diese beiden Dinge überhaupt einen eigenen Geschmack besaßen. Sämtliche Härchen auf Guinns Haut richteten sich auf. Er fühlte seinen Herzschlägen nach. Einer. Zwei. Wie das Dröhnen von Big Ben, wenn die Glocke zur vollen Stunde schlug. Was nach der Zerstörung nie wieder der Fall sein würde. Schnell und gleichzeitig viel zu langsam kroch die Zeit dahin.

Urplötzlich stieß jemand ein Brüllen aus. Hunderte von Kehlen antworteten. Ein einzelner Mann aus Charmings Meute rannte los, seine Kumpane folgten ihm. Desgleichen auf der anderen Seite. Dann prallten die beiden Truppen aufeinander. Dumpfe Schläge, gellende Schreie und gebrüllte Befehle vertrieben endgültig die Stille des Morgens.

»Wir müssen da runter, Whiting. Kommen Sie!«

Das Dach war nicht hoch genug, als dass der Sturz für sie beide hätte gefährlich werden können, doch Guinn wollte nicht riskieren, dass Whiting zu lange zögerte. Ehe der die Chance bekam, überhaupt zu reagieren, packte Guinn ihn um den Bauch, was gar nicht so einfach war, und sprang.

»Nein!« Whitings Schrei verebbte unter dem Lärm, den Charmings Leute machten, während sie in die Tiefe stürzten.

Inzwischen gelang es der Sonne, zwischen den Wolken hindurch zu blitzen und vereinzelte helle, gründurchwirkte Strahlen zur Erde zu schicken, was der Szenerie eine unwirkliche Färbung verlieh.

»Unser Einsatz!« Zu Guinns Überraschung zog Whiting unmittelbar nach der Landung einen Schlagstock hervor und rannte, ohne abzuwarten los. Er stürzte sich zwischen die Kämpfenden, dann verlor Guinn ihn aus den Augen. Eine dunkle Ahnung sagte ihm, dass der Mann nicht nur Charmings Männer vermöbeln würde. Sollte ihm dieser Littlechild in die Finger geraten, mochte Gott dem Kerl gnädig sein.

Da er selbst schon viel zu lange abgewartet hatte, rannte Guinn vorwärts. Mitten in den Pulk der Verteidiger, die sich verbissen gegen die Polizisten zur Wehr setzten.

Er kam nur langsam voran, weil er ständig Schlägen oder Tritten ausweichen musste. Ein Mann mit gebrochener Nase und Wahnsinn im Blick packte Guinn an der Schulter und wollte ihm ein Messer in den Bauch rammen. Ohne zu zögern, drehte sich Guinn zur Seite. Die Klinge zerschnitt sein Hemd, prallte an der Brustplatte ab und verbog sich leicht. Derweil rammte er dem Angreifer seine modifizierte Hand ins Gesicht. Es knackte kurz, dann ging der Kerl wie ein nasser Sack zu Boden. Im gleichen Augenblick hatte sich jedoch von hinten ein weiterer Schläger herangepirscht. Guinn fühlte den Luftzug, als die Handaxt des Mannes haarscharf an seinem Kopf vorbeizischte. Er wirbelte herum und sah Whiting an, der dem Kerl eins über den Schädel gezogen hatte.

Guinn nickte seinem Retter zu und wollte sich wieder Richtung Bordell machen, als er eine Bewegung erspähte, die nicht zu den Kämpfenden passen wollte.

Vielleicht ein paar der Huren, die flüchten wollen, schoss es ihm durch den Kopf, dann erkannte er, dass es zwei Personen waren, die sich längsseits an den Kämpfern vorbeischoben. Eine davon war hochgewachsen und eindeutig männlich, der Anblick der zweiten Gestalt dagegen, ließ das, was von Guinns Blut noch übrig war, in den Adern gefrieren. Sie hatte helles Haar und war nackt!

Mit einem Brüllen warf sich Guinn vorwärts. Er hörte noch, wie Whiting ihm etwas nachrief. Es interessierte ihn nicht. Sollte der Kerl sich weiter prügeln, sein Ziel war gerade dabei, abzuhauen.

Jetzt nahm auch Guinn keinerlei Rücksicht mehr. Unter Einsatz seiner Körpermasse, seiner Ellenbogen und Tritten kämpfte er sich den Weg frei. Um ihn herum stöhnten und schrien die Kämpfer. Einige darunter vor Schmerzen, weil Guinn wie ein Fels über sie hinwegrollte. Dabei versuchte er, Charming und Rosie nicht aus den Augen zu verlieren, was gar nicht so einfach war.

Nach einer gefühlten Ewigkeit kam Guinn aus dem Pulk heraus. Er gönnte sich keine Zeit zum Durchschnaufen, sondern rannte auf den immer kleiner werdenden hellen Fleck zu, den er mit Rosies Haaren in Verbindung brachte.

Charming hatte schon reichlich Abstand zwischen sich und die

Schlägerei gebracht. Mit einem Fluch auf den Lippen beschleunigte Guinn sein Tempo. Seine gewöhnlichen Gliedmaßen würden ihn die Strapazen später vielleicht spüren lassen, darauf konnte er im Augenblick allerdings keine Rücksicht nehmen.

Seine künstliche Lunge pumpte heftig, während er Meter um Meter vorwärtspreschte, die Entfernung zu Charming verkürzte, der nicht einmal einen Blick zurückwarf. Der Lude zog Rosie einfach wie ein Tier hinter sich her. Selbst im Laufen erkannte Guinn verwirrt, dass sie sich nicht zu wehren schien.

Als er weniger als hundert Schritte an sie heran war, hörte er sie aufschreien und sah, wie sie zu Boden ging. Dadurch aus dem Konzept gebracht, fuhr Charming herum. Vermutlich wollte er sie auf die Beine ziehen und fortzerren, doch dann sah er Guinn.

»Ich dachte, du bist tot.« Die Worte mochten nur gemurmelt sein, dennoch verstand Guinn jedes einzelne.

Er bleckte die Zähne, beschleunigte noch einmal, da warf sich Charming herum. Er hetzte zu einer Droschke, die nur noch wenige Meter entfernt stand. Der Kutscher gestikulierte wild, offensichtlich nicht erpicht darauf, mit Guinn, der sich übermenschlich schnell bewegte, Bekanntschaft zu machen.

Charming erreichte das Fahrzeug, als Guinn auf Rosie traf. Er bremste ab und beugte sich zu der Frau. Der Lude konnte ruhig entkommen. Früher oder später gab es bestimmt eine Gelegenheit, sich ihn zu schnappen. Jetzt musste sich Guinn erst einmal um die Frau kümmern, die nackt im Schnee lag und zitterte.

Kurz blitzte ein helles Licht auf, das Guinn als einen Anhänger mit Schmuckstein an einer silbernen Kette erkannte, der zwischen ihren Brüsten lag. Rasch sah Guinn auf in ihr Gesicht, als er bemerkte, wohin seine Gedanken zu driften drohten.

Völlig falscher Zeitpunkt!

Rosies Lippen hatten bereits eine blaue Färbung angenommen und der Rest ihres Leibes war von Gänsehaut bedeckt. Guinn schlüpfte aus seinem Mantel und breitete ihn über Rosie aus in der Hoffnung, dass seine noch darin enthaltene Körperwärme gegen die ersten Erfrierungserscheinungen half.

Dann hob er sie auf die Arme und versuchte, in ihrem Gesicht zu lesen, wie es ihr ging. Doch sie hielt die Augen geschlossen. Sobald sich Guinn bewegte, rollte ihr Kopf wie knochenlos hin und her. Feine Atemwölkchen stiegen in regelmäßigen Abständen aus Rosie Mund auf. Sie lebte, hatte aber das Bewusstsein verloren.

Für einen Moment stand Guinn einfach nur da und starrte sie an. Sie wirkte so hilflos, so schwach, dass es den toten Teil seiner Seele zum Leben erweckte und ihn daran erinnerte, dass er selbst noch ein Mensch war.

Rosie brauchte ihn.

Jetzt konnte er beweisen, dass er kein mechanisches Monster war, das nur auf Rache sann.

Ein Ruck ging durch seinen Leib, dann wandte sich Guinn ab. In fast demselben Tempo, das er zur Verfolgung genutzt hatte, rannte er los. Sein Ziel war das Versteck, in dem Roya hoffentlich bereits alles vorbereitet hatte.

Die Kämpfer in seinem Rücken beachtete er gar nicht mehr. Auch Whiting war nicht mehr wichtig. Falls der Kerl diese Keilerei überlebte, grenzte es sowieso an ein Wunder.

Jetzt zählte nur Rosie. Sie hing kraftlos in seinen Armen, der Atem kaum noch wahrnehmbar.

Etwas hatte sich verändert. Rosie seufzte, bewegte sich leicht, doch es ging nicht. Klammern aus Eisen hielten sie umfangen. Sofort schnürte Angst ihre Kehle zusammen. Was war los? Wieso fühlte sie sich, als läge sie in Ketten?

Mit einem Laut des Entsetzens versuchte sie, sich loszumachen. Ohne Erfolg. Was auch immer sie hielt, war viel stärker. Gleichzeitig ging eine Hitze von den Fesseln aus, die sie versengte und zugleich belebte.

Das ergab keinen Sinn.

Rosie drehte den Kopf, weil sie außer einem gleichmäßigen Schaben nichts hören konnte. Es half ein wenig. Jetzt vernahm sie das Knistern von Feuer, ein Pfeifen, dessen Herkunft sie nicht ergründen konnte, sowie regelmäßiges Stampfen. Fast vertraut. Fast wie ... im Extraktorraum.

Ihr von Drogen und Angst benebelter Verstand kämpfte darum, zwischen Realität und Fantasie zu unterscheiden. Sie konnte nicht wieder beim SVY sein. Sie war entführt worden. Charming, Lester ...

»Charlie!« Der Schrei entrang sich ihrer Kehle, ehe sie ihn stoppen konnte. Ihr Freund, ihr einziger Verbündeter in der Zeit der Not. Was war mit ihm geschehen?

»Ganz ruhig, Mädchen, alles wird gut.«

Über das Tosen ihres Herzschlages hinweg versuchte Rosie zu ergründen, wer da sprach. Die Stimme klang rau, mit leichtem, fast kaum wahrnehmbarem Akzent. Er schien vertraut und trotzdem vollkommen unbekannt. Schottisch vielleicht? Irisch?

»W-wer sind sie?«

»Ein Freund«, kam die nicht aussagekräftige Antwort.

Rosie hatte keine Freunde. Zumindest keine, die sich so anhörten, zuversichtlich und gleichzeitig außer Atem. Das war weder Tom noch Ian.

Ein Schauer rann durch ihren Leib. Hatte Charming sie letztlich doch an einen seiner Kunden verkauft? War es doch das eigentliche Ziel ihrer Entführung gewesen, sie meistbietend zu verschachern. Konnte alles, was sie gehört, woran sie geglaubt hatte, gelogen sein? Er hatte sie doch benutzen, sie für seine eigenen Zwecke einsetzen wollen!

Das war zu viel. Rosie begann zu zittern. Ihre Zähne schlugen so fest aufeinander, dass es wie Feuerlohen durch ihren Kiefer schoss. Sie konnte es nicht verhindern. Und als sie dann auch noch die Kälte spürte, die über ihre Zehen ihre Beine hinaufkroch, fürchtete sie, entweder den Verstand zu verlieren oder bereits an der Hand des Todes zu gehen.

Rosie kämpfte gegen die Ohnmacht an, die in ihr aufsteigen wollte. Sie durfte nicht weinen, nicht aufgeben. *Nicht zerbrechen!* Sie musste kämpfen, sie ...

... roch das Meer. Wie immer, wenn sie es in der wirklichen Welt nicht aushielt, suggerierte ihr Verstand ihr eine Alternative, die bei Weitem nicht den Schrecken besaß, der allem anderen innewohnte.

Ein Vogel am Himmel schrie auf und verriet Rosie, dass sie sich an ihrem Traumplatz in Dover befand – und als sie den Sand unter ihren bloßen Füßen spürte, fühlte sie sich wieder gut.

Sie machte einen Schritt vorwärts und entdeckte *ihn* auch sofort.

Er stand am Ufer. Wasser umspülte seine Füße, die in kniehohen Stiefeln steckten. Seine Hosen bestanden aus Leder und saßen enger, als es einem Gentleman geziemte. Ein weites Leinenhemd darüber besagte, dass es zweckdienliche Kleidung war, die er aus keinem besonderen Anlass ausgewählt hatte. Um sein kurzgeschorenes rotes Haar flimmerte die Luft wie eine Krone. Sein breiter Rücken und die sich verjüngenden Hüften boten einen imposanten Anblick. Er strahlte Stärke und Sanftmut zugleich aus, und wenn er, wie jetzt, den Kopf drehte und sie anlächelte, ging ihr das Herz auf.

Rosie seufzte leise. Einst hatte sie geglaubt, er wäre Tom Doyle, ihr Vorgesetzter beim SVY, doch das hatte sich schnell als Irrtum herausgestellt, als sie ihn bei einem Traumextrakt, den sie bei Emma ausgelesen hatte, erstmals richtig gesehen hatte. Tom dagegen war schlanker und blond.

»Da bist du.« Sie sagte es, als würde er nicht jedes Mal dort auftauchen, wo sie ihn sich wünschte. Vielleicht, weil er vor Kurzem so ganz anders reagiert hatte, als sie es gewohnt war. Fast war er ihr fremd erschienen.

Auch jetzt runzelte er die Stirn, fuhr sich mit einer Hand an die Schläfe, als litte er Schmerzen. »Was ...?«

Rosie verstand sein Verhalten nicht. Es machte ihr Angst, aber da sie wusste, dass dies ihre Traumwelt war, fürchtete sie sich nicht davor, dass er ihr etwas antun könnte. Sie hob das Kinn. »Mein Lieber, was hast du?«

»Wo bin ich hier?«

Nein. Da stimmte etwas nicht. Er stellte diese Frage nicht. Niemals! Wenn sie an diesem Ort zusammenkamen, dann um einander nah zu sein. Wie Mann und Frau es sollten. Glücklich, in den Armen des jeweils anderen zu liegen. Er akzeptierte dies, so wie sie es annahm, dass er ihr die Stärke gab, die ihr in der Realität fehlte. Alles, ohne Fragen zu stellen.

»Ich fragte, wo ich bin.« Jetzt kam er auf sie zu. Groß und breit, von einer Aura der Brutalität umgeben.

Flammen tobten in seinem Blick, während er über ihren Körper glitt und kein Detail ausließ. Zum ersten Mal, seit sie einander kannten, fühlte sich Rosie entblößt, fast nackt, obwohl sie ein Kleid aus feiner Spitze trug, das um ihre Taille von einem breiten Seidenband gehalten wurde, und nichts preisgab, was unschicklich wäre. Als sich dann auch noch die Härchen auf ihren Armen aufrichteten, konnte sie den Drang, sich darüber zu reiben, nicht unterdrücken.

»Mein Lieber, was hast du?«, versuchte es sie erneut, die Stimmung zu verändern. Vielleicht lag seine Reaktion auch nur darin begründet, dass sie sich über einen so langen Zeitraum gefürchtet hatte. Möglicherweise projizierte sie ihre eigenen Ängste auf ihren Besucher, der in diesem Moment stehen blieb.

Nur noch ein Schritt trennte sie voneinander. Sie konnte die Hitze seiner Haut spüren, die wenigen Sommersprossen auf seinen Unterarmen, die nicht vom Hemd bedeckt waren, erkennen. So groß hatte sie ihn gar nicht in Erinnerung. Und sein Duft? Herb und männlich, eine dunkle Holznote und Eisen? Nein. Sie schüttelte den Kopf und wich entsetzt zurück. Derartige Details hatte sie nie zuvor wahrgenommen.

»Rosie?«

Er kannte ihren Namen. Aber woher? Ihr Herzschlag verdoppelte sich, sie wusste nicht mehr, was sie sagen, was sie denken sollte. Ihr Mund wurde trocken.

Das war so falsch, so unendlich falsch. Sie musste aufwachen. Jetzt!

Rosie drehte sich um. Sand stob auf, als sie in die entgegengesetzte Richtung davonhastete. Das sanfte Wiegen der Wellen schien sie zu verhöhnen. Doch sie kam nicht weit. Nach wenigen Schritten packte sie etwas am Arm.

»Nicht so hastig!«

Er drehte sie zu sich um, sodass Rosie gegen seine Brust stieß. Unter ihren Händen, mit denen sie den Aufprall abmildern wollte, fühlte sie etwas Hartes auf Höhe des Brustbeins, das nichts mit definierten Muskeln zu tun hatte. Sie kannte ihren Traumgefährten gut. Hatte ihn auch schon nackt gesehen und ihn gestreichelt. Das hier war anders.

»Lauf nicht davon, kleine Rosie. Ich tue dir nichts.«

Oh doch, du bringst mein Seelenheil durcheinander! Sie schaffte es nicht, die Worte laut auszusprechen. Mit weit aufgerissenen Augen starrte sie zu dem Hünen hinauf, in dessen Gesicht sich Furchen eingegraben hatten. Es schien fast, als dachte er ebenso intensiv über ihre Begegnung nach wie Rosie. Aber das war unmöglich, eine Fantasiegestalt konnte doch nicht selbständig denken.

»Was geht nur in deinem Köpfchen vor? Du musst mich nicht fürchten. Ich bin kein so übler Kerl.« Wie zum Beweis, dass er ihr nichts tun würde, ließ er seine Hände sinken und legte den Kopf schräg. In seinen blau-grauen Augen stand ein Ausdruck, den Rosie nicht deuten konnte. Wie auch? Sie hatte nie gelernt, Menschen zu lesen. In der Realität hatte sie Stimmungen anhand von Tonfall und Satzstellungen interpretiert. Hier, in ihrem Traum, war das etwas ganz anderes.

»Wie ... wie kommst du hierher?«

Sein Mundwinkel hob sich. »Ich dachte, das könntest du mir verraten.«

Also hatte sie nicht die Kontrolle über ihr Unterbewusstsein verloren. Dadurch etwas selbstsicherer geworden straffte sich Rosie. Traumgänge gehörten nicht zu ihrer Spezialität, aber sie kannte deren Grundsätze, wusste, dass es Körperkontakt bedurfte, wenn ein Traumgänger in den Kopf eines Schlafenden eindringen wollte. Aber es erklärte nicht, wieso der Traumbesucher so aussah, wie sich Rosie ihn seit Jahren vorstellte.

»Ich ... weiß es nicht. Wir sind uns schon einmal begegnet, nicht wahr?« Der Pavillon. Damals hatte sie über den Traum ebenfalls keine Kontrolle gehabt, die ganze Zeit über gedacht, Charming hätte ihr die Dinge eingeredet. Deshalb hatte sie den Traummann angegriffen.

»Du wirkst überrascht. Dabei hast du mich doch besucht.«

»Nein, habe ich nicht, ich ...« Rosies Gedanken rasten. Wenn er kein Traumgänger war und sie auch nicht, wie schafften sie es dann, auf dieser Ebene miteinander zu kommunizieren.

»Ich liege immer noch in diesem Zimmer und bin ans Bett gefesselt«, sagte sie zu sich selbst und ballte die Fäuste, bis es wehtat.

Zu ihrer Überraschung lachte der Mann. Seine breiten Schultern bebten, wodurch es Rosie in den Fingern juckte, darüber zu streicheln. »Nein. Eigentlich trage ich dich gerade in mein Versteck.«

Sie verstand kein einziges Wort. Vielleicht sah er es ihr an, denn sein Lächeln wurde um einiges intensiver, was ihr den Atem raubte. Wenn sie diesen Mann in natura treffen könnte, wie würde sich dieses verschmitzte Grinsen wohl unter ihren Fingerspitzen anfühlen?

»Ich bin nicht hier und bin es doch, Rosie. Frag mich nicht, wie das möglich ist. Ich dachte, du könntest es mir sagen, aber offenbar bist du ebenso ratlos wie ich. Aber, falls wir nicht irgendwo dagegen laufen wollen, solltest du mich aus diesem Traum freigeben.«

Das hörte sich ja alles sehr vernünftig an, wenn Rosie wüsste, wie. Sie erinnerte sich ja nicht einmal, wie sie hierhergekommen war. Eben noch hatte sie mit Charming geredet. Er hatte ihr Befehle erteilt, ihr etwas gesagt, an das sie sich nur dunkel erinnerte. Eine Aufgabe ... welche wusste sie nicht mehr, aber das zählte wohl auch nicht, wenn dieser Mann die Wahrheit sagte.

»D-du hast mich befreit?«

Er wirkte etwas verlegen. »Nicht ganz. Charming wollte mit dir fliehen und ließ dich schließlich im Schnee liegen. Ich habe dich nur aufgehoben.« Mit einer Hand fuhr er durch die Stoppeln seines Haares und Rosie wurde das Gefühl nicht los, dass er nicht alles sagte. »Ich weiß, ich hätte früher kommen sollen, dich gleich am ersten Tag retten müssen. Aber ich war damals ein anderer ... Jedenfalls befindest du dich bald in Sicherheit, falls ich uns nicht vorher umbringe.«

Sie hatte so viele Fragen, aber sie stellte keine einzige. Wenn es stimmte, was der Mann sagte, dann war sie frei. Sie müsste nur aufwachen. Wenn sie sich nur konzentrierte, müsste das doch machbar sein ...

»He, Mädchen, hör auf mit dem Unsinn! Ich hätte fast einen Laternenmast gerammt!« Die dunkle Stimme aus ihrem Traum.

Verwirrt versuchte sie den Kopf zu heben, doch er fühlte sich so schwer an. Auch in ihren Armen und Beinen schien sich Blei gesammelt zu haben. Sie bemerkte es mit jedem Schritt, den der Mann ging. Sie konnte fühlen, dass er sie trug.

Was hatte er noch während des Traums gesagt? Er hatte sie gerettet. Wovor denn? Ihr war es doch gut ergangen, solange sie Charmings Befehle befolgt hatte. Und dann war da ja noch Charlie.

Unvermittelt spürte sie ein Stechen in der Brust, das sich ausgehend von ihrem Brustbein nach unten schob. Rosie schrie auf, versuchte auf die Stelle zu drücken, doch sie konnte sich nicht rühren. Es war so kalt und dennoch brannte ihr ganzer Körper.

»Was ist los, Rosie?«

»Weh. Es ... tut ... so weh!«

»Verdammt! Wir haben es gleich geschafft. Ich seh' schon die Turmspitze. Halt nur noch ein bisschen durch!«

Er klang, als spräche er durch zusammengebissene Zähne, aber Rosie fehlte die Kraft, sich darauf zu konzentrieren. Sie konnte sich nur an die Qualen in ihrem Körper denken, die sie vollkommen auslaugten. Sie hörte ein Rumpeln. Holz, das auf Holz schlug.

»Da sind wir, Kleines. Alles wird gut. Alles. Ich verspreche es. Roya!« Jetzt brüllte der Mann.

Warum konnte er nicht still sein? Rosie wollte doch nur schlafen, um dem Schmerz zu entgehen. Außerdem, warum nannte er sie Roya. Das war nicht ihr Name ...

7. Kapitel

Charming betrat den Tunnel, der in das Versteck führte, in dem der einstige Lordkanzler Pendergast sein Labor verborgen hatte. Der Weg war niedrig und eng. Es gab zwar Gaslampen, deren Funktion schien jedoch defekt, denn sie ließen sich nicht entzünden, weswegen Charming sich an der Wand entlangtastete.

Er fühlte kühlen, feuchten Stein unter den Fingern und verzog angewidert das Gesicht. Wenn er an seinem Ziel angelangt war, würde er sofort dafür sorgen, dass jemand diesen Mangel behob. Dass das bisher nicht geschehen war, stellte einen untragbaren Zustand dar.

Etwas quiekte vor ihm und ließ Charming erstarren. Ratten. Widerliches Ungeziefer, das nur deshalb auf dieser Erde weilte, um ihn dafür zu strafen, dass er der Gosse entkommen war. Auch darum würde er sich kümmern. Beizeiten, wenn er sein anderes Problem gelöst hatte.

Während er sich weiterschob, die Zähne zusammengebissen, um seiner Wut keinen Ausdruck zu verleihen, überlegte er, wie seine weiteren Schritte aussehen sollten.

Er hatte noch immer ein Ass im Ärmel, von dem noch niemand etwas ahnte. Und jetzt, da er wusste, dass Seamus McGuinney noch lebte, bekam die Sache noch eine interessantere Note.

Ein warmer Lufthauch streifte Charmings Gesicht und er wandte den Kopf in die Richtung. Seine Augen hatten sich nur unzureichend an die Sichtverhältnisse gewöhnt, doch jetzt nahm er einen hellen Lichtschein wahr. Charming hielt darauf zu, weiterhin eine Hand an der Wand. Auf seinen Fingerspitzen hatte sich inzwischen sicherlich eine ungesunde Menge Dreck angesammelt und an das, was sich unter seinen Nägeln befinden mochte, wollte er gar nicht erst denken.

Als er endlich die Tür erreichte, die in das geheime Labor führte, fühlte sich Charming, als sei er durch eine Kloake gewatet. Er stieß die Tür auf und blinzelte, als er sich unvermittelt der Helligkeit ausgesetzt fühlte.

»Ah, Sir, wie schön, dass Sie kommen konnten!« Der Labortechniker kam Charming mit ausgestreckten Armen entgegen. Er hatte den Kerl bislang nur einmal gesehen, was keinesfalls rechtfertigte, dass dieser ihn so auffallend freundlich begrüßte. Daher hob er nur wortlos eine Hand und bremste damit die Euphorie des Labormitarbeiters.

»Wo ist er?«

»Dort drüben. Er liest gerade unsere Berichte, aber ohne eine entsprechende Ausbildung ...«

Charming ließ den Mann einfach stehen und marschierte zu dem Schreibtisch, wo er sich Zeit damit ließ, den jungen Beau zu mustern, von dem nur er wusste, wer er wirklich war. Für seinen Geschmack trug Victor sein schwarzes Haar zu streng gescheitelt, wenn es zerzaust war, mochte er es lieber. Auch sein Kleidungsstil entsprach nicht gerade seinem Geschmack. Dafür hatte Victor andere Vorzüge, die nicht von der Hand zu weisen waren. Neben seiner Ehrlichkeit und seiner offenen Art war Victor der Einzige, dem Charming wirklich vertraute. Und er war ein fantastischer Liebhaber. Im Augenblick lagen vor ihm diverse Unterlagen, die er anscheinend aufmerksam las.

Charming räusperte sich.

Victor hob kurz den Kopf, ohne die Augen von dem Schriftstück zu nehmen. »Hm?«

Das entlockte Charming ein Lächeln. »Eddi, sieh mich an.«

Der junge Mann hob den Kopf und verengte die Brauen. »Du weißt, dass ich diesen Spitznamen hasse.«

»Schlechte Laune?«

»Nein, aber es muss nur nicht sein, dass du mich ständig aufziehst.« Victor senkte den Kopf wieder.

Ein leiser Seufzer entschlüpfte Charming. Victor war der Einzige, der es schaffte, dass er sich schlecht fühlte und dem es gelang, ihn in seine Schranken zu weisen. Außerdem gab es niemand anderen, bei dem er so etwas duldete. Wäre dies Lester, hätte er ihn längst dafür bestraft.

»Entschuldige, mein Hübscher. Also, hast du etwas gefunden?«

»Ein paar sehr interessante Dinge, aber das ist eigentlich nicht, was du wissen willst, oder?«

»Stimmt.« Charmings Lächeln wurde tiefer. Victor kannte ihn einfach zu gut. »Wenn man dich so ansieht, kann ich gar nicht begreifen, warum alle Welt glaubt, du seist dumm.«

Jetzt hatte er endgültig Victors Aufmerksamkeit. »Ich habe eben schon früh gelernt, niemandem mein wahres Gesicht zu zeigen. Wenn deine Gegner dich unterschätzen, sind sie leichter zu überraschen.«

»Sehe ich genauso. Nun, gibt es etwas, dass du mit mir teilen möchtest?«

Victor klopfte auf den freien Stuhl neben sich. »Setz dich zu mir.«

Das ließ er sich nicht zwei Mal sagen. Mit einer geschmeidigen Bewegung glitt er an Victors Seite und beugte sich über die Unterlagen.

»He, Charles«, raunte Victor mit samtiger Stimme und beugte sich so vor, dass er Charmings gesamtes Blickfeld einnahm. Dann tippte er sich auf die Lippen. »Ich bin hier.«

Sein Herzschlag beschleunigte sich. Wie von selbst glitt seine Hand in Victors Nacken. Er zog ihn näher und dann berührten sich ihre Lippen. Sinnlich ließ Charming die Zunge darüber streichen, was Victor mit einem Stöhnen quittierte.

Von irgendwoher drang ein Räuspern. Charming hob einen Zeigefinger, ohne den Kuss zu beenden. Das hier war sein Moment. In Victors Armen konnte er sich endlich fallen lassen.

Erneut ein Räuspern. »Sir, bitte, ich weiß nicht, ob das so schicklich ist«, begann der Labortechniker und zerstörte damit endgültig Charmings Fantasien, in die er sich hineinfallen lassen wollte.

Unvermittelt kochte Wut in ihm hoch. Er löste sich widerstrebend von Victor und schlug mit einer Hand auf den Tisch. Der Effekt wurde etwas gemildert, weil er nur einen Stapel Papier traf, aber es fühlte sich gut an, zu sehen, wie der Laborant zusammenzuckte.

»Sir, ich ...«

»Nie wieder«, sagte Charming ruhig und sah den Mann kalt an.

Beruhigend legte Victor ihm eine Hand auf den Arm. »Ganz ruhig mein Lieber. Reg dich nicht auf. Um dieses Problem kümmere ich mich.« Seine dunklen Augen fixierten den Labortechniker. »Sie werden uns nie wieder bei etwas unterbrechen. Egal, was es auch sein mag. Falls es Sie stört, dass ich Mister Tenderly küsse, sehen Sie einfach in eine andere Richtung. Höre ich noch ein einziges Mal einen Kommentar von Ihrer Seite, der mich stört, werde ich dafür sorgen, dass Sie es bereuen.«

Der Mann erblasste, taumelte einige Schritte zurück. Dann fasste er sich und nahm die Schultern zurück. »Natürlich, Sir, Mylord, ich ... werde ... ich entschuldige mich.«

»Sehr gut. Dann gehen Sie zurück an Ihre Arbeit.«

Der Mann tat, wie ihm geheißen, wobei er fast über seine eigenen Füße fiel.

Victor stieß ein Schnauben aus und wandte sich wieder den Unterlagen zu. Der Moment der Zweisamkeit war vorbei. »Vergeudete Momente«, murmelte Charming und fügte sich ergeben in sein

Schicksal. Victor würde sich kein zweites Mal mit einem Kuss ablenken lassen. »Was hast du gefunden?«

»Ein interessantes Detail, was unsere Maschine betrifft.« Victor wies mit dem Kinn auf die Apparatur aus Metall, die am anderen Ende des Raumes stand und der Charming bislang keinerlei Beachtung geschenkt hatte. Das änderte sich jedoch nun. Er sah eine Ansammlung von Rohren, die in einen großen gläsernen Kessel mündeten. Darin kochte eine grüne, schäumende Flüssigkeit. Durch mehrere Rohre wurde der Dampf abgelassen, um zu verhindern, dass sich zu viel Druck aufbaute und die Konstruktion explodierte. Charming hatte bereits Skizzen und einen Bericht gesehen, die die Maschine beschrieben, weswegen er wusste, dass die Flüssigkeit nur einem einzigen Zweck diente: Sie sollte dafür sorgen, dass alle Londoner Fähigkeiten entwickelten, wie sie nach der Battersea-Explosion auftraten. Pendergast war wahnsinnig gewesen, hatte sich davon erhofft, selbst einmal den Königsthron zu besteigen. Geblieben war nur seine Maschine – die jetzt in Charmings Händen lag. Dessen Pläne weitaus größere Dimensionen umfassten.

»Was hast du für mich, Liebster?«

»Hier.« Victor deutete auf ein Schriftstück. Begriffe, die Charming nicht einmal lesen konnte, standen darauf.

»Erkläre es mir.«

»Die Maschine hat das Gift hergestellt, das die Menschen verändern sollte, aber, wenn man es einer Person mit bereits vorhandenen Fähigkeiten injiziert, wird sich dessen Kraft verstärken. Aber das ist nicht das Interessanteste. Grundlage für die Maschine ist der Traumextraktor.«

Charming hob beide Brauen.

»Du hörst richtig. Sie ähnelt dem Extraktor, der im SVY steht. Ich hatte kürzlich die Gelegenheit einen Blick auf dessen Konstruktionspläne zu werfen. Aber das hier, ist um einiges besser. Wenn wir diese Maschine nur ein bisschen modifizieren, können wir uns damit die ganze Stadt unterwerfen.«

Das war in der Tat interessant. Charming überlegte. Sein Plan, Rosie im Traumextraktor einzusetzen, war bereits genial, aber das hier, das war ... Verdammt. Ausgerechnet jetzt hatte er die Frau verloren! Sie zurückzubekommen, würde schwierig werden. Aber nicht unmöglich.

Er beugte sich vor. »Was benötigen wir dafür, mein Lieber?«

»Nichts, was wir nicht bereits besitzen.« Victor grinste. »Nur haben sich unsere Prioritäten gerade geändert.«

Charmings Augen weiteten sich. Er wusste genau, worauf Victor hinauswollte. Der Plan, Rosie zu benutzen, war nur ein kleiner Punkt dessen, was sie tatsächlich vorhatten. Mit dieser neuen Entwicklung verkürzte sich der Weg zum Ziel um einiges.

»Mein Liebling, es wird dich freuen zu hören, dass ich noch eine Überraschung für dich habe.« Genialität musste belohnt werden. Und dass Victor sich als intelligenter als sämtliche Männer, die hier arbeiteten, erwiesen hatte, war der beste aller Gründe dafür.

»Was?«

Charming beugte sich vor und flüsterte es Victor ins Ohr.

Victor erschauerte vor Freude, sodass sich Charming wie ein König fühlte. Als Victor ihn daraufhin stürmisch küsste, verwandelte er sich in einen Kaiser. Wer hätte gedacht, dass ein Mann wie er, geboren in der Gosse, der sich hochgeschlafen hatte, um der Fürst der Unterwelt zu werden, eines Tages die Liebe eines Mannes erringen konnte, der Königin Victoria so nah stand? Niemand. Doch ihm war es gelungen. Und um diese Beziehung zu feiern, würden sie beide schon bald einen triumphalen Sieg erringen.

Nur widerwillig löste sich Charming von Victor. »Bereite alles vor.«

Er erhob sich. Gemächlich ging er zu der Maschine und legte eine Hand flach auf den Glaskessel. Er fühlte die Wärme der kochenden Flüssigkeit und fragte sich flüchtig, warum er sich nicht verbrannte. Andererseits war das auch egal. Vor ihm lag jetzt ein weiterer Weg, sein Ziel zu erreichen.

Bald schon, bald, würde er bekommen, wonach er sich so sehr sehnte. Er warf über die Schulter einen Blick zu seinem Geliebten, der ihm unverfroren auf den Hintern starrte. Zärtlichkeit wallte in ihm auf. Oh ja, dieser Mann war ihm vollkommen verfallen, ebenso wie er ihm. Das Leben konnte kaum besser sein.

Oder zumindest nur ein kleines bisschen. Charmings Mund verzog sich zu einem bösen Lächeln. »Wir werden schon bald die nächsten Schritte einleiten können, mein Hübscher, und dann wird niemand mehr über unsere Beziehung erbost sein.«

Guinn tigerte unruhig auf und ab. Das alte Kirchenschiff, das längst keine mehr Bänke enthielt, weil Roya sie vor Jahren bereits verfeuert hatte, bot dafür genügend Platz. Im Nachbarraum unterhielten sich Doktor Corson-Smythe und Royalyn leise. Trotzdem hörte er jedes Wort.

»Es geht ihr sehr schlecht.« Die Stimme des Arztes zeigte keinerlei Emotion.

Das weckte böse Erinnerung in Guinn. Corson-Smythe mochte ein netter Kerl sein, aber er gehörte einer Zunft an, die Abscheu in Guinn weckte. Dafür konnte dieser Arzt vielleicht nichts, aber Guinn konnte auch nicht aus seiner eigenen Haut.

»Was heißt das? Müssen wir sie in ein Hospital bringen?«

Da Guinn nicht sehen konnte, was die beiden taten, schlussfolgerte er, dass Corson-Smythe den Kopf schüttelte, ehe er verneinte. »Dort wird man ihr nicht helfen können. Was auch immer dieser Charming ihr verabreicht hat, Laudanum oder Opium, es hat das Nervensystem der jungen Frau angegriffen.«

Guinn runzelte die Stirn. Hieß das, Rosie war nun verrückt? Er fluchte unterdrückt. Er kannte sich zu wenig mit medizinischen Begriffen aus, um zu verstehen, worauf der Arzt hinauswollte. Außerdem hielt er es aus irgendeinem Grund nicht mehr aus. Er stürmte in die Kammer und blieb wie angewurzelt stehen.

Corson-Smythe und Roya sahen ihn überrascht an, während er nur auf die zarte Gestalt im Bett starren konnte.

Es war das erste Mal seit der Befreiung, dass er Rosie richtig sehen konnte. Von der Frau, die ihn in Charmings Arbeitszimmer angesprochen und auf deren Gesicht ein einzelner Bluterguss geprangt hatte, war nicht mehr viel übrig. Sie wirkte ausgemergelt, fast zu schwach und dünn, um überhaupt lebensfähig zu sein. Guinn ballte die Fäuste und schluckte mehrfach hart. Er hasste es, wenn Frauen gequält wurden, aber das, was Rosie angetan worden war, weckte das rachsüchtige Monster in ihm, das bis vor Kurzem daran gedacht hatte, die Königin zu bestrafen.

»Was ist mit ihr geschehen?«, knurrte er.

Aus den Augenwinkeln sah er, wie der Arzt die Backen aufblies. Etwas, das Menschen nur dann taten, wenn sie sich eine Lüge überlegen mussten oder nicht wussten, was sie sagen sollten.

»Reden Sie schon!« Guinn wusste, dass er sich irrational benahm. Er kannte Rosie nicht, hatte keinerlei Beziehung zu dieser Frau, trotzdem hasste er, was Charming ihr angetan hatte.

»Wie ich Mistress Summer bereits sagte, glaube ich, dass man sie unter Drogen gesetzt hat. Ich schätze, sie ist abhängig«

Nach so kurzer Zeit? Guinn überschlug im Kopf, wie lange Rosie wohl in der Hand des Luden gewesen sein mochte. Es passte nicht zusammen. Keines der Rauschmittel, das er auf der Straße kennengelernt hatte, besaß eine solche Wirkung.

»Unmöglich.«

Corson-Smythe hob eine Braue. »Wie meinen?«

»Ich sagte, dass das unmöglich ist. Opium, Laudanum, das braucht Zeit, um eine solche Wirkung zu entfalten. Sehen sie die Frau doch an! Ich dachte, Sie seien ein Arzt, Sie müssten doch wissen, dass eine Abhängigkeit nicht so schnell erfolgen kann.

»Guinn, Doktor Corson-Smythe weiß schon ...« Roya legte ihm eine Hand auf die Schulter, doch er wischte sie beiseite. Er ertrug ihre Berührung nicht. Nicht mehr. Als er sie ansah, bemerkte er, wie sich ihre Pupillen weiteten. Nach einem kurzen Augenblick presste sie die Lippen zusammen, nickte und trat einen Schritt zurück.

»Sir, ich verstehe Ihren Unmut.« Corson-Smythe hob beide Hände, die Handflächen nach oben gedreht. »Ich kann Ihnen nicht sagen, was Mistress Rosie verabreicht wurde, nur, dass es sie abhängig gemacht hat. Ich schätze ... Ihrem körperlichen Verfall nach zu urteilen, wurde sie den Stoffen mehrmals täglich ausgesetzt, dazu eine mangelhafte Ernährung ... das kann jeden Menschen innerhalb kürzester Zeit zerbrechen. Vor allem, wenn man jedweden Lebensmut verloren hat.«

»Was soll das heißen?«, fragte eine Stimme in ihrem Rücken.

Guinn hatte den Mann bereits kommen gehört, ehe er das Wort ergriff. Es bedurfte auch nicht Royas erleichterten Aufschrei, um zu wissen, um wen es sich handelte.

»Tom!«

Als er sich umdrehte, sah er, wie sie sich dem Mann in die Arme warf, ihn abküsste und mit den Händen abtastete, als suche sie nach Verletzungen, die er zu verbergen suchte.

Guinn roch nur Schweiß, Rauch und Dreck. Keine offenen Wunden. Wenn, dann waren sie so minimal, dass er sie nicht mit seinem gesteigerten Geruchssinn wahrnehmen konnte. Er sah jedoch, dass der Mann sich kaum noch auf den Beinen halten konnte. Dunkle Ringe lagen unter den blauen Augen, das blonde Haar war zerzaust, der Anzug verknittert und stellenweise eingerissen. Trotzdem machte Agent Tom Doyle immer noch Eindruck, was seiner Größe geschuldet war. Er mochte im Vergleich zu Guinn schmal sein und weniger Muskeln besitzen, aber trotzdem blieb er ein gefährlicher Mann.

»Mister Doyle«, Corson-Smythe streckte Tom eine Hand entgegen, die dieser um Roya herum ergriff und schwach schüttelte. Sein Blick hing weiterhin gebannt auf der bewusstlosen Rosie, was erneut ein Knurren in Guinns Kehle aufsteigen ließ.

»Was meinten Sie damit, sie hat ihren Lebensmut verloren?«

»Nun, sie hat mehrfach geflüstert, dass sie allein sei, dass niemand ihr helfen könne. Ich schätze, sie hat gedacht, dass sie für immer bei diesem Charming bleiben würde.«

Sämtliche Farbe wich aus Toms Wangen und er begann zu zittern. Eine Reaktion, die Guinn nicht erwartet hatte. Noch mehr überraschte ihn Royas Verhalten. Sie trat einen Schritt zurück, umfasste Toms Gesicht und zwang ihn so, sie anzusehen. Ihr Blick war eindringlich, als sie sagte: »Nicht deine Schuld.« Dabei betonte sie jedes einzelne Wort so stark, dass sich Guinn fragte, wie sie darauf kam, sich so zu verhalten. Doch es ging ihn nichts an. Es interessierte ihn auch gar nicht. Denn alles, was die beiden miteinander taten, gehörte ihnen und hatte nichts mit ihm zu tun.

Er wandte sich wieder dem Arzt zu. »Kann sie entgiften?«

Corson-Smythe nickte. »Sicher. Aber so, wie sie auf mich wirkt, könnte es ein sehr schmerzhafter Prozess sein. Ich habe damit keine Erfahrung, aber sie darf auf keinen Fall allein bleiben.«

»Ich bleibe bei ihr.« Toms Stimme bebte. »Das bin ich ihr schuldig.«

»Gut«, nickte Corson-Smythe. »Sie müssen sie warmhalten, ihr viel zu trinken geben und reichlich Geduld mitbringen.« Er machte Tom Platz, der sich an das Bett setzte und Rosie übers Haar strich.

»Ich bin hier, Kleines. Alles wird wieder gut. Alles wird ...«

Der Schrei ließ das wenige verbliebene Blut in Guinns Adern gefrieren. Es klang wie ein Tier, das sich in der Falle wähnte oder bereits im Todeskampf befand. Er zerrte an seinen Nerven.

»Nicht. Fass mich nicht an. Charlie! Wo bist du? Charlie!« Rosie war bei Toms Berührung erwacht, sie warf sich hin und her, schlug um sich und versuchte, jedwedem Körperkontakt zu entgehen.

»Ruhig, Rosie, ich bin es, Tom. Sie kennen mich doch, ich ...«

»Geh weg! Charlie, wo bist du? Charlie! So hilf mir doch!«

Corson-Smythe legte eine Hand auf Toms Schulter. »Lassen Sie es gut sein, Mister Doyle. Rosie reagiert auf Sie, das ist nicht gut. Wenn Sie ihr helfen wollen, lassen Sie sie los. Jetzt!«

Weil Doyle nicht reagierte, glitt Roya an seine Seite.

»Tom, ich weiß, du willst ihr helfen, aber du siehst doch, dass sie dich nicht in ihrer Nähe haben möchte!« Sie sprach auf ihn ein, versuchte, ihn dazu zu überreden, die immer noch zappelnde Rosie loszulassen. Er reagierte nicht, versuchte weiter, sie festzuhalten, was ihm einen Schlag der panischen Frau ins Gesicht einbrachte.

Schließlich riss Guinn der Geduldsfaden. Er packte Tom am Arm und riss ihn gewaltsam von Rosie fort. Sofort beruhigte sich die Frau. Anders dagegen der SVY-Agent. Er wirbelte zu Guinn herum, vor Wut bebend.

»Lassen Sie das, McGuinney! Sie haben kein Recht, sich hier einzumischen. Sie haben geholfen, meine ... Rosie zu befreien, aber damit endet unsere Zusammenarbeit! Verschwinden Sie, oder ich ...«

»Tom!« Roya schlug ihm gegen die Schulter, was ihr Verlobter nicht einmal mit einem Blick quittierte.

Guinn dagegen richtete sich gerader auf. Er verschränkte die Arme vor der Brust und wartete ab. Er fürchtete sich nicht vor Doyle, der keine Ahnung davon hatte, mit wem er sich da anlegte. Seine einzige Sorge galt Rosie, die sich sofort beruhigte, sobald der Mann sie nicht mehr anfasste.

»Halt dich da raus, Royalyn, sonst ...« Der wilde Blick, mit dem Doyle Guinn ansah, sagte ihm alles, was er wissen musste. Der Mann bedrohte die Frau, die er liebte, um eine Kollegin zu beschützen? Niemals. Für einen Moment dachte Guinn darüber nach, Doyle vor Augen zu führen, wen er da gerade angriff, dann sagte er sich, dass es ihn eigentlich nichts anging. Ehe er diesen Gedanken jedoch zu Ende gebracht hatte, fiel sein Blick auf Rosie, die sich zu einer zitternden Kugel zusammengerollt hatte. Guinn seufzte. Das letzte Mal, als er sich rausgehalten hatte, war dieser Frau Unrecht angetan worden. Also nein, er konnte nicht schweigen.

»Sonst was, Doyle? Wollen Sie allen Ernstes die Frau, die sie lieben, verletzen? Wegen einer Angestellten? Lachhaft. Ich weiß nicht, warum sie sich so für Rosie einsetzen, aber es ist eindeutig, dass die Frau nicht möchte, dass Sie sie anfassen.« Guinn ging zum Bett und setzte sich auf die Kante. Als er seine Hand auf Rosies Bein legte, zuckte sie nicht einmal mit der Wimper.

»Mich dagegen lässt sie an sich heran. Dabei kennen wir uns nicht einmal. Jetzt sagen Sie mir, Doyle, wollen Sie dieser Frau helfen, oder sich mit mir schlagen? Weil«, Guinn verzog die Lippen zu einem raubtierhaften Lächeln, von dem er wusste, dass es nicht seine Augen erreichte, und das Roya erstickt aufstöhnen ließ, »ich Ihnen die Scheiße aus dem Leib prügeln werde, wenn sie Roya noch einmal bedrohen.«

Obwohl sich Guinn in der strategisch schlechteren Position befand, zögerte Doyle. Er hätte jederzeit auf ihn losgehen, sich auf Guinn stürzen, und über das Bett werfen können. Er tat es nicht. Offenbar hatten Guinns Worte einen Nerv in ihm getroffen. Er schluckte, sah zu Rosie, dann zu Royalyn, deren Blick keine Sekunde lang Angst oder Hass gezeigt hatte. Sie wusste, dass der Mann, den sie liebte, ihr nicht wehtun würde, egal was er sagte. Doch Doyle selbst war davon nicht so überzeugt, denn er fuhr sich übers Gesicht, krallte die Finger in sein Haar und stieß einen frustrierten Laut aus. Dann stürmte er aus dem Raum.

»Geh schon«, sagte Guinn, als er sah, wie Roya zögerte. »Ich bleibe bei Rosie. Ich werde mich um sie kümmern. Versprochen.«

»Guinn ...« Sie leckte sich die vollen Lippen. »Ihr darf nichts zustoßen. Hier geht es nicht um sie als Mitarbeiterin des SVY. Sie ... sie bedeutet Tom sehr viel.«

Zärtlich, mit einer Spur aus Wehmut sah Guinn Roya an. »Schon gut, Kleines. Ich passe auf sie auf.«

Nachdem sie ebenfalls verschwunden war, sah Guinn Corson-Smythe auffordernd an. »Sagen Sie mir was ich tun soll, Doktor.«

8. Kapitel

12. Januar 1890

Rosies Schrei zerriss die Nacht. Seit drei Tagen und Nächten immer dasselbe. Guinn schrak aus dem leichten Schlummer auf und sah sich orientierungslos um. Es dauerte dennoch nur einen kurzen Moment, bis er wieder wusste, wo er war. Er sprang aus dem Sessel und rannte in die kleine Kammer, wo sich Rosie krampfend auf den Laken wand. Mit den Händen kratzte sie sich über die Arme, bis sie bluteten, doch sie hörte nicht auf. Das war eine neue Reaktion, die Doktor Corson-Smythe nicht vorhergesehen hatte.

»Verdammt!«

Guinn dachte nicht lange über sein Handeln nach, er eilte zum Bett, packte Rosie an den Armen und hielt sie fest. Für eine so schwache Person war sie ziemlich stark. Sie wehrte sich, kreischte, während Guinn ihr ins Ohr raunte. »Alles wird gut, kleine Rose. Alles, ich verspreche es, du musst dich beruhigen. Du schadest dir nur selbst.«

Doch anders als zuvor reagierte sie nicht auf seine Worte. Ihr Widerstand wurde heftiger. Ihre blinden Augen starrten ihn fast vorwurfsvoll an. Nicht zum ersten Mal, seit er modifiziert worden war, verfluchte er, dass er trotz der Dunkelheit so gut sehen konnte. Im Augenblick täte er alles, um nicht diesen anklagenden Ausdruck sehen zu müssen. Rosie mochte blind sein, aber dennoch schaffte sie es, ihn vollkommen aus der Fassung zu bringen.

Um sie nicht länger ansehen zu müssen, setzte er sich aufs Bett, lehnte sich ans Kopfteil und zog Rosie zwischen seine Beine. Von hinten umschlang er ihren Oberkörper und hielt über Kreuz ihre Handgelenke fest. So konnte sie sich nicht mehr selbst verletzen und würde sich hoffentlich bald beruhigen. Für ihn bedeutete es gleichzeitig, dass er sich nicht mehr ihrem Blick ausgesetzt fühlte, der ihm jedes Mal Schauer über den Rücken trieb.

Guinn hielt Rosie einfach fest. Ihr Duft stieg ihm in die Nase, und obwohl sie durch die Entgiftung stark schwitzte, roch sie besser als alles, was ihm jemals untergekommen war: nach Lilien, nach Sommer und Freiheit. Trotzdem gab es da auch noch diesen modrigen Unterton der Krankheit, der ihn daran erinnerte, dass er weder das Recht hatte, hier zu sein und sich an ihrem Duft zu ergötzen, noch dass er es genießen sollte, diese arme Frau zu halten.

Es dauerte fast eine halbe Stunde, ehe Rosie völlig entkräftet in unruhigen Schlaf fiel. So war es fast jedes Mal, weswegen sich Guinn darüber keine Sorgen machte. Er selbst würde wach bleiben, auf die Geräusche im Haus und der verlassenen Kirche lauschen und einfach da sein, wenn der nächste Anfall kam.

Guinn hob die Schultern, dehnte den Nacken und lockerte seinen Griff. Solange Rosie schlummerte, musste er sie nicht festhalten. Ihr Kopf rollte auf die Seite, sodass ihre Wange über sein Hemd rieb. Rosie schmiegte sich so vertrauensvoll an ihn wie ein Baby an die Mutter. Er war der Einzige, den sie in ihrer Nähe duldete. Corson-Smythe ertrug sie nur, wenn sie bei vollem Bewusstsein war, doch weder Tom noch Emma oder Roya durften sie anfassen. Falls sie es versuchten, geschah das, was am ersten Abend vorgefallen war: Rosie schrie und tobte. Dabei fiel stets der Name Charlie.

Was auch immer Charming ihr angetan hatte, er war der Drahtzieher hinter allem. Jeder auf der Straße wusste, wie er wirklich hieß. Warum er Rosie gegenüber seinen wahren Namen verwandt hatte, konnte Guinn nicht sagen, aber er vermutete nichts Gutes dahinter.

»Charlie, wo bist du?«, murmelte Rosie wie aufs Stichwort fast unhörbar.

Elender Mistkerl! Guinn hatte geglaubt, die junge Frau zu befreien, würde das Schuldgefühl in seiner Brust vertreiben. Zu sehen, was Charming innerhalb kürzester Zeit aus Rosie gemacht hatte, weckte jedoch neuen Zorn.

Wenn ich dich erwische, Charming, weide ich dich aus!, schwor sich Guinn und ballte die Fäuste.

Als er seine aggressive Reaktion bemerkte, versuchte er, sich zu entspannen. Es half nicht, wenn Rosie aufwachte und bemerkte, wie wütend Guinn war. Es würde ihr nur weitere Angst einjagen.

Guinn bereitete sich gerade einen Tee zu, als er hörte, wie sich jemand an der Küchentür zu schaffen machte. Er erstarrte kurz, ließ dann die Teeutensilien liegen und riss die Tür auf.

Vor ihm Stand Emma St.Claire-Connery. Ihr kastanienbraunes Haar hing ihr zerzaust ins Gesicht, ihre Wangen leuchteten rosig. In den Armen hielt sie einen gewaltigen Korb.

Als Guinn so unvermittelt vor ihr stand, keuchte sie erschrocken auf. Sobald sie ihn jedoch erkannte, lachte sie befreit auf: »Sie haben mich erschreckt, Guinn.«

»Dann sollten Sie sich nicht so anschleichen.«

»Ich wollte klopfen, aber der Korb ist zu schwer.«

»Dann hätten Sie vielleicht nicht allein kommen sollen.« Guinn nahm ihr den Korb ab und trug ihn zum Küchentisch. »Darf ich?«

»Nur zu, das ist alles für Sie und Rosie.« Emma schälte sich aus ihrem Mantel, zog den Schal aus und ließ beides achtlos über eine Stuhllehne fallen. Danach machte sie sich wie selbstverständlich daran, den Inhalt des Korbes auf dem Tisch auszubreiten.

Sie förderte einen halben Laib Brot, etwas geräucherten Schinken, eingelegten Fisch sowie einen Topf hervor, aus dem ein verführerischer Duft aufstieg.

»Royalyn hat mich gebeten, Ihnen dieses Stew vorbeizubringen.«

Guinn grinste. Seine kleine Roya wusste eben noch, was er gern mochte. »Danke.«

Emma winkte ab. Nachdem sie alle Lebensmittel verstaut hatte, zog sie ein Stück Stoff aus dem Korb und sah sich suchend um. »Rosie?«

»Sie schläft noch im Nebenzimmer. Sie hatte wieder Fieber und Doktor Corson-Smythe hielt es für ratsam, ihr noch ein leichtes Beruhigungsmittel zu verabreichen. Zum letzten Mal heute, er sagte, er will sie nicht auch noch davon abhängig machen.«

Emma verzog das Gesicht. Guinn wusste, wie nah sich die beiden Frauen standen, wenngleich er solche Zugehörigkeitsgefühle nur mit Royalyn teilte. Trotzdem empfand Guinn Mitleid. Royalyn hatte ihm erzählt, dass Emma Rosie gebeten hatte, die Feiertage mit ihr und Ian zu verbringen. Hätte das Medium eingewilligt, wäre es niemals zu dieser Entführung gekommen. Natürlich machte sich Emma deswegen Vorwürfe.

»Warum gehen Sie nicht zu ihr? Ich war gerade dabei, Tee zu kochen, als ich Sie hörte. Ich bringe Ihnen eine Tasse ins Schlafzimmer.«

Emma lächelte dankbar, schob sich eine Haarsträhne hinters Ohr und verschwand.

Guinn unterdrückte ein Seufzen. Er kannte sich mit den Befindlichkeiten von Frauen fast so wenig aus wie mit der Mechanik in seinem Körper. Dennoch fühlte er, wie traurig und zerrissen die Frau des Lordkanzlers sein musste, weil diese Schuldgefühle an ihr nagten. Er sollte sich nicht darum kümmern. Er war ein Mistkerl von der Straße, der lediglich sein eigenes schlechtes Gewissen befriedigt hatte, indem er sich Rosies annahm.

Mit ungeübten Bewegungen brühte er zwei Tassen Tee auf. Da er kein Tablett fand, verzichtete er auf Untertassen und hoffte, Emma würde es ihm nachsehen. Seiner Meinung nach gehörte sie nicht zu den Menschen, die ihren Adelsstatus dazu verwandten, um niedrig Gestelltere zu tadeln, wenn deren Manieren etwas zu wünschen übrig ließen.

Er ging mit den dampfenden Tassen ins Schlafzimmer, wo Emma gerade mit einem feuchten Lappen über die bloßen Arme von Rosie fuhr. Die junge Frau bekam eine Gänsehaut, wenn Emma das Tuch auswrang, was Guinn sagte, dass sie fror.

»Ihr ist kalt.«

»Ich wollte nicht erst Wasser erwärmen. Sie glüht ohnehin schon«, erklärte Emma, ohne in ihrer Tätigkeit innezuhalten.

Guinn ging nicht darauf ein. Er stellte die Teetasse neben die Waschschüssel aus Emaille auf den Tisch.

»Hier.«

»Danke.« Emma legte den Lappen fort und nahm einen Schluck.

Erst jetzt fiel Guinn auf, dass er vergessen hatte, sie zu fragen, ob sie Zucker oder Milch benötigte. Weil sie jedoch nichts dazu sagte, schien es nicht allzu tragisch zu sein.

»Das tut gut nach der Kälte dort drau-«

»Nein! Bitte, lass mich los! Charlie! Hilfe! Bitte, hilf mir doch! Charlie!« Rosie schlug so unvermittelt um sich, dass sie Emma am Ellenbogen traf. Der Lady glitt die Tasse aus den Fingern, deren immer noch heißer Inhalt über ihren Rock spritze und zum Großteil auf dem Boden landete.

»Herrgott nochmal!«

Oh, diese Lady konnte fluchen. Guinn grinste sie an. Als sie es bemerkte, versuchte sie, ihn anzufunkeln, schaffte es jedoch nicht. Sie kicherte ebenfalls, wurde aber schnell wieder ernst, als sich Rosie aufsetzte.

Das weißblonde Haar des Mediums hing in Strähnen um ihr eingefallenes Gesicht. Blaue Flecken schimmerten wie dunkle Seen unter ihren großen Augen.

»Bitte! Wer immer Sie sind, ich habe solche Schmerzen. Ich brauche ... ich brauche etwas!«

Emma sah Guinn an, der stumm den Kopf schüttelte. Er drehte sich um und ging wieder in die Küche. Dort lehnte er sich an die Anrichte und wartete, bis Emma zu ihm kam.

»Was sollte das?«, fragte sie erbost.

»Sie verlangt nach dem Gift, von dem Charming sie abhängig gemacht hat. Das passiert alle paar Stunden. Sie erwacht kurz und entweder schreit, fleht oder droht sie, um das Zeug zu bekommen.« Guinn fuhr sich über das kurze Haar. »Wir dürfen dem nicht nachgeben.«

»Aber sie hat Schmerzen!« Emma stemmte die Hände in die Hüften.

»Richtig. Aber die sind nichts im Vergleich zu dem, was sie erwartet, wenn wir ihr etwas geben, das sie lindert. Glauben Sie mir, Emma, ich habe schon genug Abhängige gesehen, sei es von Absinth oder Opium, es ist immer dasselbe. Selbst, wenn sie komplett entgiftet ist, werden Schmerzmittel aller Art stets eine Gefahr für sie darstellen.«

»Sind Sie jetzt Arzt, Mister McGuinney?«

Guinn schüttelte den Kopf. »Nein, bin ich nicht. Aber Doktor Corson-Smythe teilt meine Meinung.«

Emma schien nicht überzeugt. Trotzdem sagte sie nichts mehr. Sie nahm sich einfach ein Tuch, um das kleine Missgeschick zu beseitigen.

Guinn trank derweil seinen Tee und schloss die Augen. Es war eine Erleichterung, dass Emma Rosie sauber gemacht hatte. Aber er wusste, dass nicht immer jemand da sein würde, der ihm diese Aufgabe abnehmen würde. Etwas, was ihn nicht gerade froh stimmte.

Als Emma schließlich wiederkam und nach ihrem Schal griff, bedauerte er den kleinen Streit.

Er richtete sich auf und nahm den Mantel, um Emma hineinzuhelfen. Dabei sagte er kleinlaut: »Tut mir leid, wenn ich Sie angefahren habe, aber es ist das Beste für Rosie.«

Emma nickte und schloss mit energischen Handgriffen die vorderen Knöpfe. Dann wandte sie sich um und sah Guinn fest an. »Sie hat mich angeschrien, ich solle sie nicht anfassen. Schon, als ich sie wusch. Ich fürchte ...« Ihre Schultern sanken nach unten.

Guinn legte ihr eine Hand auf die Schulter. Eine Geste, die eine echte Lady niemals toleriert hätte. Emma sagte nichts dazu.

»Ich weiß, Mylady. Ich werde mich um alles kümmern. Rosie ist bei mir in Sicherheit.«

Emmas Augen leuchteten auf, dann nickte sie knapp. »Hoffen wir, dass sie bald gesund wird.« Sie ging zur Tür und trat hinaus in den Schneeregen.

Kaum fiel der Schnapper ins Schloss, hörte Guinn schon wieder Rosies Schreie.

»Ihr elenden Mistkerle! Ich will weg hier! Gebt mir etwas gegen die Schmerzen! Sofort! Oder ich kratze euch die Augen aus.«

Guinn ignorierte sie.

Kurz darauf verlegte sich Rosie aufs Flehen. »Bitte, ich höre Sie doch. Kommen Sie zu mir. Ich bin auch ein ganz liebes Mädchen. Ich werde alles tun, was Sie wollen.«

Zu guter Letzt weinte sie sich einfach wieder in den Schlaf und Guinn ging zu ihr. Er setzte sich auf die Bettkante und strich ihr das feuchte Haar aus dem Gesicht. Ihre schmerzverzerrten Züge glätteten sich und sie entspannte ein wenig.

Plötzlich verschob sich Guinns Blickfeld. Wie vor drei Tagen auf der Straße. Er versteifte sich, versuchte sich gegen den Sog zu wehren, der ihn mit sich riss. Vergeblich. Seine Lider wurden schwer. Er schloss die Augen. Sein Atem ging tiefer. Tiefer ...

Er befand sich in einem beschissenen Labyrinth! Guinn drehte sich im Kreis, aber außer meterhohen Hecken konnte er nur den Mond über sich erkennen. Die große Kugel wurde vom Battersea-Leuchten grün gefärbt, was die Lichtverhältnisse noch surrealer wirken ließ. In der Luft hing erneut der Duft nach Lilien, die auch dieses Mal nirgends zu sehen waren. Der lehmige Boden unter seinen Füßen wirkte festgetreten, als ob bereits Hunderte darüber gelaufen waren. Hin und wieder blitzten einzelne Kieselsteine auf, ohne ein Muster zu bilden.

Guinn beschloss, einen Ausweg aus diesem Irrgarten zu finden. Aus der Erfahrung auf der Straße wusste er, dass er nicht einfach aufwachen würde, also blieb ihm ohnehin keine andere Wahl. Er folgte dem Weg, bis er an eine Abzweigung kam, die nach links führte. Die Nächste bog nach rechts ab. Es schienen Stunden zu vergehen, in denen er abwechselnd in die eine oder andere Richtung abbog, bis er schließlich zu einem großen Platz gelangte. Eine weitläufige Wiese umsäumt von den Hecken des Labyrinths tat sich vor ihm auf und gab den Blick auf eine rot-weiß karierte Decke frei. Ein heller Sonnenschirm steckte an einer Ecke in der Erde und wirkte so dermaßen fehl am Platz zu dieser Stunde, dass Guinn unwillkürlich schnaubte. Das feine Teeservice, das Silberbesteck und ein heller Picknickkorb luden zwar förmlich zum Hinsetzen ein, aber das alles passte irgendwie nicht zusammen. Es fehlte etwas. Oder jemand.

»Du bist gekommen, mein Lieber.«

Er kannte diese Stimme. Seit mehreren Tagen und Nächten gellte sie verzweifelt in seinen Ohren. Hier klang sie stark und eindrucksvoll. So, wie Guinn es sich bei einer Mitarbeiterin des SVY vorstellen würde. Dieses Mal jedoch wollte er die Zügel nicht aus der Hand geben. Rosie hatte ihn jetzt schon mehrfach in diese Traumwelt gezogen, aber wie schon beim letzten Mal hatte er dieses Mal den Eindruck, dass sie ihn kannte. Heute würde er Antworten auf seine Fragen bekommen. Und seien es nur jene, die ihm sagten, was Charming mit Rosie angestellt hatte. Vielleicht konnte er ihr so besser helfen.

Langsam drehte er sich um. Der Anblick verschlug ihm die Sprache. Rosie trug ein helles Kleid in einer Farbe, die wie der Regenbogen schillerte. Ihr Haar fiel ihr in weichen Locken ums Gesicht, anstelle eines Hutes saß dort ein gewaltiger Schmetterling, der träge mit den Flügeln schlug. Auf Rosies hohen Wangenknochen lag eine feine Röte, die jedoch nichts mit den Temperaturen zu tun haben konnte, denn es wehte eine angenehm milde Brise. Während Rosie langsam auf ihn zulief, wiegte sie mit den Hüften. So aufreizend, dass es aufgesetzt wirkte. Sie stützte sich dabei auf einen Spazierstock mit silbernem Griff. Wozu sie ihn benötigte, konnte Guinn nicht sagen. Er sah weder eine Verletzung noch humpelte Rosie.

»Guten Abend, Rosie.« Er lächelte leicht in der Hoffnung, dass es sie nicht abschreckte. Es war schon lange her, seit er das letzte Mal aufrichtig gelacht hatte. Meist hatte er nur Grimassen gezogen, um seinen Gefühlsregungen Ausdruck zu verleihen.

Sie hob eine Hand und wackelte mit dem Zeigefinger. »Nein, nein, mein Lieber. Keine Namen. Das weißt du doch!«

Da er das nicht tat, versuchte er Zeit zu gewinnen. »Wieso sind wir hier?«

Sie warf den Kopf in den Nacken und lachte. Glockenhell und affektiert, was überhaupt nicht zu ihr passen wollte. Woher hatte sie dieses Verhalten? Es erinnerte Guinn an eine Straßenhure, die ... Seine Augen weiteten sich. Konnte es sein, dass sie sich so sah? War es das, was Charming mit ihr getan hatte?

Er ging einen Schritt auf sie zu, eine Hand ausgestreckt, um ihr zu signalisieren, dass er ihr nichts Böses wollte. »Rosie ...«

»Ich sagte: keine Namen!« Ihre Stimme überschlug sich.

Unvermittelt brandete heftiger Wind auf, riss an Guinns Kleidung und drängte ihn zurück. Rosies Gesichtsausdruck wurde hart und erneut hatte Guinn das Gefühl, dass sie ihn deutlich sehen konnte.

Ehe er erneut etwas sagen konnte, zerfloss die Szenerie wie Farbe auf einer Leinwand. Guinn hatte einmal einen Maler gesehen, der einen Becher Wasser gegen ein für ihn unzufriedenstellendes Gemälde gegossen hatte. Genau so sah es aus. Doch diesmal zählte Guinn selbst zu dem Bild. Er wurde förmlich zerrissen, als sich die Umgebung veränderte. Sein Innerstes wurde nach außen gekehrt, seine Lunge brannte vor Anstrengung überhaupt atmen zu können und seine Haut fühlte sich an, als würden Feuerlohen darüber tanzen. Die einzige Konstante bildete Rosie, die ihn kalt lächelnd ansah und ihm damit klar machte, dass sie hier das Sagen hatte.

»Also gut, also gut!« Er hob beide Hände, versuchte über das Tosen des Windes hinweg zu rufen, damit sie ihn hören konnte. »Dann sag mir, wie ich dich nennen soll!«

Der Sturm endete. Sie legte den Kopf schräg und sah Guinn aus zusammengekniffenen Augen an. Eine allzu normale Reaktion für eine Sehende, nicht für eine Blinde. »Du kennst meinen Namen.«

»Richtig, aber bei dem darf ich dich ja nicht nennen, also, was möchtest du hören? Herrin? Gebieterin? Mylady? Meine Königin?«

Ihr Lächeln kehrte zurück. »Das würde mir gefallen.«

»Tja, aber diesen Titel trägt schon eine andere, das sollte dir klar sein.«

»Aber nicht hier! Das ist mein Reich. Hier gebiete ich, also wirst du tun, was ich verlange!«

Guinn verschränkte die Arme vor der Brust. Es war eine Sache, sich von der Frau vor ihm mit Zaubertricks beeindrucken zu lassen, eine andere ihr wie ein braves Hündchen zu gehorchen. Das tat er für niemanden. Er hatte die letzten Jahre seines Lebens damit zugebracht, gegen die amtierende Königin zu rebellieren, um sich ihr nicht unterwerfen zu müssen. Er würde nicht hier damit anfangen.

»Nein.«

Ihr Kinn ruckte hoch. »Wie bitte?«

»Du hast mich gehört. Ich werde dich nicht mehr Rosie nennen. Aber ich werde dich nicht als Königin bezeichnen. Denk dir etwas anderes aus.«

»Du ...!«

Unbeeindruckt hob er eine Braue. »Ja, ich. Wir können das die ganze Nacht machen. So lange, bis du wieder aufwachst. Wir wissen beide, was dann geschieht. Du schreist und zitterst, rufst nach Hilfe. Was wäre, wenn ich sie dir dann verweigere. Jammerst du dann wieder, dass Charlie zurückkommen soll?«

Er benahm sich grausam angesichts ihrer Lage. Sah es daran, wie sämtliche Farbe aus Rosies Wangen wich. Doch sie blieb standhaft.

»Nenn nicht seinen Namen!«

Guinn lachte hart. »Ich darf deinen nicht aussprechen, nicht seinen. Du langweilst mich.« Er wandte sich ab. »Ich werde gehen. Bleib hier allein, wenn du magst. Ich habe die Nase voll von deinen Spielchen.«

»Warte!« Er fühlte, wie sie sich ihm von hinten näherte.

»Was willst du noch?«

Ihre schmale Hand legte sich zwischen seine Schulterblätter. Und obwohl Guinn ein Hemd trug, fühlte er die Wärme wie einen Brandherd. »Du bist keine Fantasie, oder?«, wisperte sie. Nicht länger herrisch und bestimmend, sondern verwirrt und beinah neugierig.

»Kommt darauf an«, brummte er zweideutig. »Was tut dein Traummann für gewöhnlich?«

Schweigen antwortete. Guinn wagte nicht, sich umzudrehen, weil er ahnte, was ihn erwartete. Laut Emma hatte Rosie ein sehr abgeschiedenes Leben geführt und nur wenige Menschen hineingelassen. Sie dürfte vermutlich auch keinerlei Kontakt zu Männern gehabt haben. Was die Gefangenschaft bei Charming umso grausamer sein ließ. Trotzdem war sich Guinn sicher, dass in Rosies Träumen Männer eine zentrale Rolle spielten.

Wie um ihm zu beweisen, dass er recht hatte, seufzte Rosie leise. »Er hält mich. Er ist für mich da, wenn es sonst keiner tut. Er tut, was ich ihm befehle ...« Ihre Stimme verlor sich, weswegen sich Guinn nun doch entschied, sich umzudrehen.

Ihr Anblick erschreckte ihn. Die Schultern hingen nach unten, den Kopf hielt sie gesenkt. Obwohl ihr das Haar ins Gesicht fiel, konnte Guinn dennoch sehen, dass ihre Unterlippe zitterte. Ehe er sich zurückhalten konnte, legte er eine Hand an ihre Wange und hob ihr Gesicht an. Sie blickte zu ihm auf und dieses Mal wunderte er sich nicht darüber, dass diese milchig-blauen Augen ihn direkt anblickten.

»Du siehst mich wirklich, oder?« Er klang heiser.

»Ja.«

»Wie ist das möglich?«

»Ich weiß es nicht. Ich dachte immer, die Bilder, die ich hier sehe, seien Sammlungen all der Dinge, die ich dank des Traumextraktors kennengelernt habe. Ich war niemals in Dover, doch kenne ich die Küste. Ich habe mich nie in einem Labyrinth verirrt und dennoch weiß ich, wie viele Wendungen es braucht, um in dessen Mitte zu gelangen. Und jetzt sind wir hier.« Wie von selbst schmiegte sich ihre Wange dichter an seine Hand.

Guinn nickte und schluckte mehrfach. Der Körperkontakt überreizte seine Sinne. »Jetzt sind wir hier«, wiederholte er. Er atmete tief ein. Ihr Duft benebelte seine Sinne und er musste sich zusammenreißen, um sie nicht sofort in seine Arme zu ziehen. Wie sollte er ruhig bleiben, wenn ihn diese Frau so sehr faszinierte?

»Warum hast du mich hergebracht?«, stieß er gepresst hervor.

Sie zuckte mit den Schultern. »Das habe ich nicht. Du tauchst einfach hier auf.«

»Nein, kleine Rose, du hast mich hergeholt. Eben saß ich noch auf deinem Bett und im nächsten Moment stand ich hier.«

Sie presste die Lippen zu einem festen Strich und trat einen Schritt zurück. Guinns Hände fielen zurück an seine Seite. Er ließ Rosie gewähren, weil er die Furcht sah, die über ihre Miene huschte, obwohl sie wieder die starke Frau mimte, die ihn mit Wind und zerfließenden Träumen versucht hatte zu beeindrucken.

Irgendetwas sagte ihm, dass Rosie selbst nicht wusste, wie sie sich verhalten sollte. Dass die Dinge, die sie hier tat, nur einen kleinen Teil ihres Naturells ausmachten. Vielleicht zeigte sie es hier nur, weil sie glaubte, an diesem Ort nichts zu befürchten zu haben.

»Ganz ruhig, ich tue dir nichts. Das verspreche ich dir.«

»Ich weiß. Du könntest es nicht einmal. Nicht hier. An diesem Ort bin ich die stärkste Macht.«

Daran hatte er keinerlei Zweifel, doch es ging nicht um diese Welt und ihre Herrschaft darin. Draußen tobte ein Kampf, der darin bestand, ihren schwachen Körper zu entgiften, um sie zurück ins Leben zu holen.

»Hast du überhaupt eine Ahnung, was außerhalb dieses Traumkonstrukts vor sich geht?« Guinn machte mit einem Arm eine weit ausholende Geste, die alles ringsum mit einschloss.

»Die Welt dort draußen interessiert mich nicht. Hier bin ich glücklich. Hier bin ich eine Königin. Wenn es dir nicht passt, geh. Ich brauche dich nicht.« Sie wandte sich ab.

Jetzt reichte es. Guinn war kein Bittsteller und ganz sicher nicht freiwillig hier. Er packte Rosies Arm und zog sie zu sich herum. So schnell, dass sie gegen seinen Brustkorb prallte. Sie hatte instinktiv den freien Arm gehoben, um sich abzustützen. Der von Guinn erwartete dumpfe Klang, als ihre Faust die Stelle traf, wo sich die metallene Platte befand, blieb aus.

»Was zum ...?« Es verschlug ihm glatt die Sprache. Dann dämmerte es ihm. Dies war Rosies Traum. Sie wusste nichts von seinen Modifikationen, was gleichbedeutend damit war, dass er in dieser Welt ein vollständiger Mensch und kein mechanisches Monster war.

»Lass mich los!« Rosie schlug gegen sein Brustbein, und Guinn fühlte nur dumpfen Schmerz. Er war so glücklich darüber, dass er beinah laut aufgelacht hätte. Es gelang ihm gerade so, sich zu beherrschen.

Ehe er jedoch etwas sagen oder tun konnte, löste sich der Schmetterling aus Rosies Haar und flog auf ihn zu. Guinn taumelte zurück, griff nach dem Falter und versuchte, ihn loszuwerden, doch das Tier hatte seine dürren Beinchen um seinen Kopf geschlungen und presste nun seinen Leib gegen Guinns Gesicht.

Irgendwo ertönte ein Schrei, doch Guinn hatte ganz andere Probleme, als sich damit zu beschäftigen. Er bekam kaum noch Luft. Seine Lungen arbeiten heftig, versuchten Sauerstoff zu pumpen, den Guinn nicht liefern konnte. Falls Rosie hinter dieser Attacke steckte, stand sie jetzt nur daneben und sah zu, wie das Vieh ihn tötete.

Er drückte verzweifelt gegen den Leib des Schmetterlings, hörte dessen Flügel schlagen. Langsam und gleichmäßig, als gäbe es nichts, was diese monströse Kreatur aus der Ruhe bringen könnte. Er beschützte einfach seine Erschafferin.

Dunkle Punkte tanzten vor Guinns Augen, als ihm die Erkenntnis kam. Falls er das hier überleben wollte, musste Rosie ihn retten. Sie war die Einzige, die den Falter kontrollieren konnte. Sofern sie ihm befahl, sich zurückzuziehen, wäre der Albtraum vorbei.

Albtraum.

Traum ...

Mit einem Brüllen erwachte Guinn. Er glitt so unvermittelt in die Realität zurück, dass er sich aufsetzte, und Rosie von ihm herunterrutschte. Sie gab einen dünnen Laut von sich, erwachte aber nicht.

Feuchtigkeit bedeckte Guinns Haut. Sein Atem ging heftig, als müssten seine künstlichen Lungen erst noch begreifen, dass sie nicht auf Luft von außen angewiesen waren. Gänsehaut überzog seinen Körper, ließ ihn frösteln, bis Guinn den Kopf schüttelte. Er musste seine Gedanken klären. Begreifen, was da eben vorgefallen war. Er blinzelte und merkte erst nach einigen Sekunden, dass er normal sehen konnte und nur die Nachwehen des Traumes ihm noch vor Augen standen.

Seine Kehle wurde eng, als er sich vorstellte, welch Grauen eine Frau wie Rosie ausgestanden haben musste, wenn sie sich einen solch mächtigen Wächter für ihre Träume erschuf. Es grenzte fast an ein Wunder, dass Guinn dem entkommen war.

Er stand vorsichtig auf, darauf bedacht, die Schlafende nicht zu wecken. Sie musste ausruhen. Der nächste Anfall kam bestimmt. Dann würde sie Guinn wieder anflehen, ihr von den Drogen zu geben oder sie zu töten. Beides stand nicht zur Debatte.

Nachdem er sich versichert hatte, dass es ihr gut ging, zog er die Decke, unter der sie sich zusammengerollt hatte, bis unter ihr Kinn und ging aus dem Zimmer.

Falls Rosie erneut schrie, wäre er schnell wieder an ihrer Seite. Jetzt musste er sich erst einmal um sich selbst kümmern.

Mit langen Schritten ging er in die Küche. Dort steuerte er direkt einen schmalen Schrank an, in dem Roya mehrere Behälter, Gewürze, Mehl und andere haltbare Lebensmittel aufbewahrte. Nach kurzem Suchen fand er die dunkle Flasche mit dem verschmierten Etikett und zog mit den Zähnen den Korken heraus. Er spuckte den Stöpsel aus und nahm einen tiefen Zug. Der Whiskey brannte wie Feuer seine Kehle hinab, sorgte aber gleichzeitig dafür, dass sich seine Gedanken klärten. Der Tropfen mochte nicht so gut sein wie das Zeug, das er bei William Gull genossen hatte, aber er genügte, damit sich Guinn besser fühlte.

»Verdammt«, murmelte er, nachdem er die Flasche fast zur Hälfte geleert hatte und die Auswirkungen des Alkohols spürte. Sein Körper mochte zu großen Teilen aus Mechanik bestehen, sein Hirn gehörte jedoch nicht dazu. Trotzdem hieß er den Rausch willkommen, denn er zeigte ihm, dass er noch lebte.

»Betrinken Sie sich etwa allein?« Die nervtötende Stimme von Shawn Whiting war das Letzte, das Guinn jetzt hören wollte.

Viel lieber erinnerte er sich des sanften Klangs von Rosies Tonfall. Selbst, als diese sich wie eine Furie gebärdet hatte, um ihm ihre Macht zu demonstrieren, hatte sie ihn bezaubert.

Guinn drehte sich um und musterte den Neuankömmling. Whiting hatte die Prügelei mit Charmings Leuten besser als erwartet überstanden. Ein verschorfter Schnitt an der Stirn, ein Bluterguss, der aus seinem Hemdkragen herauszuwachsen schien und ein Veilchen von der Größe einer Männerfaust waren die einzigen Anzeichen für den vergangenen Kampf. Der Mann hatte sich die ganze Zeit über von dem Versteck ferngehalten, was Guinn darauf geschoben hatte, dass er es nicht kannte. Ihn jetzt hier zu sehen, weckte ein ungutes Gefühl. Was, wenn ihm jemand gefolgt war? Dann verwarf er den Gedanken. Genauso gut hätte Charming seine Leute auf Roya, Tom, Emma oder Corson-Smythe ansetzen können. Was unrealistisch war, denn der Lude konnte nicht wissen, dass diese Leute mit Guinn zusammenarbeiteten.

Seufzend ließ er sein Misstrauen fahren und wedelte mit der Flasche. »Wollen Sie einen Schluck?«

Whiting leckte sich die Lippen, wie es nur Männer taten, deren Gier alles andere übertraf. »Wenn Sie teilen.«

Wortlos öffnete Guinn einen weiteren Schrank, holte zwei Gläser hervor und stellte sie geräuschvoll auf den Küchentisch. Guinn füllte sie bis zur Hälfte, dann positionierte er die Flasche dazwischen und schob eines in Whitings Richtung.

Der Mann setzte sich unaufgefordert auf den Stuhl auf seiner Seite und langte danach. Doch ehe er trank, sah er Guinn fragend an.

Wartete der Kerl etwa auf seine Erlaubnis?

Guinn blieb aber auch nichts erspart. Er wollte keine Freundschaft mit dem ehemaligen Inspector. Eigentlich wollte er gar kein engeres Verhältnis – zu niemandem. Dennoch fand er sich hier als Kindermädchen einer gequälten Frau und Gesellschafter eines offensichtlich trunksüchtigen Narren wieder.

Vielleicht war es doch besser, wenn er weitertrank. Er griff das Glas, prostete Whiting zu und stürzte den Inhalt hinunter. Erneut schüttelte es ihn, aber kaum, da er abgesetzt hatte, füllte Whiting es erneut auf.

»Wollen Sie darüber reden?«

Erstaunt sah Guinn den Mann an. Ganz sicher würde er nicht sein Herz einem Idioten wie diesem Whiting ausschütten. Ganz zu schweigen davon, dass er mit niemandem darüber sprach, wie es in ihm aussah. Das ging, verdammt noch mal, niemanden etwas an! Bevor er allerdings einen zornentbrannten Kommentar darüber machen konnte, hörte er seine eigenen Worte.

»Ich sitze mächtig in der Scheiße.«

Whiting musterte ihn ruhig. Dann tippte er mit einem Fingernagel an sein Glas, was ein sehr nervtötendes Geräusch erzeugte. »Dafür hat der liebe Gott den Whiskey erschaffen. Zum Wohl!«

Während sie sich langsam betranken, lauschte Guinn immer wieder auf Geräusche, die aus Rosies Kammer kamen. Darunter war nichts Verdächtiges, weswegen er seine Vorsicht aufgab. Es würde schon nichts geschehen, während er sich ein bisschen entspannte. Abgesehen davon baute sein Körper den Alkohol schneller als bei normalen Menschen ab. Trotzdem wurde seine Zunge nach einiger Zeit schwer.

»Isch verstehe nischt, warum wir uns das immer wieder antun?«, lallte er. »Frauen sind un-unser Untergang.«

»Hört, hört«, antwortete Whiting und schenkte nach. »Wir können uns nischt von ... von ihnen fernhalten, aber bei ihnen z-zu s-sein ist auch nischt in O-Ordnung.«

Endlich jemand, der ihn verstand. Zwar wusste Guinn nicht, wen sein Trinkgefährte meinte, aber der Kerl wusste wenigstens, was er meinte.

»Rischdisch. Wahre Fr-Freundschaft gibt es s-sowieso n-nur unter Männern!«, bestätigte Guinn.

Whitings Blick bekam einen melancholischen Ausdruck, dann seufzte er. »W-weil wir unsere Frauen so-sowie ... sowieso nicht beschützen können.«

Auch wenn Guinn irgendetwas an dieser Aussage störte, gab er Whiting mit hoch erhobenem Glas recht. »Auf die Männerfreundschaft!«

»Jawohl!« Im nächsten Moment fiel Whitings Kopf auf die Tischplatte und kurz darauf hörte Guinn ein Schnarchen. Er zuckte mit den Schultern und beschloss, den Rest der Flasche allein zu leeren.

9. Kapitel

13. Januar 1890

Dicke Flocken rieselten vom Himmel und bestäubten die Stadt mit einer dichten weißen Schicht. Charming zog den Kragen seines Mantels enger um sich und hob die Schultern, um dem Wind, der unaufhörlich über ihn hinwegfegte, keine Angriffsfläche zu bieten. Vergeblich. Die eisigen Luftströme fanden jede noch so kleine Undurchlässigkeit und krochen hinein, bis Charming nicht mehr anders konnte, als von einem Bein aufs andere zu treten.

Innerlich fluchte er und schwor sich, niemals wieder auf so eine Sache einzugehen. Normalerweise bestellte er seine Informanten zu sich und wartete nicht auf sie in dunklen Gassen oder er schickte seine Helfershelfer. Wie auch immer, er selbst trat nie in Aktion. Außer dieses Mal, weil sein Kontakt nur mit ihm sprechen wollte, mit keinem anderen.

Charming spähte um die Ecke des Hauseinganges, in dem er lehnte und kniff die Lider zusammen. War das dort am Ende der Straße eine Hooverdroschke?

Der dunkle Punkt, auf den er seinen Blick fixierte, kam langsam, aber stetig näher. Tatsächlich entpuppte es sich als Hoover-Fahrzeug. Ob darin allerdings Charmings Kontaktmann saß, stand auf einem anderen Blatt. Vor Kälte zitternd blies er in die gefalteten Hände. Er war sich sicher, dass sie bereits blau angelaufen sein mussten. Doch um nachzusehen, hätte er die Handschuhe ausziehen müssen, was nicht in Frage kam.

»Wo bleibt dieser Idiot nur?«

Die Botschaft, die Charming kurz nach der Schlägerei vor seinem Bordell erhalten hatte, war eindeutig gewesen: Er sollte am Morgen des 13. vor Sonnenaufgang in der Nähe dieses Hauses warten.

Das tat er schon seit einer Stunde. Dennoch rührte sich nichts. Auch die Kutsche fuhr mit leisem Quietschen an ihm vorbei, ohne anzuhalten.

»Verdammt.« Wenn der Kerl ihn verraten hatte, würde nichts und niemand diesen Bastard davor bewahren können, dass Charming sich an ihm rächte. Er kannte genug Wege, jemandem das Leben zur Hölle zu machen, ohne selbst schmutzige Finger zu bekommen.

So gefangen in seinen Rachegedanken bemerkte er die Gestalt, die sich ihm näherte erst, als das Knirschen der Schritte im Schnee sie verriet. So wäre es ein Leichtes für den Fremden gewesen, Charming mit einer Pistole zu erschießen, ehe dieser überhaupt hätte reagieren können. Erneut fluchte er und drehte sich so, dass er die von einem langen Mantel verhüllte Gestalt besser sehen konnte. Was angesichts des Schneetreibens nicht wirklich einfach war. Zudem trug der Kerl einen Hut sowie eine der verfluchten Gesichtsmasken, die heuer so beliebt waren. Die Hände hatte der Vermummte tief in seinen Manteltaschen vergraben.

Erst, als der Mann in unmittelbarer Nähe zu ihm stehen blieb und mit einer behandschuhten Hand an den Zylinder tippte, ahnte er, dass es sein Kontaktmann sein musste.

»Guten Abend, Sir.« Der Maskierte flüsterte, damit Charming seine Stimme nicht erkennen konnte. Dennoch wusste er genau, wen er da vor sich hatte. Trotzdem spielte er mit. Es war immer gut, seine Verbündeten in dem Glauben zu lassen, sie können sich in seiner Gegenwart sicher fühlen. Sobald sie dann Verrat begingen, schlug Charming hart und unnachgiebig zu.

»Guten Abend. Sie sind spät.«

»Ich musste sichergehen, dass Sie allein sind.«

»Dann saßen Sie also doch in der Kutsche?«

Der Maskierte legte den Kopf schräg. »Wer weiß? Ich könnte Sie auch schon länger aus einem der anderen Häuser beobachtet haben.«

Die Möglichkeit bestand tatsächlich, doch Charming war nicht hier, um sich nett zu unterhalten. Er brauchte Antworten. Sofort.

»Haben Sie, was Sie mir versprachen?«

»Natürlich, Sir. Steht unsere Vereinbarung?«

Er schnaubte. »Wenn das, was Sie liefern, es wert ist, bekommen Sie, was wir besprochen haben.«

Helle, aber unregelmäßige Zähne blitzten auf, als der Maskierte grinste. Gut sichtbar, da das Leder der Maske nur bis zu seiner Oberlippe reichte. Der Mann war glattrasiert, was den Schluss zuließ, dass er sich in Kreisen bewegte, in denen auf Etikette großen Wert gelegt wurde.

Oder er ist einfach nur gepflegt, dachte Charming sarkastisch und konzentrierte sich wieder auf das Wesentliche. »Also?«

Der Maskierte zögerte einen Moment, dann griff er unter seinen Mantel und zog mehrere Papiere hervor. »Ich habe sie so gut es ging, erstellt und mit Namen versehen. Es bleibt dabei, dass dem ehemaligen Inspector Whiting kein Haar gekrümmt wird?«

»Ja, ja«, Charming winkte ab und griff nach dem Stapel, doch der Maskierte zog ihn außer Reichweite.

»Ich will Ihr Wort, Mister Tenderly.«

Zähneknirschend riss Charming den Blick von seiner Beute los und starrte den Mann an. Der Kerl sollte ruhig sehen, dass es ihm nicht gefiel, wenn jemand Vereinbarungen änderte oder glaubte, mehr herausholen zu können, als geplant.

»Das haben Sie«, sagte er kalt. Gedanklich machte er sich eine Notiz, dass er alles daran setzen würde, diesen kleinen Emporkömmling spüren zu lassen, was es bedeutete, sich mit dem wahren Herrn dieser Stadt anzulegen. »Aber noch einmal so ein Versuch, und Sie werden es bereuen.«

»Verstanden.« Der Maskierte streckte die Hand aus und übergab Charming endlich, worauf er die ganze Zeit gewartet hatte. Dann wandte sich der Mann ab und verschwand um die nächste Ecke.

Während Charming die Blätter durchging, sah er die grob gezeichneten Bilder an, und Aufregung verdoppelte seinen Herzschlag. Keines davon war ein Kunstwerk, dennoch konnte man die Gesichter deutlich erkennen. Damit besaß Charming endlich alle Informationen, die er für die Vollendung seines Planes benötigte: Inspector Shawn Whiting, Lordkanzler Ian Connery, dessen Ehefrau Emma St.Claire-Connery, SVY-Agent Tom Doyle, Seamus McGuinney und ... er stockte, als er das letzte Bild erkannte. Das kalte Lächeln grub sich um eine Spur tiefer in seine Wangen. Royalyn Summer.

Wer hätte das gedacht, dass dieses Gespann hinter dem Einsatz der Hundertschaft steckte, die sein Bordell auseinandergenommen hatte?

Das letzte Blatt enthielt eine Aufstellung, wer mit wem in welcher Beziehung stand und welche Fähigkeiten oder Einflüsse die Personen besaßen. Insgesamt ergab sich ein rundes Bild, das Charming dabei half, seine Pläne zu konkretisieren. Am Ende würde keiner dieser Leute auch nur ahnen, in welcher Gefahr sie schwebten.

Er lachte leise. Er faltete die Papiere und schob sie unter seinen Mantel.

Die Kälte war vergessen, als er sich auf dem Weg zum Labor machte.

Guinn kämpfte damit ein Lid zu heben, um den Kerl zu sehen, der schon seit geraumer Zeit auf seinen Schädel einschlug. Wenn er es erst einmal geschafft hatte, sich in eine aufrechte Position zu bringen, würde dieser Schläger bereuen, überhaupt geboren worden zu sein. Doch die Schwere seiner Glieder hinderte Guinn, sich schnell zu bewegen, wodurch sich schon das Aufwachen als wahrer Kampf entpuppte. Zudem schien irgendwo in seiner Nähe eine Maschine defekt zu sein, denn es knarzte und grollte in einer Lautstärke, die ihm in den Ohren wehtat.

Als er es endlich schaffte, beide Augen zu öffnen, stach ihm blendendes Licht in die Pupillen, sodass er die Lider direkt wieder schließen musste. Nach einem kurzen Zögern versuchte er es erneut und stellte fest, dass er allein war. Kein Männchen mit einem Hammer. Nur bohrende Kopfschmerzen. Guinns Blick fiel auf die nahezu leere Whiskeyflasche und er erinnerte sich. Er hatte den Großteil davon allein getrunken, ehe Whiting zu ihm gekommen war und sie sich bis zu einer Freundschaft durchgesoffen hatten.

Endlich bemerkte er auch, dass die seltsamen Geräusche nicht von einer defekten Maschine, sondern von seinem neuen Freund kamen, der auf der Tischplatte lag, zum Gotterbarmen schnarchte und dabei sabberte. Der fuchsrote Bart bewegte sich bei jedem Ausatmen leicht, sodass es einmal mehr wirkte, als säße Whiting ein Tier im Gesicht.

Um nicht länger darüber nachzudenken, was am vergangenen Abend passiert war, drückte Guinn die Hände auf den Tisch, stemmte sich nach oben und schaffte es, nach einer kurzen Weile das Gleichgewicht zu halten.

So viel dazu, dass sein Körper den Alkohol schneller abbaute. Andererseits konnte das heftige Schwindelgefühl auch von der Leere in seinem Magen oder den Kopfschmerzen herrühren. Da er kein Arzt war, wollte er nicht länger darüber nachdenken, denn alles Grübeln brachte nur weitere Qualen. Daher ging er mit schweren Schritten zu der Anrichte, auf der noch die Kanne mit Tee stand, die Corson-Smythe gestern aufgesetzt hatte. Zwar mochte das Getränk kalt sein, es würde dennoch Guinns Durst löschen und vielleicht seine Lebensgeister wecken.

Er goss den Tee in eine Tasse und trank in kleinen Schlucken, bis er sich einigermaßen besser fühlte. Dann erst wurden ihm die Stimmen bewusst, die aus dem Nachbarraum kamen. Gedämpft durch die geschlossene Tür wäre es für ein normales Gehör nicht ungewöhnlich, dass Guinn sie erst jetzt wahrnahm, für ihn jedoch bedeutete es eine gewaltige Überraschung nicht länger mit Whiting und der – wie er hoffte – schlafenden Rosie allein zu sein.

Alarmiert schlich er zur Tür, um nachzusehen, als er die Stimmen erkannte.

»... werde ihn umbringen! Er ist betrunken und Rosie liegt allein in ihrem Zimmer. Es hätte jederzeit etwas passieren können!« Tom ließ keinen Zweifel daran, dass er wütend war.

»Liebling, bitte, wir wissen doch gar nicht, was geschehen ist. Guinn ist niemand, der sich sinnlos betrinkt«, versuchte Roya ihren Verlobten zu beruhigen. »Er hatte sicher gute Gründe dafür.«

Guinn verzog das Gesicht. Gab es für ein Besäufnis überhaupt eine Begründung? Er glaubte es nicht. Normalerweise gehörte er auch nicht zu denjenigen, die so etwas taten. Ein, zwei Gläser ja, jederzeit, aber sich volllaufen lassen, bis man das Bewusstsein verlor? Nein, das war selbst für seine Maßstäbe schäbig. Gerade, als er noch überlegte, wie er sich am besten bei Doyle entschuldigen könnte, hörte er eine weitere Stimme, die ihm nicht so vertraut war.

»Mir scheint, Mister Doyle, Sie haben Ihre Leute nicht wirklich im Griff.«

»Halten Sie einfach den Mund, Connery! Das hier ist mein und nicht Ihr Problem!«

»Emma ist Rosies Freundin, und da sie meine Ehefrau ist, macht es das zu meinem Problem. Ich habe mit Doktor Corson-Smythe gesprochen. Er hält ein Sanatorium für eine gute Wahl ...«

Nein. Guinn würde nicht zulassen, dass jemand Rosie in ein Irrenhaus verfrachtete. Sie war nicht verrückt. Das, was sie durchmachte, änderte sich, sobald das Gift vollständig aus ihrem Körper heraus war. Doch das benötigte Zeit, die man ihr in einem Sanatorium nicht geben würde. Dort würde man sie nur mit weiteren Drogen ruhigstellen.

Tom schien der gleichen Ansicht zu sein. Er stieß ein Knurren aus, gefolgt von einem Stampfen, das Guinns Neugierde weckte.

»Tom, nicht!«, rief Roya.

Er öffnete die Tür und trat in den Salon, wo sich die Männer wie Feinde gegenüberstanden. Roya hielt sich zwischen ihnen, jeweils eine Hand an den Brustkorb eines jeden gepresst. Begriffen die beiden denn nicht, dass sie für dieselbe Sache kämpften?

»Ich störe ja nur ungern eine schöne Keilerei, aber haben die Herren nichts Besseres zu tun, als zu streiten?« Guinn wusste, dass er durch seine freche Frage die Aufmerksamkeit und damit den Zorn beider Männer auf sich lenkte, doch das war auch seine Absicht. Er wollte nicht, dass Roya womöglich eine Entscheidung treffen musste, die sie hinterher bereute. Schon bei ihrem letzten Versuch, Tom zu beruhigen, hatte dieser sie angesehen, als kenne er sie nicht. Das hatte Roya verletzt – und wenn Guinn eines nicht ertrug, dann, dass seine Freundin litt.

»Sie!« Tom ließ von Connery ab und wandte sich ihm zu. Auf seinen Wangen lagen hektische Flecken und das sonst schon zerzauste blonde Haar stand nun in alle Himmelsrichtungen ab, als sei der Agent zu oft mit den Händen hindurchgefahren.

Guinn entging nicht der besorgte Blick und das Kopfschütteln, mit dem Roya ihm irgendetwas sagen wollte, trotzdem stellte er sich breitbeinig hin und verschränkte die Arme vor der Brust. »Ja?«

»Sie haben Rosie im Stich gelassen!«

»Meinen Sie? Dann verraten Sie mir doch mal, wo Sie waren, als sie letzte Nacht so laut vor Schmerzen schrie, dass ich mich zu ihr ins Bett legen muss...« Weiter kam er nicht. Mit einem Satz stand Tom vor ihm und verpasste ihm einen Kinnhaken, der sich gewaschen hatte.

»Sie elender Scheißkerl!«

Guinn taumelte überrascht einen Schritt zurück und ruderte mit den Armen, um nicht das Gleichgewicht zu verlieren. Rasch fing er sich wieder und sah Tom herausfordernd an. Der Trommler in seinem Kopf erhöhte derweil das Schlagtempo. »War es das? Oder wollen Sie noch einmal?«

»Tom, es reicht. Bitte hör auf!« Royas Worte blieben unbeachtet.

Ihr Verlobter schien jedes Maß verloren zu haben. Er warf sich erneut auf Guinn, der diesmal besser vorbereitet war. Er konterte die Schläge seines Gegners, darauf bedacht, ihn nicht zu verletzen. Der Mann musste sich abreagieren, und weil es niemanden gab, an dem er seine Wut auslassen konnte, bot Guinn die beste Alternative. Außerdem scheute sich Guinn nicht davor, sich mit dem Mann zu schlagen, den er ohnehin für nicht gut genug für Roya hielt und daher nicht ausstehen konnte.

Tom versuchte gerade, ihn in die Seite zu treten, doch Guinn fing den Fuß ein und hob das Bein an. Für einen Mann blieb dieser unfreiwillige Spagat nicht ohne Folgen. Es schmerzte wie die Hölle im Schritt, was Toms Aufjaulen bewies. Da Guinn nicht vorhatte, den Mann zu demütigen, ließ er los, suchte sich einen sicheren Stand, um den nun langsamer erfolgenden Schlägen Gegenwehr bieten zu können.

»Sehen Sie, was ich meinte, Sir? Er ist völlig von Sinnen!« Roya hatte es aufgegeben, Tom aufhalten zu wollen. Sie fläzte sich in einen Sessel und unterhielt sich mit Connery. Der Lordkanzler hatte sich am Kamin positioniert und machte Anstalten, das Feuer zu schüren. Auch er schien keinerlei Interesse daran zu haben, Guinn und Tom zu trennen.

Irgendwann wurde es Guinn aber zu viel. Er drehte die Hüfte, als Tom auf ihn zulief, und ließ seinen Arm vorschnellen. Sekunden später hielt er den Agenten im Schwitzkasten.

»Lassen. Sie. Los!« Tom krallte seine Hände in Guinns Unterarme, was Guinn nur auf einer Seite wahrnahm.

Er verzog verächtlich das Gesicht. »Wenn Sie sich beruhigt haben«, knurrte er dicht an Toms Ohr. »Ich kann Sie aber auch bewusstlos schlagen, wenn Ihnen das lieber ist. Wir wollen alle dasselbe: Rosie helfen. Also hören Sie auf, sich wie ein Irrer aufzuführen. Was kümmert es Sie überhaupt, was mit dem Medium geschieht? Royalyn ist Ihre Verlobte. Oder haben Sie das vergessen?«

»Habe ich nicht«, zischte Tom. Noch immer versuchte er, sich zu befreien, was Guinn ihm auch diesmal nicht gestattete. Er biss die Zähne aufeinander, weil das Gezerre des Agenten den Trommler in seinem Kopf zu unterstützen schien.

»Warum benehmen Sie sich dann wie ein verschmähter Liebhaber?«

Hatte der Agent vielleicht eine Affäre mit Rosie? Langsam fragte sich Guinn, welcher Art Arbeitsverhältnisse im SVY an der Tagesordnung waren.

Von links ertönte ein entnervter Laut. Roya. »Jetzt sag es ihm, oder ich mache es!«

Toms Schultern sackten nach unten und endlich stellte er seine Gegenwehr ein. Zögernd ließ Guinn ihn los, aber er blieb wachsam. »Also?«

»Sie ist meine Schwester, Sie Arschloch!«

Hoppla. Derartige Worte aus dem Mund eines Gentleman? Von seinesgleichen hätte Guinn das erwartet, aber der Leiter des SVY sollte mehr Anstand besitzen. Selbstbeherrschung hatte er jedenfalls keine. Dann flackerte Guinns Blick zu Roya, die nur die Augen verdrehte, und Erkenntnis flammte in ihm auf. Sie hatte ihm damals erzählt, dass sie den Mann, den sie liebte, in Guinns Welt vermutete. Was lag also näher, als dass Tom selbst einmal auf der Straße gelebt haben musste? Es würde sein aufbrausendes Temperament und seine Gossensprache erklären. Tja, und wenn Guinn ehrlich war, wäre Rosie seine Schwester und Doyle an seiner Stelle, hätte er dem Kerl vermutlich einfach das Genick gebrochen.

Stattdessen hob er beschwichtigend die Hände. Einer musste ja den Anfang machen. »Hören Sie, Doyle, ich habe Ihre Schwester nicht angefasst. Zumindest nicht so, wie sie vielleicht glauben.«

Tom runzelte die Stirn. »Erklären Sie sich.«

»Sie hat geschrien und sich selbst verletzt. Vielleicht sind Ihnen die blutigen Striemen an den Armen aufgefallen? Mir blieb nichts anderes übrig, als sie festzuhalten. Um es Rosie bequemer zu machen, habe ich sie im Arm gehalten, bis sie vor Erschöpfung eingeschlafen ist.« Was danach geschehen war, verschwieg Guinn. Dabei waren Roya und Tom die perfekten Ansprechpartner, wenn es um das Thema Traumgänge ging. Doch eine innere Stimme warnte ihn davor, seine Erlebnisse in Rosies Welt auszuplaudern. Und wenn er eines gelernt hatte, dann auf diese Stimme zu vertrauen.

Jedenfalls schienen seine Worte Tom erreicht zu haben. Der Mann fuhr sich mehrfach hektisch durchs Haar und starrte dabei betreten zu Boden.

Zu Guinns Überraschung stieß er schließlich ein Seufzen aus. Er richtete seine Kleidung und atmete tief durch. »Der Angriff tut mir leid. Ich ... habe überreagiert.«

Es bedurfte nicht Royas warnendem Kopfschütteln, dass Guinn keine dumme Bemerkung machte. Stattdessen nickte er nur als Zeichen, dass er verstanden hatte.

Connery räusperte sich. »Nun, da das geklärt ist, was halten Sie von meinem Vorschlag, Tom? Ein Sanatorium ...«

»... kommt nicht in Frage«, beendeten Tom und Guinn Connerys Satz gleichzeitig.

Für einen Moment sahen sie sich verdutzt an, dann grinste Guinn. »Scheint, als wären wir uns einig. Hören Sie, Lordkanzler ...«

»Ian.«

»Schön, dann Ian. Rosie vertraut mir. Es geht ihr besser, auch wenn es vielleicht nicht den Anschein hat. Aber es sind erst wenige Tage. In einem Sanatorium wird man sie nur wieder mit Medizin ruhigstellen. Dabei wollen wir das Zeug, das Charming ihr verabreicht hat, doch aus ihrem Körper herausholen.«

»Sie sind kein Arzt«, wandte Tom ein.

»Nein«, stimmte Guinn zu. »Aber ich habe oft genug gesehen, was aus Frauen wie Rosie wird, wenn man sie im Stich lässt. Sie sind zu stark persönlich betroffen, Doyle. Wenn Rosie sie angreift, fühlen Sie sich verletzt. Mich stört das dagegen nicht.« Er zuckte mit den Schultern. »Ich hab' ein dickes Fell. Fragen sie Roya.«

»Und einen verdammten Dickschädel dazu«, murmelte sie. »Aber er hat recht. Vertrauen wir ihm, Tom. Guinn ist stark genug, Rosie zu helfen und sie, falls nötig, zu beschützen.« Sie stand auf, ging zu ihrem Verlobten, um sich in seine Arme zu schmiegen und murmelte an dessen Brust etwas so leise, dass Guinn es nur dank seines modifizierten Gehörs wahrnehmen konnte. »Falls er nicht wieder betrunken ist.«

»Ich schwöre, dass das nie wieder vorkommen wird. Was sagen Sie, Tom?«

Auf der Miene des Mannes wechselten die verschiedensten Emotionen. Jede einzelne davon konnte Guinn nachvollziehen. Trotzdem hoffte er, dass Doyle nachgab, weil Guinn herausfinden wollte, was ihn und Rosie verband. Dass da etwas sein musste, stand außer Frage. Andernfalls hätte er nicht als bewusst denkende Person in ihren Träumen auftauchen können. Oder doch?

Als Tom antwortete, stieß Guinn die Luft aus, die er unwillkürlich angehalten hatte.

»Na gut, McGuinney. Aber wenn ich Sie noch einmal besoffen vorfinde, werde ich Ihnen keine Gelegenheit zur Gegenwehr geben. Ich schneide Ihnen die Kehle durch.« Toms graue Augen glitzerten kalt.

Doch Guinn ließ sich auch davon nicht beeindrucken. »Dann, Mister Doyle, haben Sie auch jedes Recht dazu.«

10. Kapitel

15. Januar 1890

Ein Entzug dauerte eindeutig länger als abhängig zu werden, musste sich Guinn seufzend eingestehen, als er mit einem feuchten Lappen über Rosies Gesicht fuhr. Er ging dabei vorsichtig vor, um sie nicht noch mehr zu quälen, denn in den letzten Stunden schien ihre Haut besonders empfindlich auf Berührungen zu reagieren. Die Kratzer, die sich Rosie selbst zugefügt hatte, waren inzwischen verschorft und sie hatte nicht noch einmal versucht, sich zu verletzen, trotzdem blieb Guinn wachsam.

Doktor Corson-Smythe war vor einer Stunde gegangen, nachdem er mit Guinns Hilfe Rosie eine Art Milchbrei eingeflößt hatte, damit sie nicht noch mehr an Gewicht verlor. Bereits jetzt schien sie fast nur noch aus Haut und Knochen zu bestehen. Ihre Wangen waren eingefallen, dunkle Ringe unter den Augen ließen sie wie ein Gespenst wirken, und Guinn könnte schwören, dass er die blauen Äderchen unter der Haut deutlich erkennen konnte. In dieser Hinsicht teilte er die Meinung des Arztes, dass Rosie kurz davor stand, vollkommen zu vergehen.

Guinn fühlte, wie sich seine Lippen zu einem wehmütigen Lächeln verzogen, während er vorsichtig die feinen Schweißperlen von Rosies Stirn tupfte. Unter ihren geschlossenen Lidern bewegten sich die Augen unruhig hin und her, und sein Geruchssinn verriet Guinn die Angst, die Rosie gerade empfand.

Hin und wieder murmelte sie etwas, das nicht einmal er verstehen konnte. Nachdem er öfter das Wort Charlie aufgeschnappt hatte, wollte er es auch gar nicht wissen. Denn jedes Mal, wenn er daran erinnert wurde, was der Lude Rosie angetan hatte, kochte heiße Wut in ihm hoch.

Gib es zu, alter Junge, du hast längst die Distanz verloren.

Er biss die Zähne zusammen, beendete seine Tätigkeit und brachte die Waschschüssel zurück in die Küche, wo er eine Kleinigkeit von dem Stew aß, das Emma ihm vorbeigebracht hatte. Es war kalt, aber trotzdem lecker, doch er konnte nicht einen Bissen davon genießen. Bei jedem noch so kleinen Geräusch aus Rosies Zimmer schreckte er auf.

Nachdem er seinen Teller geleert hatte, wusch er ihn grob ab und stellte ihn beiseite, griffbereit für die nächste Mahlzeit. Dann ging er wieder in das Zimmer, wo er wie angewurzelt stehen blieb.

Er sollte sich schämen, doch bei dem Anblick, der sich ihm bot, konnte er nur starren. Rosies Nachthemd klebte an ihr und überließ nicht viel der Fantasie. Sie hatte die Bettdecke bis zum Fußende gestrampelt und der Saum des Hemdes war bis zu den Knien hochgerutscht. Das cremige Weiß ihrer Schenkel lud förmlich dazu ein, darüber zu streicheln, um herauszufinden, ob der Körper, zudem er gehörte, real oder ein Hirngespinst war.

Guinn ballte die Hände zu Fäusten, um sich genau davon abzuhalten. Nach einigen tiefen Atemzügen, in denen er sich selbst mit allerlei unfeinen Titeln bedachte, ging er zum Bett, griff nach der Decke und zog sie entschlossen über die Schlafende.

»Danke«, murmelte sie leise, als ob sie wüsste, was um sie herum vor sich ging. Guinn schätzte, dass sie einfach nur träumte.

Anstatt sich jedoch sofort wieder zurückzuziehen und auf dem Stuhl, der inzwischen in Reichweite stand, zu setzen, blickte er auf ihr zartes Gesicht. Durch die mangelhafte Ernährung stachen ihre Wangenknochen etwas zu sehr hervor und ihre Augen lagen tiefer. Doch der Gewichtsverlust hatte nichts daran geändert, dass ihre Lippen immer noch voll und rosig wirkten.

»Vielleicht hat Doyle recht und ich verdiene eine Tracht Prügel«, flüsterte Guinn, während er sich vorbeugte und eine Hand ausstreckte, um Rosie eine Strähne aus dem Gesicht zu streichen. Es fühlte sich an wie Seide.

Im nächsten Moment bemerkte er das bereits bekannte Ziehen, das ihn in Rosies Träume holte. Weil er ohnehin nicht dagegen ankam, setzte er sich auf die Bettkante, sodass ein Bein auf der Matratze lag und das andere jedoch fest auf dem Boden stand. Dann lehnte er den Kopf gegen das obere Bettende und zog Rosie auf seinen Schoß. Guinn genoss es viel zu sehr, sie so zu halten, aber wenigstens könnte er diese seltsamen Traumreisen als Argument anbringen, falls ihn jemand darauf ansprach – und er gewillt war, dieses Geheimnis offenzulegen.

Je öfter Guinn an diesen seltsamen Ort gezogen wurde, desto leichter fiel ihm der Übergang. Er brauchte nur einige Sekunden, um sich zu orientieren, wurde aber von der Düsternis der Umgebung überrumpelt.

Wo zum Teufel war er hier? Nichts davon kam ihm bekannt vor und gleichzeitig wirkte es dennoch seltsam vertraut. In der Luft hing der schwache Duft nach Regen. Raben krächzten irgendwo. Er sah einen abgemagerten Hund in einem Haufen Abfall nach Fressen suchen. Das Tier ignorierte Guinn, selbst, als dieser dicht an ihm vorbei über das Kopfsteinpflaster schritt. Von Rosie fehlte jede Spur. Dass sie hier sein musste, stand außer Frage. Nur wo?

Guinn folgte der Straße, an deren Seiten sich Häuser eng aneinanderdrückten, als benötigten sie die Wärme des jeweils anderen. Welche Temperaturen vorherrschten, konnte Guinn nicht sagen, aber der Vergleich erschien ihm irgendwie passend.

Nach einigen Schritten hörte er ein Geräusch. Ein Schaben vielleicht oder etwas, das dem sehr ähnlich klang. Sofort stellten sich die feinen Härchen auf Guinns Armen auf und ein Schauer kroch über sein Rückgrat. Sein Instinkt hatte ihn bislang nur selten getrogen und hier schrie er förmlich, dass Guinn in Gefahr schwebte. Trotzdem änderte er die Richtung und folgte dem Geräusch. Er bog in eine Seitenstraße ein, die nur spärlich beleuchtet war.

Der ätzende Gestank von Lauge traf Guinn unvermittelt, sodass er zu wissen glaubte, wo er sich befand. Wenn ihn nicht alles täuschte, musste er in der Nähe der Laundry Street, der Wäschereigasse, sein, in der Wäscher und Gerber ihrer täglichen Arbeit nachgingen. Die Schilder an den Häusern waren zu verschwommen, als das Guinn etwas darauf hätte lesen können. Dafür wuchs das Gefühl der Bedrohlichkeit immer weiter an, bis er fast glaubte, daran ersticken zu müssen. Sein Herz hämmerte wie wild. Eine Reaktion, die ihm so unvertraut war, dass Guinn unwillkürlich im Schritt stockte und sich eine Hand auf die Brust legte. Sein mechanisches Herz behielt stets einen gleichbleibenden Rhythmus, der sich selbst dann nicht veränderte, wenn Guinn kämpfte oder rannte. Doch hier war er menschlich. An diesem Ort war alles so verflucht anders, dass es ihn jeden Rest von Selbstbeherrschung kostete, nicht vor Frustration laut aufzuschreien.

Während er sich noch auf seinen Körper konzentrierte, bemerkte Guinn eine Bewegung zu seiner Rechten. Als er dorthin blickte, sah er einen Schatten um die nächste Ecke biegen. Ohne darüber nachzudenken, lief Guinn los. Er musste wissen, wen oder was er da entdeckt hatte. Als er die Straßenmündung erreichte, erkannte er Rosie. Sie trug einen Hauch von Nichts, der wieder einmal in allen

Regenbogenfarben schillerte.

Die wenigen vorhandenen Gaslampen waren so gut wie erloschen. Sie flackerten nur noch als dünne Lichtreflexe über die Hauswände. Dafür brannten in den Fenstern Kerzen. Trotz der spärlichen Beleuchtung konnte Guinn sehen, dass das Kleid nur bis zu Rosies Waden reichte. Ihre bloßen Füße tappten auf dem feuchten Kopfsteinpflaster. Sie kicherte wie ein Kind, winkte ihm zu, ehe sie sich unvermittelt umwandte und weiterging.

Allein dieser Anblick verstärkte Guinns Unbehagen. Er wusste nicht, was das zu bedeuten hatte, aber das Lachen und die Art, wie sich Rosie hier gab, erinnerten ihn an Schauermärchen aus seiner Kindheit. Wimmernde Geister und gepeinigte Seelen, die keine Ruhe fanden, kamen ihm in den Sinn. Er schüttelte den Kopf. Dabei fiel sein Blick auf die Dächer in der Nähe. Dort hockten Raben, die jeden ihrer Schritte verfolgten.

Guinns Instinkte gingen sofort in Alarmbereitschaft. Er sah sich aufmerksam um. Folgte Rosie in einigem Abstand. Sie summte leise, hüpfte bei jedem zweiten Schritt, bis sie vor einer Seitenstraße anhielt. Sie sah hinein, erschauerte und wandte dann den Blick ab.

Guinn beeilte sich, nachzusehen, was sie so aufgewühlt hatte. Zu seinem Entsetzen entdeckte er einen Mann, der blutend am Boden lag. Soweit Guinn es beurteilen konnte, fehlten seine Augäpfel. Ein weiterer Mann beugte sich über den Toten. Er bewegte die Lippen, ohne das Guinn ein Wort verstehen konnte.

»Das ist Frederic Leighton.« Die Stimme kam aus dem Nichts direkt an Guinns Ohr. Er sah sich um, doch von Rosie fehlte jede Spur. Nur ihre leisen Worte schwebten durch die Luft. »Er wurde ermordet, weil er zu viel wusste.«

Weil er glaubte, etwas sagen zu müssen, räusperte sich Guinn. »Wer war er?«

»Ein Lehrer.«

»Du hast gesehen, wie er ermordet wurde?« Eine grauenhafte Vorstellung, dass einer zarten Person wie Rosie derartiges Leid so vertraut sein sollte.

»Nein. Ich sah nur, wie sich Ian über den Sterbenden beugte. Ich habe ihn genau so gesehen: im Blut kniend, während er den Mann durchsuchte. Aber ich sah auch den, der ihn getötet hat. Ein Schatten in der Nacht. Und die Frau, die alles mit angesehen hat.«

Das klang sehr wirr. Guinn wusste nicht, was er damit anfangen sollte. Warum zeigte Rosie ihm diese Bilder?

»Ich bin das Böse«, beantwortete sie seine unausgesprochene Frage. Vielleicht hatte sie auch seine Gedanken gelesen. Möglich wäre es. Woher sollte Guinn die Spielregeln dieser Welt auch kennen? Er war sich nur einer Sache absolut sicher: Rosie war nicht das Monster, für das sie sich selbst hielt.

»Das stimmt nicht.«

Ein harsches Lachen, gefolgt von einem Lufthauch, der ihn zwischen den Schulterblättern kitzelte.

»Du kennst mich doch gar nicht. Ich wollte Emma beschützen und habe Inspector Whiting gesagt, dass Ian der Schuldige ist, obwohl er es nicht war – und ich es wusste.« Rosie trat neben Guinn, wodurch er sehen konnte, das Tränen über ihr Gesicht liefen. »Beinah hätte ich dafür gesorgt, dass der Falsche verurteilt wird. Glück und Zufall kamen ihm zu Hilfe, sodass er rehabilitiert werden konnte. Ansonsten hätte ich die Schuld an seinem Tod getragen und Emma wäre unglücklich geworden ...« Ihre Stimme brach. »Träume sind gefährlich. Sie können uns verändern. Sie können uns lehren oder in Gefahr bringen. Du bist nicht wie ich, Emma oder Tom. Du bist ein netter Mann. Du solltest nicht hier sein. Ich bringe dir ebenfalls nur Unglück.«

»Versuchst du, mich loszuwerden?« Er wandte den Blick von dem Toten ab und drehte sich so, dass er Rosie genau beobachten konnte. »Das wird dir nicht gelingen.«

»Warum?« Ihre Brauen verengten sich. »Du schuldest mir nichts. Warum bleibst du also?«

»Weil du mich brauchst.«

»Ich brauche niemanden. Aber alle Welt braucht mich, damit ich ihre Träume öffentlich machen kann. Ich wollte Emma auch nur helfen, aber was ich tat, war falsch. Weil ich Träume lesen kann, aber nicht die Menschen darin.«

»Niemand kann das, kleine Rose.« Er wollte ihr eine Hand auf die Schulter legen, ihr Trost spenden, doch sie machte einen Schritt rückwärts.

»Was weißt du schon? Du bist nur eine Fantasie! Herbeigerufen durch mein Sehnen nach Gesellschaft.«

Das verstand Guinn nicht. Wenn er ihre Worte aus den vorangegangenen Traumbegegnungen richtig deutete, hatte sie sich einen Liebhaber geschaffen, den sie hier regelmäßig besuchte. Aber in der Realität war sie niemals einsam gewesen. Sie hatte sogar in Emma eine Freundin gefunden. Oder wusste sie das etwa gar nicht? Glaubte sie womöglich, dass niemand sie vermisste?

Guinn ging in Gedanken die letzten Tage durch. Viele hatten dabei geholfen, Rosie zu befreien und versucht, bei der Entgiftung zu helfen. Er hatte nicht den Eindruck gehabt, dass sie es aus falscher Nächstenliebe taten oder weil sie sich etwas davon erhofften. Wenn Rosie allerdings so empfand, konnte sie nicht wissen, was die Menschen um sie herum dachten.

Allerdings war es nicht seine Sache, sie über die Wahrheit aufzuklären. Vermutlich glaubte sie ihm ohnehin kein Wort. Er selbst würde eine Gestalt, die er für einen Traum hielt, auch zum Teufel wünschen. Wobei sie seit ihrer letzten Begegnung doch wissen müsste, dass er mitnichten einer Fantasie entsprang.

Guinn fuhr sich unauffällig über die Brust, um sich selbst davon zu überzeugen, dass er damit richtig lag. Er fühlte nur die Muskulatur, nicht das verräterische Metall.

»Ich bin keine Fantasie, kleine Rose.« Er versenkte seinen Blick tief in ihren. Sie sollte wissen, dass er der Herr seines Willens war und es nichts gab, womit sie ihn beeinflussen konnte. »Wenn ich etwas tue, dann, weil ich es will.«

Ihre Brauen verengten sich. »Lügner!«

Guinn sah das schneller werdende Pochen ihres Pulses am Hals. Als sie sich dann auch noch auf die Lippe biss, wusste er, dass er sie erreicht hatte. Gleichzeitig ging ihm der Anblick durch und durch. Sie war so unschuldig, so zart und dennoch die Herrin über die Welt, die sie hier geschaffen hatte. Trotzdem sagte ihm eine innere Stimme, dass er sie wie ein Streichholz zerbrechen konnte, falls er einen Fehler beging. Und dieser Fehler wäre ganz sicher, dem Drängen in seiner Brust nachzugeben und ihren Mund mit seinem zu bedecken, obwohl er sich mit jeder Faser seines Seins danach verzehrte.

Sie ist krank. Hilflos in der Realität!, zischte das Gute in Guinn, während der Teufel, dem er sein Leben lang weit mehr Gehör geschenkt hatte, darauf hinwies: *Das hier ist nur ein Traum. Wie sehr kann ein Traum wohl verletzen? Nimm dir, was sie anbietet!*

Weil beide Stimmen Unsinn redeten, schüttelte Guinn den Kopf.

Rosie fasste es offensichtlich als Reaktion auf ihre Anschuldigung auf und funkelte ihn böse an. »Ist das alles? Du schüttelst den Kopf und ich soll dir glauben?« Ihr Blick wurde kalt. »Du langweilst mich. Vielleicht sollte ich mir ein anderes Spielzeug erschaffen. Eines, das mir mehr Respekt entgegenbringt.«

Widerwille kochte in Guinn hoch. Er wollte nicht, dass sie sich etwas ... einem anderen zuwandte. Diese Zweisamkeit gehörte ihm und ihr. Ganz gleich, was sie davon hielt. Gleich, was es bedeutete. Es musste einen Grund geben, weswegen er ihre Träume betreten konnte, ohne es beeinflussen zu können. An diesem Ort, zu dieser Zeit konnte er mehr Mensch sein als in der wahren Welt und er würde sich das nicht nehmen lassen. Nicht, solange er die Chance hatte, dieses Unheil abzuwenden. Außerdem, das wurde ihm unvermittelt klar, genoss er es, mit ihr zu reden. Ihr zuzusehen, wie sie sich als Herrin dieser Traumwelt gebärdete. Guinn wusste nicht, weshalb, nur, dass Rosie ihm gefiel.

Sehr sogar.

Vielleicht zu sehr, aber darüber würde er sich irgendwann einmal Gedanken machen. Nicht heute.

Er stellte sich so vor Rosie, dass sie ihm nicht ausweichen konnte, und umfasste ihr Gesicht. Zunächst wirkte sie, als wolle sie wegrennen, dann siegte die Neugier und sie sah ihn erwartungsvoll an. »Was wird das?«

Guinn lächelte und legte jedes Quäntchen Charme, das er besaß, hinein. Bei Roya hatte das nie funktioniert. Aber sie war ein Kind der Straße und nicht so behütet wie Rosie, deren Puls um weitere Schläge anstieg. Er fühlte es deutlich unter seinen Fingerspitzen.

»Dir beweisen, dass ich doch keine Fantasie bin. Obwohl wir dieses Gespräch bereits geführt haben.« Er streichelte mit dem Daumen über ihr Jochbein, spürte die Weichheit ihrer Haut. Es fühlte sich wunderbar an.

Rosie leckte sich über die Lippe. Ohne Affektiertheit, ohne Falschheit. Es war lediglich ein Ausdruck ihrer Nervosität, den sie jedes Mal dann zeigte, wenn er ihr zu nah kam. Als schien sie zu vergessen, dass sie es war, die hier die Fäden in der Hand hielt.

»Du musst mich nicht fürchten, kleine Rose«, murmelte er sanft. »Ich würde nie etwas tun, das einer Frau schadet.«

»Sagst du. Ich kenne dich nicht einmal, weshalb sollte ich dir vertrauen?«

Eine berechtigte Frage, auf die Guinn keine Antwort kannte. Es gab eher tausend Gründe, ihn doch noch wegzujagen, als sich auf ihn zu verlassen. Zu viele Menschen in seiner Vergangenheit hatten das zu spüren bekommen. Cameron, Gull, Roya ... Der Stich in seiner Brust kam unerwartet und so heftig, dass Guinn scharf einatmete.

»Hat es dir die Sprache verschlagen?«

Er räusperte sich. »Könnte man so sagen.«

»Dann lass mich los und verschwinde.« Ihre Stimme zitterte ein wenig, obwohl sie versuchte, es sich nicht anmerken zu lassen.

Die Situation war absurd. Hier standen sie, an einem Ort, der nur in ihrem Kopf existierte, zu einer Zeit, die lange in der Vergangenheit lag, und tanzten umeinander herum, wie Boxer, die auf die Schwäche ihres Gegners lauerten.

Guinn wusste, wie sich Rosie fühlte. Nach seiner Operation war es ihm ebenso ergangen. Einsam, verlassen und trotzdem hatte er gedacht, er schaffe es allein. Bis William Gull ihm seinen Sohn anvertraut hatte. Cameron war ein verwöhnter Bengel, der von seinem Vater ebenfalls mechanisch verändert worden war, trotzdem hatte Guinn ihm so etwas wie Freundschaft entgegengebracht. Bis zu dem Tag, an dem der Junge starb. Weil Guinn nicht schnell genug gewesen war. Dieser Tod hatte ausgereicht, ihm zu zeigen, wie sehr er sich geirrt hatte.

»Das willst du doch gar nicht, kleine Rose. Gib es zu, du möchtest, dass ich bleibe.«

»Warum sollte ich?«

»Weil ich der Halt bin, den du brauchst. Du hast diesen Traummann erschaffen, weil du ihn brauchtest. Doch er konnte dir nie das geben, was ich kann.«

Die Falte zwischen ihren Brauen grub sich tiefer ein. »Was da wäre?«

»Einen Gefährten.« Seine Antwort überraschte Guinn ebenso wie sie. Was faselte er da?

»Einen Freund«, flüsterte sie. Es klang so trostlos, dass es Guinns Magen zusammenzog.

In diesem Augenblick hätte er alles gesagt und getan, um diesen traurigen Gesichtsausdruck zu vertreiben, der so viel mehr sagte, als es Worte oder die düstere Landschaft um sie herum vermochte. Rosies Einsamkeit war beinah greifbar. Sie hing wie fetter, feuchter Nebel in der Luft. Unverkennbar vorhanden, aber ohne Form oder ohne Kontur.

Guinn räusperte sich, weil ein Kloß seinen Hals besetzte. Selbst mehrmaliges Schlucken half nicht. »Wenn du mich lässt«, brachte er angestrengt hervor und hielt die Luft an.

Was, wenn sie nein sagte? Wenn sie ihn doch von sich stieß, zurück in die Wirklichkeit, wo er nichts weiter war als eine menschliche Maschine?

Doch dann kehrte jenes Strahlen zurück, das ihm bei ihrer ersten

Traumbegegnung den Atem geraubt hatte. Weil es sie so sehr veränderte.

Wie zum Beweis verschwanden auch die dunkle Gasse und der Tote. Stattdessen standen sie wieder auf der Wiese inmitten des Heckenlabyrinths.

Guinn fühlte den Stoff der karierten Decke unter seinen Füßen und fragte sich nur flüchtig, was mit seinen Schuhen geschehen sein mochte. Es war nicht wichtig. Weil das Einzige, das zählte, die Frau vor ihm war.

Sie schmiegte ihre Wange vertrauensvoll in seine Hände. Schenkte ihm ein Lächeln, das ihn tiefer traf, als es eine Pistolenkugel konnte.

Es juckte ihn in den Fingern, diesen Moment auszunutzen und verbotene Dinge zu tun. Er wagte es nicht. Zum einen, weil er sie nicht verschrecken wollte, wobei er davon ausging, dass sie ihn schon in seine Schranken zu weisen wusste. Zum anderen, weil er sich davor fürchtete, sie zu enttäuschen. Außerdem gab es noch einige Dinge, die sie klären mussten. Auch, damit sie außerhalb der Traumwelt heilen konnte.

Selbst wenn sich Rosie hier kämpferisch gab, ging ihm die schwache Frau nicht aus dem Sinn, die hilflos gegen die Gifte in ihrem Körper ankämpfte. Diese Frau war dort draußen und würde es sicher nicht gutheißen, wenn er in ihren Träumen übermütig wurde.

Vor seiner Operation hätte Guinn alles getan, um eine Schönheit wie Rosie zu umgarnen, aber er war nicht mehr dieser lebensfrohe Mann. Und das letzte Mal, als er sein Herz verschenkt hatte ...

Moment, er kniff die Lider zusammen, wer sprach denn hier von Herzverschenken? Hier ging es um ganz andere Dinge. Wenn überhaupt ging es um Lust, körperliche Befriedigung. Liebe hatte rein gar nichts damit zu tun.

»Mein Lieber?« Ihr heiserer Tonfall ließ Schauer über seinen Körper laufen und reizte seine ohnehin angespannten Nerven.

»Ich heiße Seamus, aber alle nennen mich nur Guinn«, sagte er das Erstbeste, das ihm einfiel und nichts mit sich windenden Körpern auf der verfluchten Picknickdecke zu tun hatte.

Sie hob eine Braue. »Wieso das?«

»Eine Abkürzung meines Familiennamens. Und nein, ich werde ihn dir nicht verraten.«

»Verstehe.« Sie fragte nicht nach dem Warum, was Guinn abermals überraschte. Frauen waren von Natur aus neugierig.

»Nein, tust du nicht, aber das ist egal. Also, wie soll es weiter gehen? Akzeptierst du mich als Freund und sprichst mit mir über das, was draußen geschieht oder versteckst du dich weiterhin in diesem Traum?«

Sie wirkte überrascht. »Ich verstecke mich nicht, ich schlafe.«

»Nein, kleine Rose, tust du nicht. Du bist bestenfalls bewusstlos. Das, was man dir angetan hat ...«

Sie machte sich von ihm los. »Ich werde nicht darüber reden.«

Guinn sah zu, wie sie die Arme um sich schlang und scheinbar ziellos umherging. Er hatte sein Blatt überreizt und rechnete jeden Augenblick damit, zurück in die Wirklichkeit katapultiert zu werden. Ohne Aussicht auf Wiederkehr. Er ging seine Möglichkeiten durch. Er könnte weiterhin wie die Katze um den heißen Brei herumschleichen, nett sein und ihr die Entscheidungen überlassen. Oder er zeigte ihr, dass er auch anders konnte. Beide Wege könnten ihm den Zugang zu dieser Welt für immer verbauen, aber wenn er ehrlich zu sich war, wie hoch standen die Wetten, dass er es nicht in jedem Fall vermasselte?

»Ich dachte, wir seien Freunde?«

Sie lachte hart und blieb in einiger Entfernung stehen. »Nur weil ich mir einen Freund wünsche, heißt das nicht, dass automatisch du diesen Platz einnimmst.«

So viel zum Strahlen.

»Und was war das gerade eben?«, er machte eine ausholende Bewegung mit dem Arm, die nichts Bestimmtes mit einschloss. »Du willst dich jemandem anvertrauen, warum also nicht mir?«

Unschlüssig sah sie ihn an und biss sich dabei auf die Unterlippe. »Du könntest mich hassen.«

»Wir drehen uns im Kreis, findest du nicht? Wir alle brauchen ab und zu jemanden. Und sei es nur, dass wir mit ihm streiten oder uns über ihn ärgern können.«

»Ich nicht.«

»Aber vielleicht brauche ich dich? Oder wie erklärst du dir, dass ich hier bin? Dass ich in deinen Traum komme, ohne ein Traumgänger zu sein?«

Sie schüttelte den Kopf. »Nicht. Versuch keine Erklärung zu finden, die es nicht gibt.«

»Warum nicht, kleine Rose?«

Sie stieß einen frustrierten Laut aus. »Hat dir schon einmal jemand gesagt, dass du sehr enervierend sein kannst?«

»Tja, damit wirst du wohl leben müssen.« Arrogant hob er eine

Braue. »Ich bin eben kein netter Mann.«

»Ich könnte dich aus dem Traum werfen.«

»Dann halte ich dich immer noch im Arm, kleine Rose. In dem Bett, in dem du liegst, schwitzt und vor Schmerzen schreist, während du dich nach den Drogen sehnst, die dir verabreicht wurden. Du bist krank. Ich bin der Einzige, der dich berühren darf. Nicht einmal Emma lässt du an dich heran.«

Ihr Blick wurde bei jedem seiner Worte kälter, bis er glaubte, das milchige Blau sei ein Gletscher. »Du kannst mir viel erzählen. Ich bin hier, ich weiß nicht, was da draußen geschieht. Ich erinnere mich nicht. Weshalb sollte ich dir vertrauen?«

Diesmal hielt sich Guinn nicht mit Reden auf. Er warf all seine Zweifel über Bord und tat, was sein Instinkt ihm schon die ganze Zeit über riet. Mit drei langen Schritten überbrückte er die Distanz zwischen ihnen, legte die Hände auf Rosies Schultern und neigte den Kopf. Kurz, bevor er ihre Lippen berührte, hielt er noch einmal inne, um ihren Lilienduft einzuatmen, dann drückte er seinen Mund auf ihren.

Oh ja, er war definitiv kein netter Mann.

Es war falsch, sie derart zu überrumpeln, und Guinn wusste selbst nicht, welcher Teufel ihn ritt, aber er konnte nichts gegen das Sehnen tun, das sich in seiner Brust ausbreitete wie ein Flächenbrand. Der Kuss war nötig, sonst würde Guinn ersticken – so unsinnig das auch klingen mochte.

Rosie gab einen überraschten Laut von sich, doch kaum, da seine Zunge über ihre Lippen leckte, öffnete sie diese und hieß ihn willkommen. Sachte strich Guinn über ihre Zungenspitze, ihre Zähne und ihren Gaumen. Das hier war kein Versuch, sie zu dominieren, sondern um ihr zu zeigen, dass es zwischen ihnen etwas gab, das unerklärlich war, das eine Bedeutung haben musste, die keiner von ihnen beiden sich erklären konnte. Dass sie einander brauchten.

Vielleicht nicht unbedingt als Freunde – sondern für mehr.

Womit er nicht gerechnet hätte, war, dass ein einfacher Kuss ihn in seinen Grundfesten erschüttern würde und dass ein kaltes Prickeln zwischen ihm und Rosie hin- und hersprang.

11. Kapitel

Wärme breitete sich in Rosies Körper aus, während sie gleichzeitig glaubte zu schweben. Guinns Lippen verbrannten ihren Mund, seine Zunge ließ Blitze durch ihren Körper bis hinab zu ihrem Unterleib schießen und das Gleichgewicht verlieren. Hilflos stöhnend klammerte sie sich an Guinns Unterarme, um nicht zu fallen.

Was er mit ihr tat, glich in keinster Weise dem, was sie mit dem Mann geteilt hatte, den sie sich für diese Welt erschaffen hatte. Guinn rollte über sie hinweg wie eine Lawine aus Lava, versengte sie, ohne sie zu verbrennen.

Sie fühlte sich geborgen. Sicher. Als ob alles, was sie bisher über das Zusammensein mit einem Mann geglaubt hatte zu wissen, falsch sei. Oh, sie besaß genug Vorstellungskraft, dass sie den Mann, den sie sonst in ihren Träumen beschwor, all die Dinge tun ließ, von denen sie während ihrer Arbeit als Medium erfahren hatte. Aber das hier war anders. Wo auch immer Guinn sie berührte, kribbelte ihr gesamter Körper.

Wie von selbst glitten ihre Hände über seine Brust, streichelten die festen Muskeln unter dem Hemd, was ihm seinerseits ein Stöhnen entlockte. Sie roch seinen herben Duft, dem diesmal das Metallische fehlte. Mit einem Mal empfand Rosie Macht, die über das, was sie hier für gewöhnlich tat, weit hinausging.

Ihr Instinkt sagte ihr, dass sie in diesem Augenblick dafür sorgen konnte, dass dieser Mann ihr verfiel oder zerbrach. Aus Gesprächen der SVY-Mitarbeiter wusste sie, dass es Männern große Schmerzen bereitete, wenn ihr Verlangen angeheizt und dann nicht gestillt wurde. Aber das war es nicht, was sie glaubte, in Händen zu halten. Doch sie konnte nicht den Finger darauf legen. Jedes Mal, wenn sie es versuchte, änderte Guinn seine Taktik und ihre Überlegungen zerstoben in tausend Teilchen, die sich wie glühende Punkte am Himmel sammelten und auf sie hinabregneten.

Es war verwirrend.

Es war herrlich.

Es brannte sich durch ihre Eingeweide und sammelte sich an einem unbestimmten Punkt in ihrer Mitte.

Rosie könnte es jetzt beenden. Könnte dafür sorgen, dass sich Guinn seines Verhaltens schämte. Wäre sie eine andere, würde sie sich an seiner Stelle den ruhigen Liebhaber zurückwünschen, den sie für sich erschaffen hatte, der nur nach ihren Anweisungen handelte. Aber dieser Moment der Zweisamkeit war realer als alles, was sie aus dem wahren Leben kannte. Sie wäre töricht, ihn einfach verstreichen zu lassen, ohne anzunehmen, was Guinn ihr bot. Denn das hieße auch, sich der Realität zu stellen und aufzuwachen.

Nein. Das kam gar nicht in Frage!

Als sie sich von Guinn löste, bemerkte sie den verhangenen Ausdruck seiner Augen. Nachdem sich sein Blick klarte, schimmerten Verwirrung und Überraschung darin. Was wohl gerade in seinem Kopf vorging? Rosie wusste es nicht, wollte aber auch nicht danach fragen. Stattdessen schob sie ihre Finger frech zwischen den Knöpfen seines Hemdes hindurch und berührte seine Brust.

Er atmete scharf ein, sagte aber kein Wort. Er ließ sie gewähren. Vielleicht wollte er herausfinden, wie weit sie bereit war zu gehen.

Rosie konzentrierte sich auf das, was sie unter ihren Fingerspitzen fühlte. In ihrer Naivität hatte sie sich zwar dem Liebespiel ihres Traumliebhabers hingegeben, aber sich nie vorgestellt, wie sich dessen Haut anfühlen würde oder ob dessen Oberkörper behaart oder glatt wäre. Sie hatte nur die verschwommenen Bilder der Träumer vor Augen, die darauf nicht wirklich viele Gedanken verschwendeten, wenn sie mit ihren Partnern schliefen. Und entgegen allen Gerüchten, die kursierten, konnte Rosie keine Gefühle wahrnehmen, wenn sie einen Traumgang analysierte.

Das, was Rosie hier empfand, übertraf alles, was sie sich hätte vorstellen können. Guinns Brusthaar war kraus und dünn. Soweit sie es spüren konnte, war es nicht allzu dicht. Zu gern hätte sie ihm das Hemd heruntergerissen und nachgesehen, aber sie wagte nicht, diese Idee in die Tat umzusetzen, weil sie fürchtete, ihn damit aus dem Traum zu vertreiben. Also begnügte sie sich damit zu tasten und seufzte leise auf.

»Das magst du, nicht wahr?« Seine Stimme klang einige Nuancen tiefer als noch zuvor, und auch sein Atem ging schneller.

»Hm.« Rosie konnte nicht sprechen. Ihre Zunge schien verknotet zu sein.

»Soll ich es ausziehen?«

Ja, bitte lieber Gott, das wünschte sie sich doch. Andererseits, wie viel gab sie mit einer Antwort von sich preis? Was würde Guinn im Gegenzug von ihr verlangen? Dass sie sich ebenfalls auszog? Rosie erschauerte. Wenn sie sich nicht einmal in ihren Träumen traute, ihre sehnlichsten Wünsche zum Ausdruck zu bringen, wie sollte sie es je in der Realität tun?

Nein. Sie schüttelte den Kopf und nahm die Schultern zurück. Sie war keine schwache Frau. Sie war stark und würde sagen, was sie wollte.

Guinn verzog das Gesicht. »Schade. Ich hätte gerne gewusst, ob es sich ebenso unglaublich anfühlt, wenn du mich anfasst, wie es der Kuss getan hat. Aber ich dränge mich kleinen Mädchen nicht auf.«

Wie bitte? Rosie kniff die Lider zu schmalen Schlitzen. Sie war kein Kind mehr! Vermutlich hatte sie mehr Dinge durch die Traumextrakte erlebt, als er sie tatsächlich getan hatte, und jetzt behandelte er so herablassend? Nicht mit ihr!

Da entdeckte sie das Funkeln in seinen grau-blauen Augen und wusste, dass er sie nur aufzog. »Zieh dich aus!«, befahl sie rau. »Oder brauchst du Hilfe?«

Überrascht schnappte er nach Luft. Für einen Moment zögerte er, dann hob sich ein Mundwinkel und er riss sich förmlich das Hemd vom Leib. »Wie Mylady befiehlt.«

Rosies Handflächen wurden feucht und ihr Herzschlag machte jedem Trommler Ehre. Sie leckte sich über die trockenen Lippen und starrte. Guinns Brust war breiter als sie es je bei einem der Männer, die ihr in Träumen begegnet waren, gesehen hatte. Die Muskulatur war ausgeprägt, aber unaufdringlich. Sein Bauch bildete eine ebene Fläche ohne hervorstehende Stränge oder besonders flach zu sein, doch das störte Rosie nicht, sie folgte mit den Augen lieber den rötlichen Härchen, die sich zu einer dünnen Linie verjüngten, die schnurgerade nach unten lief und im Bund seiner Hose endete.

Als ihr Blick länger als notwendig auf der Stelle haftete, die sich ihr eindeutig entgegenwölbte, bemerkte sie aus den Augenwinkeln, wie Guinn die Fäuste ballte. Dadurch spannten sich seine Arme an und die Muskulatur unter der Haut arbeitete. Ein herrlicher Anblick, den Rosie allzu gerne länger genossen hätte, wenn es nicht in ihren Fingern kribbeln würde, ihn endlich anzufassen.

Ehe sie sich versah, streckte sie die Hände aus. Guinn stand vollkommen still, als sie sachte über seine Konturen fuhr. Wie in der Realität ließ sie ihre Fingerspitzen seinen Körper lesen. Nahm jede kleine Einbuchtung auf, registrierte die Gänsehaut, die jede Stelle markierte, die sie berührte, das Zusammenziehen seiner Brustwarzen, als sie darüberstrich. Sein Bauch zuckte leicht, als Rosie über seine Seite glitt und ein tiefes Grollen entkam Guinns Kehle.

Erschrocken sah sie auf. Ihr Traumliebhaber hatte nie so reagiert, weswegen sie sich jetzt nicht sicher war, ob sie vielleicht doch etwas falsch gemacht hatte. Aber Guinns glühender Blick besagte das Gegenteil.

»Hast du überhaupt eine Ahnung, wie sich das anfühlt?«, brachte er durch zusammengebissene Zähne hervor. Fast aggressiv, dennoch fürchtete sich Rosie nicht.

»Für mich ist es jedenfalls sehr interessant«, gestand sie heiser.

Er hob eine Braue. »Interessant, ja? Dann lass mich dir doch einmal zeigen, was ich meine.«

Er tat nichts, wartete nur auf ihre Reaktion, von der sie hoffte, dass er sie nicht sah. Denn ihr Puls beschleunigte sich, ebenso wie ihr Atem, der ihren Brustkorb zu sprengen drohte. Sie fühlte sich plötzlich so klein und hilflos, dabei war dies ihr Element. Doch wenn es um die Verbindung zwischen Mann und Frau ging, war er der Erfahrene von ihnen beiden.

»Zeig es mir.« Sie hörte sich fast schon so harsch an wie er.

Plötzlich befanden sich seine Hände überall. Er strich über ihre Arme und beugte sich vor. »Neig den Kopf zur Seite.«

Nachdem sie seinem Befehl – eine Bitte konnte man das kaum nennen – nachgekommen war, presste er die Lippen auf die empfindliche Haut ihres Halses. Rosie stöhnte unwillkürlich auf und umschlang Guinns Hüften, weil sie fürchtete, erneut den Halt zu verlieren. Mit weit aufgerissenen Augen ließ sie zu, dass Guinn leicht an der Sehne knabberte, bis tausende kleine Blitze auf ihrem Körper prickelten. Dann schob Guinn ihr Kleid an ihren Schultern nach unten, sodass kühle Luft sie zittern ließ. Jeden einzelnen Zentimeter an Haut, den er entblößte, küsste oder neckte er mit der Zunge.

Rosie wand sich, weil ihre Gefühle in heller Aufruhr waren. Nie zuvor hatte sie sich so lebendig, so aufgeregt gefühlt. Sämtliche Zweifel fielen von ihr ab. Auch wenn sich Guinn als reale Gestalt in diesem Traum befand, dies war nur ein Teil ihres Verstandes. Oder nicht?

Die Frage zerbarst wie die Angst, die noch vor Kurzem Rosies Herz schwer gemacht hatte. Nichts zählte außer dem Hier und Jetzt. Und Guinn.

Langsam arbeitete er sich zu dem Ansatz ihrer Brüste hinunter, die er durch den leichten Stoff ihres Kleides streichelte. Jede Berührung ein Angriff auf ihre Sinne. Doch Rosie dachte nicht daran, ihm allein das Vergnügen zu gönnen. Sie strich über seine Arme, seine Brust und schließlich über die Außenseite seiner Hose.

»Du machst mich verrückt«, zischte Guinn und fing ihre Hand ein. Er führte sie an die Lippen, küsste die Knöchel und sah Rosie dabei tief in die Augen. Als er schließlich seine Zunge zwischen die Finger gleiten ließ und sachte leckte, wimmerte Rosie leise.

»Du mich auch.«

Seine Pupillen waren geweitet, seine Augen dunkle Seen, die Dinge versprachen, die sich Rosie nicht vorzustellen vermochte. Wie es sich wohl anfühlen würde, den Rest von ihm zu berühren, ihn ebenfalls zu küssen und jeden Zentimeter seines Körpers zu erforschen?

Plötzlich scheu neigte Rosie den Kopf. Das ging zu weit. Guinn hatte ihr Freundschaft angeboten. Warum wollte sie dann so viel mehr? Sie sollte das nicht tun. Sie ...

»Wenn wir aufhören sollen, musst du es nur sagen, kleine Rose. Ich habe dir versprochen, mich nicht aufzudrängen, erinnerst du dich?«

Das tat sie. Aber sie wollte nicht, dass es endete. »Und wenn ich nicht möchte, dass du dieses Versprechen hältst?«

Er sah sie nur an. Im nächsten Augenblick fühlte sie sich hochgehoben. Guinn trug sie zu der Decke und bettete sie sachte darauf. Er kniete neben ihr, der Blick wild und voller Verheißung. Dann, ohne dass Rosie ihn dazu aufgefordert hätte, öffnete er den obersten Knopf seiner Hose.

Ihr Mund wurde trocken. Sie konnte den Blick nicht abwenden. Was Guinn ihr in Aussicht stellte, war eine einzigartige Erfahrung. Wie könnte sie ihn da nicht anstarren, als sei er ein köstliches Gebäck?

»Soll ich weitermachen?«

»Ja, bitte.«

Gebannt beobachtete sie, wie seine schlanken Finger mit den Knöpfen hantierten. Dass sich dahinter ein deutlich anwachsender Teil seiner Anatomie verbarg, ließ sich kaum noch verbergen. Wo hier sonst ihr Traum verschwommen wurde, bekam der Anblick, der sich ihr bot, scharfe Umrisse und deutliche Konturen.

Der letzte Knopf, und Rosie bekam keine Luft mehr. Sie kämpfte um jeden Atemzug, als Guinn die Hände fortnahm und sein Glied sichtbar wurde. Es war groß, mit breiter Spitze, die feucht glänzte. Eine pulsierende Ader lief an der Seite entlang. Obwohl es nichts gab, womit Rosie ihn hätte vergleichen können, wusste sie, dass sie nie etwas Schöneres gesehen hatte. Sie streckte zaghaft eine Hand aus, hielt aber kurz vor dem Ziel inne.

Guinn stöhnte. »Quäl mich nicht.«

Das hatte sie nicht vor, aber sie fürchtete, ihm in ihrer Hast wehzutun, daher strich sie nur sachte mit den Fingerspitzen über die gesamte Länge. So, wie sie es mit seinem Oberkörper getan hatte. Sie wollte sich mit ihren Händen einprägen, wie er sich anfühlte, für den Fall, dass sie die Gelegenheit bekam, ihn in der Realität noch einmal so zu berühren.

Kurz flammte Angst in ihr auf. Die groben Hände eines Mannes. Harte Worte, die ihr befahlen, sich nicht so anzustellen.

Dann verflog der Moment und Rosie schüttelte sich leicht. Sie würde das, was Charming ihr angetan hatte, nie wieder zwischen sich und Guinn treten lassen. Mutiger als noch zuvor umfasste sie seinen Penis und glitt mit der Hand daran auf und ab.

Guinns Hände streichelten derweil ihre bloßen Schultern, bis hinauf zu ihren Wangen.

Als sich die Feuchtigkeit aus der Spitze in Rosies Handfläche sammelte, fragte sie sich unwillkürlich, wie es wohl schmecken würde. Vielleicht würde sie es eines Tages kosten, aber nicht heute. Nicht jetzt.

»Genug«, brachte Guinn hervor und entzog sich ihr sanft aber bestimmt, sodass Rosie einen enttäuschten Laut ausstieß. Guinn lachte leise. »Wenn du so weitermachst, komme nur ich an mein Vergnügen.«

Da sie ihn nicht wirklich verstand, runzelte sie nur die Stirn. Sie sah auf und erkannte die Überraschung auf Guinns Miene. »Verdammt, ich hatte es fast vergessen.« Er nickte und legte sich neben sie. Dann zupfte er an den Bändern des Kleides.

Er ließ sich Zeit, die Schlaufen zu lösen und jedes Mal, wenn seine warmen Finger Rosie streiften, erschauerte sie.

»Eine Wiese ist nicht der passende Ort, um eine junge Lady zu verführen«, murmelte er und beugte sich vor. Mit den Zähnen zog er am Ausschnitt ihres Kleides, bis es nach unten rutschte und nicht länger ihre Brüste verbarg.

Eine Lady hätte sich vielleicht für diese Zurschaustellung geschämt, doch Rosie fühlte sich zu wohl, um etwas anderes als Aufregung zu empfinden. »Mir gefällt es hier. Hör bitte nicht auf.«

»Nun, dann werde ich dem Wunsch der Lady entsprechen und weitermachen.« Guinn grinste. Sein Gesichtsausdruck bekam einen leicht diabolischen Zug, als er mit beiden Händen nach ihren Brüsten griff und die hellen Kugeln in den Händen wog

Rosie bog sich seinen Berührungen entgegen, als er sich über sie beugte und nach den festgewordenen Spitzen schnappte. Es tat nicht weh, sondern sorgte nur für ein heftiges Ziehen in Rosies Unterleib. Sie keuchte.

Mehr. Sie brauchte ... mehr!

Weil sich Guinn Zeit ließ, mit jeder Brustspitze einzeln zu spielen wie eine Katze mit einem Wollknäuel, stöhnte Rosie frustriert auf.

Kraft ihrer Gedanken schleuderte sie ihre beider restliche Kleidung von sich, sodass sie vollkommen nackt nebeneinanderlagen. Guinn hob überrascht den Kopf.

Seine dunklen Augen wanderten über ihren Körper, erforschten jede sichtbare Stelle. Dann hoben sich seine Mundwinkel.

Hatte Rosie eben noch gedacht, er würde sie mit den Liebkosungen ihrer Brüste quälen, wurde sie jetzt eines Besseren belehrt. Guinn stützte sich auf einen Unterarm und nutzte die freie Hand sowie seine Zunge, jede kleine Mulde, Rundung oder Erhebung zu liebkosten.

Rosie verbrannte innerlich, weil er dadurch ein Feuer entfachte, mit dem sie nicht gerechnet hatte. Ihr Unterleib pochte, sehnte sich nach dem, was nur Guinn ihr geben konnte. Um den drängenden Schmerz zu entgehen, rieb Rosie die Schenkel aneinander, was es irgendwie noch schlimmer machte.

»Guinn!«, rief sie und hoffte, das weitere Worte nicht nötig waren, damit er begriff, was sie sich wünschte.

Er zog eine feuchte Spur über ihren Bauch nach unten, tauchte kurz mit der Zunge in die Löckchen ihrer intimsten Stelle, dann sah er auf. Seine Wangen waren gerötet. Sein Atem ging genauso schnell wie ihrer und in seiner Brust rumorte es.

Er ließ Rosie nicht aus den Augen, als er sanft ihre Beine auseinanderdrängte und seine Hand auf ihren Schamhügel legte. Dort verharrte er, schloss kurz die Augen, als müsse er sich sammeln, dann tauchte er endlich mit einem Finger in sie ein.

Bei der ersten Berührung schien die Welt zu zerbersten. Rosie keuchte und wand sich, dabei berührte Guinn noch nicht einmal die empfindlichste Stelle ihres Unterleibs. Trotzdem schrie Rosie vor Lust auf. Sie bestand nur noch aus Emotionen. Glück, Euphorie, Erstaunen, Seligkeit und vielen mehr. Gefühle, für die sie nicht einmal einen Namen kannte, liefen über sie hinweg, vereinnahmten sie und reduzierten sich zu einem einzelnen Punkt: Guinns Hand, die sich langsam vorwärts schob, bis er mit einem Finger über ihre Perle strich.

Rosie stammelte unzusammenhängende Worte, die keinen Sinn ergaben. Sie wollte die Lider schließen, doch Guinns fordernder Blick hielt sie gefangen. Auf seiner Miene stand die Anstrengung, sich selbst zurückzuhalten. Er hatte die Brauen verengt, bis sich eine steile Falte dazwischen gebildet hatte. Seine Muskeln zitterten, doch er tat nichts dagegen.

»Rosie ...«, kam es erstickt von ihm, während er den Finger kreisen ließ, was ihr ein weiteres tiefes Stöhnen entlockte.

Dieses Mal störte sie sich nicht daran, wie er sie nannte. Es war gleich, denn nur seine Hand in ihrem Schoß zählte und der starke Mann über ihr, der sie ansah, als wäre sie das Kostbarste auf der Welt. Doch es genügte nicht. Rosie wollte mehr. Sie wollte ihn, wollte den Gipfel mit ihm gemeinsam erklimmen.

Sie streckte die Hände nach ihm aus und strich mit den Fingern durch sein Haar. Zu kurz, um sich darin festzukrallen, doch sie kratzte über seine Kopfhaut, um ihm zu zeigen, was ihr gefiel. Er quittierte das mit einem Knurren und schob sich ein Stück nach oben. Dann küsste er sie, bis sie glaubte, Sterne explodierten hinter ihren Lidern.

»Guinn, bitte. Komm zu mir.«

Er stieß einen Fluch aus, der ihre Ohren zum Klingeln brachte, kam aber ihrem Flehen nach. Er zog seine Hand zurück und schob stattdessen ein Bein zwischen ihre Schenkel. Rosie öffnete die Beine, um ihm den Zugang zu erleichtern. Ihre Finger glitten über seine Brust und hinterließen leichte Striemen auf seiner gebräunten Haut, was ihn erschauern ließ.

»Du bist so wunderschön«, flüsterte er, als ob jedes laute Wort den Moment oder gar sie zerspringen lassen könnte. Seine Lippen wanderten über ihren Bauch hinauf zu ihren Brüsten. Er zupfte an ihren Brustwarzen, leckte über die festen Knospen, bis Rosie einen weiteren unartikulierten Laut ausstieß.

»Ruhig, kleine Rose, du bist zu ungeduldig. Wir haben Zeit.«

Das wusste sie ja, aber sie sehnte sich so sehr danach, endlich diese Leere in sich zu füllen, wobei nur Guinn ihr helfen konnte, dass es ihre Nerven zum Zerreißen spannte. Sie musste ihn spüren. Jetzt. Sofort! Kein Hinauszögern mehr, keine falsche Scheu.

Endlich schien es Guinn ebenso zu gehen. Er richtete sich auf und führte seinen Schaft an ihre Scham. Sie konnte bereits die Spitze an ihrem Eingang fühlen und wimmerte leise voller Erwartung des Kommenden.

Die Erde erbebte, als er sein Becken vorschob. Er hielt überrascht inne. Fühlte er es etwa auch? Sie lächelte zittrig, strich über seine Brust, forderte ihn auf, endlich zu ihr zu kommen.

Sein Kiefer bildete inzwischen einen harten Grat vor Anspannung, als das Gewitter losbrach.

Überrascht sahen sie zum Himmel, doch da gab es nichts. Keine Wolke war zu sehen. Abgesehen davon, dass Rosie alles an diesem Ort beeinflusste. Sie hätte niemals zugelassen, dass ausgerechnet in diesem Moment ein Unwetter losbrach. Dennoch hörten sie lauten Donner.

»Was zum ...?« Guinn richtete sich auf.

Ehe Rosie etwas sagen konnte, wurde er von ihr heruntergezogen. Er schrie, wehrte sich, nur, dass es keinen Gegner gab, gegen den seine Schläge hätten treffen können.

Mit weit aufgerissenen Augen sah Rosie, wie er sich auflöste. Ihr Herzschlag trommelte so wild, das Blut rauschte ihr in den Ohren, dass sie nichts hören konnte, außer der gähnenden Leere, die nun herrschte.

Das Erste, was Guinn wahrnahm, als er aus diesem unsagbaren Traum gerissen wurde, war, dass jemand gegen die Holztür der Kirche schlug.

Er stöhnte frustriert, versuchte einen klaren Gedanken zu fassen. Eben noch hatte kurz davor gestanden, mit Rosie den Himmel zu betreten und dann war er auf so unsanfte Art und Weise von ihr fortgezerrt worden. Das war nicht gerecht.

Guinn fuhr sich durchs Haar und unterdrückte einen Fluch, der nichts gebracht hätte, außer Rosie zu wecken. Stattdessen konzentrierte er sich auf das stetige Knallen, das durch das Kirchenschiff ins Nebengebäude hallte. Es klang, als setzte jemand einen Hammer oder eine Axt ein, um die Tür zu öffnen. Holz splitterte, aber gab noch nicht nach. Guinn setzte sich auf und schob Rosie, die immer noch friedlich schlief, vorsichtig von sich herunter. Sie murmelte unverständliche Worte und rollte sich zusammen.

Zu seinem Erstaunen hatte der Traum keinerlei sichtbare Auswirkungen. Guinn war nicht erregt, obwohl er eben noch Rosie auf intimste Weise berührt hatte. Er schüttelte den Kopf. Das alles ergab keinen Sinn, aber das Hämmern sagte ihm, dass er keine Zeit hatte, lange darüber nachzudenken.

Lautlos stand er auf und verließ das Schlafzimmer. Wer auch immer da gerade versuchte, ins Gebäude zu gelangen, machte sich an der Kirchentür zu schaffen, die schon seit einer halben Ewigkeit mit Brettern vernagelt war.

Guinn hörte zwei Stimmen, verstand aber die Worte nicht. Aber eines war so sicher, wie das Amen, das früher hier gesprochen worden war: Die Einbrecher führten nichts Gutes im Schilde. Ob sie hinter ihnen her waren, konnte er nicht mit Sicherheit sagen, was er aber wusste, war, dass die Information ihres Aufenthalts auf der Straße bare Münze wert war. Sofern die Kerle hier also nur nach einem trockenen Plätzchen suchten, bedeuteten sie dennoch eine Gefahr.

Erneut unterdrückte er den Drang zu fluchen. Seit er Roya wiedergetroffen hatte, ging in seinem Leben aber auch alles drunter und drüber. Rein gar nichts lief nach Plan. Er sah zur Decke.

»Falls es dich gäbe, könntest du endlich mal deinen Arsch in Bewegung setzen und mal denjenigen helfen, die es nötig haben.«

Wie eine Antwort, die mit Donnerhall erfolgte, hörte er, wie ein Balken vor der Tür nachgab.

Verdammt.

Ohne weiter Zwiesprache mit dem Allmächtigen zu halten, ging er seine Optionen durch. Das kleine Häuschen, in dem er und Rosie sich aufhielten, war einst vom Gemeindepfarrer und dessen Haushälterin bewohnt worden. Beide Gebäude waren durch eine einfache Holztür miteinander verbunden. Allerdings gab es neben dem Kirchenportal auch einen separaten Eingang für das Wirtschaftshaus. Nachdem die Kirche geschlossen worden war und Roya das Nebengebäude bezogen hatte, hatte sie den zweiten Eingang so getarnt, dass er von außen nicht mehr sichtbar, aber dennoch benutzbar war. Das könnte Guinn nun helfen. Dummerweise lagen beide Ausgänge auf derselben Straße, was bedeutete, er konnte Rosie erst rausschaffen, wenn die Eindringlinge in der Kirche waren.

Genau darin lag die Gefahr. Er wusste nicht, wer die Männer waren, nicht, was sie wollten und durfte gleichzeitig nichts riskieren. Er hatte Doyle sein Wort gegeben, nicht zuzulassen, dass Rosie etwas passierte. Ganz abgesehen davon, dass er selbst ein gesteigertes Interesse daran hatte, sie zu beschützen.

Der zweite Balken brach.

Und die Zeit rann wie Wasser durch ein Sieb.

Guinn machte auf dem Absatz kehrt und rannte zurück in Rosies Zimmer. Er scherte sich nicht darum, ob die Männer draußen vielleicht Geräusche wahrnahmen. Darauf kam es jetzt nicht mehr an.

Rosie hatte sich kein Stück bewegt. Ihre Brust hob und senkte sich in gleichmäßigen Abständen und weckte sofort Erinnerungen, die Guinn energisch beiseite drängte. Später. Vielleicht.

Hoffentlich.

Er riss den Schrank auf, in dem Roya ihre Kleidung aufbewahrt hatte, und fand einen abgetragenen Mantel. Er warf ihn aufs Bett, dann zog er die Decke von Rosie. Sie war viel zu dünn angezogen für eine Flucht. Es gab keine Schuhe für sie und draußen schneite es bestimmt wieder. Selbst wenn nicht, es herrschten eisige Temperaturen. Einmal mochte sie es geschafft haben, barfuß da draußen zu überleben, ohne sich eine Lungenentzündung zu holen. Ein zweites Mal gelang das sicher nicht.

Das stetige Hämmern besagte, dass sich Guinn besser beeilte. Er nahm noch ein Hemd aus dem Schrank und riss es entzwei, ehe er es um Rosies Füße wickelte. Anschließend zog er ihr den Mantel an und packte sie in die Decke.

Etwas Dumpfes schlug gegen Stein. Die Tür war offen. Mit zusammengebissenen Zähnen, weil keine Zeit mehr blieb, für sich selbst dickere Kleidung zu besorgen, hob Guinn Rosie auf. Er schlich zur Küche, als er die Männer reden hörte.

»... durchsuch alles. Charming ist sich sicher, dass sie hier sind.«

»Geht klar, Silas.«

Also waren sie aufgeflogen. Vielleicht waren die Kerle Tom gefolgt, der sich wie die Axt im Wald benommen hatte und dadurch womöglich unvorsichtig gewesen war. Das spielte jetzt auch keine Rolle.

Guinn verlagerte Rosies Gewicht, sodass er das meiste davon mit seinem modifizierten Arm trug, dann öffnete er den Hinterausgang und trat hinaus in die eisige Winterlandschaft.

12. Kapitel

16. Januar 1890

Einen Schritt hinter der Tür blieb Guinn stehen. Mit Rosie auf den Armen würde er nicht weit kommen. Der Schnee verriet die Richtung, in die er sich wandte, also würden Charmings Männer ihnen leicht folgen können. Es musste einen anderen Weg geben, zu entkommen.

Er blickte nach rechts. In einigen Metern Entfernung gab es ein weiteres Gebäude. Die Fassade auf der wetterabgewandten Seite zeigte deutlich ausgewaschene Backsteine, die sich für einen Aufstieg eignen könnten. Doch mit Rosie grenzte eine solche Kletterpartie fast an Selbstmord.

Hinter sich hörte Guinn, wie die Männer die wenigen Räume durchsuchten. Schränke wurden aufgerissen, Tische umgestoßen und geflucht. Es war nur eine Frage der Zeit, bis die Kerle die Hintertür in der Küche entdeckten und damit ihn und Rosie.

Guinn unterdrückte einen Fluch und suchte die Umgebung nach einer Möglichkeit ab, zu dem Haus zu gelangen, ohne Spuren zu hinterlassen. Er entdeckte ein schmales Sims, der einen Sprung entfernt um ein Beet herumführte. Es lag kein Schnee darauf, dennoch glitzerte der Stein, wenn das schwache Leuchten des Mondes darauf fiel. Gefroren. Ein falscher Schritt und Rosie und er landeten im Schnee. Was eine noch viel deutlichere Spur hinterlassen und die Männer auf ihre Fährte führen würde. Trotzdem musste Guinn es riskieren. Er packte Rosie fester, verlagerte sein Gewicht auf sein mechanisches Bein. Er ging leicht in die Hocke und sprang ab. Durch Rosies zusätzliches Gewicht bekam er Schlagseite, aber er schaffte es, auf dem Sims zu landen. Er streckte den freien Arm aus, um das Gleichgewicht zurückzuerlangen, dann lief er weiter. Wie erwartet war der Boden unter seinen Füßen rutschig. Mehrmals glitt er aus und musste ein Fluchen unterdrücken, um sich nicht zu verraten. Er kam zudem viel langsamer voran, als erhofft, dennoch gelang es ihm, zu der rettenden Hauswand zu kommen. Auch hier würde ihn Rosie beim Aufstieg behindern, aber da ihm keine andere Wahl blieb, musste er es riskieren. Sie zurückzulassen, kam nicht infrage.

Er blickte die Hauswand hinauf und prägte sich die Stellen ein, an denen er sich hinaufhangeln konnte. Es würde schwierig werden, keine Frage, aber es ging nun einmal nicht anders.

Nachdem er sich Rosie über die verstärkte Schulter gelegt hatte, atmete Guinn einmal tief durch. Er konzentrierte sich auf die Punkte, die er erreichen wollte, dann stieß er sich mit dem modifizierten Bein ab. Er sprang nach oben. Seine Fingerspitzen ertasteten einen Stein, der weit genug hervorstand, um sich daran festzuhalten. Als der Schwung nachließ, krallte er sich daran fest. Rosies Gewicht zog ihn fast ebenso sehr nach unten, wie es die schweren metallenen Teile seines Körpers taten. Unwillkürlich erinnerte das Guinn an eine Situation, in der er sich vor einigen Wochen befunden hatte. An jenem Tag hatte er ebenfalls an einer Hauswand gehangen, nur waren es nicht wie jetzt drei Meter über dem Boden, sondern fast dreißig. Damals wie heute zerrte das Gewicht an seinen Gelenken. Alle Muskeln, die belastet wurden, protestierten mit Schmerz. Trotz der Kälte rann ein Rinnsal aus Feuchtigkeit Guinns Rückgrat hinunter und sammelte sich in der Kuhle an seinem unteren Rücken. Der erste Schritt war gemacht. Jetzt musste er rasch weiter aufsteigen.

Wie um ihn zu verhöhnen, öffnete sich in diesem Moment die Tür, durch die er vor einigen Minuten erst gekommen war. Stimmenfetzen schwebten zu ihnen hinüber.

Guinn hielt den Atem an. Es klickte leise, dann ersetzten seine mechanischen Lungen die reine Atemluft, durch das Gemisch, das ihn bereits unter Wasser am Leben erhalten hatte. Die Geräusche, die dabei entstanden, waren so leise, dass sie für ein menschliches Ohr nicht wahrnehmbar waren. Aber ein einzelner Blick würde jetzt genügen und die Männer sahen sie. Die helle Decke über dem Mantel leuchtete wie eine Fackel in der Nacht und hob sich so von der dunkleren Wand ab.

Rosie stöhnte leise und ihre Zähne schlugen klappernd aufeinander. Guinn konnte nichts tun, um sie zum Schweigen zu bringen. Er musste einfach hoffen, dass die Männer sie nicht bemerkten.

Er spähte über die Schulter, um zu sehen, was die Kerle taten. Viel erkannte er nicht. Nur, dass sie nebeneinanderstanden und nach Spuren im Schnee suchten. Einer von ihnen, ein Älterer mit angegrautem Haar, stemmte die Hände in die Hüften und sah die Straße hinunter.

Komm schon, komm schon, alter Mann da oben. Schenk uns ein bisschen Glück. Guinns Muskeln begannen zu zittern. Die Anstrengung, sich festzuhalten, forderte langsam ihren Tribut. Jede Sekunde rechnete er damit, abzurutschen.

Guinn verlagerte ein wenig Rosies Gewicht. Selbst für jemanden mit seinen Modifikationen war die momentane Position nicht leicht zu halten. Seine Zehen brannten in den Stiefeln und als er den Wadenmuskel spannte, um den Blutfluss anzuregen, schoss so vehementer Schmerz hindurch, dass er den normalen Fuß unwillkürlich anhob. Ein einzelnes Steinchen löste sich und kullerte nach unten.

An einem normalen Tag würde das Geräusch im Lärm der Menschen, Droschken und Alltäglichkeiten untergehen. Doch zurzeit war es einfach zu still.

»Was machen wir jetzt, Silas?«

»Ruhe! Hast du das gehört?«

Guinn hielt die Luft an. Wenn sie ihn jetzt entdeckten ...

»Nein, was denn?«

»Dieses Geräusch ...« Der, den der andere Silas nannte, verstummte, legte den Kopf schräg und lauschte. Schließlich schüttelte er den Kopf. »Muss eine verfluchte Ratte gewesen sein.«

»Wahrscheinlich. Was nun, Silas? Der Kerl und das Mädchen sind längst weg.«

»Blödsinn! Charming hat gesagt, sie sind hier, also sind sie es auch!« Der Ergraute spuckte aus.

»Wir haben alles abgesucht. Das Bett ist leer und kalt. Genauso wie das Essen in der Küche. Glaub mir, niemand mag kaltes Stew.«

Ich schon, dachte Guinn und unterdrückte ein Grinsen, das ihn nur unnötige Kraft gekostet hätte. Zum Glück hatte er darauf verzichtet, das Essen aufzuwärmen, andernfalls gäben die Kerle nicht so schnell auf. Glück musste man haben.

»Was machen wir jetzt?«

Silas drehte sich zur Tür. »Wir warten, Landon. Wir warten. Vielleicht kommen sie wieder.«

»Also gut, dann wärme ich mal das Stew auf. Wird eine lange Nacht werden.«

Die Männer gingen zurück ins Wirtschaftsgebäude, und Guinn atmete auf. Lange hätte er sich nicht mehr halten können. Die Kälte setzte ihm inzwischen genauso zu, als wäre er keine verdammte Maschine.

So rasch es ihm möglich war, legte er den Rest der Kletterstrecke zurück. Inzwischen musste auch Rosie frieren. Mantel und Decke reichten nicht auf Dauer aus, einen Körper warmzuhalten, der kaum Kraftreserven besaß.

Guinn schaffte es auf den Dachfirst hinauf. Auch hier war es glatt, aber er kam ungesehen und schnell voran, obwohl er seine Schritte vorsichtig setzen musste. Während er sich beeilte, von der Kirche wegzukommen, überlegte er, wohin er gehen könnte und ihm fiel nur ein einziger Ort ein.

»Verdammt noch mal!«

Das Haus lag ruhig inmitten weiterer Gebäude. Alles schien friedlich. Auf den Straßen waren außer einer Luftdroschke, die scheinbar ohne Ziel durch die Gegend fuhr, nichts zu sehen. Trotzdem hielt sich Guinn im Hintergrund. Er wollte nichts riskieren. Immerhin stand nicht nur sein eigenes Leben, sondern auch das von Rosie auf dem Spiel. Er musste sie an einen sicheren Ort bringen und der Einzige, der ihm einfallen wollte, war das Haus von Tom Doyle. Zumindest als kurzfristige Lösung. Für einen längeren Aufenthalt musste er sie zu einem Versteck bringen, das außer ihm niemand sonst kannte. Zwar glaubte er nicht daran, dass einer seiner Verbündeten absichtlich Charmings Schläger zur Kirche geführt hatte, aber wissen konnte er es nicht.

Vermutlich war es Corson-Smythe gewesen, der als Einziger nicht wusste, wie man sich verhielt, wenn man verfolgt wurde. Eine andere Alternative wollte Guinn nicht gelten lassen. Niemand von den Eingeweihten hatte einen Grund, Rosie schaden zu wollen.

Er fasste die schmale Frau fester. Ihren viel zu leichten Körper dicht an seinen gepresst versuchte er, sie mit seiner schwindenden Körperwärme warmzuhalten. Sie mussten aus der Kälte heraus und das möglichst bald. Andernfalls konnte nicht einmal Corson-Smythe Rosie am Leben erhalten. Eine Lungenentzündung war das Letzte, das sie jetzt gebrauchen konnte.

Guinn gab sich einen Ruck und überquerte die Straße im Laufschritt. Dabei bemühte er sich, die Erschütterungen von Rosie fernzuhalten, indem er sie mit seinem mechanischen Arm stabilisierte.

Das schmiedeeiserne Tor quietschte leise, als er es öffnete und direkt hinter sich wieder schloss. Dann erklomm er die Stufen und betete im Stillen, dass Doyle und Roya wieder da waren. Nach dem letzten Mal, als er sie hier gesehen hatte, waren sie geflohen, um sich vor ihm zu verstecken, aber inzwischen lagen die Dinge anders.

Er hämmerte gegen die Tür und hoffte, nicht auch gleich die gesamte Nachbarschaft zu wecken. Immer wieder donnerte seine Faust gegen das Holz, doch er spürte es kaum. Alles, was er wahrnahm, waren die winzigen Atemwölkchen, die aus der Decke aufstiegen und bewiesen, dass Rosie noch lebte.

Endlich hörte er ein Schlurfen von innen. Jemand öffnete die Tür einen Spalt breit. Guinn erkannte das Gesicht eines älteren Mannes und fragte sich unwillkürlich, ob er das falsche Haus erwischt hatte.

»Ja?« Die Stimme klang verschlafen, aber nicht unfreundlich.

»Ich muss zu Agent Doyle. Sofort!«

Schlohweiße Brauen schoben sich unwillig zusammen. »Und wer sind Sie?«

»Ein ...« Guinn zögerte. Was sollte er darauf antworten? Ein Freund traf es nicht wirklich, wäre wohl aber die einzige Möglichkeit, den Mann dazu zu bringen, die Tür zu öffnen und sie einzulassen. Sofern Guinn nicht seinem Drängen nachgab und ihn einfach beiseiteschob. Er beschloss, dem Mann zu zeigen, weswegen er hier war.

Er verlagerte Rosies Gewicht, bis er sie mit einem Arm halten konnte, dann schlug er die Decke beiseite und präsentierte sie dem Fremden. »Das ist eine Freundin von ihm. Sie stirbt, wenn Sie uns nicht reinlassen!«

»Was zum Teufel geht hier vor?« Die vertraute Stimme des Agenten erscholl hinter dem Torwächter.

»Doyle! Lassen Sie uns rein!«

Die Tür wurde aufgerissen, der Alte beiseite gedrängt. Tom stand in einer blauen Pyjamahose und bloßem Oberkörper im Rahmen und starrte ihn ungläubig an.

»McGuinney? Was tun Sie hier?«

Jetzt reichte es Guinn. Die Zeit der Höflichkeiten war vorbei. Er schob sich zwischen den Männern hindurch und wurde von wohliger Wärme umfangen. Unwillkürlich erschauerte er. Das leise Seufzen, das von Rosie ausging, besagte zudem, dass sie den Temperaturunterschied ebenfalls bemerkt hatte.

»Herrje, ist das Rosie?«

»Ja«, antwortete Guinn knapp und hob die Schultern. »Ich erkläre es, sobald ich sie irgendwo hinlegen kann. Ich trage sie schon eine ganze Weile, und obwohl sie fast nichts wiegt ...«

Tom verstand ihn wohl auch so, denn er nickte knapp und deutete auf eine Tür am Ende des Flurs.

Der ältere Mann eilte an Guinn vorbei, wodurch der dessen Körpergeruch nach Schlaf wahrnehmen konnte, und öffnete die Tür, als weitere Personen die Treppe hinunterkamen, die seitlich in den ersten Stock führte.

»Tom, was ...?« Roya rieb sich die Augen. Sie trug den anderen Teil von Doyles Pyjama. Als sie Guinn erkannte, weiteten sich ihre Augen.

Die dickliche Frau in ihrem Rücken schlug die Hände vor den Mund. Vermutlich, weil Guinn ihr wie ein Wilder vorkam, was nicht zuletzt daher rührte, dass sein Gesicht vor Anstrengung verzogen war. Die Kohlen in seiner Brust mussten dringend erneuert werden.

»Später«, knurrte Tom und bedeutete Guinn, endlich in den Salon zu treten. Ein schmales Sofa mit bequem wirkenden Kissen in der Nähe eines leicht glimmenden Kamins fiel sofort in Guinns Blickfeld. Er bettete Rosie vorsichtig darauf und versicherte sich, dass sie zugedeckt war. Dann lief er zu der Feuerstelle, bewegte die Asche und legte Holz nach. Die Frauen gingen derweil zu Rosie. Über seine Schulter hinweg sah Guinn, wie Roya eine Hand auf die Stirn der Bewusstlosen legte, während die fremde Frau kurz verschwand, um mit weiteren Decken zurückzukehren. Eine warf sie Guinn wortlos zu, der sie auffing und neben sich deponierte, die andere breitete sie zusätzlich über Rosie.

Nachdem Guinn das Feuer soweit zum Brennen gebracht hatte, dass es schon bald den Raum aufheizen würde, riss er sein Hemd hoch. Ohne auf die Menschen ringsum zu achten, bediente er den Mechanismus und öffnete damit das Türchen, das einst seine Brust gewesen war. Noch ehe es aufschwang, roch Guinn, dass die Kohle fast aufgebraucht war. Deshalb nahm er die Kaminzange und holte ein Stück, das er umständlich in den dafür vorgesehenen Behälter in seiner Brust legte.

Hinter ihm stieß die ältere Frau einen entsetzen Laut aus.

»Ruhig, Georgie. Es ist okay, wirklich. Er ... ist nicht wie wir anderen.«

Guinn schnaubte. Das war eine harmlose Untertreibung, die Doyle da von sich gab, aber er würde nichts dazu sagen. Sobald die Kohlen sorgfältig in seinem Brustkorb verstaut waren, schloss er das Türchen, zog sein Hemd herunter und drehte sich um.

Vier Augenpaare starrten ihn an. Roya schluckte so deutlich, dass Guinn es über die Entfernung hören konnte. Der alte Mann hielt die Frau, die Doyle Georgie genannt hatte im Arm, während er selbst nur die Fäuste ballte.

»Was ist geschehen?«, fragte Doyle durch zusammengebissene

Zähne.

»Charming«, war alles, was Guinn dazu sagte. Sein Blick flackerte kurz zu dem älteren Paar. Er wollte nicht noch mehr Unschuldige in diesen Schlamassel ziehen.

Doyle nickte. »Henry, Georgie, bitte zieht euch zurück. Schickt uns nur Mister Whiting herunter, ich schätze, er dürfte seinen Rausch inzwischen ausgeschlafen haben. Besser ihr wisst so wenig wie nötig.«

»Aber Junge ...«, begann Henry, doch Doyle fuhr ihm über den Mund.

»Nicht jetzt! Das hier ist eine Sache, aus der ich euch heraushalten werde. Ich diskutiere nicht darüber!«

»Tom ...«, Roya trat zu ihm und legte ihm eine Hand auf den Arm. »Sie meinen es doch nur gut.« Mit einem entschuldigenden Lächeln sah sie die Älteren an. »Bitte, geht nach oben. Diese Leute sind Freunde von uns, die Hilfe benötigen. So wie ich damals.«

Verstehen blitzte in Georgies Augen, dann packte sie den Arm ihres Mannes. »Komm, mein Lieber. Wir tun, was die jungen Leute sagen. Zu viel Aufregung ist nicht gut für dein Herz.«

Henry zögerte. Er schien etwas sagen zu wollen, dann jedoch entschlüpfte ihm nur ein ergebener Seufzer und er setzte sich in Bewegung. An der Tür hielt er noch einmal inne. »Schätze, Georgie und ich sollten unsere Sachen packen und noch einmal verschwinden, oder?«

Tom schüttelte den Kopf. »Das wird nicht nötig sein. Wir werden eine andere Lösung finden.«

Die Lippen des Älteren bildeten einen schmalen Strich, dennoch gruben sich tiefe Falten in seine Mundwinkel. »Also schön. Gute Nacht.«

»Gute Nacht, Henry. Georgie.« Roya lächelte ihnen noch einmal zu, dann verschwanden die beiden.

Allein mit Doyle und Roya fühlte sich Guinn mit einem Mal unwohl. Er war in ihr Heim eingedrungen. Zwar heiligte in diesem Fall der Zweck die Mittel, aber trotzdem brachte er sie damit alle in Gefahr.

»Reden Sie, Mann, was ist geschehen?« Doyle baute sich vor ihm auf, sodass Guinn nicht mehr sehen konnte, was Roya tat.

Wie zwei Feinde standen sie einander gegenüber, starrten sich gegenseitig in die Augen. Keiner von ihnen wollte das Blickduell beenden. Ein Revierkampf, der so unnötig war, dass Guinn beschloss, als erster nachzugeben.

»Charmings Männer tauchten vor ein paar Stunden in der Kirche auf. Ich konnte hören, wie sie sagten, dass sie sicher seien, Rosie sei dort versteckt.«

Roya fluchte undamenhaft. »Wie?«

Guinn hob die Schultern, auch wenn sie es vermutlich nicht sehen konnte. »Keine Ahnung. Aber sie waren sich verdammt sicher. Ich tat das Einzige, was möglich war und schaffte Rosie weg.«

Die Spannung wich unvermittelt aus Doyles Schultern und er nickte stumm. Dann trat er beiseite und wies auf einen Sessel. »Setzen Sie sich, Mann. Sie müssen erschöpft sein.«

»Geht so«, trotzdem ließ er sich auf den Sessel fallen und streckte die Beine aus. Er ärgerte sich einen Moment, die Decke nicht aufgehoben zu haben, um sich darunter zu verkriechen, aber er würde jetzt nicht noch einmal aufstehen, um sie zu holen. Die Kohlen in seiner Brust würden ihn schon wärmen.

Doyle ließ sich auf den einzig anderen Sessel fallen und zog Roya auf seinen Schoß. Sie schmiegte sich an ihn, sodass das Hemd ein Stück nach oben rutschte und beinah mehr preisgab, als ihr lieb sein konnte. Seltsamerweise interessierte es Guinn diesmal überhaupt nicht. Sein Blick glitt nur einen Sekundenbruchteil über die gebräunte Haut, dann sah er Doyle ins Gesicht. Der Agent hatte die Stirn gerunzelt und fuhr sich mit einer Hand durch das zerzauste Haar, bis Roya sie einfing und ihre Finger mit ihm verschränkte. Der Mann schien um Jahre gealtert.

Mit einem leisen Stich in der Brust musste Guinn zugeben, dass er die beiden gern zusammen sah. Sie ergänzten sich und schienen selbst nach so kurzer Zeit ihres Zusammenseins, perfekt zueinander zu passen. So etwas hatte er sich ebenfalls gewünscht. Mit Roya. Aber inzwischen war er sich selbst nicht mehr sicher, ob ein solcher Wunsch überhaupt noch bestand. Er sah zu Rosie, die sich kein Stück gerührt hatte, seit er sie auf das Sofa gebettet hatte. Er konnte erkennen, dass sie atmete, aber das war es auch schon.

Der Traum fiel ihm ein und er fragte sich, was Doyle davon halten würde, wenn er wüsste, was seine Schwester und der Mann, den er nicht ausstehen konnte, in dieser anderen Welt getan hatten.

Es klopfte, und im nächsten Augenblick stand Whiting im Zimmer. Er trug noch immer seinen zerknitterten Anzug, was Guinn sich fragen ließ, ob der Mann seine Kleidung niemals wechselte. Eine Seite seines Schnauzers stand nach oben, die andere hing kraftlos herab. Es blieb Guinn ein Rätsel, weswegen der Mann sich hier aufhielt, aber er fragte nicht nach dem Grund. Stattdessen sah er wieder Doyle an, der ihn unverwandt anstarrte.

Ohne die Augen abzuwenden, sagte der Agent: »Bitte schließen Sie die Tür, Shawn. Mister McGuinney wollte uns gerade erklären, warum er hierhergekommen ist.«

Whiting drückte die Tür zu und lehnte sich dagegen. Alle warteten auf Guinns Antwort.

Er hob die Schultern und bemerkte erst jetzt, dass er sich vollkommen verspannt anfühlte. Er dehnte seinen Nacken, bis es unheilvoll knackte. »Ich wusste, dass Sie hier wohnen. Wir brauchten einen Unterschlupf für die Nacht und ich wollte sicherstellen, dass Rosie ins Warme kommt.«

»Was ist mit deinem Versteck?«, fragte Roya. Die Müdigkeit war längst aus ihrer Miene gewichen. Dafür war sie es zu sehr gewohnt, sich auf ungewöhnliche Situationen einzustellen. Die einstige Diebin, die als *Hand der Nacht* gestohlen hatte, kannte das Leben auf der Straße und wusste, dass man schnell reagieren musste, sofern man überleben wollte.

»Zu weit entfernt.« Knapp berichtete Guinn, was vorgefallen und wie ihnen die Flucht gelungen war. Als er zu der Stelle kam, an der er an der Hauswand hing, stieß Doyle einen Fluch aus, der Roya die Röte auf die Wangen trieb. Guinn quittierte es lediglich mit einem Zucken seiner Mundwinkel.

»Es war gut, dass Sie hergekommen sind. Hier ist sie in Sicherheit. Ab sofort werden wir ...«, begann Whiting.

»Nein.« Guinn schüttelte den Kopf. »Wenn sie von der Kirche wussten, kennen sie auch das Haus. Wir können höchstens bis zum Morgengrauen bleiben. Dann benötigen wir eine Droschke, die Rosie und mich zu meinem Versteck bringt.«

»Das gefällt mir nicht.«

»Mag sein, Doyle, aber wenn ihre Schwester leben soll, müssen Sie mir in dieser Hinsicht vertrauen. Charming will sie zurück. Also wird er als erstes an den Orten suchen, an denen er sie vermutet. Das sind das SVY oder hier. Ich weiß nicht, wie er auf die Kirche gekommen ist. Vielleicht ist jemandem aufgefallen, dass Corson-Smythe ständig dort war, und hat das Charming gesteckt. Vielleicht ist Ihnen jemand gefolgt, ohne dass Sie es bemerkt haben.« Er hob eine Hand, als Tom ihn unterbrechen wollte. »Was es auch war. Niemand rechnet damit, dass ich mich um die Kleine kümmere. Mein Versteck ist nur wenigen Leuten bekannt. Gull ist tot, seine Angestellten fort. Also weiß nur noch ich, wo es ist.«

»Das gefällt mir nicht«, wiederholte Tom. Er wechselte einen Blick mit Roya, die an ihrer Unterlippe zupfte und angestrengt nachdachte.

»Guinn hat recht. Wir bilden die größte Schwachstelle. Jeder weiß, dass wir ... du Rosie kennst. Charming wäre ein Narr, wenn er dich nicht überwachen ließe. Und eines weiß ich«, ihre Augen bekamen einen harten Ausdruck, »Charming ist alles, aber nicht dumm. Er wird jeden töten, um sein Ziel zu erreichen. Nach außen hin mag er ja den feinen Herrn spielen, aber in Wahrheit ist er ein Monster, das vor nichts zurückschreckt.«

»Ich kann Rosie doch nicht diesem ...«

Jetzt reichte es. »Hören Sie, Doyle. Wir werden in diesem Leben keine Freunde mehr. Das wissen wir beide. Aber mein Versprechen gilt nach wie vor: Ich passe auf Rosie auf. Jetzt noch mehr als vorher. Das bedeutet aber auch, dass ich sie vollständig allein versorgen muss. Weder sie, Roya noch Corson-Smythe dürfen mir dabei helfen.«

»Guinn, du brauchst Essen, musst sie waschen, das ist nicht ...«, wandte Roya ein.

»Was? Schicklich? Tut mir leid, Kleines, aber es geht nicht anders.« Ihm fiel etwas ein. »Whiting. Er mag ein Säufer sein, aber er war mal ein Polizist. Er kann mir Lebensmittel bringen. An einen Ort, den wir vorab festlegen. Ich allein schaffe es, mich ungesehen meinem Versteck zu nähern. Wenn einer von euch dort auftaucht oder mit mir Kontakt aufnimmt, werden uns Charmings Leute wieder finden. Dann ist alles vorbei.«

Roya seufzte tief. Dann strich sie Tom durchs Haar, was dessen Frisur nicht besser machte, bis sie ihre Hand in seinem Nacken liegen ließ. Guinn sah, wie sie die Muskulatur dort sanft knetete, während sie ihm zustimmte. »Es ist ein Plan, Tom. Mehr, als wir haben. Unsere Traumgänge haben bislang nichts erbracht, weil wir Charming nicht finden können. Und selbst wenn, heißt es nicht, dass er von seinem Versteck oder seinen Plänen träumt. Das kann uns nur Rosie verraten.«

Es war Tom deutlich anzusehen, wie hin- und hergerissen er sich fühlte. Trotzdem erkannte Guinn den Moment, in dem er sich geschlagen gab. Die Schultern des Mannes sackten herab und er sah mit einem unergründlichen Augenausdruck zu seiner Schwester. Guinn fragte sich, was wohl in seinem Kopf vor sich ging.

»Na schön. Wir machen es so, wie Sie sagen, McGuinney. Morgen früh wird eine Droschke bereitstehen und sie fortschaffen. Ich werde Ihnen Geld und Kleidung mitgeben. Georgie packt Ihnen Essen ein.

Lassen Sie uns mittels Boten wissen, wann und wo sie Whiting treffen wollen.« Er sah von einem zum anderen. »Hab ich etwas vergessen?«

»Ich denke nicht ...«

»Doch. Ich benötige eine Waffe, Doyle. Das nächste Mal will ich vorbereitet sein. Außerdem sollten Sie dafür sorgen, dass die anderen erfahren, dass wir nicht mehr in der Kirche sind. Charmings Leute sind noch dort.«

»Verstanden.« Doyle schob Roya von seinem Schoß und stand auf. »Shawn, als Dank für meine Gastfreundschaft fahren Sie zu Lordkanzler Connery und informieren ihn über die aktuelle Situation. Sie finden am Ende der Straße eine Hoover-Station.«

Obwohl Whiting nicht begeistert wirkte, nickte er ihnen kurz zu und verließ dann den Salon. An den Rest gewandt, sagte Doyle: »Wir sollten versuchen, noch etwas Schlaf zu finden. Oben gibt es noch ein Gästezimmer. Dort könnten Sie ...«

Guinn bleckte die Zähne. »Ich bleibe hier.«

Doyle sah aus, als würde er dazu eine Bemerkung machen wollen, doch er tat es nicht. Stattdessen tätschelte er Guinns Schulter. »Guter Mann, ich hatte nichts anderes erwartet.«

Seltsamerweise tat das Lob gut, wenngleich Guinn wusste, dass Doyle es nur sagte, weil Roya danebenstand und es von ihm erwartete. Keine Wärme oder Aufrichtigkeit lag in diesen Worten. Guinn war sich dennoch sicher, dass er gerade einen Test bestanden hatte. Hätte er das Bett angenommen, hätte Doyle gemutmaßt, dass ihm sein eigener Komfort wichtiger war als Rosies Leben.

Doyle und Roya verließen den Salon. Guinn hörte, wie sie leise die Treppen hinaufgingen. Er wartete, bis sich die Tür ihres Schlafzimmers mit einem leisen Klicken schloss, dann stand er auf. Nach einer kurzen Kontrolle, ob das Feuer die Nacht über durchbrennen würde, schob er den Sessel dichter an das Sofa. Dann holte er sich die Decke, setzte sich und zog sie über sich. Der gewebte Stoff war zu kurz, seine langen Beine lugten darunter hervor, doch sein Brustkorb und seine Arme waren bedeckt. Mehr war nicht wichtig.

Sobald er eine Position gefunden hatte, in der er dösen oder vielleicht sogar schlafen konnte, legte er den Kopf zur Seite und sah Rosie an. Sie wirkte so zart und zerbrechlich. So ganz anders als in der Traumwelt, in der sie ihm befohlen hatte, sich auszuziehen. Wer auch immer Rosie wirklich war, ihr Charakter war der einer starken Persönlichkeit, der nur durch die Drogen gedämpft wurde. Innerlich bewies sie eine Kraft, die vielen Menschen auf der Straße abging. Es wäre schön zu sehen, wie sie war, wenn nichts sie beeinflusste.

Guinn seufzte tief. Diese Chance bekam er vermutlich nicht. Sobald sie die Entgiftung überstanden hatte, die Gefahr seitens Charming gebannt war und sie wieder in ihr altes Leben zurückkehren konnte, wäre er vergessen. Falls sie überhaupt wusste, dass es ihn gab. Sie hatte zwar im Traum gesagt, dass er real war, aber es war immer noch ein gottverdammter Traum.

In diesem Moment seufzte auch Rosie auf. Als ob sie seine Zweifel spürte. Sie bewegte sich ein Stück. Ihr Arm rutschte unter den Decken hervor und hing über die Sofakante. Guinn konnte dem Drang, seine Hand darum zu schließen, nicht widerstehen. Er streichelte über die zarten Glieder ihrer Finger und versuchte sich daran zu erinnern, wie es sich angefühlt hatte, ihren nackten Körper auf seinem zu spüren. Doch sein Verstand wollte ihm diesen Gefallen nicht tun. Stattdessen wurden seine Lider schwer und die Anstrengungen der vergangenen Stunden forderten ihren Tribut.

Rosie lauschte auf die Geräusche in ihrer Umgebung. Alles schien ruhig. Das gleichmäßige Atmen einer Person in der Nähe sowie das Ticken einer Uhr waren alles, was sie wahrnehmen konnte. Etwas Warmes umschlang ihre Hand, doch als sie sachte daran zog, gab es nach und sie war frei.

Langsam richtete sie sich auf. Sie schob die Decke beiseite, die über ihr ausgebreitet war und tastete nach der Sofakante. Während sie sich aufsetzte, richtete sie ihre Sinne nach der Umgebung aus.

Der Raum kam ihr nicht bekannt vor, soweit sie das beurteilen konnte. Dennoch fühlte er sich heimelig an, als würden die Menschen, die hier lebten, großen Wert darauf legen, dass sogar die Wände die Liebe aufsogen, die hier herrschte.

Rosie schüttelte sich. Gefühlsduselei. Charlie würde das nicht gutheißen. Und nur seine Meinung zählte für sie. Sie hatte ihm ein Versprechen gegeben. Sie würde stark sein. Sich nicht unterkriegen lassen und tun, warum er sie bat. Es war nicht viel und sie wollte nicht riskieren, seine Anerkennung und Liebe zu verlieren, indem sie es ihm verweigerte.

Als ihre Füße den Boden berührten, bemerkte sie, dass sie keine Schuhe trug. Doch das kümmerte sie nicht. Sie hatte nicht vor, das

Gebäude oder gar das Zimmer zu verlassen. Sie musste nur an ein Fenster gelangen.

Während sie sich mit den Waden am Sofa entlangschob, hielt sie die Luft an. Falls sie sich stieße, durfte sie kein Geräusch von sich geben, andernfalls würde die Person, die sich mit ihr im Zimmer befand, erwachen. Womöglich hinderte er oder sie Rosie daran, zu tun, was nötig war.

Die Hände ausgestreckt und leicht nach vorn gebeugt, damit sie ein Hindernis sofort ausmachen konnte, gelangte Rosie an den Rand des Sofas. Sie fühlte, wie das Polster von einem Rahmen abgelöst wurde. Sie drehte sich zur Seite und ertastet Windungen und Bögen. Ein geschnitzter Holzrahmen, wenn sie die Textur des Möbels richtig erfühlte. Mit den Händen hangelte sie sich an der Längsseite entlang, bis sie dahinter stand. Dabei zählte sie ihre Schritte. Sobald sie glaubte, auf Mittelhöhe des Sofas zu sein, drehte sie ihm den Rücken zu und ging drei Schritte nach vorn. Die Temperatur veränderte sich, je weiter sie sich von der Sitzgelegenheit entfernte. Ein sicheres Zeichen dafür, dass sie sich einer Außenwand näherte. Dafür nahm sie gerne die Gänsehaut in Kauf, die sich über ihre bloßen Arme zog.

Der Holzboden unter ihren Füßen knarzte leise. Rosies Herzschlag beschleunigte sich. Sie hielt den Atem an. Lauschte, ob ihr Bewacher davon aufgeschreckt wurde.

Nichts. Nur ein gleichmäßiges Atmen, das von einem leisen Zischen begleitet wurde. Darüber würde sich Rosie keine Gedanken machen. Sie hörte, wie ein Holzscheit knackte, ein Rascheln, als es in sich zusammenfiel und Geräusche, wie es sie in alten Häusern oft gab. Selbst, wenn Rosie nicht einmal sagen konnte, woher sie das wusste, es beunruhigte sie nicht.

Sie ging einfach weiter, bis ihre Fingerspitzen Stoff ertasteten. Das war es, wonach sie suchte. Eine Wand, in der es ein Fenster gab. Rosie hoffte bloß, dass sie nicht an einem Ort gelandet war, in dem die Wände mit Stoff bezogen waren, der bereits Falten schlug. Ihre Instinkte sagten ihr, dass dem nicht so war, also machte sie einen Schritt nach links, ließ ihre Hände dem Vorhang folgen, bis sie etwas Kühles, Glattes fühlte. Glas.

Rosies Mundwinkel hoben sich. Sie ließ alle Zweifel fahren, stellte sich dicht an das Fenster, wie Charming es ihr befohlen hatte, dann nestelte sie an der schmalen Kette um ihren Hals und zog den Anhänger hervor. Sie drückte ihn kurz an die Lippen, ehe sie auf den Schmuckstein drückte. Es klickte kurz, dann verebbte das Geräusch.

Zufrieden machte sich Rosie zurück auf den Weg zum Sofa. Sie musste sich ausruhen, für das, was vor ihr lag. Jetzt, da ihr Körper nicht mehr mit den Auswirkungen der Medikamente kämpfte, die man ihr zu ihrer Genesung verabreicht hatte. Charlie hatte es ihr genau erklärt. Die Spritzen machten sie willensstärker und selbstsicherer. Genau das, was eine blinde Frau sein musste, wenn sie in der Welt überleben wollte, die Charming zu erschaffen plante.

Sie schlüpfte unter die Decke, die noch den Rest ihrer Körperwärme enthielt, und kuschelte sich ein, als ihr ein herber Duft, gepaart mit etwas Metallischem in die Nase stieg.

Rosie runzelte die Stirn. Der Geruch kam ihr bekannt vor. Doch sie wusste nicht mehr, woher. Gleichzeitig fühlte er sich vertraut an wie ein bequemes Paar Schuhe. Er hüllte sie ein, ließ ihren Herzschlag einen Moment stocken und weckte eine Erinnerung. Ein Zupfen an ihrem Verstand, das in eine Sackgasse führte. Rosie wollte es greifen, aber jedes Mal, wenn sie glaubte, es erreichen zu können, entglitt es ihren Fingern.

Am liebsten hätte sie frustriert aufgeschrien, aber damit riskierte sie, ihren Bewacher zu wecken. Trotzdem spürte sie, dass diese Erinnerung kostbar war und sie sie schnellstmöglich zurückerhalten sollte. Ob sie Charlie davon erzählen sollte, wenn sie das nächst Mal mit ihm sprach?

Seltsamerweise zog sich bei diesem Gedanken ihr Magen zusammen. Nein. Diese Erinnerung, sofern sie irgendwann zurückkam, gehörte ihr.

Ihr allein.

Kleine Rosen ... schoss es ihr durch den Sinn. Ihre Mundwinkel hoben sich zu einem Lächeln. Ja, es hatte etwas mit kleinen Rosen zu tun.

13. Kapitel

Rauch schwängerte die Luft, beißend und heiß kroch er in Guinns Nase, was ihn aufwachen ließ. Er sah sich um, verschlafen und nicht ganz sicher, ob er nicht wieder in einem von Rosies Träumen gelandet war. Doch das Zimmer, in dem er sich aufhielt, war nicht vertraut. Es dauerte einen Augenblick, bis er sich erinnerte: die Kirche, Charmings Männer, die Flucht durch den Schnee. Dann war alles wieder da und in Sekundenbruchteilen sprang Guinn aus dem Sessel. Hektisch sah er zum Sofa, doch Rosie lag nicht dort, wo er sie in die Decken gepackt zurückgelassen hatte.

»Verdammt. Rosie!

Er hörte ein Wimmern aus der gegenüberliegenden Richtung und fand sie zusammengekauert neben der Tür. Rosie hatte die Knie an die Brust gezogen, einen Arm darum geschlungen und eine Hand an die Tür gelegt.

Unter der Ritze am Boden quollen graue Schwaden herein. Sofort begriff Guinn, dass es irgendwo im Haus brennen musste. Rosie hatte es vor ihm bemerkt und versucht zu fliehen. Warum sie es bis zur Tür geschafft, diese aber nicht geöffnet hatte, wurde ihm in dem Moment klar, als er das rote Glühen des Messingknaufes bemerkte.

»Verdammt«, knurrte er erneut und warf den letzten Rest Schlaf ab.

Er nahm seine Decke, rannte zu Rosie und ging vor ihr in die Hocke. Er spürte bereits die Hitze hinter der Barriere und wie der Qualm die Atemluft im Zimmer verdrängte. Ihm machte das nichts aus, weil seine Lungen keinen reinen Sauerstoff benötigten. Aber Rosie tat es. Sie würde sterben, wenn sie nicht bald hier herauskamen.

»Rosie, hörst du mich?«

Sie hob den Kopf, wandte das Gesicht in seine Richtung und nickte. Ein Hustenkrampf erfasste sie und verhinderte, dass sie antworten konnte.

»Schon gut, Kleine, ich bin da. Komm.« Guinn schob einen Arm unter ihre Kniekehlen, den anderen legte er an ihren Rücken. So sachte es ihm möglich war, richtete er sich mit ihr auf. Die Luft war deutlich dünner als am Boden, trotzdem blieb ihnen keine andere Wahl, wenn sie den Flammen, die irgendwo dort draußen tobten, entkommen wollten.

Guinn fasste nach dem Knauf, ohne Rosie loszulassen und unterdrückte ein Stöhnen. Der Griff versengte seine Haut, trotzdem drehte Guinn ihn und riss die Tür auf.

Der gesamte Flur war von Rauch erfüllt. Nirgendwo hörte er Schritte, Stimmen oder sonstige Geräusche, die davon zeugten, dass die restlichen Bewohner des Hauses wach und auf der Flucht waren.

Für einen Moment blieb Guinn einfach stehen. Gelähmt vor Entsetzen, weil er sich ausmalte, was mit Roya, Tom oder dem alten Pärchen geschehen mochte. Dann schüttelte er sich und wandte sich nach links. Weil er so gut wie nichts sehen konnte, tastete er sich vorwärts. Fast wäre er über einen Läufer gestolpert, aber fing sich gerade noch. Als endlich das Oberlicht der rettenden Tür in Sicht kam, standen ihm bereits die Tränen in den Augen. Rosie hustete noch schlimmer als zuvor, weshalb Guinn betete, dass sie nicht zu viel des giftigen Rauches eingeatmet hatte. Anders als ihn könnte sie das immer noch umbringen.

Ohne sich durch das Hindernis der Tür aufhalten zu lassen, trat er mit Schwung dagegen. Rosie klammerte sich an ihm fest und stieß einen leisen Schrei aus. Es krachte und nach einem zweiten Tritt zerbarst das Holz. Das Loch war zu klein, um Guinns massige Gestalt hindurch zu lassen, doch das hatte er gar nicht vor.

Auch wenn Rosie viel zu dünn angezogen war, draußen standen ihre Überlebenschancen höher als hier drinnen. Falls es eine Chance gab, Roya, Tom oder die älteren Herrschaften zu retten, musste Guinn es versuchen.

Wann, zum Teufel, war er eigentlich zum Helden geworden?

Er schob Rosie ins Freie, dann reichte er ihr die Decke.

»Hier, wickel' dich darin ein. Es sind vier Stufen bis nach unten, ein paar Meter geradeaus und du erreichst ein Tor. Es ist nicht verschlossen. Bleib auf dieser Seite der Straße und versuch' bei den Nachbarn Hilfe zu holen.«

»W-was ist mit dir?« Sie klang klarer als in den ganzen Tagen zuvor, dennoch konnte sich Guinn nicht darüber freuen.

Er legte eine Hand an ihre Wange, streichelte kurz darüber

»Mach dir um mich keine Sorgen. Ich muss nachsehen, ob die anderen schon raus sind.« Große Hoffnungen machte er sich keine. Die Haustür war geschlossen gewesen. Nie wäre Roya geflohen, ohne Guinn zu warnen, an dessen Tür sie hätte vorbeigehen müssen.

Rosie sagte nichts dazu. Ihre Hände glitten von seinem Hals, als er sie ein Stück weiter nach draußen schob. Dann wandte er sich ab und rannte zurück in den vernebelten Flur. Er tastete sich bis zum Treppengeländer. Als sein Fuß gegen die unterste Stufe stieß, rannte er hinauf. Er stolperte mehrfach, hielt sich aber am Geländer fest, um nicht hinunterzufallen. Er hatte keine Ahnung, wie die Räume in diesem Stockwerk angeordnet waren. Ihm war nur klar, dass er jeden durchsuchen musste, wenn er auch nur eine Person lebend retten wollte. Wenigstens war der Rauch hier dünner, als im Erdgeschoss, was ihm verriet, dass das Feuer unten ausgebrochen sein musste.

Kurz hinter dem oberen Treppenabsatz erkannte er die Schemen einer Tür. Er riss sie auf, doch das Zimmer war leer. Es gab deutliche Anzeichen, dass hier bis vor Kurzem jemand gewohnt hatte. Das Bett war ungemacht, aber die Schränke standen offen und einige Kleidungsstücke lagen auf dem Boden. Dunkel erinnerte sich Guinn, dass Henry etwas davon gesagt hatte, die Koffer erneut zu packen. Vielleicht hatten sie das vergangene Nacht noch getan.

Da er sich mit Spekulationen nicht aufhalten konnte, rannte er die Wand entlang. Eine Hand auf der Tapete, bis er die nächste Zarge ertastete. Wieder riss er am Knauf und stolperte in das Zimmer. Hier war alles ruhig. Guinn erkannte ein breites Bett, eine Kommode sowie einen Schrank, die sich dunkel von den helleren Wänden abhoben.

»Was zum ...?« Doyle war als Erster auf den Beinen. Er griff sich einen Kerzenleuchter und wollte auf Guinn losgehen. Als er ihn erkannte, kniff er die Lider zu schmalen Schlitzen.

»Was soll das, McGuinney? Es ist ...« Er bemerkte den Rauch, der hinter Guinn ins Zimmer kroch, und riss die Augen auf. »Royalyn, aufwachen!«

Der Weckruf war nicht nötig, sie hatte sich bereits verschlafen aufgesetzt und zwischen ihm und Guinn hin und hergesehen. Jetzt kam Leben in sie. Sie rannte zu einem Stapel Kleidungsstücke, der auf einem Stuhl lag, sprang förmlich in die Hose, während Tom in einen Mantel schlüpfte. Dann schnappte sie sich die Bettdecke.

»Runter hier, alle beide!«

Guinn war es nicht gewohnt, von Roya Befehle entgegenzunehmen, in seinem Fall war die Decke auch unsinnig. Daher trat er zurück in den Flur und blaffte: »Ich führe euch, ich brauch das nicht.«

»Wo ist Rosie?«, kam es gedämpft unter dem Bettzeug hervor.

»Draußen. Wir müssen uns beeilen. Was ist mit Henry und Georgie?«

»Sind sie nicht in ihrem Zimmer?«

»Nein.« Guinn bekam ein ganz ungutes Gefühl. Er hielt eine Hand unter die Decke und wartete, bis jemand seine Finger hineinlegte. Den Schwielen nach zu urteilen, Tom. Während er ihn und Roya zur Treppe dirigierte, dachte er darüber nach, wo das Feuer ausgebrochen sein konnte. Den Ursprung hatte er bislang nicht ausmachen können. Nur die Hitze am Türrahmen zum Salon.

Umständlich kletterten Roya und Tom die Treppe hinunter, bis Guinn sie durch die Haustüre nach draußen bugsiert hatte. Er selbst folgte langsamer. Einen Blick zurückwerfend fragte er sich, ob der Brandherd in der Küche zu finden sei. Dort hatte er nicht nachgesehen. Er wollte schon einen entsprechenden Kommentar von sich geben, als er ein verräterisches Klicken hörte.

Es hätte nicht der Stimme von Silas bedurft, ihm klarzumachen, dass sie direkt in eine Falle gelaufen waren. »Na, wen haben wir denn da Schönes?«

Die Pistole befand sich direkt in Guinns Nacken, als er sich langsam aufrichtete. Er zeigte seine Hände, um dem Mann klarzumachen, dass er unbewaffnet war. Die Kälte ließ seinen Atem dampfen und sorgte dafür, dass der Qualm, der aus dem Haus nach draußen drang, seltsame Formen annahm.

»Dreh dich langsam um, Großer, dann muss ich dir nicht deinen hässlichen Schädel von den Schultern pusten.«

Guinn tat, wie ihm geheißen. Schnee knirschte unter seinen Sohlen, während er sich bewegte. Er sah Roya, die über einem bewusstlosen Tom kniete. Ein dünnes Rinnsal aus Blut lief über seine Stirn. Dort, wo ihn etwas hart am Kopf getroffen haben musste. Neben den beiden befand sich Silas Begleiter, der unruhig von einem Bein aufs andere trat. Der Kerl hieß Landon, wenn Guinn sich richtig erinnerte. Er hatte Pickel im Gesicht und einen Überbiss, der ihm ein selten dämliches Aussehen verlieh, aber auch zeigte, dass er noch nicht ganz erwachsen war.

Hat vermutlich nicht einmal Haare am Sack, dachte Guinn und sah zu Silas. Der Ältere wirkte nicht nervös. Auf seinen kantigen Zügen lag ein grausamer Ausdruck, den Guinn allzu gut von der Straße kannte. Dieser Mann war es gewohnt, zu töten. Er würde keinen Unterschied zwischen seinem Auftrag und Unschuldigen machen. Er erfüllte seine Befehle, strich die Belohnung ein und verschwand wieder.

Am Fuß der Treppe stand Rosie. Nur ihre Hände lugten unter der Decke hervor. Ihre Wangen hatten eine ungesunde Röte von der Kälte und ihre Lippen schimmerten dumpf und blau. Rosies Schultern hingen herab, als fände sie sich mit ihrem Schicksal ab, doch noch von Charmings Leuten gefunden worden zu sein. Unter dem Stoff blitzten ihre halb erfrorenen Füße hervor.

Während Guinn all das in sich aufnahm, entdeckte er Henry, der unweit vom Tor entfernt kauerte. Das Gesicht des Alten war aschfahl. Er trug einen Mantel, darunter kam gewöhnliche Straßenkleidung zum Vorschein. Also hatten er und Georgie das Haus vor dem Brand verlassen. Guinn kombinierte, dass sie zu diesem Zeitpunkt aufgegriffen worden sein mussten. Dem entsetzten Augenausdruck des Mannes nach zu urteilen, konnte diese Nacht nicht schlimmer enden. Neben ihm, die Vorderseite nach unten, lag der regungslose Körper der älteren Frau. Ein Messer steckte seitlich in ihrem Hals und auch hier tränkte Blut den Schnee rot. Georgie hatte einen Schuh verloren. Vermutlich bei dem Versuch zu fliehen.

Seltsamerweise war es dieser Anblick, der heiße Wut in Guinn weckte. Es störte ihn nicht, dass die Männer ihm und Rosie gefolgt waren. Es war ihm gleich, dass sie sie mittels eines Tricks aus dem Haus gelockt hatten. Aber eine unschuldige alte Frau zu töten, die in Todesangst davonrannte, zerriss etwas in ihm.

Er warf sich mit einem Brüllen zur Seite. Silas stieß einen erschrockenen Laut aus und feuerte. Ungeachtet der Kugel, die dicht an Guinns Ohr vorbeipfiff, fiel er dem Kerl in den Arm. Er schlug die Waffe beiseite, die mit einem dumpfen Laut im Schnee landete. Dann hörte Guinn einen Schmerzensschrei, als der Knochen brach, während er seinen modifizierten Arm als Hebel einsetzte.

Das alles ging schnell. Silas sackte in die Knie, hielt sich mit dem gesunden Arm, sein Handgelenk und starrte Guinn angstvoll an. Von der selbstsicheren Miene des Kerls war nicht mehr viel übrig.

Guinn wollte sich gerade über den zweiten Gegner hermachen, als dieser Rosie an sich riss. Er legte ihr einen Arm um den Hals, den anderen über ihren Kopf. Guinn kannte diesen Griff. Man wandte ihn dann an, wenn man jemandem das Genick brechen wollte. In Rosies Fall ginge dies leichter, als einen Strohhalm zu knicken.

»Lass sie los.«

Landon schüttelte den Kopf. »Vergiss es. Ich brech' sie auseinander, wenn du nicht aufgibst.«

Guinn sah die Entschlossenheit im Blick des Mannes und musste seine vorherige Meinung revidieren. Landon mochte aussehen wie ein Schuljunge, aber er war mit allen Wassern gewaschen. Auch würde er nicht zögern, Rosie zu töten, wenn es ihm das Leben rettete. Dass er damit Charmings Befehlen zuwiderhandelte, schien ihn nicht einmal zu stören.

So ruhig es ihm angesichts der Tatsache, dass Landon die Frau bedrohte, die ihm gehörte, möglich war, schritt Guinn die Stufen nach unten. Unterwegs kickte er die Pistole außer Reichweite für Silas, der hinter ihm vor Schmerzen keuchte.

Zwei Schritte vor Landon hielt Guinn an. Sein Blick suchte den des Jüngeren. »Na los, töte sie.«

»Guinn, nicht! Was tust du?«

Er ignorierte Royas entsetzten Aufschrei. Das hier war seine Sache. Landon würde nicht wagen, Rosie etwas zu tun, weil er Charming ebenso sehr fürchtete wie Guinn. Roya mochte das nicht sehen können, aber er schon. Allein, wie der Kerl sich nervös die Lippen leckte und von einem Bein aufs andere trat, sprach Bände.

»Einmal anzunehmen, wir lassen gehen, was uns gehört, ist naiv, Mister McGuinney, es ein zweites Mal zu tun, grenzt an Dummheit.«

Wieder vernahm Guinn ein Klicken. Diesmal jedoch weiter entfernt und damit außer Reichweite. Er warf einen Blick über Landons Schulter und entdeckte einen Mann hinter dem Zaun. Er hielt eine Hand ausgestreckt und zielte mit einer gläsernen Pistole auf Guinn. Alles an dem Kerl war dunkel. Der Mantel, die Hose, die Schuhe, der Hut, sogar das Haar und die Augen, die in dem von Gaslampen erzeugten Licht aufblitzten.

»Wer sind Sie?« Eine dämliche Frage, aber es war das Einzige, das Guinn gerade einfallen wollte.

Der Fremde hob einen Mundwinkel. Etwas daran kam Guinn bekannt vor, doch er wusste nicht, woher. »Nur ein Mann, der es nicht mag, wenn man ihm in die Parade fährt. Also? Sind Sie so freundlich und hören auf, meine Lakaien zu bedrohen? Ich habe keinerlei Interesse daran, Miss Loyde zu töten. Aber eine Kugel für Mister Doyle, seine kleine Freundin und den alten Mann werde ich gerne erübrigen.« Die Pistole ruckte zur Seite.

Guinn presste den Kiefer zusammen, bis eine Schmerzlohe in seinen Schädel schoss. Da er nicht sehen konnte, wen der Fremde als Erstes zum Ziel auserkoren hatte, durfte er nichts riskieren. Auch bemerkte er, dass hinter ihm Silas offenbar seinen Mut wiedergefunden hatte. Denn Schritte kamen die Stufen hinunter und nach einigem Fluchen hatte der Kerl offenbar seine Waffe aufgehoben.

Mist. Jetzt stand er zwischen zwei bewaffneten Angreifern. Rosie und Roya befanden sich in Gefahr. Ginge es nur um sein Leben und um das von Doyle oder dem Alten, hätte Guinn vielleicht einen Ausfall versucht. So aber musste er seine Niederlage anerkennen.

»Also gut. Was wollen Sie?«

Der Fremde lächelte. »Das, mein Lieber, wird Charming Ihnen selbst verraten. Bitte«, die Pistole zuckte verdächtig und Guinn hoffte, dass sich nicht versehentlich ein Schuss löste. »Bringen wir Miss Loyde doch aus der Kälte. Meine Droschke steht gleich dort drüben.«

Erst jetzt bemerkte Guinn das Fahrzeug, das auf der anderen Straßenseite stand. Dampf stieg aus dem Rohr an der Seite auf und der Kutscher auf dem Bock starrte stur geradeaus. Von dort war also auch keine Hilfe zu erwarten. Ebenso wenig von der Person, die unweit der Kutsche in einem Hauseingang kauerte und von niemandem außer Guinn bemerkt wurde.

»Was wird aus meinen Freunden?«, fragte er durch zusammengebissene Zähne.

Der Fremde legte den Kopf schräg, sah an ihm vorbei. Dann nickte er Silas zu. »Sie dürfen am Leben bleiben, wenn Sie mitkommen, ohne sich zu wehren, Mister McGuinney.«

Verloren. Guinn konnte sehen, dass es dem Mann ernst war. Auch wenn sich alles in ihm dagegen sträubte, streckte er die Hände aus und zeigte seine bloßen Handflächen.

Auf dieses Zeichen hin ließ Landon Rosie los und schubste sie zum Tor. Doch anstatt vor Angst zu wimmern, streckte sie die Hände aus und lief langsam weiter auf den Mann in Schwarz zu.

Guinn runzelte die Stirn. Aber als er sah, wie der Mann hinter dem Zaun Rosie entgegenging und ihr behutsam einen Arm um die Schultern legte, traf es ihn wie einen Hieb in den Magen. Sie war es gewesen. Rosie hatte sie alle verraten. Wie auch immer sie es geschafft hatte, sie hatte Charmings Männer direkt zu Doyle geführt. Womöglich trug sie auch die Verantwortung für den Einbruch in der Kirche. Jetzt ergab alles einen Sinn.

Nur das Warum erschloss sich Guinn nicht. Weswegen sollte Rosie die Leute verraten, die sie liebten, die alles dafür getan hatten, um sie zu befreien? Tom war ihr Vorgesetzter und Bruder. Und Roya? Sie war nur bedroht worden, weil Guinn es zugelassen hatte und weil sie als Doyles Verlobte ein Druckmittel darstellte.

Trotzdem ergab das alles keinen Sinn. Es sei denn ...

»Ich sehe, dass Sie endlich begreifen, Mister McGuinney. Es ging nie allein um Rosie. Es ging immer auch um Sie und Agent Doyle.«

Guinns Blick huschte zu Rosie. Wieder einmal sah sie ihn mit ihren milchigen Augen an, als könne sie jede Regung seines Gesichts wahrnehmen. Und wie schon in Charmings Arbeitszimmer, in dem sie nackt und gefesselt auf dem Bett gelegen hatte, stand ein Ausdruck darin, den er nicht wirklich deuten konnte.

Ehe Silas ihm von hinten etwas über den Schädel zog, das ihm das Bewusstsein raubte, hörte er einen Schuss und Emmas Aufschrei.

Das gleichmäßige Blubbern des Tanks sowie das Stampfen der Maschine lullten Charming ein, sodass seine Gedanken von den Unterlagen forttrieben, auf die er bereits seit Stunden starrte.

Dort stand alles, was für das Vorankommen seines Vorhabens wichtig war. Belastungszeiten, Stromstärke, welche mechanischen Teile notwendig waren, um bei den Probanden die gewünschte Reaktion auszulösen. Siebzehn Männer und Frauen waren für diese Erkenntnisse und im Namen der Wissenschaft gestorben. Und keines ihrer Opfer würde umsonst sein. Sobald Silas und Landon ihm Guinn und Rosie brachten, konnte Charming die Maschine in Betrieb nehmen und seine Pläne in die Tat umsetzen.

»Sir?«

»Was?«, blaffte er und ärgerte sich sofort über seinen barschen Tonfall.

Dieser Labortechniker schaffte es jedes Mal, ihn zu reizen, selbst wenn er gar nichts tat. Charming musterte den Mann von Kopf bis Fuß. Für seinen Geschmack besaß er keine Attribute, die ihn interessant machten, abgesehen von den tiefblauen Augen vielleicht und seinem Wissen über die Maschine. Ansonsten war er nur ein Mitarbeiter wie jeder andere auch. Doch in seinem Fall funktionierte das simple Prinzip der sexuellen Einschüchterung nicht. Der Mann fürchtete ihn, ja, aber er sah keinerlei Anreiz darin, Charming zu gefallen. Er tat, was er tun musste, um am Leben zu bleiben. Loyalität, basierend auf der Macht, die Charming ausübte, kannte der Mann nicht. Trotzdem versuchte Charming es immer wieder, wenngleich der Erfolg gleichbleibend mäßig ausfiel.

»Was wollen Sie?«, fragte er jetzt sanfter nach und bemühte sich um einen neutralen Gesichtsausdruck.

»Ich habe mir die Parameter für die Veränderungen noch einmal angesehen. Sie wissen, dass wir die Kombination aus Molekularveränderer und Traumextraktor in dieser Weise noch nicht testen konnten. Unsere Probanden hielten lediglich die Steigerung ihrer Fähigkeiten aus. Wenn Sie ...«

Charming hob eine Hand. »Wollen Sie mich mit Absicht langweilen?«

»N-Nein, Sir.«

»Dann kommen Sie zum Punkt.«

Der Mann rammte die Fäuste tiefer in die Taschen seines Laborkittels. Über den Rand einer Goggelbrille warf er seinen beiden Kollegen, die nie in den Vordergrund traten und still vor sich hinarbeiteten, einen nervösen Blick zu. Von dort konnte er keine Hilfe erwarten, das wusste Charming.

»Es ist so, dass ... alles könnte uns um die Ohren fliegen. Wir bräuchten einen Probanden, der über enorme körperliche Kraft verfügt. Wie Sie wissen, dienten die ersten Versuchsläufe nur dazu, herauszufinden, wie weit sich die durch Battersea ausgelösten Fähigkeiten verstärken lassen. Das war nicht, was Lordkanzler Pendergast damals plante. Er wollte das Konzentrat nur in die Atmosphäre entlassen, was wir ja inzwischen getan haben und ...«

Gelangweilt hob Charming beide Brauen.

»N-nun das hat auch insoweit funktioniert. Aber das Bündeln ... also, ich bin alles noch einmal durchgegangen. Der Plan, wie er Ihnen vorschwebt, kann nicht funktionieren.«

»Es sei denn, wir hätten jemanden, der die überschüssige Energie, die der modifizierte Extraktor abgibt, auffängt. Nicht wahr?«

Der Techniker öffnete den Mund, schloss ihn aber gleich wieder. Vermutlich hatte er nicht damit gerechnet, dass Charming genau wusste, wovon er sprach.

Victor und er hatten bereits beim ersten Pläneschmieden über diesen Umstand nachgedacht und waren zu dem Schluss gekommen, dass sie Seamus McGuinney brauchten. Anfangs hatten sie noch geglaubt, ihn mit einer Anstellung locken zu können, doch nachdem er sich nach den Vorfällen am Glockenturm nicht mehr gemeldet hatte, waren sie davon ausgegangen, dass er tot sein musste. Jetzt, da sie wussten, dass dem nicht so war, konnten sie zu ihrem ursprünglichen Plan zurückkehren und genau da weitermachen, wo sie vorher aufgehört hatten.

»Sir, bitte, Sie müssen begreifen, dass derjenige, den wir dieser Prozedur unterziehen, so viel Energie aufnehmen muss, dass es seinen Organismus überlasten könnte. Die Kraft, die wir anzuwenden gedenken, wird auf dem kürzesten Weg den Körper wieder verlassen wollen. Das bedeutet, sie wird über seine Haut nach außen abgegeben. Dadurch besteht eine Gefahr für uns alle. Ganz abgesehen davon, dass der Proband schwerste Verbrennungen davontragen würde. Kein Mensch ist in der Lage, so einen Vorgang zu überleben!«

Charming stand auf. Er stützte die Handflächen auf die Blätter, die vor ihm auf dem Tisch lagen.

»Sehe ich so aus, als interessiere mich das? Ich habe siebzehn Menschen an die Versuche geopfert. Jeder zusätzliche Tote bedeutet einen weiteren Schritt in Richtung Erfolg. Falls Sie also keine anderen Gründe haben, mich zu stören, sollten Sie über Folgendes nachdenken.« Charming machte eine Pause, ehe er laut genug fortfuhr, dass alle im Raum es trotz der stampfenden Maschine hören konnten. »Sie sind ersetzbar. Ich könnte jederzeit versuchen, das Verfahren an Ihnen auszuprobieren. Inzwischen wissen mein Partner und ich genug über den Extraktor, dass wir ihn allein bedienen können.«

Die Botschaft kam an. Charming sah es an dem hektischen Schlucken des Mannes.

Ehe er etwas erwidern konnte, hörten sie das unverkennbare Geräusch von Schritten aus dem Tunnel.

Charming runzelte die Stirn und tastete nach der Waffe, die er unter seiner Weste trug. Es gab nur eine Handvoll Leute, die diesen Ort kannten, trotzdem konnte er nicht vorsichtig genug sein. Falls auch nur irgendjemand von ihren Versuchen Wind bekommen hatte und sie aufgeflogen waren, könnten die Schritte zu einer Gruppe Polizisten gehören.

Entgegen Charmings Wünschen hatte Victor darauf bestanden, keine Schläger hier zu postieren. Zum einen, weil der Platz fehlte. Außer dem Labor mit dem Extraktor gab es nur einen kleinen Nebenraum, in dem die Probanden vorbereitet werden konnten. Zudem bedeutete jedes weitere Paar Augen ein Risiko.

In diesem Moment allerdings hätte Charming gerne ein oder zwei seiner Türsteher hier gewusst, um sicher sein zu können, im Falle eines Angriffs verteidigt zu werden.

Die Schritte stockten vor der Tür. Charming hielt den Atem an und umklammerte den Kolben seiner Waffe fester. Er richtete sie auf den Eingang und wartete mit klopfendem Herzen, wer da ohne Vorwarnung kam.

Als die Tür aufschwang und Silas sorglos eintrat, hätte Charming schreien mögen. Von allen Idioten, die er hatte einstellen können, mochte Silas der gefährlichste sein. Aber auch der Dümmste. Charming bezweifelte nicht, dass der Mann loyal zu ihm stand und ihn nicht verraten würde, andernfalls hätte er ihn nie zu diesem Ort geführt, da Victor solche Bedenken geäußert hatte. Silas kleiner Bruder dagegen, der hinter ihm auftauchte, war etwas ganz anderes. Ein Fluch lag Charming auf den Lippen, den er mühsam hinunterschluckte. Er zeigte nach außen hin nie, wie es um ihn stand. Das unterminierte seinen Status.

Er räusperte sich. »Haben die Herren den Verstand verloren? Eine Kugel im Kopf wäre das Mindeste, das ich Ihnen schulde, nachdem sie, ohne anzuklopfen, hier eingedrungen sind.« Er bewegte die Pistole, damit die Männer sie sehen konnten.

Ohne mit der Wimper zu zucken, hob Silas eine Hand und wies mit dem Daumen der einen hinter sich. Charming fiel auf, dass er den anderen Arm dicht am Körper hielt und jede überflüssige Bewegung damit vermied. Es polterte dumpf, als etwas zu Boden fiel. »Wenn Ihr feiner Freund uns angekündigt hätte, Mister Charming, Sir, wären wir nicht einfach reingekommen.« Landon ächzte und trat neben seinen Bruder. Mit dem Fuß stieß er gegen einen Gegenstand, den Charming als Bein erkannte. Als er dann noch Victor hinter den beiden Schlägern auftauchen sah, konnte er kaum noch etwas gegen das befreite Lachen unternehmen, das in ihm hochperlte. Sein Geliebter hielt Rosie im Arm, die die Hände vertrauensvoll in dessen Nacken verschränkt hatte.

»Gut, gut«, sagte Charming und wartete, bis Landon Guinns Bein wieder packte und ihn in das Nebenzimmer zerrte. »Bringt ihn in den Nebenraum, damit wir ihn vorbereiten können.«

Hinter den Männern trat Victor ein. Er setzte Rosie vorsichtig auf einem der Stühle ab. Sie sagte kein Wort, faltete nur die Hände und blieb mit gesenktem Kopf sitzen.

Ein weiterer Erfolg, den Charming für sich verbuchen konnte. Das Mädchen tat alles, was er von ihr verlangte. Er wandte sich an seinen Geliebten, der die Arme vor der Brust verschränkt hinter Silas und dessen Bruder hersah. Trotz allem wirkte er nicht sonderlich zufrieden.

Charming ging auf ihn zu und legte eine Hand auf seine Brust. Er beugte sich vor, um Victor einen Kuss auf die Lippen zu hauchen und um die kalte Haltung des Mannes zu erschüttern.

Anders als sonst wich dieser jedoch zurück. »Nicht jetzt.«

Fassungslos sah Charming ihn an, versuchte in seiner Miene zu lesen, warum er sich von ihm distanzierte. Aber außer einer gleichgültigen Maske konnte er nichts entdecken. Victor beobachtete nur stumm, wie die Männer Guinn auf den Tisch wuchteten und mit Lederbändern darauf festbanden. Trotzdem fühlte Charming einen Stich in der Brust und sah sich unauffällig nach den Labortechnikern um. Keiner von ihnen schien mitbekommen zu haben, was gerade vorgefallen war, dennoch nahm Charming sich vor, am Ende dieser Mission dafür zu sorgen, dass sie nichts ausplaudern konnten, was sie nicht sollten.

»So, fertig.« Silas kam zurück in den Hauptraum und baute sich vor Victor auf und streckte ihm die unverletzte Hand entgegen, die Handfläche nach oben. »Zahltag.«

»Natürlich.« Victor nickte und fasste in seine Weste.

Irritiert fragte sich Charming, was das sollte, denn sein Geliebter war ohne Geldkatze aufgebrochen, das wusste er, hatte Victor ihn doch gebeten, darauf aufzupassen.

Sekunden später ertönte ein Knall. Rosie schrie erschrocken auf, rührte sich aber ansonsten nicht. Die Labortechniker hielten in ihrer Arbeit inne, wagten jedoch keine andere Reaktion, als still dazustehen. Vermutlich hofften sie, nicht die Nächsten zu sein.

Silas Gesichtszüge entgleisten. Er presste die Hand gegen seine Brust und versuchte, das aus der Wunde sickernde Blut zu stoppen. Träge lief es unter dem Mantel am Bein entlang nach unten und sammelte sich dort zu einer Pfütze.

»Silas!«, schrie Landon und wollte seinem Bruder helfen, als dieser taumelte, doch ein zweiter Schuss hinderte ihn daran, mehr als einen Schritt zu tun. Er kippte nach hinten und landete mit einem ähnlichen Geräusch wie Guinn zuvor auf dem Boden. Victor hatte ihn direkt zwischen die Augen getroffen. Einen kurzen Moment später brach auch Silas in die Knie und fiel zur Seite um.

Victor hatte beide Männer getötet. Eiskalt und ohne mit Charming darüber zu sprechen. Der störte sich weniger am Verlust der Männer, die wertvolle Hilfe geleistet hatten, wenn es um Drecksarbeit ging. Es ging ihm nur gegen den Strich, dass sein Liebhaber plötzlich die Regeln änderte.

»Was soll das?«

Ruhig sah Victor ihn an. In seinen dunklen Augen lag etwas, das Charming mit Wahn gleichsetzen wollte. Gleichzeitig erschien das halbe Lächeln auf den Lippen des Mannes, den er liebte, und er konnte ihm nicht mehr wirklich böse sein. Selbst, als dieser die noch rauchende Waffe auf den Tisch legte und sich einfach wegdrehte. Für einen flüchtigen Augenblick streifte Charmings Blick Rosie und er fragte sich, wie sehr er sich von der Frau noch unterschied. Sie mochte mittels Drogen gefügig gemacht worden sein, seine Fessel war unsichtbar und hieß Zuneigung.

14. Kapitel

Niemand beachtete sie. Rosie saß zusammengesunken auf dem Stuhl und wartete ab. Sie wusste, sie hatte etwas Schlimmes getan, aber jedes Mal, wenn sie versuchte, diesen Gedanken zu fassen, zerfloss er einfach. So sehr sie sich auch das Hirn zermarterte, es wollte ihr einfach nicht gelingen, herauszufinden, warum um sie herum scheinbar alles zusammenbrach.

Da waren Schreie gewesen. Vertraute Stimmen. Fremde. Gemischt mit knallenden Schüssen. Sie hatte Blut gerochen und Angstschweiß. Jemand weinte. Aber ohne den Traumextraktor, der ihr die passenden Bilder dazu lieferte, konnte Rosie nicht die Einzelteile zusammensetzen. Es ergab alles keinen Sinn.

Weil sie nicht weiterkam, dachte sie an die Träume zurück, die wie Nebel durch ihren Geist waberten. Ebenfalls nicht greifbar und doch so vertraut. Wie dieser Duft, der sie seit gefühlten Stunden begleitete. Nach Mann und Metall. Als ob diese beiden Gerüche eine Kombination waren, die nur miteinander eine Bedeutung bekamen. Dabei wusste Rosie nicht, wieso sie so dachte.

Die lähmende Trägheit des Drogenrausches war längst vergangen. Schmerzen hatten ihr das Gift aus dem Körper getrieben und dafür gesorgt, dass sie alles tun würde, um nie wieder so leiden zu müssen. An Stelle des Rausches war die Erkenntnis getreten, das Charming ihr jederzeit wieder die Sinne rauben konnte, indem er ihr etwas injizierte, das sie abhängig machte. Ein schrecklicher Gedanke, der Rosies Handflächen feucht werden ließ.

Da sie nicht sicher sein konnte, dass niemand sie beobachtete, unterdrückte sie den Drang, die Hände an ihrer Kleidung abzuwischen, wenngleich ihr bewusst war, dass sie nicht allzu viel am Leib trug. Ein dünnes Hemd, vielleicht ein kurzes Kleid. Keine Schuhe.

»... ihn operieren«, drang eine vertraute Stimme an ihr Ohr.

Victor, Charlies Vertrauter. Erleichterung überkam sie. Sie mochte Victor. Er war stets gut zu ihr gewesen. Anders als Lester oder Charming. Er hatte ihr über die schlimmste Zeit bei dem Luden hinweggeholfen, nachdem Charlie erschienen war, hatte ihr zugehört, wenn sie von ihrem Leben erzählt hatte. Ihrer Kindheit, in denen ihre Eltern sie wie ein rohes Ei behandelt und ständig auf einen Bruder geschimpft hatten, den sie für Rosies Blindheit verantwortlich machten. Dabei hatte sie selbst nie mit ihrem Schicksal gehadert, sondern es so genommen, wie es nun einmal war. Ändern konnte sie es sowieso nicht.

Bis Vater diese Maschine entworfen hat. Die Bitterkeit hinter den Gedanken erschreckte Rosie. Sie hatte ihrem Vater nie vorgeworfen, sie verändern zu wollen. Die Maschine war sein Geschenk an sie gewesen, um ihr doch noch das Sehen zu ermöglichen. Aber nur dadurch war sie in die Fänge dieser Verbrecher geraten, die sie nun benutzten. Gäbe es Charlie und später Victor nicht, wäre sie längst in einen tiefen Abgrund gefallen, aus dem sie nicht mehr herauskam.

»Bist du dir sicher? Mein Liebster, wenn du scheiterst, verlieren wir unsere ...« Charles klang nervös, als wolle er mit allen Mitteln verhindern, dass Victor sein Vorhaben in die Tat umsetzte.

Rosie runzelte die Stirn. Lauschte. Irgendetwas entging ihr hier. Wovon sprachen die beiden? Ihr Gehör war zwar besser als das gewöhnlicher Menschen, weil sie es aufgrund eines nicht vorhandenen Sinns besser geschult hatte, aber das Stampfen der Maschine und die Entfernung, die zwischen ihr und den Männern lag, machten es schwer, alles zu verstehen.

»Ich weiß, was ich tue, Charles. Er ist der perfekte Kandidat für unser Vorhaben.« Stoff raschelte. »Dieser Mann wird unser Werkzeug sein, ebenso wie ...«

Ein Kreischen von Metall auf Metall verhinderte, das Rosie den Rest hörte. Jemand in der Nähe fluchte. Schritte wurden laut. Hektische Befehle flogen durch den Raum und mit einem Mal breitete sich Hitze in der Luft aus, die das Atmen erschwerte.

»Verdammt, was geht hier vor?« Der Sprecher stand so dicht neben Rosie, dass sie seine Präsenz fühlen konnte, obwohl er sie nicht berührte.

»Die Maschine, Sir! Ein Defekt der Mechanik.« Es folgten Begriffe und Anmerkungen über Zahnräder, Gewinde und allerlei anderem Zeug, das Rosie nicht verstand.

»Dann reparieren Sie den Schaden!« Eine Hand legte sich auf ihre Wange. Rosie spürte warmen Atem in Gesicht, als sich die Person vorbeugte. »Komm, meine Liebe, gehen wir nach nebenan. Der Dampf ist bestimmt nicht gesund.«

Rosie mochte nicht sehen, was Charlie meinte, aber die warme Feuchtigkeit, die ihre Haut benetzte, sagte selbst ihr, dass irgendwo Wasserdampf austreten musste.

Sie ließ zu, dass er ihr auf die Beine half und mehrere Schritte durch das Labor führte. Die Frage, wie Charlie plötzlich hierhergekommen sein mochte, spielte keine Rolle. Der Boden veränderte sich. Sie fühlte harten Stein, womöglich Fliesen unter den Füßen. Hier roch es nach Alkohol und ...

Rosie keuchte erschrocken auf, als sie den Duft nach Metall wahrnahm, der ihr die ganze Zeit über im Kopf herumgeschwirrt war. Deutlich und intensiv wie eine Blume am Morgen hing er in der Luft, füllte ihre Lungen.

Erinnerungen an einen Kuss kamen hoch. An warme Hände, die ihre Arme streichelten, ihr Gesicht umfassten. An zärtliche Worte, gemurmelt von einem Mann, den es nicht wirklich gab. Sein Name wollte ihr nicht einfallen, dabei kannte sie ihn. Sie wusste, dass er irgendwo in ihrem Unterbewusstsein schlummerte. Frustriert stöhnte Rosie auf.

»Was hast du, meine Liebe?« Charlie strich ihr über den Rücken. Sanft und doch so anders als es jene fremden Hände getan hatten, während sie ihren Körper erforschten.

Doch dieses Geheimnis würde Rosie nicht preisgeben. Ihre Träume gingen nur sie etwas an. Sie waren ihr Schutz vor der Wirklichkeit, den sie nicht einmal mit Charlie zu teilen wagte.

»Es ... ist nichts. Hier riecht es nur seltsam.« Da ihre Stimme in seiner Gegenwart nie kräftig klang, hoffte sie, dass er ihre Unruhe nicht bemerkte, die sich in einem Zittern der Tonlage ausdrückte.

Sie schien Glück zu haben, denn er tätschelte sie leicht. »Ja, aber das lässt sich leider nicht vermeiden. Es gibt hier keine Fenster, mein Schatz.« Er dirigierte sie durch den Raum. »Dort ist eine Liege. Ruh dich aus. Versuch zu schlafen. Wir haben es fast geschafft.«

»Was ist mit Charming?«

Sie spürte sein Zögern daran, wie er die Finger auf ihrem Rücken kurz verkrampfte. Noch immer verstand sie nicht, warum er jedes Mal zusammenzuckte, wenn sie den Namen ihres Entführers nannte. Fürchtete er den Mann etwa ebenso sehr wie sie?

»Zerbrich dir darüber nicht dein hübsches Köpfchen, mein Täubchen. Alles wird gut. Versprochen. Brauchst du etwas zum Einschlafen?«

Sie erstarrte. Er sprach nicht von einer Tasse Tee oder einer zusätzlichen Decke. Er bot ihr eines der Rauschmittel an, die ihren Geist lähmten und sie willfährig machten.

Sie schüttelte den Kopf.

Vielleicht glaubte Charlie, ihre Abhängigkeit zwänge sie weiterhin dazu, etwas zu nehmen. Aber dem war nicht so. Sie fühlte sich gut. Klar im Kopf und bereit, sich wieder dem Leben entgegenzustellen. Das Gift kreiste nicht länger durch ihre Venen. Dabei hatte ihr jemand geholfen. Jemand ... der nach Metall roch.

Endlich fielen die Teilchen an ihren Platz. Da war ein Mann gewesen, der sie vor Charming gerettet hatte, als der sie nackt durch den Schnee zerrte. Der Fremde hatte sie gehalten, getröstet. Ihre Tränen getrocknet, wenn die Schmerzen überhandnahmen. Mit Tüchern hatte er ihr Gesicht gekühlt und dabei immer wieder beruhigende Worte gemurmelt, die nur als Summen zu ihr durchgedrungen waren. Rosie fuhr sich über die bloßen Arme. Ihre Fingerspitzen entdeckten die verschorften Striemen. Ihr Retter hatte sie davon abgehalten, sich selbst zu verletzen. Er war nie laut geworden oder fordernd. Selbst, als sie ihn beschimpft und angegriffen hatte. Er war stets einfach nur da gewesen. Ein Fremder, der ihr inzwischen vertrauter schien, als Charlie es jemals hätte sein können. Allein seine Präsenz hatte genügt, sie zu beruhigen.

Und jetzt war er hier irgendwo. Rosie konnte ihn riechen, aber weder hören noch fühlen. Was hatten Charlie und Victor mit ihm gemacht? Hatten sie womöglich geglaubt, er habe ihr etwas angetan?

Gott bitte, er darf nicht tot sein!

Woher auch immer dieser Gedanke kam, es stimmte. Rosie wollte nicht, dass der Fremde womöglich ohne Grund gestorben war. So sollte seine Hilfsbereitschaft nicht vergolten werden. Sie wollte etwas sagen, Charlie bitten, ihr zu erklären, warum es hier nach ihrem Retter roch, aber sie schaffte es nicht. Ihre Zunge klebte am Gaumen und ein dicker Kloß in ihrer Kehle verhinderte, dass auch nur ein einzelnes Wort herauskam.

Charlie deutete ihr Schweigen offenbar als Erschöpfung. Er murmelte weiter, sie solle sich ausruhen und drückte sie schließlich auf eine weiche, durchgelegene Matratze. Es knarrte leise, als das Bettgestell gegen die Belastung protestierte.

Aus dem Labor tönte immer noch hektische Betriebsamkeit zu Rosie herüber, doch ohne Augenlicht, das ihr verriet, was dort vor sich ging, konnte sie nur raten. Stattdessen lehnte sie sich zurück, bis sie mit dem Rücken gegen eine Wand stieß, und zog die Beine an. Anschließend schlang sie die Arme darum und versuchte erneut, sich an die Dinge zu erinnern, die sich tief in ihr Unterbewusstsein vergraben hatten. Dass sie dabei den Duft ihres Retters ständig in der Nase hatte, half ein wenig, ihre wirren Gedanken zu ordnen, aber nicht dabei, die Bilder zu beschwören, die sie in ihren Träumen gesehen hatte.

Träume, in denen sie stärker gewesen war als jetzt. Weil sie sehen konnte. Ihre Finger fanden einen losen Faden ihres Kleides und zupften daran herum. Es half ihr, sich zu konzentrieren und sich einzugestehen, dass das fehlende Augenlicht nicht der Grund dafür war, weshalb sie in der Realität vor Angst zitterte.

Sie hörte, wie Charlie den Raum verließ und die Tür hinter sich zuzog, sodass das Stimmengewirr und die schrillen Geräusche, die die Maschine von sich gab, nur noch gedämpft an ihr Ohr drangen. Derweil marterte sie sich weiter selbst.

Es waren die Dinge, die Charming ihr in Aussicht gestellt hatte, wenn sie nicht tat, was er verlangte. Doch wann hatte sie den Mann überhaupt das letzte Mal getroffen? Hatten vielleicht Charlie und Victor ihn vertrieben? Doch weshalb hatte Charlie sie dann nicht freigelassen? Die Möglichkeit musste sie ebenso in Betracht ziehen, wie die Tatsache, dass sie sich irrte. Die Drogen und Schmeicheleien seitens Charlie hatten ihr geholfen, die Angst vor dem Luden in den Hintergrund zu drängen. Gleichzeitig war ihr rationales Denken eingeschränkt worden. Alles, worauf sie stets stolz gewesen war, hatte zu diesem Zeitpunkt jedwede Bedeutung verloren angesichts dessen, was Charming ihr angedroht hatte.

Ich habe eine Aufgabe für dich …

Rosie schüttelte sich, weil sie sich daran nicht erinnern wollte, wie er jedes seiner Worte mit gespielter Zärtlichkeit unterstrichen hatte. Sein warmer Atem in ihrem Haar, das sanfte Streicheln ihrer Wangen, dann die Schläge und Beschimpfungen. Nein, daran musste sie sich nicht erinnern. Stattdessen brachte sie das, was sie sicher wusste, in die richtige Reihenfolge.

Als Charming aufgetaucht war, hätte sie sich auch gegen ihn stellen können, aber ohne die Möglichkeit zur Flucht hatte sie den einfachen Weg gewählt, gestand sie sich schonungslos ein.

Weil ich im Grunde meines Herzens ein Feigling bin. Und jetzt büßt meinetwegen jemand für seine Freundlichkeit. Wenn ich mich doch nur an seinen Namen erinnern könnte!

Aber es wollte ihr einfach nicht einfallen.

Unterdessen hörte sie, wie Victor im Nachbarraum Anweisungen gab und ganz in der Nähe jemand leise stöhnte.

Rosies Herzschlag beschleunigte sich. Sie schob sich vom Bett und stand auf. Mit vorsichtigen Schritten, die Arme ausgestreckt, um

Hindernisse rechtzeitig zu erkennen, bewegte sie sich langsam vorwärts. Es war dumm, ohne Anhaltspunkte in einen unbekannten Raum zu gehen, aber welche Wahl hatte sie schon, wenn sie herausfinden wollte, ob der schwache Laut von ihrem Retter kam, von dem sie bis vor einer Minute noch geglaubt hatte, er sei womöglich tot.

Unvermittelt stieß sie mit den Fingern gegen etwas Kaltes. Es dauerte einen Augenblick, bis sie begriff, dass es sich um Metall oder dergleichen handeln musste. Eine Kante, die in eine längliche Fläche überging, die Rosie als einen Tisch identifizierte. Sie tastete über die kühle Oberfläche, bis sie Stoff berührte. Nach einem Moment erkannte sie, dass es ein Kleidungsstück sein musste, ein Bein, das in Hosen steckte. Sie schob die Hand nach oben, folgte dem Verlauf des Tisches, bis sie sich verhedderte. Ihre Hand war unter ein Hemd gerutscht und berührte nun warme Haut.

Erleichtert atmete Rosie auf. Wenigstens hatte sie sich in dieser Hinsicht nicht geirrt. Der Mann lebte!

Sie setzte ihre Erkundung fort, diesmal auf der richtigen Hemdseite, und erreichte einen kräftigen Hals. Als sie schließlich das Gesicht des Mannes berührte, sein kantiges Kinn, die festen Lippen, die Jochbeine und Wölbungen der Brauen mit den Fingern las, glomm Erkennen in ihr auf.

»Du bist es«, wisperte sie und Tränen traten ihr in die Augen. Endlich war alles wieder da.

Er war der Mann aus ihrem Traum. Guinn, so hatte er sich genannt. Er hatte sie gehalten und fast geliebt, ehe sie so rüde unterbrochen worden waren.

Ihretwegen.

In schneller Folge strömten die Bilder auf sie ein. Wie sie seine Abwesenheit ausnutzte, den Anhänger aktivierte, der Charmings Leute zu dem Versteck führte. Ebenso wie sie es benutzt hatte, nachdem der Mann sie von dort weggebracht hatte, immer in dem Glauben, sie vor den Männern beschützen zu müssen, die sie verfolgten.

Dabei war es nur um ihn gegangen. Die ganze Zeit über.

»Es tut mir so leid, Guinn. So unendlich leid.«

Sie beugte sich über ihn, so gut es ging und legte den Kopf auf seine Brust. Das stetige Klopfen seines Herzens fehlte. Es müsste da sein, wenn er noch lebte. Sie hatte ihn atmen gehört, also konnte sie sich nicht irren. Doch da war nichts. Nur ein leises Klacken und Zischen, das genauso gut von der Maschine aus dem Nachbarraum hätte kommen können.

Von Angst getrieben riss Rosie sein Hemd auf. Sie hörte, wie Knöpfe absprangen und auf den Boden fielen. In diesem Moment war es ihr gleich, ob Charming, Charlie, Lester oder Victor sie so sahen. Sie musste herausfinden, wie sie Guinn helfen konnte.

Vielleicht lag er ja im Sterben. Emma hatte einst erzählt, wie sie einem Mann das Leben rettete, indem sie auf dessen Brustkorb drückte. Rosie hatte auch einen flüchtigen Blick darauf während eines Traumgangs erhalten. Aber wie es funktionierte, wusste sie dennoch nicht. Trotzdem musste sie es versuchen.

Obwohl ihre Finger zitterten, legte Rosie eine Hand in Höhe des Nabels auf Guinns Bauch. Dann folgte sie der Linie seines Brusthaares, von der sie genau wusste, dass sie nach oben in zwei Richtungen verlief. Obwohl sie die Rippenbögen spürte, hielt sie inne. Die Haut fühlte sich seltsam an. Nicht so weich wie der Rest seines Körpers, gleichzeitig aber deutlich wärmer.

Von irgendwoher drang kühle Luft zu ihr, aber sie schob es beiseite, es gab Wichtigeres zu tun.

Weil sie nicht wusste, wie viel Zeit ihr blieb, stellte Rosie das Denken ein und handelte einfach. Sie presste die Hand flach auf die Stelle, legte die andere Hand darüber und drückte. Weil der Oberkörper nicht nachgab, setzte sie mehr Kraft ein.

Es knackte und ließ sie erstarren. Unter ihren Händen hatte sich etwas bewegt. Ob sie Guinn die Rippen gebrochen hatte? Sie drückte erneut, vorsichtiger diesmal.

Die Wärme nahm zu, und als Rosie jetzt mit beiden Händen über die Haut fuhr, bemerkte sie, dass sich ein Spalt geöffnet hatte. Mit angehaltenem Atem fuhr Rosie mit den Fingern hinein.

»Was zum ...?« Sie ertastete einen kleinen Haken und löste ihn.

Hitze und die seltsamen Geräusche wurden lauter. Vorsichtig hob sie das, was sie für Guinns Brust gehalten hatte an. Ihre Finger erspürten eine Tür. Vielleicht zehn mal zehn Zentimeter im Durchmesser. Als Rosie herausfinden wollte, was sich dahinter befand, verbrannte sie sich fast. Erschrocken zuckte sie zurück. Das konnte doch nicht wahr sein. Guinn war kein Mensch!

Das herauszufinden, erschütterte Rosie so sehr, dass sie dem leichten Schaben, das sie hörte, keine Beachtung schenkte. Sie wusste nicht mehr, was sie denken sollte. Guinn war der Einzige, der sich ihr gegenüber in jüngster Zeit menschlich verhalten hatte, aber er war ganz ... anders.

»Ah, sieh einer an, Charles, es hat den Anschein, als habe unser

Püppchen den Mechanismus gefunden, der den Brustkorb öffnet. Sehr gut! Dann können wir ja mit der Operation beginnen.«

Rosie erstarrte. Sie hob den Kopf und wandte ihr Gesicht in die Richtung, aus der Victors Stimme kam. Sie hatte ihn nicht hereinkommen gehört, wohl aber den Luftzug gespürt und als unwichtig abgetan. Ein Fehler, wie sie jetzt erkannte. Denn offenbar war es Victor nicht gelungen, Guinns Brustkorb zu öffnen. Ihr dagegen schon.

»Nein«, flüsterte sie und wollte sich schützend über Guinn werfen, doch harte Hände fassten sie von hinten und rissen sie von dem Tisch fort.

»Oh doch, meine Süße. Du hast uns sehr geholfen. Es hätte sicher einige Zeit gedauert, ihn aufzumachen, ohne ihn zu beschädigen. Danke sehr.« Charmings kalte Stimme kroch wie tausend kleine Insekten über ihre Haut.

Rosie wehrte sich und rief nach Charlie. Da hörte sie ein hartes Lachen.

»Jetzt sag es ihr endlich, Charles. Sag ihr, wer du wirklich bist!«

Entsetzt schnappte sie nach Luft. Ihre Gegenwehr fiel in sich zusammen. »Nein.«

Nein, nein, nein! Charles und Charming konnten nicht dieselbe Person sein! Das hätte sie gemerkt. So dumm war sie doch nicht. Sie hätte es gespürt, sie ... hatte unter Drogen gestanden. Sie konnte Wahrheit und Lüge nicht mehr unterscheiden. Wie hätte sie da die Stimmen, die je nach Tonfall unterschiedlich klangen, voneinander trennen sollen?

»Das wird wohl nicht nötig sein, Victor. Siehst du? Sie begreift es gerade.« Charming hauchte ihr ins Ohr bei den Worten, und Ekel wallte in Rosie auf.

Sie würgte. Das alles war ihre Schuld. Sie hatte Guinn verraten, ihn in die Falle gelockt und jetzt würde er ihretwegen sterben. Weil sie so naiv war, darauf zu vertrauen, dass Charlie es gut mit ihr meinte. Dass er ein Freund sei.

Tränen tropften von ihrem Kinn und sammelte sich am Brustsaum ihres Kleides. Rosie fühlte die Feuchtigkeit des Stoffes durch die langsam einsetzende Taubheit.

Schuld. Du bist schuld. Schuld. Schuld. Schuld!

Jetzt wusste sie wenigstens, warum sie stets allein war. Weshalb am Ende alle fortgingen. Selbst Tom, dem sie nach Emma am meisten vertraute, hatte sie nicht einmal gesucht.

»Nicht doch, Rosie-Schatz, du musst nicht weinen. Alles wird gut.«

»Lügner!« Sie versuchte noch einmal, sich loszureißen, aber nur halbherzig. Wohin hätte sie auch rennen sollen? Sie kannte den Weg nach draußen nicht einmal.

Charlie – nein, Charming – sie musste sich daran gewöhnen, dass es keine zwei Personen waren, lachte leise. Beinah zärtlich presste er die Nase in ihr Haar und strich mit den Händen über ihre Seiten. Jetzt konnte sich Rosie sogar vorstellen, was es hieß, von diesem Mann unterworfen zu werden. Wie sich die Frauen gefühlt haben mussten, die von ihm zur Prostitution gezwungen wurden.

»Weißt du, Rosie, ohne den guten Seamus hier, bist du wertlos. Das alles hier, war nötig, um ihn zu bekommen. Und weil du ein braves Mädchen bist, hast du ihn uns gebracht. Du musst dir keine Sorgen mehr machen, jetzt kümmern wir uns um den Rest.«

Das konnte sie sich lebhaft vorstellen. Sie wollten ihn umbringen. Das, was ihn so besonders machte, vernichten. Victor hatte etwas von einer Operation gesagt.

»Bitte«, flehte Rosie. »Tut ihm nicht weh. Er ist ein guter Mann.«

»Oh, das ist er, Liebes«, stimmte Charming zu. »Als wir diesen Ort hier fanden und Victor meinte, wir brauchen ihn, damit unser Plan perfekt wird, habe ich es mit einem Angebot versucht. Aber Seamus ist ein zu ehrenhafter Mann, um mit mir zu arbeiten. Ich habe seinen Gesichtsausdruck gesehen, als er dich in meinem Arbeitszimmer entdeckt hat. Er hatte Mitleid. Und genau darauf haben wir gebaut.«

Oh Gott, Charming hatte das die ganze Zeit über geplant? »Du konntest doch gar nicht wissen, dass Gull mich dir ausliefern würde!«

»Stimmt. Der ursprüngliche Plan sah ja auch etwas anderes vor. Aber du musst nicht alles wissen. Setz dich wieder hin und sei still, damit wir unsere Arbeit machen können.« Er schob sie zu dem Bett. Als sich die Kante in Rosies Kniekehlen bohrte und sie versuchte, das Gleichgewicht zu halten, um nicht auf die Matratze zu fallen, umfasste Charming ihr Kinn. Der Griff war schmerzhaft hart, weil er ihren Kopf nach oben riss.

»Entweder, du fügst dich, oder ich gebe dir eine Spritze. Du hast die Wahl.«

»Was soll das, Charles? Sie wird uns nur stören. Gib ihr gleich eine Spritze, dann hält sie wenigstens Ruhe!«

Charming seufzte. »Vermutlich hast du recht, mein Lieber.«

Er stieß sie gegen die Brust, sodass Rosie nach hinten fiel. Ehe sie wieder aufspringen konnte, kniete Charming über ihr. Mit seinem

Körpergewicht presste er Rosie in die Matratze. Sie schrie und schlug um sich, aber Charming war viel zu stark. Er presste ihr einen Arm auf den Hals, sodass Rosie keine Luft bekam. Sie ächzte, krallte ihre Finger in seinen Arm, doch der Stoff seines Anzugs schützte ihn.

Im nächsten Augenblick fühlte sie, wie jemand ihren Arm packte und nach vorn riss. Dann folgten der kurze Schmerz des Einstichs und die Kälte, als das Gift durch ihre Venen drang.

»Nein, Charlie, bitte. Bitte nicht! Bitte, hör auf, hör auf, hör ... auf!«

»Weißt du was, liebste Rosie. Ich *hasse* es wirklich, wenn du mich Charlie nennst!«

Ihr Körper reagierte schneller auf das Mittel, als die Male zuvor. Rosie fühlte, wie sie träge wurde, wie ihre Zunge erlahmte. Ebenso wie das bisschen Rest an Widerstand, das sie besaß. Kurz bevor ihr Bewusstsein sich in die süßen Nebel des Vergessens flüchtete, galten ihre letzten Gedanken Guinn.

Sie betete zu Gott, dass er überlebte, was immer auch Charming und Victor mir ihm vorhaben sollten.

Nicht schon wieder, war Guinns erster Gedanke, als er erwachte und seinen alten Freund den Trommler begrüßte, der es sich diesmal zur Aufgabe gemacht zu haben schien, ihn noch mehr zu quälen, als beim letzten Mal. Sein zweiter Gedanke galt dem schweren Duft nach Alkohol und dem Süßlichen in der Luft.

Verdammt, nein!

Guinn versuchte, sich aufzusetzen, doch es gelang ihm nicht. Er öffnete die Augen, um herauszufinden, weswegen er sich nicht bewegen konnte und erstarrte vor Entsetzen. Die Adern an seinem Hals spannten sich, während er den Kopf hob, so gut es ging, das Kinn gegen das Brustbein presste und an sich entlangblickte. Lederbänder waren um seine Hand- und Fußgelenke, seinen Bauch, Brustkorb und um seinen Hals geschlungen. Jemand wollte sichergehen, dass es ihm auf keinen Fall gelang, zu entkommen.

Eisige Hände strichen über Guinns bloße Haut. Der Zugang zu seiner Mechanik stand weit offen. Auch ohne hineinzusehen, wusste Guinn, dass die Kohle darin fast komplett heruntergebrannt war. Doch das war es nicht, was ihn so erschreckte. Niemand außer ihm wusste, wie man die kleine Tür öffnete. Es bedurfte eines bestimmten

Drucks an einer speziellen Stelle, und dann war da noch der Haken, von dem nur noch Guinn und Corson-Smythe wussten. Wer auch immer diese Hürden genommen hatte, wollte sicher nicht nur nachsehen, was sich in Guinns Innerem befand.

Er sah sich hektisch um. Wollte wissen, wer ihn da auf einen Tisch gefesselt hatte, als er zwei Männer erkannte.

Sie trugen weiße Kittel, Hauben über den Köpfen, die ihr Haar verbargen und Masken vor den Gesichtern.

»Willkommen zurück, Seamus«, sagte einer der Männer durch den Mundschutz gedämpft. Dennoch erkannte Guinn Charming an der typisch einschmeichelnden Art des Tonfalls.

Guinn wollte etwas sagen, doch noch gehorchte sein Mund nicht seinem Verstand. Es bedurfte mehrerer Anläufe, ehe er hervorpressen konnte: »Charming, du Schwein. Ist das deine Art, alte Freunde zu begrüßen?«

Charming kicherte fast wie ein junges Mädchen. »Aber, aber, mein Lieber! Seit wann sind wir Freunde?« Harte, kalte Augen sahen Guinn über den Rand des Mundschutzes an. »Ich hatte dir angeboten, freiwillig mit mir zu arbeiten. Tja, und weil du nicht gekommen bist ...«

»Wenn ich hier loskomme, solltest du dich auf dem nächsten Schiff nach Afrika befinden, Arschloch, sonst ...«

»Ganz ruhig, Mister McGuinney, Sie werden nichts dergleichen tun. Sie werden jetzt erst einmal schlafen.« Eine Maske mit dem ekligsüßlichen Geruch nach Äther wurde auf Guinns Gesicht gedrückt.

Verzweifelt wehrte er sich, bewegte den Kopf hin und her, doch der Mann presste die Maske einfach fester. Zudem verhinderte das Band um Guinns Hals, dass er sich dem Zugriff entziehen konnte.

Sämtliche Fluchtinstinkte in ihm schrien auf, wollten aufbegehren, kämpfen, töten. Doch es gab nichts, was er tun konnte. Je mehr er sich wehrte, desto tiefer atmete er das Gemisch ein, das ihn betäuben sollte. Doch es würde nicht helfen. Nicht, nachdem Gull seine Lunge gegen die Apparatur ausgetauscht hatte. Damals bei der Operation hatte es schon lange gedauert, ehe die Narkose gewirkt hatte, weil Guinn über eine seltene Form von Widerstand gegen die Betäubung verfügte. Daran hatte sich bis heute auch nichts geändert.

Trotzdem mussten Charming und sein Freund annehmen, er schliefe, als er seine Lider flatternd schloss. Sein Verstand mochte träge geworden sein, aber nicht so sehr, dass er nicht mitbekam, wenn an ihm operiert wurde.

Guinns schlimmster Albtraum wurde wahr. Erneut musste er miterleben, wie ein Arzt die Hände in seinen Brustkorb steckte.

»Das ist es, mein Liebster«, flüsterte Charmings Freund. »William Gulls Meisterwerk. Ich war dabei, weißt du? Als dieser Mann, den man zum Tode verurteilt hatte, geholt und operiert wurde. Ich habe mich in den Raum geschlichen, weil ich sehen wollte, was vor sich ging. Weshalb Großmutter so ein großes Interesse am Erfolg dieser Operation hatte. Süße neunzehn Jahre war ich damals.«

»Das hast du mir nie erzählt, Victor.« Charming hörte sich fast ehrfürchtig an.

»Weil es nicht wichtig war. Es wird Stunden dauern, dieses Artefakt aus seiner Brust zu entfernen. Damals mag es für Gull seinen Zweck erfüllt haben. Heute ist ein auf Dampf basierender Antrieb ... ineffizient.«

Guinn warf sich gegen die Fesseln. Er ballte die Fäuste, bis seine Muskeln zu bersten drohten. Vergeblich. Er konnte sich nicht rühren. Nicht einmal die Augen öffnen.

»Victor, er ist noch wach!«

»Na und? Er wird keine Schmerzen fühlen. Das, was ich ihm aus dem Brustkorb hole, besitzt keine Nerven. Er ist eine Maschine. Und jetzt lass uns beginnen.«

15 Kapitel

Als Guinn die Augen aufschlug und er sich auf dem Dach eines Hauses wiederfand, hätte er vor Frustration und Wut beinah laut aufgeschrien. Er kannte diese Szene, hatte sie selbst erlebt. Vor Kurzem. An jenem Tag, als er Rosie gerettet hatte. Und es war mit Sicherheit das Letzte, woran er in diesem Moment erinnert werden wollte.

Verfluchte Traumgänger! Verfluchtes Medium. Guinn wünschte, er wäre ihr nie begegnet, hätte nie sein Herz für das scheinbar unschuldige Ding entdeckt, dass ihn so dermaßen verraten hatte, dass er dafür keine Worte kannte.

Wie am Tag der Rettung lag die Straße ruhig und scheinbar verlassen vor ihm. Die Gaslampen vertrieben die Schatten der Nacht so gut sie konnten und spendeten diffuses Licht, das Guinns Augen mühelos durchdrangen. Er nahm jedes Detail wahr, so, wie er es an jenem Tag erlebt hatte, was ihm sagte, dass Rosie in seinen Erinnerungen herumpfuschte, denn sie konnte nicht wissen, wie der Platz vor Charmings Bordell aussah. Das Einzige, das sie nicht gespielt hatte, war ihre Blindheit.

Guinn fluchte derb und sah zur Seite. Whiting war ebenfalls dort, doch nur als Schattenwesen ohne Gesicht, das sich nicht rührte. Seltsam. In der Realität hatten sie sich unterhalten und den Polizisten bemerkt, der die Prügelei ausgelöst hatte. Doch auch Schläger, die sich von mehreren Seiten her formiert und angegriffen hatten sowie die Schutztruppen blieben aus. Da waren nur sich windende Gestalten, deren Umrisse auf Menschen schließen ließen.

Plötzlich wurde der Hinterhof in helles Licht getaucht.

Guinn verzog die Lippen zu einem grausamen Lächeln. Eine bessere Einladung hätte man ihm nicht aussprechen können. Wie am Tag der Rettung sprang er zu Boden, ohne diesmal Whiting mitzunehmen und lief durch die menschlichen Schatten, die wie Nebelschwaden auseinandertrieben. Offenbar wollte Rosie nicht, dass er sich zu lange mit ihnen aufhielt. Guinn tat ihr den Gefallen. Er rannte geradewegs auf das Bordell zu. Wie für solche Häuser üblich war die Tür in Rot gestrichen und nur angelehnt.

Guinn kannte den Grundriss des Gebäudes, war oft genug dort ein- und ausgegangen. Sei es, um Vergnügen zu suchen oder mit

Charming Geschäfte zu machen. Daher wusste er, dass hinter der Tür nach wenigen Schritten ein Vorhang hing. Dahinter führte eine Treppe zur Rechten nach oben in den ersten Stock, wo die Frauen ihre Freier bedienten. Links hinter der Tür hatte es einst einen in der Wand versenkten Schrank gegeben, den Charming hatte ausbauen lassen. Jetzt stand darin ein Stuhl, auf dem für gewöhnlich ein Schläger saß und dafür sorgte, dass kein Unbefugter das Etablissement betrat. Ein weiterer Mann würde am Fuß der Treppe hocken, die Aufmerksamkeit eines Hereinkommenden auf sich ziehen und damit für einen Überraschungsmoment sorgen, den selbst jemand, der diese Taktik kannte, überrumpeln konnte. Es sei denn, derjenige kam von vorneherein mit der Absicht, beide Männer auszuschalten.

Geradeaus ging es hinter einem weiteren schweren Vorhang aus dunkelblauem Brokat in den Empfangsraum, in dem die Männer sich ihre Bettpartnerin aussuchen konnten. Auch dort konnten sich Schergen verstecken.

Mit zusammengebissenen Zähnen drückte Guinn die Tür auf. Es quietschte leise in den Angeln. Niemand hielt ihn auf, als er leise eintrat. Bevor er die ersten Stoffbahnen auseinanderschob, lauschte er auf verdächtige Geräusche, konnte jedoch nichts ausmachen. Das musste allerdings nichts bedeuten. Dies war ein Traum. Rosie konnte ihm mit Fallen aufwarten, an die er nicht einmal dachte. Andererseits hatte sie ihn hierher gelockt. Es ergab nicht viel Sinn, wenn sie es nur tat, um ihm zu schaden. Das taten ihre Freunde in der Realität bereits.

Der Gedanke an Charming und den Mann mit der Operationskleidung ließ Guinn erschauern, aber er wollte sich nicht in seiner Angst verlieren. Dazu blieb ihm genug Gelegenheit, wenn er wieder wach war. Jetzt musste er herausfinden, was das alles sollte.

Er schritt durch den Vorhang und duckte sich. Dadurch entging er haarscharf einem Schlag, der für sein Gesicht gedacht gewesen war. Mit einer halben Drehung hämmerte Guinn dem Mann zu seiner Linken eine Faust ins konturlose Gesicht, sodass der Kerl zusammensackte, ehe Guinn sich seinem Kumpanen auf der Treppe zuwandte, der ihn mit einem Aufschrei von hinten ansprang.

Guinn fing ihn in der Luft ab und schleuderte ihn gegen die Wand über dem Treppenabsatz. Es knackte hässlich, als der Mann dagegen prallte. Mit einem Ächzen entwich die Luft aus dessen Lungen und der Kerl blieb regungslos auf den Stufen liegen.

Ein kurzer Rundumblick genügte, um sich zu versichern, dass es keine weiteren Überraschungen im Flur gab.

Guinn verzog das Gesicht. So viel zum Thema, Rosie hatte kein Interesse daran, ihm hier zu schaden.

»Pech für dich, Miststück!«, grummelte er und ging weiter. Er lauschte, hörte das Atmen und Flüstern mehrere Personen über das Rauschen seines eigenen Herzschlags hinweg. Ob er sich jemals daran gewöhnte, in dieser Welt normal zu sein? Es war schon lachhaft, wie Rosie ihm zwar seine Stärke ließ, ihm gleichzeitig aber das Menschliche zurückgegeben hatte. Er schnaubte. Bald schon würde sie erfahren, dass er in keinster Weise dem entsprach, wofür sie ihn hielt. Er hatte ihr vertraut und sie hatte ihn ausgenutzt. Daher nahm er sich nicht länger zurück.

Weil er nicht wusste, was ihn im Empfangsraum erwartete, machte sich Guinn bereit, jeden niederzuschlagen, der ihm dumm kam. Allerdings bestand die Möglichkeit, dass dort nur die Frauen saßen, die ihre Dienste anboten. Von denen wollte er keine verletzen. Sie konnten schließlich nichts dafür, dass sie ausgerechnet für diesen Mistkerl Charming arbeiten mussten.

Halt, das ist ein Traum. Keine von ihnen ist real. Sie sind nur Bilder deines Unterbewusstseins. Hervorgerissen von einer miesen Schlampe, die seine Gedanken gegen ihn einsetzte.

Der blaue Vorhang bewegte sich leicht und verriet, dass jemand dahinter lauerte. Wohl wissend, dass der Stoff den Aufprall dämpfen würde, donnerte Guinn seine Faust dagegen. Im nächsten Augenblick rutschte eine Hand unter dem Vorhang hindurch. Männlich, ganz eindeutig.

Es war immer unklug, in einen Raum zu stürmen, ohne Rückendeckung zu haben oder zu wissen, was einen erwartete, immerhin konnte sich hinter der fragilen Barriere ein Schütze mit Handfeuerwaffe befinden. Und nach allem, was er von Roya gelernt hatte, konnte auch im Traum jede Verletzung einen tödlichen Ausgang nehmen.

Trotzdem warf sich Guinn mit einem Knurren vorwärts, rannte mit nach vorn gewölbten Schultern durch die beiden Stoffbahnen und sprang. Er rollte über die Schulter ab, fühlte etwas Weiches unter sich, das sich nicht rührte und hoffte, es war ein Kissen. Den Schwung mitnehmend kam er wieder auf die Beine, wirbelte herum und fand sich einer Mündung gegenüber.

Finger in Netzhandschuhen spannten den Hahn einer silbernen Pistole.

»Tz, tz, tz. Bis hier hin und nicht weiter, mein Hübscher.«

Verdammt, er hatte es doch gewusst. Eine Falle. Wie alles was

Rosie in ihrem hübschen kleinen Kopf erdachte. Guinn kniff die Lider zusammen und musterte die Person vor sich.

Ihr Gesicht war fast weiß geschminkt, lediglich große blaue Streifen auf den Lidern und der kirschrot gefärbte Mund brachten etwas Farbe auf ihre Züge. Die Frau näselte, während sie sprach, was sich wohl auf die schiefe Nase zurückführen ließ. Ihr schwarzes Haar hatte sie in kunstvolle Wellen gelegt und mit Spangen dicht am Kopf befestigt. Ihr Aufzug, durchsichtige Pluderhosen unter einem netzartigen Hemd überließ nichts der Fantasie. Warum auch immer Guinn sie deutlich sehen konnte, er wusste, wer sie war: Charmings Puffmutter, die dafür sorgte, dass die Mädchen auf Kurs blieben, wenn ein Freier allzu grob geworden war, und die die Bezahlung kassierte, ehe eines ihrer Täubchen die Beine spreizte. Ihren Namen hatte er vergessen, nicht jedoch den verschlagenen Gesichtsausdruck und die Kälte im Blick, die bewies, dass sie mit allen Wassern gewaschen war.

Guinn richtete sich auf und versuchte gleichzeitig zu erkennen, ob die Hure vor ihm das einzige Hindernis darstellte.

Der Raum war mit Kissen und niedrigen Tischen ausgestattet und sollte zum Verweilen einladen. Edle Lüster an den Wänden sowie feine Gemälde vermittelten ein Ambiente der gehobenen Klasse. Doch wo sonst Ordnung herrschte, regierte nun das Chaos. Flaschen lagen auf dem Boden und Flüssigkeit sickerte heraus. Einzelteile von Stühlen, die an einer langen Theke aufgestellt gewesen sein sollten, befanden sich überall verteilt. Dicke Teppiche schluckten jeden Schritt und auf den wenigen noch heilen strategisch verteilten kleinen Tischen gab es Flaschen mit allerlei Spirituosen, die ein Vermögen kosteten, und nur von den Frauen ausgeschenkt werden durften. Ganz am Ende des Raumes gab es ein kleines Podest, auf dem eine blaue Chaiselongue stand. Charmings Thron, auf dem er sich von leicht bekleideten Mädchen verwöhnen ließ, während er das Geschehen überwachte. Jetzt allerdings war der Platz leer.

Guinn entdeckte ein paar weibliche Gestalten, die sich eng aneinander kauerten. Eine von ihnen weinte leise und biss sich auf die Fingerknöchel, damit kein Laut aus ihrem Mund drang.

Es gab keine Freier im Zimmer, was ungewöhnlich genug war, aber dann erkannte Guinn die Schatten, die sich unter Tischen und hinter den Frauen zusammenkauerten. Also sorgte Rosie dafür, dass er die Männer nicht sah. Egal, sie waren unwichtige Feiglinge.

Die Hure vor ihm machte eine leichte Bewegung mit der Pistole und lenkte dadurch Guinns Aufmerksamkeit zurück auf sie.

»Wie heißt du?« Er bemühte sich um ein charmantes Lächeln, wobei er nicht einmal wusste, ob er damit nicht Perlen vor die Säue warf. Das war immer noch ein verdammter Traum. Guinn kannte dessen Regeln nicht. Die wenigen Dinge, die er im Laufe der Zeit von Roya gelernt hatte, schienen hier nicht zuzutreffen. Weil Rosie anders war.

Vielleicht auch, weil er anders war.

»Geht dich nichts an, Süßer. Du bist nicht hier, um ein Stündchen mit mir oder meinen Mädchen zu verbringen.«

»In der Tat.« Guinns Gedanken rasten. Es musste ihm gelingen, die Frau abzulenken. Sie war die Einzige, die zwischen ihm und seinem Ziel, einem weiteren Vorhang in seinem Rücken stand. Dort vermutete er Rosie, warum sonst hätte sie ihn herlocken sollen? »Aber das hier muss nicht blutig enden.«

Ein Mundwinkel der Frau zuckte. »Wird es für mich auch nicht.«

Verdammt, sie war viel zu selbstsicher. Sie würde sich nicht leicht aus der Fassung bringen lassen. Weder derbe Sprüche, Flüche oder Beleidigungen konnten ihr etwas anhaben. Sie würden abprallen wie Regentropfen von einer frisch polierten Hooverdroschke. Und einer wie ihr zu schmeicheln, brachte in der Regel ebenfalls nichts. Ihresgleichen erkannte jede mögliche und unmögliche Lüge oder roch sie meilenweit gegen den Wind – sogar im Traum.

»Ich bin nicht hier, um Ärger zu machen«, brachte Guinn schließlich hervor und sah seiner Gegnerin fest in die Augen. Überrascht stellte er fest, dass sie unterschiedliche Farben hatten. Das eine war blau, das andere braun.

»Um überhaupt hierher zu gelangen, musstest du an Männern vorbei, die dafür sorgen sollten, dass uns Mädchen nichts passiert. Ich meine daher, du hast bereits Ärger gemacht. Und jetzt da rüber.« Sie wedelte mit der Waffe zu Charmings Platz.

Als Guinn nicht reagierte, versuchte sie mit der Bewegung ihres Kinns ihrer Aufforderung Nachdruck zu verleihen.

Diesen Moment nutzte er.

Mit der Handkante schlug er die Waffe aus ihrer Hand. Sie flog in die Luft, gleichzeitig löste sich ein Schuss, und die Kugel schlug unweit der anderen Frauen in die Wand ein. Zitternd kauerten sie sich enger aneinander. Einige weinten, die meisten jedoch blickten stoisch gerade aus. Die weißgesichtige Hure stieß einen erstickten Schrei aus, krümmte die Finger, um Guinns Gesicht zu zerkratzen, doch er packte bereits ihre Arme und drehte sie hinter ihren Rücken.

Schwer atmend standen sie so einen Augenblick da, starrten einander in die Augen. Dann sanken die Schultern der Frau nach unten. Sämtliche Spannung verließ ihren Körper. »Bitte, mach mit mir, was du willst, aber meine Mädchen können für all das nichts.« Sie schluckte trocken, ein Flehen im Blick, das Guinn durch und durch ging.

Verdammt. So etwas hatte er nie erlebt, warum träumte er diesen Unsinn?

Schon wollte er nachgeben und die Frau loslassen, da entdeckte er das freche Funkeln in ihren Augen. Beinah wäre er darauf hereingefallen. Wenn jemand das Schauspiel perfekt beherrschte, dann eine Meisterin der horizontalen Zunft.

Guinn verstärkte seinen Griff und bemerkte überrascht, dass die Frau nicht einmal zusammenzuckte. Empfand sie keinen Schmerz?

Traumwelt. Wann lernte er es endlich?

»Wenn deine Schäfchen ruhig sind, geschieht ihnen nichts. Verstanden?«

Sie nickte.

»Sehr gut. Dann sag mir, ist Charming noch hier?« Guinn wusste, dass dies ein Traum war, aber wusste nicht, ob sich hier alles so verhielt wie in der Realität. Bei Frederic Leighton war es so gewesen. Aber bei dem Luden konnte er sich nicht sicher sein. Befand er sich bereits auf der Flucht? Hatte er Rosie mit sich genommen? Er glaubte es nicht, andernfalls hätte sie ihn nicht ins Gebäude gelockt.

»Nein.« Die Antwort kam schnell.

Zu schnell für Guinns Geschmack, der missbilligend mit der Zunge schnalzte. »Zweiter Versuch.«

Ein Beben lief durch ihren Körper. »Er wird mich umbringen.«

»Das kannst du auch von mir haben!«, log er. Er tötete keine Frauen. Zumindest keine die sehen konnten und nur ihr Leben verteidigten, bei Rosie würde das verdammt nochmal anders aussehen. Die Frau vor ihm musste das allerdings nicht wissen. Sollte sie ruhig denken, er sei ein brutaler Mistkerl. »Rede, Weib, oder ich zeige dir, wozu ich wirklich fähig bin. Danach erkennt dich keiner deiner Freier mehr wieder und selbst die lächerliche Schminke in deinem Gesicht wird dir nicht mehr dabei helfen, schön auszusehen.« Er legte ein Grollen unter seinen Tonfall, der offensichtlich seine Wirkung nicht verfehlte.

Falls möglich wurde die Hure noch blasser. »A-Arbeitszimmer.«

»Fein.« Dort würde Charming hören, was hier gesprochen wurde, immerhin trennte nur ein Vorhang Haupt- und Arbeitsraum voneinander. »Gibt es einen Hinterausgang?«

Wieder zögerte sie, diesmal jedoch offensichtlicher.

Guinn kniff die Lider zu schmalen Schlitzen. »Lüg mich an und du bereust es.«

»Es ... es gibt einen. Hinter dem Bett.«

Guinn stieß sie zu ihren Kolleginnen. Die Schattenfrauen umhüllten sie wie eine Decke und plötzlich war Guinn allein. Kein Geräusch mehr zu hören. Kein hektisches, von Weinen durchzogenes Atmen. Nur Stille, die sich wie ein Dolch in seine Brust grub.

Er fluchte unterdrückt. Die Frau hatte ihn bloß hingehalten. Womöglich bereitete Rosie bereits den nächsten Hinterhalt vor. Er musste vorsichtig sein.

Mit einem Satz sprang er über die Sitzgelegenheiten hinweg und stürmte zu dem Vorhang. Mit dem Schlag seiner Hand wischte er ihn beiseite. Ein Blick genügte, um ihm zu zeigen, dass er sich getäuscht hatte.

Er befand sich nicht länger in Charmings Bordell. Mit dem Durchschreiten der Stoffbahnen hatte er sich in eine andere Umgebung begeben. Eine, die ihm ebenso vertraut war, wie die Vorherige, nur, dass diese ihn vollkommen aus der Bahn warf.

Er stand auf einer Lichtung. Wind bewegte dünne Grashalme, die den Boden nicht vollständig bedeckten. Aus der trockenen Erde lugten Steinquader hervor, auf denen Namen und Daten gemeißelt waren.

Vor einem der Steine kniete eine Gestalt und Guinn wusste, dass er selbst es war, den er so sah. Es war das Grab von Cameron Gull, seinem Schützling, das er besuchte, weil er sich schwere Vorwürfe machte, dass er Junge tot war.

»Verflucht sollst du sein, Rosie«, zischte es aus seiner Kehle, ehe er verhindern konnte, dass die Worte seine Lippen verließen.

Zielsicher hatte sie das einzige Geheimnis aus seiner Vergangenheit seinem Gedächtnis entrissen, das ihn bis heute quälte.

»Das bin ich schon.« Die Gestalt vor dem Grab erhob sich und drehte sich um. In der Bewegung zerfloss sie, wurde kleiner, zierlicher, bis Rosie vor ihm stand. Dieses Mal trug sie nicht das schillernde Kleid, sondern das Hemdchen, das sie angehabt hatte, als Guinn sie zu ihrem Bruder gebracht hatte. Dunkle Flecken prangten darauf, von denen Guinn einige als Blut erkannte. In der Miene der jungen Frau fochten Angst und Hoffnung miteinander, konnten jedoch nicht verhindern, dass er die tiefen Furchen bemerkte, die sich um ihre

Augen und Mundwinkel eingegraben hatten. In diesem Moment erinnerte sie nicht mehr an die junge Frau, die das Leben noch vor sich hatte. Vielmehr erschien sie alt und verbraucht.

Ein Trick, rief sich Guinn ins Gedächtnis. *Sie will dein Mitleid wecken.*

Als ob sie seine Gedanken las, verdunkelte sich ihr Blick. Ihre Schultern sanken herab und sie ballte die Fäuste. Rosie atmete heftig, als ringe sie um Worte. Guinn nahm ihr diese Scharade nicht eine Sekunde lang ab.

»Was soll das?«

Sie hob den Blick. Zum ersten Mal in dieser Welt dominierte das milchige Weiß das Blau ihrer Pupillen. Sonst hatte sie stets den Eindruck vermittelt, ihn sehen zu können, jetzt wirkte sie tatsächlich blind.

Guinn knurrte. Er hasste es, wie sie ihn manipulierte, mit seinen Gefühlen spielte, nur um etwas zu bekommen, was sie unbedingt haben wollte. Es reichte ihm. In der Realität wurde gerade an ihm operiert, in seinem Kopf wollte er wenigstens Frieden haben.

Mit wenigen Schritten war er bei ihr und packte sie mit einer Hand am Hals. Er ließ zu, dass sie ihre Finger um sein Handgelenk schlang, nicht jedoch, dass sie sich befreite.

»Nenn mir nur einen einzigen Grund, warum ich dir nicht deinen dürren Hals umdrehen sollte. Wenn ich dich hier umbringe, stirbst du tatsächlich, nicht wahr? Es wäre mir also ein wahnsinniges Vergnügen, dir diesen Gefallen zu erweisen.«

Sie kämpfte um die wenigen Atemzüge, die er ihr gestatte, rührte sich ansonsten aber nicht. Ihre Augen blieben ruhig, nur der Ausdruck darin veränderte sich. Guinn las so unendliche Traurigkeit darin, dass ein Hieb in den Magen ihn nicht härter hätte treffen können. Verdammt! Wie machte sie es nur, dass er sich jedes Mal mies fühlte, obwohl er im Recht war?

»Es tut mir leid.«

»Blödsinn!«

»Wirst du mir zuhören, wenn ich es zu erklären versuche?«, brachte sie hervor.

Guinn überlegte. Wollte er wirklich ihre Lügen hören? Sie hatte genug Zeit gehabt, sich alle möglichen mitleiderregenden Ausflüchte einfallen zu lassen. Er war es so leid. Manchmal wünschte er sich einen sechsten Sinn, der ihm verriet, ob einer seiner Gefährten die Wahrheit sagte oder nicht. Gull hatte ihn verraten. Roya hatte ihn ebenfalls belogen, was Tom anging. Und jetzt auch noch Rosie. Dabei war er ihretwegen von den Toten zurückgekehrt. Er hatte sein eigenes Leben riskiert, um sie zu beschützen. Obwohl er sie nicht einmal gekannt hatte. Und das, was er in den letzten Tagen von ihr entdeckt hatte, war so überraschend gewesen, dass der Narr, der er war, insgeheim gehofft hatte, endlich jemanden gefunden zu haben, dem er bedingungslos vertrauen konnte.

An die tieferen Gefühle, die in ihm brodelten und die er nicht einmal wagte, beim Namen zu nennen, wollte er gar nicht erst denken.

Mit einem frustrierten Laut ließ er sie los. »Rede.« Zuhören konnte er ihr ja, glauben musste er ihr indes nicht.

Rosie rieb sich über den Hals, dort, wo seine Finger Abdrücke hinterlassen sollten. Doch da war nichts. Wie auch in einem Traum?

»Ich ... es tut mir leid.«

»Das sagtest du schon. Aber es erklärt nicht dein Verhalten.«

Sie senkte den Kopf, schlang die schmalen Finger ineinander und knetete sie. »Ich wollte dich nicht verraten.«

»Aber du hast es getan.« Unerbittlich starrte er zu ihr hinunter. Nein, leichtmachen würde er es ihr auf keinen Fall.

»Ja. Aber ich wollte es nicht. Wirklich. Charming hat ...«

»Dich gezwungen«, Guinn machte eine Bewegung mit der Hand, die alles bedeuten konnte und nichts. »Das ist mir egal. Hier war er nicht. Hier hättest du mir die Wahrheit sagen können!«

Sie wirkte so unglücklich, dass er sich von innen auf die Wange beißen musste, um sie nicht an sich zu ziehen und zu trösten. Alles in ihm schrie, dass es falsch war, sie so grob zu behandeln, aber er konnte einfach nicht anders. Verrat war ein hässliches kleines Gift, das einmal in einen Körper eingesickert, sein schändliches Werk verrichtete, bis es sein Ziel erreicht hatte.

»Nein, hätte ich nicht.« Sie legte die Arme um ihren Körper, als müsse sie sich vor Guinn schützen. Vielleicht stimmte es. Vielleicht erkannte sie, dass er ganz knapp davor stand, einen nicht wieder gutzumachenden Fehler zu begehen. »Ich ... habe erst erkannt, was vor sich ging, als ich dich auf der Liege fand.«

»Lügen, Lügen, Lügen. Wieso denkst du, ich falle darauf herein?«

»Weil ich *hier* niemals gelogen habe. Alles, was ich in deinen Träumen gesagt oder getan habe, entsprach der Wahrheit. Guinn, ich stand unter dem Einfluss dieses Giftes. Es machte mich willenlos. Du hast es doch selbst gesehen, wie es mich fast auffraß.« Sie streckte eine Hand aus, um ihn zu berühren, doch er wich zurück.

Sie stieß einen Laut aus, der so viel Schmerz beinhaltete, dass

Guinn kurz bereit war, ihr zu glauben. Doch das Misstrauen kehrte schneller zurück, als er diesem Drängen nachgeben konnte. Er sah, wie Tränen über ihre Wangen liefen und die Augen dadurch in große glänzende Seen verwandelte.

Sie holte tief Luft und sprach weiter, Hoffnungslosigkeit in der Stimme. »Als Charming mich entführte, entdeckte ich, dass ich Träumer sehen und mit ihnen sprechen kann, wenn sie mir nah sind. Ich muss nicht mit ihnen in körperlichem Kontakt stehen. Und als ich dich traf, war es fast, als könne ich dich sehen. Ich hoffte auf deine Hilfe, doch du bist einfach gegangen ... und trotzdem sagte mir mein Instinkt, dass du der Einzige bist, dem ich vertrauen konnte. Charming wollte mich zunächst nur dafür benutzen, die Auswertungen des Traumextraktors zu seinen Gunsten zu verändern. Dann kam Victor. Ich weiß nicht, warum, aber er verlangte nach dir. Er hatte meine Reaktion auf dich gesehen und auch deinen Gesichtsausdruck, als ich dort gefesselt lag. Also fand er, Charming solle mich benutzen, um dich zu bekommen.«

»Das weiß ich schon.«

»Was du aber nicht weißt, ist, dass ich mich nicht einschüchtern ließ. Nicht so, wie er es sich erhoffte. Er durfte mir körperlich keinen Schaden zufügen, falls er auf seinen alten Plan, mich zum SVY zu schicken, zurückgreifen musste. Also verabreichte er mir das Gift, um meinen Willen zu brechen. Doch es half nichts. Ich ergab mich der Droge, um ihm und seinen Taten zu entkommen. Das war feige, ich weiß, aber welche andere Wahl hatte ich schon?« Sie schniefte kurz. »In dieser Welt warst du da. Du hieltest mich, spendetest mir Trost ... liebtest mich. Aber ich wusste stets, dass du nicht real bist.« Sie hob den Blick. »Bis du real wurdest.«

Guinn erinnerte sich. Die Begegnung am Strand. Sie war ebenso überrascht davon gewesen, dass er sich nicht ihrem Willen beugte, wie er, sie dort zu treffen. Trotzdem blieben Zweifel.

»Spätestens da hättest du mich warnen können.«

Ein Kopfschütteln. »Nein. Weil die Drogen längst meinen Verstand von dem, was in der Traumwelt vor sich ging, entfernt hatten. Ich ... wie soll ich es erklären? Es fühlte sich an, als wäre ich zwei getrennte Personen. Die Rosie, die alles tat, was Charlie oder besser Charming von ihr verlangte, und jene, die sich danach verzehrte, in deinen Armen zu liegen. Bei allem, was wir zum Schluss geteilt haben, erinnere dich, dass ich versucht habe, dich von mir fernzuhalten.«

Das tat Guinn. Er würde niemals den aggressiven Schmetterling vergessen. Ebenso wenig den Kuss, der seine Welt vollkommen verändert hatte.

»Ich habe dir vertraut«, gestand er leise. Die Wut floss aus ihm heraus, wie Wasser aus einem zerbrochenen Krug. Zurück blieb Bitterkeit und Leere. »Du weißt nicht, was du mir damit angetan hast.«

Sie schluckte, versuchte weitere Tränen zurückzuhalten. Weil sie ahnte, dass sie damit alles noch schlimmer machte? Guinn wusste es nicht. Er wollte es auch gar nicht wissen. In diesem Moment hasste er sie, Charming und den Rest der Welt – aber am meisten sich selbst.

»Wie geht es jetzt weiter? Hältst du mich in dieser Welt gefangen, bis dein Freund mich getötet hat?«

»Das kann ich nicht«, sagte sie unglücklich. »Wir sind in deinem Traum, deinem Verstand. Falls Victor dich wirklich tötet, sterben wir beide.«

Ungläubig sah er sie an. Sie starben beide? Weil sie hier waren? Warum ging sie dann nicht einfach und ließ ihn zurück? Warum nahm sie das Risiko auf sich?

»Ich dachte immer, am Ende sei ich allein. Jeder, den ich liebte, ging fort. Meine Eltern, Emma, meine einzige Freundin, verließ mich für ihren Mann. Und Tom ... Er hat mich auch nicht gerettet«, beantwortete sie die stumme Frage.

Sie wusste es immer noch nicht? Guinn schob die Brauen zusammen. Wenn sie in seinem Geist so deutlich lesen konnte, warum sah sie dann nicht, wie er mit Doyle über ihre Rettung sprach? Oder wie ihr Bruder sich auf ihn gestürzt hatte, als er dachte, Guinn habe sie im Stich gelassen, um sich zu besaufen?

»Er hat dich nicht im Stich gelassen«, stieß er hervor. Er mochte Rosie nicht in den Arm nehmen oder ihr sagen können, dass er ihr vergab. Aber den Schmerz darüber, dass es niemanden gab, den sie kümmerte, konnte er ihr nehmen. »Keiner hat das.«

»Was meinst du?«

»Tom, Emma, Ian und Roya, sie alle haben mir geholfen, dich zu befreien.«

»Aber ...«

»Kein aber. Emma hat ihren Mann dazu gebracht, die Hundertschaft aufzustellen, um sie gegen Charmings Männer einzusetzen. Doch der Drecksack wurde gewarnt. Deshalb versuchte er, mit dir zu fliehen. Nicht einmal Zeit, dass du dich anziehen konntest, hat er sich genommen.« Guinn atmete bei der Erinnerung scharf ein. Nicht, weil er sich Rosie nackt vorstellte, sondern weil sie Schmerzen und Kälte erlitten hatte in diesem Moment. Wobei fraglich war, ob sie das tatsächlich mitbekommen hatte. Falls es stimmte, was sie erzählt hatte. »Und später«, fuhr er fort, »hat Tom sich fast mit Roya überworfen, weil sie vorschlug, ich solle über dich wachen.«

Zweifel liefen über ihre Miene. »Weshalb?«

Es war eigentlich nicht an ihm, ihr die Wahrheit über ihre Verbindung zu Doyle zu sagen. Doch Guinn schuldete dem Mann nichts. Er mochte ihn noch nicht einmal. Trotzdem zögerte er.

»Bitte, Guinn. Sag es mir.«

Guinn wusste, dass er sie damit zerstören konnte. Ein Teil von ihm wollte es, der andere sagte, es könne ihr helfen, sich selbst zu retten. Vielleicht würde sie den Traum verlassen und weiterleben, wenn sie sich an die Hoffnung klammern konnte, eine Familie zu haben.

»Er dachte, ich sei nicht geeignet dafür. Er macht sich große Sorgen um dich, weil«, er zögerte, »er dein Bruder ist.«

Die darauf einsetzende Stille gellte ohrenbetäubend in seinen Ohren. Bei seinen Worten war Rosie zusammengezuckt, jetzt stand sie stocksteif da. Guinn war sich nicht einmal sicher, ob sie noch atmete. Schließlich hob sich jedoch ihr Brustkorb, als sie einen um Luft ringenden Atemzug tat, und sie schlug die Hände vorm Gesicht zusammen. Ihr Schluchzen ging ihm durch Mark und Bein, und ehe er sich versah, hatte er Rosie in seine Arme gezogen. Er murmelte bedeutungslose Worte an ihrem Scheitel, streichelte ihren Rücken und versuchte sie zu beruhigen. Jede einzelne Träne bohrte sich wie ein Messer in seine Brust. Wenn er geahnt hätte, was er mit seinem Geständnis auslöste, hätte er geschwiegen.

Schließlich hielt er es nicht mehr aus. Verrat hin oder her, niemand sollte derartige Qualen ausstehen müssen. »Bitte, Rosie, hör auf. Du wirst noch krank.«

Als Antwort kam ein harsches Lachen, das zu der Frau passte, die er im ersten Traum kennengelernt hatte, nicht jedoch zu der zarten Person, die sich an ihn klammerte, als sei er ihr einziger Halt.

»Das ist wohl das Letzte, worum ich mich sorgen muss. Es ist nur so ...«, ihre Stimme erstarb.

Guinn fühlte ihre Kehle an seiner Brust arbeiten, während sie nach Worten rang. Als sie schließlich weitersprach, schwangen so viele Emotionen darin mit, dass es ihn unwillkürlich erschauern ließ.

»Ich muss es die ganze Zeit gewusst haben. Ich liebte ihn.« Sie schüttelte den Kopf, sodass ihr Haar sein Kinn kitzelte.

Guinn unterbrach sie nicht, streichelte sie nur weiterhin und hörte zu. Allerdings bemerkte er sehr wohl den fiesen Stich in der Brust, dort, wo sein Herz saß, als sie von Liebe sprach.

»Ich wünschte, er hätte es mir gesagt.«

»Vielleicht konnte er es nicht.«

»Oder er wollte es nicht.« Jetzt färbte Bitterkeit ihren Tonfall.

Guinn zog sich ein Stück zurück, um sie ansehen zu können. Dabei ließ er sie nicht los. »Ich denke, er musste schweigen, um dich zu schützen. Bis zu deiner Entführung wusste kaum jemand, dass es dich gibt. Die wenigen hüteten dein Geheimnis – bis auf Gull. Aber was glaubst du, was geschehen wäre, hätte jemand herausgefunden, dass ihr verwandt seid? Du wärst schon viel früher in die Schusslinie geraten.«

»Er hätte es ja nur mir sagen müssen. Stattdessen weißt du es. Und wer noch?«

»Roya. Ich schätze auch Doktor Corson-Smythe, der dich untersucht hat, und Whiting ebenfalls. Womöglich auch Ian und Emma, aber da bin ich mir nicht sicher.«

»Inspector Whiting?«

Kurz schilderte Guinn, was in der Zeit geschehen war, ehe er Rosie befreit und sie ihn an Charming verraten hatte. Noch hatte er die Zweifel nicht abgelegt, dass sie wirklich bereute, was geschehen war. Aber die Tatsache, dass er sie nicht mehr erwürgen wollte, schien auch schon etwas wert zu sein. Vielleicht gab es ja doch noch Hoffnung.

»So viele wollten mir helfen?«

Guinn hob einen Mundwinkel. »Du bist nicht allein.«

Der traurige Ausdruck kehrte zurück: »Doch, Guinn. Am Ende werde ich es wieder sein. Weil Charming gewinnt.«

16. Kapitel

Mit gemischten Gefühlen beobachtete Charming, wie Victor sich an Seamus Brustkorb zu schaffen machte. Zunächst holte er sich einen metallischen Kolben, der an einem Ende dick und am anderen konisch zulief. Während Charming sich noch fragte, was er damit wollte, umrundete Victor den Tisch und beugte sich wieder über Seamus. Mit schnellen Handgriffen entfernte er die Platte, die die Brust verschlossen hielt sowie den Rahmen, an dem sie befestigt war, sodass die Haut nur noch von einem dünnen Drahtgeflecht gestützt wurde und seitlich nach unten hing. Er zog beides heraus und warf es achtlos auf den Boden, ehe er sich wieder auf die andere Seite stellte.

Zum Glück gab es kein Blut, das in Strömen floss. Wie sollte es auch, wenn der Großteil der Organe durch mechanische Pendants ersetzt worden war?

Inzwischen befanden sich mehrere Klemmen in der Öffnung, deren Enden herausstanden und entfernt an die Stacheln eines Igels erinnerten. Charming hatte keine Ahnung, wozu das alles nötig war, für ihn zählte nur das Ergebnis. Und das, so hoffte er, würde sich als lohnend erweisen.

»Ich bin soweit«, sagte Victor, ohne aufzusehen. »Gib mir die Schale.«

Charming reichte ihm das gewünschte und musste ein Würgen unterdrücken, als Victor einen schwarzen Zylinder aus Guinns Brust zog, der über und über mit Schleim bedeckt war. Rasch sah er in eine andere Richtung und atmete durch die Nase, um ein Erbrechen zu verhindern. Das hier war nicht seine Welt. Er mochte gutes Essen, schöne Männer oder Frauen, inspirierende Musik und Leidenschaften. Alles, was mit geöffneten Körpern oder Tod zu tun hatte, widerte ihn an. Trotzdem ging er nicht weg. Weil er keinem der Narren im Labor nebenan zutraute, alles richtig zu machen. Victor verließ sich auf ihn.

Während er so dastand, die Schale hielt, die mit jedem Teil, das Victor entfernte und hineinlegte, schwerer wurde, fragte sich Charming erneut, was ihn eigentlich von Rosie unterschied.

Er sah zu ihr, wie sie da still auf dem Bett lag, ohne sich zu rühren. Nur ihre Augen bewegten sich hektisch hin und her. Auch sie hatte alles getan, was er als Charlie von ihr verlangt hatte. Erst heute hatte sie ihren Irrtum erkannt, als es längst zu spät gewesen war. Dennoch glaubte Charming, dass seine Beziehung zu Victor sich anders gestaltete.

»Hör auf zu träumen, Charles! Wenn eines der Rädchen in seinen Brustkorb fällt, war alles umsonst!«

Die harsche Zurechtweisung traf ihn wie ein Schlag ins Gesicht. Er beeilte sich, die Schale gerade zu halten, damit nichts danebenging. Gleichzeitig gingen ihm tausende Dinge durch den Kopf, die ihn verunsicherten.

»So, jetzt kannst du es wegstellen und mir das chronometrische Herz geben.«

Wieder befolgte Charming den Befehl, der nicht einmal mit einer Bitte versüßt wurde. Er schob es darauf, dass Victor zu konzentriert bei der Sache war, um auf derartige Feinheiten wert zu legen. Trotzdem fühlte er sich auf gewisse Weise hintergangen. Wenn das hier vorbei war, würden er und Victor ein ernstes Wort miteinander reden müssen. Sie waren Partner, Gleichgestellte, Liebende. Das sollte sein Liebhaber nicht vergessen. Niemals!

»Sehr gut. Und jetzt zieh diese Klemmen beiseite, damit ich mehr Platz habe.«

»Muss das sein?«, protestierte Charming. Es war eine Sache, Gerätschaften zu halten oder zu reichen, etwas anderes aktiv daran teilzuhaben, im Körper eines Menschen herumzuwühlen.

»Charles!«

Er zuckte zusammen und stellte sich auf die andere Seite des Tisches Victor gegenüber. Mit zitternden Fingern griff er nach den angezeigten Klemmen und drückte sie nach außen. Die Geräusche, die aus dem dunklen Inneren kamen, boten keinen Anlass zur Freude.

Victor brummte etwas, das entfernt nach Zufriedenheit klang, und setzte seine Arbeit fort. Er schob das neue Herz in Guinns Brustkorb und begann damit, die Verbindungen, die er zuvor gekappt hatte, zu lösen.

Ehe Charming sich zurückhalten konnte, fragte er: »Wie kann er das überleben?«

»So, wie er bei Gull auch überlebt hat. Siehst du diese Maschine?« Victor wies mit dem Kinn auf eine Apparatur, die so viele Knöpfe besaß, wie die monströse Maschine im Nachbarraum. Ein Glaszylinder, der entfernt an einen Suppentopf erinnerte, war mit Blut gefüllt. Schläuche führten vom Torso der Maschine an den Klemmen vorbei in die Brusthöhle.

»Ja.«

»Damit halten wir sein Blut oder vielmehr das, was ihn antreibt, in Bewegung. Trotzdem müssen wir uns beeilen. Nach Gulls Aufzeichnungen tritt spätestens dreißig Minuten nach Abschneiden der Zufuhren der Hirntod ein.«

»Muss er denn denken können, für das, was wir vorhaben?« Charming war ernsthaft überrascht.

Victor stieß ein genervtes Seufzen aus. »Nein, muss er nicht. Aber Hirntod heißt auch, dass die Funktionen, die nicht über die Mechanik gesteuert werden, ausfallen. Er stirbt, wenn sein Körper nicht mehr mit den notwendigen Befehlen versorgt wird – und die kommen nun einmal über das Gehirn!«

Er sagte es so, als müsse Charming all das wissen. Anstatt jedoch beleidigt zu sein, nickte er nur und hüllte sich in Schweigen. Victor wusste, was er da tat und schon deshalb würde Charming ihm nicht reinreden. Am Ende würde alles nach Plan verlaufen und sie beide bekamen, wonach sie sich sehnten.

Die Zeit kroch dahin und schließlich zog Victor seine Hände zurück und zupfte sich die Atemmaske vom Gesicht. »Geschafft.«

Er löste eine Klemme nach der anderen. Und legte stattdessen ein Gitter, das entfernt an Rippen erinnerte an deren Stelle. Wiederum beugte er sich mit dem Kolben über den Brustkorb und befestigte das Gitter. Anschließend zog er das Drahtgeflecht in Position. Es gab ein leichtes Schaben, dann zog sich die Haut glatt und von der Öffnung, die bis dahin vorhanden gewesen war, fehlte jede Spur.

»Unglaublich!«

Victors dunkle Augen strahlten. »Nicht wahr? Es ist perfekt. Ich habe Gulls stümperhaften Versuch, das Innere eines Menschen zu erreichen, mit dieser neuen Technik perfektioniert! Schade, dass niemand jemals in den Genuss einer solchen Mechanik kommen wird. Wenn meine Großmutter ...« Er verstummte, als erinnerte er sich plötzlich daran, dass fremde Ohren mithören konnten. Seine Miene verschloss sich und er wandte sich ab.

Doch Charming wusste auch so, was er meinte. Am liebsten hätte er Victor jetzt in die Arme geschlossen und geküsst. Aber wenn er in dieser Stimmung war, gab es nichts, womit er ihn überreden konnte, sich an ihn zu schmiegen.

Bald, Liebster, hat das ein Ende. Versprochen!

Der Duft von Lilien stieg Guinn in die Nase und sorgte dafür, dass sich sein Blut erhitzte. Er wollte es nicht, doch sein hiesiger Körper schien jedes Mal dann ein Eigenleben zu entwickeln, wenn er in Rosies Nähe kam. Sie schmiegte sich noch immer in seine Arme. Selbst, nachdem sie diese unheilvollen Worte ausgesprochen hatte, zog sie sich nicht zurück.

Warm und weich fühlte sie sich an. Perfekt, um gehalten zu werden. Zart und zerbrechlich ... beschützenswert. Doch in dieser Welt war sie die Starke. Wenn sie es wollte, konnte sie alles um sie herum zerschmettern wie einen Spiegel. Dass sie es nicht tat, zeigte Guinn, dass sie trotz der Ängste, die sie ausstehen musste, trotz der neuen Erkenntnisse, die sie gewonnen hatte, eine innere Stärke besaß, von der er manchmal nur träumen konnte.

Wenn er über eine derartige Macht gebieten würde, hätte er längst um sich geschlagen und alles zerstört. Einschließlich der Frau, die er immer noch nicht einschätzen konnte.

Sie hatte ihn verraten. Ja. Aber sie hatte auch erklärt, dass sie es nur unter Zwang getan hatte. Änderte das etwas? Ja und nein.

Alles, was er dazu sagen konnte, war, dass er Rosie nicht verlieren wollte. Sie kannte nun sein Geheimnis, wusste, dass er eine Maschine war und dennoch hatte sie sich nicht abgewandt. Ob es daran lag, dass sie sich den Großteil ihres Lebens im Traumextraktor aufgehalten hatte, konnte er nicht sagen. Nur, dass er in diesem Gefühl schwelgte, weil es dem von Zufriedenheit am nächsten kam. Bald schon würde die Realität sie auseinanderreißen und vielleicht zeigen, ob Rosie ihn erneut belogen hatte oder nicht. Jetzt jedoch sagten ihm seine Instinkte, dass er den Moment auskosten sollte.

Rosie schniefte nicht länger. Sie stützte sich an seiner Brust ab und fuhr mit den Fingern über die Stelle, an der sich die Öffnung befinden sollte. Sogar durch den Stoff seines Hemdes fühlte Guinn die Berührung wie glühendes Eisen. Sein Verstand warnte ihn, es nicht zu tun, doch sein Körper reagierte bereits, bevor er ihn zurückhalten konnte. Er drückte Rosie einen Kuss auf die Stelle zwischen Hals und Schulter. Dort, wo sie, wie er sehr wohl wusste, äußerst empfindlich reagierte.

Sie erschauerte und neigte unmerklich den Kopf. Eine stumme

Aufforderung, weiterzumachen. Vielleicht war es dumm, das zu tun, aber wäre Guinn schlauer, hätte man ihn niemals in den Tower geworfen, zum Tode verurteilt, er wäre nie in Gulls Gewalt geraten, verändert worden und befände sich jetzt nicht in den Händen zweier Wahnsinniger. Dann hätte er Rosie niemals kennengelernt. Nie entdeckt, dass es da in ihm doch etwas Gutes gab, das nur einen Grund benötigte, hervorzukommen.

Er seufzte.

»Das klingt, als ergibst du dich in ein grausames Schicksal«, bemerkte sie, ohne ihr Streicheln zu unterbrechen.

»Vielleicht ist das ja so.«

»Möchtest du aufwachen? Wenn es das ist, was du willst, werde ich ...«

»Nein«, beeilte er sich zu sagen. »Noch nicht.«

Sie nickte, als genüge seine Erklärung und rieb ihre Nase an seinem Brustbein.

Guinn schob seine Finger in ihr Haar und drückte ihren Kopf ein Stück nach hinten, um ihr ins Gesicht sehen zu können. Ihre Augen waren vom Weinen gerötet und glänzten noch immer feuchter als gewöhnlich. Ihre Lippen waren angeschwollen, weil sie darauf herumgekaut hatte. Sie war blass bis auf die hektischen roten Flecken auf ihren Wangen. Trotzdem war sie das Schönste, das er jemals gesehen hatte.

»Was machst du nur mit mir?«, fragte er, ohne eine Antwort zu erwarten.

Stattdessen neigte er den Kopf und strich sachte mit den Lippen über ihre. Sie atmete erschrocken ein, wehrte sich aber nicht. Als er mit der Zunge über ihren Amorbogen strich, seufzte sie und gewährte ihm Einlass.

Der Kuss war sanft. Im Gegensatz zu dem Sturm, der in Guinn tobte. Er wollte etwas tun, Rosie mit seiner Zunge erobern, ihr beweisen, dass er es nicht verdiente, hintergangen zu werden. Er tat nichts davon. Außer ihren süßen Geschmack zu kosten und sich selbst damit zu kasteien. Selbst, als sie leise aufseufzte, sich fester in sein Hemd krallte und versuchte, mit ihrer eigenen Zunge in seinen Mund einzudringen, ließ er es nicht zu. Er brauchte diesen Moment der Dominanz, um sich darüber klarzuwerden, was er eigentlich wollte.

Ihr wehzutun, kam nicht in Frage. Guinn mochte ein Mistkerl sein, aber er verletzte keine Frauen. Abgesehen davon war Rosie bereits genug angetan worden. Doch er wollte diesen Moment. Brauchte ihn wie ein Fisch das Wasser. Wenn er jetzt nicht zugab, dass er Rosie hemmungslos verfallen war, würde er es nie tun. Trotzdem gab es für sie beide keine Zukunft. Die Kluft, die zwischen ihnen stand, war so tief, dass es keine Brücke geben konnte, sie zu überspannen.

Allerdings konnte er zu Ende bringen, was sie vor nicht allzu langer Zeit begonnen hatten. Es würde nichts ändern. Weder an seinem Tod noch an ihren Taten, aber es konnte ihnen beiden für den Moment Frieden schenken.

Guinn strich mit den Händen ihre Arme entlang nach unten und löste Rosies von seinem Hemd, dann verschränkte er seine Finger mit ihren und hielt sie fest. Er stellte sich vor, sie seien ein ganz normales Paar, das ein ganz normales Leben führte. Es hätte so vieles anders laufen können, aber dem war nicht so. Deshalb würde er das Beste daraus machen, das möglich war.

Er beendete den Kuss schweratmend und lehnte seine Stirn gegen ihre. Sie sprachen kein Wort, standen einfach nur da, genossen die Stille im Beisein des anderen, bis die Spannung schier unerträglich wurde.

»Kleine Rose, ich ...«

»Scht, zerrede es nicht. Halt mich einfach nur fest.« Obwohl ihre Stimme zitterte, schwankte ihr Blick nicht, als sie zu ihm aufsah.

Er las dieselbe Sehnsucht in ihren Augen, die sich in ihm ausbreitete. Nein, er würde es nicht zerreden, aber er würde sie auch nicht auf einem Friedhof lieben, mit dem er nur dunkle Erinnerungen verband.

»Kannst du uns an einen anderen Ort bringen?«

Sie nickte und die Umgebung zerfloss. Sie fanden sich unter dem Zelt wieder, an dem Ort, wo sie einander das erste Mal im Traum begegnet waren. Der Atlantik rauschte leise und die Brise, die zu ihnen herüberwehte, kitzelte angenehm über ihre Gesichter.

Guinn bettete Rosie auf den Diwan und kniete sich neben sie. Langsam öffnete er sein Hemd und schob es von den Schultern. Es gefiel ihm, wie Rosie jede seiner Bewegungen mit Blicken verfolgte und sich selbstvergessen die Lippen leckte. Da sie nur ein dünnes Kleid trug, das ohnehin die Anstrengungen der vergangenen Stunden widerspiegelte, hielt sich Guinn nicht damit auf, es auszuziehen. Er zerriss es, was ihr ein Keuchen entlockte. Aber keinen Angstschrei. Stattdessen streckte sie die Arme aus, um wieder über seinen Oberkörper zu streicheln, bis die Muskeln zuckten und sich seine Brustwarzen verhärteten.

Für einen Augenblick genoss er Rosies Berührungen einfach, dann erfasste ihn die Sorge, erneut von ihr getrennt zu werden, ehe sie zu Ende bringen konnten, was gerade begann. Wie ein Verhungernder fiel Guinn über sie her. Er leckte, knabberte und streichelte ihre bloße Haut, die sich langsam unter seinem Ansturm rötete. Ihre köstlichen kleinen Brüste schienen voller zu werden und reckten sich ihm bettelnd entgegen.

Nur zu gern kam er dem nach, zog erst die eine, dann die andere zwischen die Lippen und saugte daran, bis Rosie leise wimmerte. Sie rutschte unruhig hin und her, streichelte Guinn an den Stellen, an die sie heranreichte. Doch es schien nicht genug. Mit einem Laut, der wie ein Pfeil in seine Lenden schoss, nestelte Rosie am Verschluss seiner Hose. Sie war zu hektisch, bekam ihn nicht geöffnet. Guinn schob ihre Finger beiseite und tat es selbst. Mit einer geschmeidigen Bewegung schob er den Stoff über seine Hüften, bis er ihn zur Seite treten konnte. Darunter war er nackt, was ihn grinsen ließ. Das hier war Rosies Fantasie. Dass sie ihn sich so vorstellte, sagte einiges über sie aus. Aber darüber nachzudenken, kostete wertvolle Zeit, die er lieber damit verbrachte, sie weiter zu berühren.

Wie im Fieber streichelten sie einander, und als Rosie seinen pulsierenden Schaft umfasste, schossen Blitze durch Guinns Kopf. Ihre Hand war so warm und weich, die Finger so zart, dass er direkt hier in ihrer Hand hätte kommen können. Doch so sehr er sich nach Erfüllung sehnte, er wollte sie nicht enttäuschen.

Mit brennenden Lippen arbeitete er sich von ihrem Brustbein hinunter zu ihrem Bauch und immer tiefer, bis er die feinen weißblonden Löckchen erreichte. Er hauchte einen sanften Kuss auf Rosies Scham, dann öffnete er sie mit zwei Fingern und tauchte mit der Spitze seiner Zunge in sie ein. Er fand ihre Perle beim ersten Versuch und leckte darüber.

Rosie schrie leise und bäumte sich auf. Guinn lächelte und drückte sie sachte zurück auf das Polster. Dann wiederholte er seinen feuchten Kuss. Je mehr er von ihr kostete, desto besser schmeckte sie ihm. Ihr Duft nach Lilien hüllte ihn ein, riss ihn mit sich und sorgte dafür, dass er endgültig alles um sich herum vergaß. Die unartikulierten Laute, die Rosie von sich gab, klangen wie eine Symphonie in seinen Ohren. Und er leitete die Musiker. Je nachdem, wie er seine Zunge einsetzte, ob mit schnellen Schlägen oder sanftem Kreisen, veränderten sich ihre Töne, bis Guinn herausgefunden hatte, was ihr am besten gefiel. Sobald er das wusste, gab es für ihn kein Halten mehr.

Er verschlang sie, verzehrte sie, bis es nicht einmal mehr ihm gelang, ihr Aufbäumen zu verhindern. Sie zog die Knie an, ließ sie nach außen fallen, um ihm besseren Zugriff zu gewähren. Dabei murmelte sie immer wieder seinen Namen.

»Guinn!«, schrie sie, als er sie mit einem festen Lecken über die Schwelle katapultierte. Ihr Duft verstärkte sich. Guinn lächelte sanft, streichelte über ihre feuchte Haut, wobei jede Berührung seinerseits neue Schauer auslösten. Rosie warf den Kopf hin und her, krallte sich in seine Schultern und rollte mit dem Becken.

Sobald sie sich ein wenig beruhigt hatte, schob sich Guinn nach oben. Er küsste Rosie fordernd, streichelte ihre Brüste und schob ein Bein zwischen ihre Schenkel. So dicht beieinander, fast am Ziel kostete es ihn enorme Selbstbeherrschung, nicht sofort in sie einzudringen. Er zwang sich zur Geduld, wartete, bis sie seine Küsse nicht mehr ganz so wild erwiderte, dann setzte er seine süße Folter fort, nicht wissend wen er mehr quälte, sie oder sich.

Seine Hand fuhr über ihren Bauch nach unten, bis sein Ballen auf ihrem Schamhügel lag, dann tauchte er mit einem Finger in Rosie ein. Heiß und feucht nahm sie ihn in sich auf. Guinn ließ einen zweiten Finger folgen und bewegte sie. Sofort schrie Rosie auf.

»Guinn!«

»Was ist?«, stieß er hervor, selbst an den Grenzen dessen, was er aushielt.

»Du ... du ...«

Dass sie nicht mehr wusste, was sie sagen wollte, gefiel ihm. Und es war das Zeichen dafür, dass sie bereit für ihn war.

Er stemmte sich auf die Unterarme und positionierte sich über ihr. Tief blickte er in Rosies verhangene Augen. Langsam senkte er sein Becken, fühlte, wie sie ihm auf halben Weg entgegenkam.

Dann, endlich, umschloss sie ihn. Heiß, samtig und wie für ihn gemacht.

Guinn bewegte sich zunächst langsam, damit sie sich an ihn gewöhnen konnte. Zur Belohnung schlug sie ihm gegen die Schulter und umschlang ihn mit den Beinen, um ihrem Wunsch weiteren Ausdruck zu verleihen.

»Mehr!«

Oh, sie wusste, was sie wollte, wenngleich eine leise Stimme ihm zuraunte, dass sie diese Erfahrungen mit ihm als Ersten hätte teilen sollen. Er wischte den Gedanken beiseite und stieß fester zu. Tiefer, bis er sie vollkommen ausfüllte. Sie wand sich, um noch mehr von ihm zu bekommen, dass es fast zu viel für Guinn wurde.

Er biss die Zähne zusammen, bis sein Kiefer knackte und er einen Muskel in seiner Wange zucken fühlte. Dann schob er seine Hände unter ihren Rücken, während er gleichzeitig die Knie in die Polster drückte und sie anhob. Jetzt saß sie auf ihm. Zwei Teile, die zusammengehörten, fanden ihren Platz.

Während Guinn sein Becken vorschnellen ließ und Rosie ihm mit Seufzen entgegenkam, zerbarst die Welt um sie herum.

Immer wieder stieß er in sie, fühlte die unglaubliche Lust, die sich in ihm aufstaute und als er spürte, wie sie erneut kam, ließ auch er zu, dass sich seine Saat in sie ergoss.

Guinn gehörte nicht zu den Männern, die an Wunder oder Märchen glaubten. Dieser Augenblick jedoch, als Rosie unter ihm träge lächelte, so glücklich, als wolle sie an keinem anderen Ort der Welt lieber sein, ließ ihn darauf hoffen, dass es irgendwo eine gute Fee gab, die doch noch alles zum Besten wendete.

Er gönnte sich noch einen Moment, hauchte einen Kuss auf ihre Lippen, dann zog er sich aus ihr zurück. Schwerfällig rollte er zur Seite, um sie mit seinem enormen Gewicht nicht zu zerdrücken. Dann zog er sie an sich, legte den Arm um sie herum und verschränkte seine Hände mit ihren.

Wie selbstverständlich kuschelte sich Rosie an ihn. Nach einer Weile löste sie eine ihrer Hände, um wieder über seine Brust zu streicheln.

Alles in Guinn zog sich zusammen. Sie akzeptierte ihn so, wie er war, obwohl sie sein Geheimnis kannte, wich sie nicht vor ihm zurück, sondern gab ihm alles von sich. Trotzdem wollte die böse Stimme in seinem Innern ihren Verrat nicht vergessen.

Plötzlich fühlte er, wie seine Brust feucht wurde. Er hob den Kopf und sah das verräterische Glitzern ihrer Tränen. Sie gab keinen Laut von sich, bemühte sich sogar, gleichmäßig zu atmen, doch gegen die Emotionen, die sie anscheinend überrollten, konnte sie nichts tun.

Guinn legte eine Hand um ihr Gesicht, streichelte mit dem Daumen ihre Wange und versuchte die Tränen fortzuwischen. Sein Herz war schwer. Er schluckte hart, weil er nicht wusste, was er sagen sollte. Alles, was ihm einfiel, erschien ihm unzulänglich. Er war kein Mann schöner Worte. Sein Geschäft war die Gewalt. War es immer gewesen. Und jetzt gab es bereits die zweite Frau in seinem Leben, die es schaffte, dass er ein besserer Mensch sein wollte.

»Ruhig, kleine Rose. Alles wird gut.«

Sie schniefte. »Woher willst du das wissen?«

Er zuckte mit den Schultern. »Weiß ich nicht. Aber wir sind schon so weit gekommen, warum sollte ich jetzt die Hoffnung aufgeben?«

Sie schwieg und richtete sich auf. Eindringlich sah sie ihn an. Angst stand in ihren Augen. »Weil wir nicht sicher sein können, dass ich mich an das hier erinnern werde.«

»Ich verstehe nicht.«

»Charming hat mir eine Spritze gegeben, damit ich ruhig bin«, gestand sie leise.

»Verdammt!« Guinn fügte noch einige weitere Flüche hinzu, die dafür sorgten, dass Rosie leise lachte. Trotzdem quollen weiter Tränen aus ihren Augenwinkeln, die wie feine Regentropfen auf seine Brust fielen.

»Er könnte mich wieder dazu bringen, dir weh zu tun. Ich könnte all das hier vergessen und erneut zu seiner Marionette werden. Dann würdest du mich hassen ...«

Damit lag sie gar nicht so falsch. Ein weiterer Verrat ihrerseits würde ihm mehr wehtun, als er zugeben wollte. Schon jetzt fühlte er sich, als habe er ihr sein blankes Herz präsentiert, während sie ein Messer dagegen hielt.

»Nein. Das lasse ich nicht zu.«

In ihre Augen trat ein unglücklicher Ausdruck. »Du wirst es nicht verhindern können.«

Oh doch, das konnte er, auch wenn es dafür vermutlich nur einen Weg gab. »Ich bringe diesen Scheißkerl eigenhändig um!«

Rosie schüttelte den Kopf. »Nein, Guinn. Daran darfst du nicht denken. Er ist zu gefährlich!«

»Nicht halb so sehr wie ich«, er bleckte grimmig die Zähne. Es würde ihm ein Vergnügen sein, Charming das schleimige Lächeln aus dem Gesicht zu prügeln. Er stellte sich vor, wie der Mistkerl winselnd vor ihm lag.

Rosie störte diese Vorstellung. Sie umfasste sein Gesicht, streichelte über den Schatten seines Bartes, ohne seinen Blick loszulassen. »Bitte, Guinn, tu es nicht.«

»Du kennst mich nicht, Rosie. Ich ...« Guinn zögerte. Er könnte ihr jetzt sagen, wer oder was er einst gewesen war. Aber er wollte diesen Augenblick nicht noch weiter zerstören. Deshalb seufzte er und schluckte die harten Worte hinunter. »Eines Tages werde ich dir verraten, wer ich war. Aber jetzt ...« Er packte sie und mit einer schnellen Drehung hatte er sie wieder auf den Rücken gelegt. »...

möchte ich dich noch einmal lieben.«

Er neigte den Kopf und suchte ihre Lippen. Das alles fühlte sich fast zu gut an, um wahr zu sein. Guinns Herz raste, als wolle es aus seinem Körper entkommen. Dennoch genoss er das Gefühl so sehr, dass er sich wünschte, es würde ewiglich halten.

»Rosie ich ...«, keuchte er an ihren Lippen, doch es fehlten ihm die Worte auszudrücken, wie es in ihm aussah. Es war viel zu verwirrend, was in seinem Kopf und seinem Herzen vor sich ging. Später.

Viel später.

17. Kapitel

Sie liebten sich über mehrere Stunden, verloren jegliches Zeitgefühl. Die Welt draußen, auf der anderen Seite interessierte sie nicht. Rosie fühlte sich glücklich. Sie hatte kein Interesse daran, Guinn jemals wieder gehen zu lassen. Aber sie wusste wie er, dass das Erwachen kam. Vielleicht nicht freiwillig, aber unaufhaltsam.

Solange ihnen dieser Augenblick blieb, wollte Rosie ihn festhalten. Sie ahnte, was sie danach erwartete und hasste sich schon jetzt dafür. Weil sie ihm wieder wehtun würde.

Während sie in seinen Armen lag, schwor sie sich, alles zu versuchen, damit sie nicht vergaß, was sie mit Guinn geteilt hatte.

In der Ferne hörte sie ein Donnergrollen, als sie einen Kuss auf seine feuchte Brust drückte. Sie atmete tief seinen Duft ein, genoss seinen Geschmack auf den Lippen und hoffte, dass es irgendwo einen Gott gab, der ihr die Gnade erwies, mit diesem Mann glücklich werden zu dürfen.

»Kleine Rose, wenn du so weitermachst, bringst du mich noch um«, grinste Guinn und sah dabei um einige Jahre jünger aus. Seine grau-blauen Augen funkelten und der rote Bartschatten verlieh ihm ein verwegenes Aussehen. Rosie strich über die feinen Linien um seinen Mund, in seinen Augenwinkeln sowie zwischen seinen Brauen und fragte sich, was er erlebt haben musste, dass sie sich dermaßen tief eingegraben hatten, dass sie selbst dann nicht verschwanden, wenn er glücklich war.

Sie wollte ihn danach fragen, traute sich aber nicht. Soweit war ihre Beziehung nicht, dass er ihr diese Details seines Lebens anvertraute. Noch nicht. Aber Rosie hoffte, dass dieser Ort für immer eine Zuflucht für sie beide sein konnte, wenn die Realität schon nichts anderes als Schmerz für sie bereithielt.

Das Donnern kam näher. Diesmal erschreckte es Rosie. Sie hob den Kopf und sah in die Richtung, aus der sie ihn vermutete, als sie unvermittelt an den Schultern zurück- und aus dem Traum gerissen wurde.

»Rosie!«, schrie Guinn und war sofort auf den Beinen.

In der Annahme, Charming wecke sie, schrie sie auf. Sie wehrte sich, kratze und biss. Das hier war ihre Welt, vielleicht gelang es ihr ja, dem Aufwachen doch zu entkommen.

Stattdessen wurde sie an eine breite Männerbrust gerissen, die ihr vage vertraut vorkam. Als sie aufblickte und die zorngeweiteten Augen von Tom Doyle erkannte, schnappte sie erschrocken nach Luft. Bislang kannte sie ihn nur aus den Traumextrakten von Emma, mit unscharfen Konturen und verschwommenen Farben. Jetzt jedoch, stand er wie der Leibhaftige vor ihr und funkelte sie wütend an.

»Rosie, wie kannst du nur? Ausgerechnet er?« Tom brüllte.

Doch sie wusste, dass es nicht ihr galt, sondern dem nackten Mann hinter ihr.

Rasch sah sie über die Schulter und sah mit Erstaunen, dass Guinn keine Anstalten machte, Tom anzugreifen. Stattdessen stieg er in seine Hose, schloss sie in aller Seelenruhe und bückte sich anschließend nach seinem Hemd.

Erst, als er es Tom entgegenhielt, schien der zu begreifen, dass sie nackt war.

»Verdammt noch mal! Sie hatten mir versprochen, auf sie aufzupassen!«

Guinn hob eine Braue und schüttelte die Hand mit dem Hemd. »Ich freue mich auch, Sie zu sehen, Doyle. Sie sind am Leben. Fein! Aber jetzt lassen Sie Rosie sich bitte anziehen.«

Obwohl es ihr schrecklich peinlich war, dass ihr Vorgesetzter sie so gesehen hatte, bemühte sich Rosie um Ruhe. Sie hielt kurz inne. Falsch. Er war mehr als das. Er war ihr Bruder. Während sie nach dem Hemd griff und es so würdevoll wie möglich überstreifte und vor der Brust zusammenraffte, versuchte sie, sich zu sammeln. Ihre Beine waren zwar immer noch sichtbar, aber ihre wichtigsten Attribute zumindest vor Blicken verborgen.

Sie richtete sich zu ihrer vollen wenngleich gegenüber Tom geringen Größe auf und hob das Kinn. Sie würde nicht zulassen, dass Toms Anwesenheit ihre Zweisamkeit mit Guinn schlecht machte. Eher verwandelte sie den Boden unter seinen Füßen in Treibsand.

Gerade, als sie etwas sagen wollte, entdeckte sie, dass Tom nicht allein war. In unmittelbarer Nähe befand sich eine Frau, die Rosie ebenfalls erkannte.

Ihre Augen weiteten sich, dann drehte sie sich zu Tom um. »Das ist sie, oder?«

Der runzelte verwirrt die Stirn, folgte ihrer Hand, die wild in die Richtung der Fremden deutete. Schließlich sagte er schlicht: »Ja.«

»Sie ... du hast sie gefunden.«

Toms Stirnrunzeln vertiefte sich angesichts der vertraulichen Anrede. Dann wirbelte er herum und verpasste Guinn einen Kinnhaken. Zu überrascht davon, taumelte dieser einige Schritte zurück, fing sich aber schnell wieder und ging ebenfalls in Kampfstellung.

»Sie haben es Ihr gesagt? Dazu hatten Sie kein Recht, Sie mieser ...«

»Tom! Lass es gut sein. Deswegen sind wir nicht hier!«, versuchte die Frau ihn zu beruhigen.

»Halt den Mund, Royalyn, das geht dich nichts an!«

Rosie stand dazwischen und wusste nicht, ob sie lachen oder weinen sollte. Die erste Reaktion ihres Bruders auf die Tatsache, dass sie um ihre Familienverhältnisse wusste, bestand darin, Guinn zu schlagen und nicht, sie in die Arme zu schließen. Großartig. Deutlicher konnte er nicht zeigen, weswegen er es als großes Geheimnis betrachtete.

»Ich bin hier, Tom. Also rede gefälligst nicht so, als sei ich nicht anwesend.« Rosie ging um ihn herum und stellte sich neben Guinn.

Sie wusste, wie das aussah. Gemeinsam machten sie Front gegen Tom, der sie nur ungläubig anstarrte.

Es war wiederum Royalyn, die die Situation entschärfte. Sie seufzte theatralisch und klatschte schließlich in die Hände. »Großartig. Prügelt euch nur, Jungs. Rosie und ich unterhalten uns derweil wie Erwachsene. Ich glaube, sie ist nämlich diejenige in eurer Familie, Schatz, die den größeren Vernunftanteil abbekommen hat.« Sie fasste Rosie an der Hand und führte sie zu dem Tischchen, auf dem die Leckereien aufgetürmt waren, die Rosie jedes Mal erschuf, wenn sie an diesen Ort kam. Mit einer geschmeidigen Bewegung sank Royalyn auf die Kissen und klopfte auf eines neben sich. »Komm, Liebes, setz dich. Die Jungs werden das unter sich klären. Oder«, sie zwinkerte verschwörerisch, »sie finden ihren Verstand wieder und kommen ebenfalls hierher. Sehr hübsch im Übrigen. Der ideale Platz für ein ... Zusammensein. Mir gefällt dein Geschmack!«

Royalyn überrollte Rosie – und sie liebte es. Nach einem unsicheren Blick zu Guinn und Tom, die sich immer noch wie zwei Gegner gegenüberstanden und sich niederzustarren versuchten, gab Rosie der Versuchung nach und setzte sich.

Royalyn schob sich ihr helles Haar über die Schulter und nickte zu den Männern. »Griechische Götter können nicht besser ausgesehen haben, was?«

»D-du bist sehr direkt.«

»Wenn es dich stört, versuche ich, mich zu bessern. Ich ... naja, habe viel von Guinn gelernt. Wir haben lange Zeit zusammengelebt.«

»Aber du bist die Frau aus Toms Träumen.«

Royalyn lachte. »Ja, das kann man so sagen. Ich bin Roya.«

»Rosie.«

»Ich weiß«, Roya grinste. »Du wirst meine Schwägerin.«

Das ging alles sehr schnell. Eben noch hatte Rosie in den Armen ihres Geliebten gelegen und sich Sorgen darüber gemacht, was werden sollte, wenn sie erwachte und jetzt saß sie bei einem Plausch mit ihrer künftigen Schwägerin, während der Mann, mit dem sie geschlafen hatte, und ihr Bruder miteinander stritten.

Ihr Bruder! Rosies Herzschlag stockte. Wie hatte ihr Leben sich in so kurzer Zeit so rapide ändern können?

»Es muss dich sehr erschreckt haben, zu erfahren, dass dein Vorgesetzter und dein Bruder ein und dieselbe Person sind, oder?« Mitfühlend sah Roya sie an.

»Ich ... hatte eher andere Probleme«, gestand Rosie wahrheitsgemäß.

»Ach ja, Charming, das Schwein. Ehrlich, wenn ich ihn in die Finger bekomme, reiße ich ihn in Stücke. Sein Handlanger hat Tom fast umgebracht!« Das schöne Gesicht der Frau verzog sich zu einer grimmigen Maske, die sehr wohl zeigte, dass sie es sich gut vorstellen konnte, wie sie das anstellen würde.

»Da stellst du dich bitte hinten an, Kleines, erst bin ich dran.« Guinn ließ sich neben Rosie auf ein Kissen fallen. Dann beugte er sich über sie und drückte Roya einen Kuss auf die Wange. »Schön dich zu sehen.«

Tom folgte etwas langsamer. Er schien sich nur schwer zu beherrschen, aber die nonchalante Art seiner Frau hatte ihn wohl zur Besinnung gebracht. Er verschränkte die Arme vor der Brust und sah aus, als wäre er lieber an jedem anderen Ort. Was Rosie darauf brachte, was die beiden hier wollten – und wie sie hergekommen waren.

»Wie ... habt ihr uns gefunden?«

»Oh, dein großer Bruder ist der König der Traumgänger, Schätzchen.«

»Royalyn«, sagte Tom gedehnt, doch Roya grinste nur breit.

»Was denn? Du bist doch derjenige, der Träume nach eigenem Willen verändern und überall hingelangen kann. Also stell' mal dein Licht nicht so unter den Scheffel und sei stolz darauf!«

»Du bist auch eine Träumgängerin?«, schlussfolgerte Rosie. Sie hatte zwar keine Ahnung, wie sie darauf gekommen war, aber ihr Instinkt sagte ihr, dass es so sein musste.

»Richtig. Aber nicht ganz so mächtig wie du oder Tom.« Sie wurde ernst und richtete sich auf. »Seit Charmings Leute euch geholt haben, suchen wir euch. Es hat geholfen, dass Tom das Bett nicht verlassen darf. Das Schwein, das auf ihn geschossen hat, hätte ihn fast umgebracht. Zum Glück wohnt Doktor Corson-Smythe nicht weit entfernt.«

»Und dir geht es gut? Die Männer haben euch nichts getan, nachdem wir weg waren?«, fragte Guinn leise.

»Sie sind nicht wiedergekommen. Trotzdem haben wir uns ein alternatives Versteck gesucht.« Ihr Blick wurde traurig. »Georgie ist tot und Henry ...«

Tom räusperte sich. »Dafür haben wir keine Zeit. Ich weiß nicht, wie lange ihr schon schlaft, und wie du es schaffst, Rosie, ihn hierher zu holen, aber es ist gut, dass wir euch beide antreffen. Wir müssen herausfinden, was Charming vorhat, ihn aufhalten und euch verdammt noch mal befreien!«

»Vielen Dank, dass Sie mich mit einschließen, Doyle. Zu gütig.«

»Ach halten Sie den Mund, McGuinney! Es geht mir einzig und allein um meine Schwester!«

Rosie, die die ganze Zeit über nur schweigend zugehört hatte, war sich nicht sicher, was sie davon halten sollte. Aber es fehlte ihr an Kraft, darüber nachzudenken. Sie fühlte bereits, wie Guinn erwachte.

»Er hat recht, Guinn, allzu lange werde ich uns hier nicht mehr halten können.«

»Kann ich dir helfen?«, bot Tom an, doch Rosie schüttelte den Kopf.

»Da ich nicht weiß, wie ich Guinn herhole, wüsste ich nicht wie. Tom, lassen wir das, was geschehen ist, beiseite, wir stecken in mächtigen Schwierigkeiten. Charming hat mich erneut unter Drogen gesetzt. Das heißt, ich könnte Guinn wieder schaden, wenn wir aufwachen.«

Guinn fasste ihre Hand, verschränkte seine Finger mit ihren und zog sie an die Lippen. »Ich sagte bereits, das wird nicht geschehen.«

Wie konnte er nur so zuversichtlich klingen? Rosie warf einen verzweifelten Blick zu ihrem Bruder, dessen Miene grimmig wurde.

»Wo seid ihr?«

»Das wissen wir nicht. Es ...« Rosie versagte die Stimme. Sie war keine Hilfe. Selbst, wenn sie nicht unter Charmings Einfluss gestanden hätte, hatte sie doch nichts sehen können. Wieder drückte Guinn ihre Hand. Der Mann, den sie von allen am meisten verletzt hatte, hielt zu ihr, obwohl er die Beine in die Hand nehmen und davonrennen sollte.

»Wir sind in einer Art Labor«, sagte Guinn. »Ich konnte nicht viel sehen. Nur eine gewaltige Maschine. Sie stampft und rollt. Hin und wieder entweicht Dampf.«

»Wie der Traumextraktor«, ergänzte Rosie.

Tom fuhr sich durchs Haar und ließ das Gesagte auf sich wirken. Nach einer Weile sagte er: »Sie haben dich entführt, um die Extraktorergebnisse zu verfälschen. Das ist das, was Gull Charming vorgeschlagen hat. Aber es ergibt keinen Sinn. Weswegen brauchen sie dann Sie, McGuinney?«

»Das weiß ich nicht.«

»Victor sagte, dass Guinn wertlos ohne mich sei. Ich weiß nicht, was er damit meinte, aber es klang merkwürdig.«

Tom beugte sich vor. »Wer ist Victor?«

»Charmings Geliebter.«

Roya stieß ein Schnauben aus. »Passt zu ihm. Auf der Straße hat man sich viel über seine angeblich männlichen Liebhaber erzählt. Aber er hat sich nie mit ihnen gezeigt.«

»Das wird er auch nie«, Rosie schüttelte den Kopf. »Es wäre zu gefährlich.«

»Für Charming?« Roya lachte hart. »Der hat keine Angst. Vor niemandem. Sämtliche Schmuggler, Diebe und Mörder stehen in seiner Schuld.«

Rosie sah von einem zum anderen. Konnte es tatsächlich sein, dass keiner der drei wusste, warum Charmings Affäre so gefährlich war? Sie war nur kurze Zeit in der Hand des Luden gewesen und hatte sofort gewusst, wer Victor war.

»Ich rede nicht von Schmugglern, Dieben und Mördern.« Sie wartete einen Augenblick, dann flüsterte sie: »Ich meine die Königin.«

Betretenes Schweigen folgte. Nur das Rauschen des Meeres und das Krächzen der Möwen über ihren Köpfen waren zu hören. Schließlich stieß Guinn ein Knurren aus.

»Was hat die alte Hexe damit zu tun.«

»Oh, komm schon, Guinn, bist du immer noch nicht über diese Sache hinweg? Deine Rache hätte dich fast das Leben gekostet!«

»Hat es aber nicht, Roya-Schätzchen.« Er wandte sich an Rosie. »Also, was weißt du? Was hat es mit der Königin auf sich?«

Rosie wollte es nicht aussprechen. Weil es zum einen alles realer machte und zum anderen die Befürchtung in ihr weckte, dass Guinn etwas ziemlich Dummes tun würde. Erst als Roya ihr einen Stups mit der Schulter gegen den Arm gab, seufzte sie.

»Sie ist Victors Großmutter. Victor ist nach Albert der direkte Thronerbe. Sein richtiger Name ist Albert Victor, auch genannt Eddie.«

Während Guinn erwachte und auf die Geräusche im Nachbarraum lauschte, überlegte er, was diese neue Entwicklung für ihn bedeutete. Ausgerechnet der Enkel von Victoria. Das Schicksal war wirklich eine miese kleine Schlampe, die einem immer dann ins Gesicht lachte, wenn man glaubte, gerade den richtigen Weg eingeschlagen zu haben.

Er hatte sein Vorhaben aufgegeben, sich für den Verrat der Königin, der ihn beinah das Leben gekostet hätte, rächen zu wollen. Weil Royas Leben in Gefahr geschwebt hatte, und weil das blinde Mädchen sein Mitleid geweckt hatte. Aber jetzt stand Roya unter Doyles Schutz, und seine Gefühle für Rosie hatten sich ebenfalls verändert. Außerdem tat dieser königliche Hurensohn Dinge, die Guinn derart gegen den Kamm strichen, dass er das Herz des Burschen aus dessen Brust reißen und darauf herumtrampeln wollte.

Nicht nur Rosies Entführung spielte dabei eine Rolle, Victor hatte auch ihn entführt. Und angekettet wie einen Hund!

Guinn unterdrückte das Knurren, das in seinem Brustkorb rumorte. Bevor er sich als wach zu erkennen gab, wollte er wissen, womit er rechnen musste. Er blähte die Nüstern. Abgesehen von den medizinischen Gerüchen, die ihn an seine schreckliche Vergangenheit erinnerten, gab es da nur den leisen Hauch von Lilien. Daher nahm er an, dass sich nur Rosie im Raum befand. Er hörte das Stampfen und Rollen des Extraktors, das feine Zischen, wenn sich Ventile eigenständig öffneten und den überschüssigen Dampf entließen. Es gab kein Stoffrascheln oder Schritte. Keine leise gemurmelten Gespräche, nur ein fast nicht wahrnehmbares Schnarchen. Eine einzelne Person schätzte Guinn und öffnete die Lider zu schmalen Schlitzen.

Es war nicht ganz dunkel. Durch den schmalen Spalt des Türrahmens fiel ein dünner Lichtstrahl herein.

Guinn prüfte seine Fesseln und musste feststellen, dass jene um seinen Hals verschwunden war. Vermutlich wollten weder Charming noch Victor riskieren, dass er sich vor Wut beim Erwachen selbst erdrosselte. Dadurch konnte sich Guinn mit einiger Anstrengung aufrichten. Seine Schulter- und Nackenmuskulatur protestierte, als er den Kopf nach vorn schob und das Kinn auf sein Brustbein bettete.

Entgegen seinen Erwartungen stand sein Brustkorb nicht weit offen und gab den Blick auf das fehlende Herz frei. Stattdessen zog sich seine Haut glatt und fest über ... Guinn runzelte die Stirn. Was war das? Dort, wo sonst die Türplatte den Brustkorb in eine ebene Fläche verwandelt hatte, gab es nun Erhebungen wie bei normalen Menschen. Auf den ersten Blick wirkte Guinn dadurch fast normal, nur wenn er die Lider zusammenkniff, entdeckte er die feinen Schlitze, wo bisher die kleine Tür zu seinem Brustraum gesessen hatte.

Guinn ließ die Luft entweichen, die er unwillkürlich angehalten hatte. Dabei flackerte sein Blick durch den Raum, wo er Rosie auf einer schmalen Liege entdeckte. Sie hatte sich zu einer Kugel zusammengerollt und schien zu schlafen. Ihr helles Haar hing strähnig über den Bettrand und in dem fahlen Licht wirkte sie unmenschlich blass. Sofort wollte Guinn aufstehen und nachsehen, ob die Drogen sie wieder in jenes jammernde Häuflein Elend verwandelt hatte, dass er über Tage gepflegt hatte. Aber noch verhinderte der Gurt um seinen Bauch, dass er sich vollends aufrichten konnte. Das machte nichts. Weder Charming noch Victor schienen über die genauen Modifikationen seines Körpers Bescheid zu wissen, andernfalls hätten sie nicht nur Lederbänder verwendet. Dass der erste Befreiungsversuch fehlgeschlagen war, hatte zum einen etwas mit dem Schlag auf den Kopf zu tun gehabt. Zum anderen hatte die Panik, erneut ausgeweidet zu werden, der betäubenden Wirkung des Äthers Vorschub geleistet.

Jetzt war Guinns Verstand klar und nicht umnebelt von irrationalen Ängsten. Mit einem Lächeln, das seine Feinde für gewöhnlich das Fürchten lehrte, senkte er die Schultern zurück auf den Operationstisch und entspannte seine Nackenmuskeln. Gleichzeitig bewegte er das linke Handgelenk. Mit einiger Anstrengung gelang es Guinn, die Handfläche nach oben zu drehen. Dann spreizte er den kleinen Finger ab.

Es knackte leise, als das Gelenk aus der Pfanne sprang. Guinn atmete gegen den unvermittelt einsetzenden Schmerz und biss die Zähne fest zusammen, bis er einen Muskel in seiner Wange zucken fühlte. Genau aus diesem Grund nutzte er diese Technik nicht gerne. Sie kostete Kraft, schmerzte und es würde Tage dauern, bis der Finger wieder einigermaßen beweglich sein würde, sobald er wieder an seinem Platz saß. Im Augenblick allerdings standen Guinns Chancen mit diesem kleinen Trick besser als ohne.

Sobald der Schmerz abgeflaut war, richtete er sich soweit es die Fesselung zuließ auf und hob den Zeigefinger. Er richtete die Spitze auf den Ledergurt über seinem Bauch und spannte den Arm an.

Ein kurzer Lichtbogen erschien, flackerte und verschwand wieder. Guinn fluchte. Er hätte besser regelmäßig geübt, das Lichtmesser einzusetzen. Als Gull ihm dieses kleine Spielzeug erklärt hatte, war ihm nicht klar gewesen, dass es einmal sein Leben würde retten können. Er versuchte es erneut und schließlich gelang ihm ein konstanter Strahl. Trotzdem rutschte er ab und verbrannte sich selbst, bis es ihm gelang, die Hand ruhig zu halten und das Messer auf die Fesseln zu konzentrieren.

Der Geruch von verbranntem Leder und gebratenem Fleisch stieg auf. Er kitzelte Guinn in der Nase. Auf dem Bett rührte sich Rosie. Sie gab kleine Laute von sich, die ihn stark an die Dinge erinnerten, die sie in seinem Traum geteilt hatten.

Guinn biss die Zähne fester zusammen, als er sich erneut selbst verbrannte. Er durfte sich nicht ablenken lassen! Nicht nur sein Leben hing davon ab.

Mit einer Geduld, die er eigentlich gar nicht empfand, zerschnitt Guinn die Ledergurte. Sobald sein Bauch befreit war, stemmte er sich hoch. Seine Bauchmuskeln zitterten, während sie ihn in dieser Position hielten. Da er jetzt besser sehen konnte, drehte er erneut das Handgelenk und machte sich an der dortigen Fessel zu schaffen.

Als sie sich nach einer gefühlten Ewigkeit löste, brannte sein Oberarm wie Feuer, dort, wo ihn der Lichtstrahl geschnitten hatte. Dafür konnte er jetzt mit etwas Mühe die übrigen Fesseln lösen. Erst die um das andere Handgelenk, dann den Gurt über seinen Beinen und zum Schluss die Füße. Wenigstens hatten ihn Charming und sein Liebhaber nicht ausgezogen. Allein bei der Vorstellung, dass der Lude endlich zu Gesicht bekommen hätte, was er schon seit einiger Zeit zu sehen wünschte, sorgte bei Guinn für eine Gänsehaut. Es war ihm egal, mit wem sich ein Mann vergnügte, solange er selbst dabei außen vor blieb.

Er schwang die Beine über die Tischkante und rutschte hinunter. Obwohl er sich Mühe gab, leise zu sein, gab es einen dumpfen Aufprall, als seine gestiefelten Füße den Boden berührten. Mit schräg gelegtem Kopf lauschte er, ob der Schläfer im Nachbarraum erwacht sein könnte. Das Schnarchen schien sich nicht verändert zu haben.

Guinn umfasste seinen abgewinkelten kleinen Finger und zog daran. Das Gelenk sprang zurück in seine Pfanne und der Schmerz wich einem dumpfen Pochen.

Anschließend schlich Guinn zu Rosie und kniete vor dem Bett nieder. Behutsam legte er eine Hand auf ihren Mund, während er gleichzeitig an ihrer Schulter rüttelte.

Rosie fuhr hoch, einen Schrei auf den Lippen, den Guinns Hand erfolgreich verschluckte.

»Ruhig, kleine Rose, ich bin es: Guinn.«

Er sah, wie sich ihre Augen vor Überraschung weiteten, dann lief einen Ruck durch ihren Körper. Sie nickte und kaum, da Guinn sie losgelassen hatte, riss sie die Arme nach oben und umklammerte seinen Nacken. Wie ein kleines Äffchen krallte sie sich an ihm fest.

»Ich erinnere mich. Ich erinnere mich. Ich erinnere mich.« Sie wiederholte die geflüsterten Worte so oft, das Guinn fast deren Bedeutung vergaß. Aber er verstand ihr Bedürfnis, sich selbst davon zu überzeugen, dass die Frau aus dem Traum und jene in der Realität wieder als Einheit fungierten.

»Alles ist gut, Rosie. Aber wir müssen hier raus. Ich weiß nicht, wann Charming oder Victor zurückkommen.«

Nur widerstrebend löste sie sich. Sie biss sich auf die Zunge, nickte und schluckte hart. »In Ordnung. Ich ... ich bin soweit.«

»Gut.« Er half ihr auf die Beine und stieß im selben Moment einen derben Fluch aus. »Verdammt!«

Sie trug noch immer keine Schuhe und auch die Kleidung, die unter der Decke hervorkam, war noch dieselbe wie bei ihrer Flucht aus der Kirche.

Gegen die bloßen Füße konnte Guinn nichts unternehmen, daher wickelte er Rosie nur wieder in die Decke. Sie ließ es wortlos geschehen, als er sie hochhob, und schlang die Hände um seinen Nacken, um sich festzuhalten.

Guinn blickte auf sie hinunter. Sie war so zart und zerbrechlich. Wenn er wollte, könnte er sie in diesem Augenblick zerquetschen. Doch das Ehrgefühl, das sich mit jeder Minute, die er mit dieser Frau verbrachte, weiterentwickelte, widersprach vehement.

Ergeben schloss Guinn die Lider und lehnte seine Stirn an Rosies. »Wenn wir aus diesem Raum gehen, musst du absolut still sein. Nebenan liegt jemand, ein Mann schätze ich. Falls der Kerl aufwacht, wird er Alarm schlagen.«

»Ist er allein?«

»Vielleicht. Genau kann ich es nicht sagen.« Er öffnete die Augen und sah zur Tür. »Es grenzt ohnehin an ein Wunder, dass ich mich befreien konnte.«

»Weißt du überhaupt, wo wir sind?«

»Nein, aber das ist meine geringste Sorge. Erst einmal müssen wir hier raus. Bereit?«

Obwohl ihr Lächeln zittrig ausfiel, nickte sie tapfer. »Bereit.«

Guinn machte einen Schritt auf die Tür zu.

»Warte!«

»Was ist? Rosie, wir haben keine Zeit ...«

Sie löste eine Hand aus seinem Nacken und griff in ihren Ausschnitt. Sie zog eine dünne silberne Kette hervor und riss sie mit einem Ruck von ihrem Hals. Dann warf sie das zerstörte Schmuckstück aufs Bett.

Entschlossenheit flackerte über ihre Miene. »Jetzt können wir gehen.«

18. Kapitel

Als Guinn den Raum betrat, durch den sie in die Freiheit gelangen konnten und in dem die Maschine stand, blieb er wie angewurzelt stehen und starrte den imposanten Aufbau an.

Röhren und Leitungen bahnten sich ihren Weg von zwei quaderförmigen Metallkästen in Decke, Boden und Wände. Die Kästen selbst nahmen fast den gesamten Raum ein, wobei der kleinere von beiden auf der Oberseite von einem gewaltigen Glaskolben dominiert wurde, in dem der Rest einer grünen Flüssigkeit kochte, deren Farbe Guinn stark an das Battersea-Leuchten erinnerte. Er wollte gar nicht wissen, was es mit dem Inhalt auf sich hatte, dafür interessierte ihn mehr der schmale Tisch, an dessen Seiten Stahlfesseln angebracht waren und zwei metallische Kolben an der Stirnseite nach oben ragten. Unweit daneben befand sich ein hölzerner Stuhl. Auch hier gab es Fesseln, allerdings aus Leder ähnlich jenen, mit denen Guinn gefesselt gewesen war. Weiteres Kolben an der Rücklehne, ließ ihn ahnen, dass sie demselben Zweck dienten wie am Tisch. Er vermutete, dass sie am Kopf der sitzenden oder liegenden Person angebracht wurden. Warum, war nicht erkennbar, aber es konnte kaum etwas Gutes sein.

»Guinn?«, wisperte Rosie und zwang ihn dadurch, sich wieder auf ihre Flucht zu besinnen.

Ein kurzer Blick zu einem mit Papieren überladenen Schreibtisch zeigte ihm, dass der Mann, der daran saß, den Kopf auf der Platte, immer noch schlief.

Obwohl es für jemanden wie ihn schwer sein sollte, sich leise zu bewegen, schaffte Guinn es lautlos zur Tür. Rosie schmiegte sich dicht an seinen Oberkörper und gab keinen weiteren Laut von sich. Jetzt musste sich nur die Tür ohne Quietschen öffnen lassen, dann waren sie ihrer Freiheit ein gutes Stück näher gekommen.

Mit angehaltenem Atem verlagerte Guinn Rosies Gewicht und griff nach dem Türknauf. Es gab ein leises Knacken, als sich der Riegel zurückschob, aber als Guinn den Durchgang so weit öffnete, dass er bequem mit Rosie hindurchschlüpfen konnte, verursachten sie kein weiteres Geräusch.

Vor ihnen öffnete sich ein Gang wie das tiefschwarze Maul eines Untiers. Sämtliche Härchen auf Guinns Körper richteten sich auf. Er erwartete, dass Gaslampen aufflammten, sobald sie hineintraten, aber nichts geschah. Selbst, als er die Tür hinter sich schloss, standen sie in absoluter Dunkelheit.

Er spürte einen Luftzug, roch abgestandene modrige Luft. Unter den Sohlen spürte Guinn festgetretenen Sand oder Erde, keine Steine, was ihn zu dem Schluss kommen ließ, dass der Tunnel nicht wirklich befestigt war.

Klaustrophobische Enge legte sich wie ein warmer Mantel um seinen Körper, zog sich zusammen und sorgte dafür, dass Guinn stockte. Er schluckte so hart, dass Rosie es hören musste. Seine Füße versagten ihm den Dienst. Wie mit Blei ausgegossen rührten sie sich nicht von der Stelle. Guinn krallte die Finger in die Decke um Rosie und kämpfte gegen ein Gefühl der Panik an.

Das letzte Mal, als er sich so beklommen gefühlt hatte, hatte er im Tower gesessen und darauf gewartet, dass ihn jemand abholte und zu William Gull brachte, der ihn daraufhin operierte. Jetzt griffen die Geister seiner Vergangenheit mit spitzen Krallen nach seiner Seele, rissen daran und wollten ihn in die Verzweiflung stürzen. Es gab kein Licht. Keinen Hoffnungsschimmer. Nur Wände, die näher kamen. Geräusche in der Dunkelheit. Das Tropfen von Wasser auf nackten Stein.

Tack. Tack. Tack.

Gänsehaut überzog Guinns Körper. Machte ihn frösteln wie schon lange nicht mehr. Diese Kälte war nicht zu vergleichen mit dem, was er fühlte, seit er kein Herz mehr hatte. Sie war durchdrungen von Angst und Einsamkeit.

Tack. Tack.

Und plötzlich fand er sich in längst verdrängten Erinnerungen gefangen: *Er, allein in einer zwei mal zwei Meter großen Zelle. Fauliges Stroh auf dem Boden, brackiges Wasser, das an den Wänden herunterlief. Der eigene Atem, der von ihnen widerhallte wie höhnisches Lachen.*

Guinn blinzelte.

Tack. Tack.

Sein Magen verkrampfte sich, als er an jene Zeit zurückdachte, die ihn fast das Leben gekostet hatte. Er war krank geworden, der Husten hatte ihn beinah umgebracht. Ohne Gulls Eingreifen würden längst die Würmer an ihm nagen.

Endlich schaffte Guinn es, sich zu bewegen. Doch bereits nach zwei Schritten musste er sich mit der Schulter an einer Wand abstützen. Das Atmen fiel ihm schwer. Ein dünner Schweißfilm bildete sich auf seiner Haut. Kalt und nass, wie bei einem Delinquenten auf dem Weg zum Schafott.

Er biss die Zähne zusammen. Es ging hier nicht nur um ihn. Er musste sich zusammenreißen. Tief atmete er ein, sodass sich seine Nasenflügel weiteten. Dadurch erhaschte er einen vertrauten Duft. Exotisch und schwer.

Lilien. Seine Gedanken klärten sich, fokussierten sich auf das Ziel, das er stets vor Augen gehabt hatte: Rosie.

»Was hast du? Guinn?« Ihre Stimme riss ihn aus der Vergangenheit zurück in die Gegenwart.

Er sah zu ihr hinunter und erst jetzt erinnerte er sich daran, dass er sich nicht vor der Dunkelheit zu fürchten brauchte, dass er nicht allein war und dass seine Augen jede Finsternis durchdringen konnten. Gleichzeitig fühlte er Rosies zarte Finger, die seinen Nacken streichelten.

Spürte sie die Angst, die ihn vom Mann zum Kleinkind werden ließ? Falls ja, sagte sie nichts dazu, und er würde sich zusammenreißen. Ihretwegen.

Immer nur ihretwegen.

»Es geht mir gut.«

Ein Knurren ausstoßend kämpfte er sich weiter. Mochten die Erinnerungen an ihm zerren wie wilde Hunde und sich Dunkelheit auf seiner Haut anfühlen wie Morast, der ihn in eine unbestimmte Tiefe zog, er würde nicht aufgeben. Das war er der Frau in seinen Armen schuldig.

Vor ihm quiekte etwas. Ratten, vielleicht auch Mäuse. Guinn scherte sich nicht darum. In der Gosse hatte er sich früher seine Schlafstatt mit den Schädlingen geteilt, ebenso zu jener Zeit in der Kanalisation. Die Tiere griffen nur dann an, wenn sie sich bedroht fühlten, und er stellte keinerlei Gefahr für sie dar.

Mit Rosie im Arm folgte Guinn dem Tunnel, ohne zu wissen, wohin er führte. Immer wieder hielt er nach Türen Ausschau, die seitlich wegführten und vielleicht einen Ausgang boten.

Nichts.

»Verdammt!«

Obwohl er weiterging, richtete sich Rosie auf. »Was ist los? Bitte, rede mit mir Guinn.«

»Alles in Ordnung. Ich finde nur keinen Weg aus diesen gottverdammten Tunneln.«

»Irgendwo gibt es einen Ausgang«, sagte sie zuversichtlicher als er sich fühlte. Sie spürte ja auch nicht diese bohrende Angst, dass alles über ihnen zusammenbrechen könnte.

Erst jetzt wurde Guinn klar, dass er dieses Gefühl nicht einmal unter Wasser gespürt hatte. Das Gewicht des Flusswassers hatte auf seinen Brustkorb eingewirkt, ihn zu Boden gedrückt und trotzdem war Guinn nicht in Panik ausgebrochen. Was hatte es also mit engen Tunneln und Dunkelheit auf sich, dass er so reagierte?

»Fürchtest du dich etwa?« Sie klang verwirrt.

»Blödsinn!«

Ein Kichern, das Rosies Schultern zucken ließ, kam unter der Decke hervor. Guinn vermutete, dass sie versuchte, es unter dem Stoff zu verbergen, was kläglich misslang.

»Hör auf zu lachen!«

»E-entschuldige«, japste sie. »Es ist einfach eine zu komische Vorstellung, dass ein Mann wie du, der mich wahrscheinlich mit bloßen Händen zerquetschen könnte, im Dunkeln Angst hat.«

Eine harsche Bemerkung kroch Guinns Kehle hinauf. Er wollte Rosie maßregeln, ihr sagen, dass sie ihre dummen Kommentare für sich behalten sollte. Er tat es nicht, denn in ihren Augen schimmerte immer noch Mitgefühl. Sie wollte ihn ablenken und, verdammt noch mal, es schien zu funktionieren.

Er bleckte die Zähne. »Für eine Frau, die gerade durch die Gegend getragen wird, bist du ganz schön frech, Kleine.«

Wieder lachte sie, dieses Mal jedoch legte sie ihre Stirn an sein Brustbein, sodass das Geräusch wie ein Beben durch seinen Körper lief.

Zu seiner Überraschung musste Guinn feststellen, dass es ihm gefiel. Nicht allein der Klang ihrer Fröhlichkeit, sondern auch, dass sie ihm so nah war. Trotz der Dinge, die Rosie in den vergangenen Wochen durchgemacht hatte, schien das neuerliche Verabreichen von Drogen sie nicht in alte Muster zurückgeworfen zu haben. Womöglich hatte Charming sie ja nur sediert und ihr nicht wieder dieses Gift eingeflößt, das sie abhängig gemacht hatte.

»Wie geht es dir, kleine Rose? Hast du irgendwo Schmerzen?«, fragte er verspätet. »Entzugserscheinungen?«

Sie schüttelte den Kopf, sodass ihre Haare die bloßen Stellen seines Halses kitzelten. »Es geht mir gut. Ich bin nur müde.« Sie verzog den Mund zu so einem breiten Grinsen, dass er es fühlen konnte. »Meine Träume waren sehr ... lebhaft.«

Jetzt konnte Guinn nicht mehr an sich halten. Ein Lachen brach aus ihm heraus, das er vergeblich versuchte, hinunterzuschlucken, weil es an den Wänden abprallte und zurückgeworfen wurde. Falls sich noch jemand im Tunnel befand, hatten sie sich gerade verraten.

Guinn blieb stehen und lauschte. Er ließ sich Zeit. Hinter ihm gab es nur den Techniker, den er leicht ausschalten konnte, falls er ihnen folgte. Was vor ihnen lag, bereitete ihm die größere Sorge. In Gedanken zählte er bis zwanzig. So lange zu warten, bedeutete zwar ein erhebliches Risiko, aber er wollte ungern von einem Neuankömmling überrascht werden. Immerhin bestand noch die Möglichkeit, dass sie einen Seitenausgang aus dieser Hölle fanden.

Weil sich nichts rührte außer den Ratten, ging Guinn langsam weiter. Trotzdem erschienen ihm seine Schritte auf dem Boden inzwischen zu laut. Der sandige Boden war festem Gestein gewichen, und obwohl er sich bemühte, leise zu sein, waren seine Schritte weithin zu hören.

Plötzlich fühlte er ein Stechen in der Brust. Instinktiv wollte er die Hand darauf legen, aber weil er Rosie noch immer trug, konnte er es nicht riskieren, ohne sie fallen zu lassen. Er schüttelte sich leicht und lief weiter.

Wieder ein Stechen. Schärfer diesmal. Wie ein Stilett, das sein Innerstes durchbohrte. Er atmete scharf ein, doch davon wurde es nur schlimmer.

»Guinn?«

»Ich ... es ist alles in Ord...« Die Worte verebbten zu einem Schmerzenslaut, der wie ein Grunzen aus ihm herausbrach. Guinns Beine gaben nach. Er drohte nach vorn zu sacken.

Rosie gab einen Laut der Überraschung von sich und krallte sich fester an ihn. Dabei bestand keine Gefahr, dass er sie fallen ließ. Obwohl sein Innerstes verbrannte, dass ihm Hören und Sehen verging, hielt er sie fest umklammert. So sehr, dass er sie eher zerquetschte als loszulassen. Glücklicherweise dämpfte die Decke den Druck. Trotzdem fing Guinn seinen Sturz mit dem Knie auf. Eine Schmerzwelle schoss nun auch noch durch sein Bein, weshalb er die Zähne fest aufeinanderbiss, bis er glaubte, sich selbst den Kiefer zu brechen.

Verdammt, alles tat ihm weh. Was war nur los?

Rosie schien zu begreifen, dass etwas nicht stimmte. Sie lehnte sich nach vorn, bis ihre Hände den Boden berührten. Dann kroch sie umständlich aus seiner Umarmung, nur, um sich sofort vor ihm hinzuknien.

»Atme, Guinn! Du musst atmen!«

Das tat er doch, verdammt noch mal! Vor lauter Qualen konnte er das nicht mit Sicherheit sagen. Es war schließlich auch egal. Seine mechanischen Lungen würden nicht zulassen, dass er erstickte.

Er kniff die Lider zusammen, versuchte damit die weißen Punkte zu vertreiben, die über seine Netzhaut liefen. Es half nicht. Sie veränderten sich nur.

Inzwischen schien auch Rosie zu begreifen, dass etwas ganz und gar nicht stimmte. Sie streckte die Hände nach ihm aus, umfasste sein Gesicht und murmelte beruhigende Worte. Was sie sagte, verstand Guinn nicht, nur, dass ihr gleichmäßiger Tonfall zu ihm durchsickerte. Es half allerdings auch nicht, den Schmerz zu vertreiben, der sich inzwischen über seinen gesamten Körper ausgebreitet hatte.

Rosie wusste nicht, was sie tun sollte. Von einem Moment zum anderen hatte sie noch mit Guinn gescherzt, dann war er stehengeblieben und kurz darauf zusammengebrochen. Sie hielt sein Gesicht umfangen, die Finger gespreizt und bemerkte voller Sorge, dass die Ader an seinem Hals anschwoll.

»Atme doch, mein Lieber, bitte!« Sie kam näher, um zu hören, wie schnell sein Herz schlug, weil das oft ein Zeichen dafür war, dass jemand bald das Bewusstsein verlor.

Doch außer seinen hektischen Versuchen, ihrem Wunsch nachzukommen, hörte sie nur das Rauschen ihres eigenen Blutes in den Ohren.

Sie versuchte, sich zu beruhigen. Sie musste sich jetzt auf Guinn konzentrieren. Er brauchte sie. Sie durfte nicht auch noch selbst zusammenbrechen!

Inzwischen krümmte sich Guinn und hechelte wie ein Hund. Er atmete viel zu schnell, nachdem er kurz zuvor die Luft angehalten hatte. Noch immer konnte Rosie keinen Herzschlag hören.

In diesem Moment hasste sie ihre Blindheit. Sie wünschte, sie könnte sehen, was mit ihm geschah, weil sie ihm dann womöglich helfen konnte. So blieb ihr nichts anders übrig, als auf ihn einzureden wie auf ein lahmes Pferd.

»Ruhig, Guinn, ganz ruhig. Ich bin da. Ich passe auf dich auf.« Dumme, unzureichende Worte, die nicht einmal annähernd dabei halfen, dass es ihm besser ging. Im Gegenteil. Fast machte es den Eindruck, als würden immer neue Schmerzwellen durch seinen Körper laufen.

In ihrer Hilflosigkeit schnappte sich Rosie die Decke und legte sie um seine Schultern. Wo auch immer sie sich hier befanden, es war nicht so kalt, also konnte sie darauf verzichten. Womöglich half die Wärme dabei, dass er sich beruhigte.

Tränen liefen über ihre Wangen. Sie schniefte und wischte sie unwillig fort. Sie war kein schwaches Weibchen. Ihre Blindheit schränkte sie doch sonst auch nicht ein. Außerdem schuldete sie Guinn mehr als einen Gefallen. Er hatte versucht, sie zu retten. Wieder und wieder.

Wie undankbar, wenn sie jetzt einfach aufgäbe.

»Kannst du aufstehen?«

Ein Grunzen, das alles bedeuten konnte, kam als Antwort. Rosie fuhr in sein kurzgeschorenes Haar und zog leicht daran. »Guinn! Kannst du aufstehen?«

»N-nein. Scheiße, das tut weh!«

In der Annahme, er meinte sie, zog sie ihre Hände zurück. Ehe sie sie ganz fortnehmen konnte, packte er ihre Handgelenke und hielt sie fest. »Bleib.«

Er knurrte fast wie ein Tier.

Was sollte sie bloß tun?

»Ich laufe zurück. Ich hole den Mann im Labor. Er kann dir helfen!« Eine andere Möglichkeit sah sie nicht.

»V-vergiss es. Du ...« Scharfes Atmen. »Du wirst nicht dorthin zurückkehren. Sie werden dich nur wieder ...« Seine Stimme verlor sich, als er erneut krampfte.

Er stieß kleine Schreie aus, die Rosie durch und durch gingen. Wie groß mussten seine Schmerzen sein, wenn ein Mann wie er dermaßen litt?

»Was kann ich nur tun? Was?«

Sie hörte die Schritte näherkommen, als Guinn zwischen zwei Grunzlauten nach Luft schnappte. Rosie lauschte, ob sie die Klangfolge erkannte, aber das Echo der Wände verhinderte, herauszufinden, wer sich da näherte. Es konnte ohnehin niemand sein, von dem sie Hilfe zu erwarten hatten.

Guinn schien es ebenfalls zu hören. Er versteifte sich noch mehr, dann drückte er ihre Handgelenke.

»Lauf Rosie. Renn weg! Sie dürfen dich nicht kriegen.«

Wohin sollte sie denn gehen? Nur leicht bekleidet, barfuß und blind. Sogar ein Einbeiniger könnte sie in diesem Zustand einholen und aufhalten.

Sie schüttelte den Kopf. »Ich bleibe. Wir stehen das gemeinsam durch. Du wirst einen Weg finden, uns noch einmal zu befreien. Ich glaube an dich, Guinn. Ich weiß, dass du es schaffen kannst.«

»Falls sie uns nicht vorher töten«, stieß er hervor.

»Sie brauchen uns doch noch«, flüsterte sie, bevor sie sich vorbeugte.

Er ließ zu, dass sie ihre Arme um seinen Hals legte. Dabei fiel ihr zum ersten Mal der harte Brustkorb auf. Ihr Oberkörper stieß gegen das unnachgiebige Hindernis und verriet ihr dadurch, dass Guinn noch immer Geheimnisse verbarg.

»Rosie ...«

»Scht, alles wird wieder gut.« Sie wussten beide, dass sie log. Doch Rosie wollte die Hoffnung nicht einfach aufgeben. Tom wusste, dass sie lebten und irgendwo gefangen gehalten wurden. Er und die anderen würden alle Hebel in Bewegung setzen, um herauszufinden, wo sie sich befanden. Er hatte es versprochen.

»Ich werde jeden einzelnen Traumgänger darauf ansetzen, dich zu finden, Rosie«, waren seine letzten Worte gewesen, ehe sie erwacht war.

Es musste einfach funktionieren. Nur noch bis dahin versuchen, durchzuhalten.

Die Schritte wurden lauter.

Guinn versteifte sich noch mehr. Der Klammergriff, mit dem er Rosie hielt, nahm schmerzhafte Züge an.

»Ich hätte dich retten sollen, als Charming mich noch für einen Verbündeten hielt, Rosie«, stieß er leise hervor. »Es tut mir leid. Meine einzige Entschuldigung ist, dass ich damals kein sehr guter Mann war.«

Sie schwieg dazu. Was sollte sie auch sagen? Sie hatte ihn ja schließlich ebenfalls dafür verdammt.

Ein Ruck ging durch seinen Körper. Rosie fühlte, wie er den Kopf hob und ein Grollen in seinem Brustkorb vibrierte. Die Schritte hatten angehalten. Zu wem auch immer sie gehörten, derjenige stand direkt hinter Rosie.

»Wirklich anrührend. Ich wusste gar nicht, dass ihr beiden einander so nah gekommen seid?« Victor klang amüsiert. »Wenn ich das auch nur geahnt hätte ...«

Rosie interessierte es nicht, was er in diesem Fall getan hätte. Sie wollte nur, dass Guinns Schmerzen endeten, dass sie endlich frei waren und Victor an seiner eigenen süffisanten Art erstickte.

Beinah erschrak sie vor sich selbst. Rachsucht, Hass und Mordgedanken gehörten nicht zu ihrem Wesen. Dazu hatte sie zu oft gesehen, was Menschen anderen Menschen antun konnten. Wer glaubte, Träume beschönigten etwas, irrte. Ein Mord blieb ein Mord.

»Nun, meine Liebe, lass ihn bitte los.«

»Nein.«

»Dann werde ich nachhelfen müssen und das wird wehtun.«

Das tat es bereits jetzt. Weil Rosie einfach wusste, dass Victor Guinn schlagen würde, wenn sie ihn nicht mehr mit ihrem Körper schützte. Der bloße Gedanke daran war unerträglich.

»Tu, was du nicht lassen kannst, du Schwein!«

»Rosie ...« Guinn versuchte, sie von sich zu lösen, aber sie klammerte sich an ihn, als wäre sie ein weiterer Teil seines Körpers. »Es ist gut. Ich halte mehr aus als du. Lass ihn dir nicht noch mehr schaden.«

Ihr Kinn zitterte, als sie den Kopf zurücknahm und Guinn anstarrte. Obwohl sie ihn nicht sehen konnte, wusste sie genau, wie sein Gesichtsausdruck jetzt aussehen musste: bittend, unnachgiebig und stolz. Lieber steckte er die Prügel ein, als zuzulassen, dass ihr jemand wehtat. In diesem Moment zerbrach etwas ganz tief drin in Rosie. Sie wünschte sich, diesen wunderbaren Mann mit ihren eigenen Augen sehen zu können. Nicht die Traumgestalt, die zum Teil ihren eigenen Wünschen entsprach. Sie konnte nicht wissen, ob zur Realität ein Unterschied bestand. Aber sie wollte es so gern herausfinden. Dazu würde es aber niemals kommen.

»Jetzt reicht es!« Grob wurde sie von hinten gepackt und von Guinn heruntergezerrt.

»Lass los!«, schrie Rosie. Sie strampelte, schlug um sich, doch sie verfehlte zu oft ihr Ziel und schlug Löcher in die Luft.

Victor lachte harsch, dann landete er einen Treffer. Mit der flachen Hand schlug er Rosie ins Gesicht, deren Kopf zur Seite geschleudert wurde. Sie schmeckte Blut, weil sie sich auf die Lippe gebissen hatte.

»Lass sie in Ruhe!«, presste Guinn hervor.

»Sonst was, Seamus? Wirst du mir mit deiner stählernen Hand das Herz aus der Brust reißen?« Victor zog Rosie mehrere Schritte mit sich. Dem Gefühl nach tiefer in den Tunnel, weg von Guinn. »Komm doch, wenn du es kannst!«

Rosie verstand kein Wort. Was meinte er mit *stählerne Hand*? Sie kam nicht dazu, richtig darüber nachzudenken, denn sie hörte Geräusche, die klangen, als stünde jemand auf, gefolgt von schweren Atemzügen und heiserem Stöhnen. »Was zum ...?«

»Du kannst es nicht, mein Hübscher«, säuselte Victor zufrieden. »Dein neues Herz hindert dich daran. Es ist mit der Maschine im Raum hinter dir verbunden. Entfernst du dich zu weit davon, stellt es seine Arbeit ein.«

Entsetzt hörte Rosie, was er da behauptete, und langsam fielen die Teilchen an ihren Platz. Guinns unnatürlich harter Brustkorb, die Stärke seiner Hand, die sie zwar immer sanft umschlossen hatte, deren Druck jedoch stellenweise sehr fest gewesen war, und der fehlende Herzschlag.

Sie hatte gehört, wie Charming und Victor sich über einen nicht menschlichen Mann unterhalten hatten, aber nie wäre ihr in den Sinn gekommen, dass sie damit Guinn gemeint haben könnten.

Oh lieber Gott, nein!

»Ach sieh doch, dein Püppchen hat es endlich begriffen.« Victor lachte, dann riss er Rosie an sich und drückte ihr einen Kuss auf den Mund.

Rosie wehrte sich. Als er sie endlich freigab, spuckte sie auf den Boden, was ihr nur einen weiteren Schlag einbrachte. Sie bemerkte es kaum. Ihre Gedanken waren bei Guinn, der jetzt vielleicht glaubte, dass sie ihn ablehnte. Dabei lag ihr nichts ferner, als ihn zu verdammen. Und jetzt musste er noch mit ansehen, wie Victor sie benutzte.

Rosie fühlte sich schmutzig, besudelt, als ob dieser Mistkerl mehr getan hätte, als sie bloß zu küssen. Sie wollte Guinn sagen, dass Victor sie anwiderte, dass sie es kaum ertrug, auch nur die gleiche Luft zu atmen. Dass sie bei Guinn sein wollte und nirgend anders. Sie wollte ihm klarmachen, dass es ihr egal war, was in seinem Körper steckte, sie wusste schließlich, dass er eine gute Seele besaß und nur darauf kam es an. Doch sie tat es nicht, weil die Worte nicht für die Ohren dieses Schweins bestimmt waren. Stattdessen schwieg sie, weil Victor sich ohnehin nur darüber lustig machen würde.

Von Guinn kam nur ein Knurren, wie von einem Hund, der sich mit aller Macht gegen seine Kette auflehnte.

»Wirklich süß. Es scheint, als mag unser lieber Seamus dich wirklich!«

»Sein Name ist Guinn«, brachte Rosie hervor und schaffte es endlich, sich loszureißen.

Victor schnalzte mit der Zunge und riss sie am Handgelenk

zurück. Etwas Kaltes berührte ihren Hals und sie erstarrte.

»Ich erschieße sie, wenn du nicht spurst, Seamus, Guinn oder wie auch immer du dich nennst. Ich scherze nicht. Steh auf!«

Guinn musste getan haben, was Victor verlangte, denn Rosie wurde nach vorn geschubst und fand sich im nächsten Augenblick in einer warmen Umarmung wieder.

»Ruhig«, murmelte Guinn in ihr Ohr.

Sie nickte. Ihr fehlten ohnehin die Worte. Als er sich umdrehte und mit ihr gemeinsam den Weg zurückging, den er sie zuvor getragen hatte, wusste Rosie mit plötzlicher Gewissheit, wie sich Delinquenten fühlten, die zum Schafott gebracht wurden.

19. Kapitel

Nur widerwillig ließ Guinn Rosie so weit los, dass er sie durch den Tunnel zurück zum Labor führen konnte. Er brauchte das Licht nicht, das Victor mit sich führte, trotzdem zögerte er. Weil sich alles in ihm weigerte, diesen Weg zu gehen. Sobald sie wieder in dem Raum mit der Maschine waren, gäbe es keine zweite Möglichkeit für eine Flucht.

»Vorwärts!«

Guinn bleckte die Zähne in Victors Richtung, folgte aber dem Befehl.

Er legte einen Arm um Rosies Hüften, die Hand des anderen auf ihre Schulter und geleitete sie so vorwärts. Sein Plan, sie mit seinem Körper abzuschirmen, falls Victor doch noch plante, auf sie zu schießen, ging fehl, denn der veränderte einfach seine Position, sodass er auf der anderen Seite lief und freie Schussbahn hatte.

Sein Leben lang hatte Guinn gegen die ungezügelte Wut angekämpft, die ihn dazu brachte, Dinge zu tun, auf die er niemals stolz sein durfte. Dieser Zorn war es, der ihn ins Gefängnis gebracht hatte, der ihn zum Mörder hatte werden lassen. All das lag fast eine Ewigkeit zurück. Seit seiner Operation, der Flucht, Camerons Ermordung und seinen Plänen, Königin Victoria büßen zu lassen, was sie ihm antun wollte, hatte er sich nicht mehr so zum Bersten gespannt gefühlt. Sämtliche seiner Muskeln zitterten, weil er mühsam darum rang, nicht die Beherrschung zu verlieren. Er biss die Zähne zusammen, bis es schmerzte, um sich davon abzuhalten, Victor anzugreifen und ihm die Waffe aus der Hand zu schlagen. Um Rosies Willen tat er es nicht. Sie konnte nicht sehen, wohin dieses Schwein zielte und wäre einem Schuss hilflos ausgeliefert, weil sie sich niemals rechtzeitig wegducken konnte. In dieser Enge war es auch nicht möglich, sie einfach zur Seite zu schubsen, Victor würde sie dennoch treffen.

Nein, wenn Rosie überleben sollte, musste sich Guinn fügen, obwohl alles dagegen sprach. Seine Wut loderte so hell, dass ihm diesmal die engstehenden Wände nichts ausmachten. Als Rosie ein leises Geräusch von sich gab, das nach Schmerz klang, lockerte er seinen Griff, da er sich unwillkürlich in ihre Hüfte verkrallt hatte – mit seiner verstärkten Hand. Trotzdem sagte sie kein Wort. Ließ sich einfach von ihm weiterleiten. Guinn fühlte, dass sie ihm vertraute. Er hasste sich dafür. Denn bislang hatte er wirklich nichts getan, um diese Überzeugung zu verdienen.

Sie doch auch nicht. Sie hat dich verraten. Dabei geholfen, dir das Ding in die Brust zu pflanzen, das dich an diese Maschine kettet. Guinn schüttelte den Kopf. Davon wollte er nichts mehr wissen. Es mochte stimmen, aber sie hatte es ihm erklärt und er glaubte ihr. Insbesondere nach dem, was in der Zwischenzeit vorgefallen war.

Vor ihnen tauchte ein rechteckiges Licht auf, nur verdunkelt durch einen einzelnen hageren Schatten. Der Techniker stand im Rahmen der Tür. Selbst auf diese Entfernung und trotz der schlechten Sichtverhältnisse erkannte Guinn dessen weit aufgerissenen Augen. Der Puls am Hals des Mannes flatterte, weil er vermutlich damit rechnete, für Guinns und Rosies Fluchtversuch bestraft zu werden. Also ob dieses halbe Hemd ihn hätte aufhalten können.

Auf eine Geste Victors hin trat der Mann beiseite und machte Platz, damit sie an ihm vorbei ins Innere treten konnten. Sofort fiel Guinn auf, dass sich etwas verändert hatte. Das gleichmäßige Brummen der Maschine schien beschleunigt und enthielt nun ein gleichmäßiges Ticken wie von einer Uhr.

Offenbar bemerkte das auch Rosie, denn ihr Schritt stockte und ihre Schultern versteiften sich. Sacht leitete Guinn sie weiter. Victor zu reizen brachte ihnen ohnehin nichts, und er wollte nicht riskieren, dass dieser Wahnsinnige Rosie schlug, um sie gefügig zu machen.

»Setz dich, Mädchen!«, bellte Victor.

Guinn bleckte die Zähne. Woher zum Teufel sollte Rosie denn wissen, wohin sie sich setzen sollte? Sie musste vollkommen die Orientierung verloren haben angesichts dessen, dass sie mehrfach herumgeschubst und in verschiedene Richtungen gezerrt worden war.

»Sie ist blind, du Scheißkerl!«, knurrte er und wandte sich um.

Noch in der Drehung hielt er inne, weil Victor die Pistole an Rosies Hinterkopf hielt. Jetzt erkannte auch Guinn, dass es eine ähnliche Waffe war, wie William Gull sie vor einiger Zeit gegen ihn gerichtet und eingesetzt hatte. Sie wirkte gläsern wegen ihrer Durchsichtigkeit, aber ziemlich widerstandsfähig.

Victor lächelte süffisant, wie Guinn es sonst nur von Charming kannte, und bewegte den Zeigefinger der freien Hand. »Ah-ah, keine Dummheiten, mein Freund, sonst blase ich ihr den Kopf weg.«

Er braucht uns beide ... Das hatte Rosie zwar behauptet, aber nichts im Gesichtsausdruck seines Gegenübers zeigte Guinn, dass sie damit recht hatte. Es bestand durchaus die Möglichkeit, dass das Schwein sie trotzdem tötete.

Guinn senkte die Schultern und trat einen Schritt zurück. Der Techniker kam und führte Rosie zu jenem Stuhl mit den Fesseln. Mit geübten Handgriffen band er zunächst ihre Handgelenke fest, sodass Rosies Unterarme auf der Lehne auflagen, dann folgten die Knöchel und ein weiteres Lederband um ihren Brustkorb. Die ganze Zeit über gab Rosie kein Geräusch von sich. Könnte sie sehen, würde Guinn behaupten, sie starre stoisch geradeaus, gleichzeitig bemerkte er aber, dass es hinter ihrer Stirn arbeitete. Er hatte in den vergangenen Tagen so viel Zeit mit ihr verbracht, dass er jede kleinste Regung ihres Gesichtes kannte. Auch das verräterische Funkeln.

Sein Mädchen heckte etwas aus.

Guinn hielt den Atem an. Es stimmte. Rosie war sein. War es die ganze Zeit über gewesen, seit sie ihn das erste Mal in ihre Träume gelockt hatte. Jetzt wünschte er sich, sie besser kennengelernt zu haben. Sicher, er konnte in ihrem Verhalten lesen wie in einem Buch, aber Rosie mit ihren Ängsten und Sehnsüchten blieb ihm verschlossen.

Er schluckte. Inzwischen machte es keinen Unterschied mehr, ob es um die Frau aus den Träumen oder dieses ätherisch-zarte Wesen ging. Sie waren ein und dieselbe Person, auch wenn der Einfluss der Drogen Dinge mit ihr anstellte, die ihr selbst zuwider waren. Auch deshalb kostete es Guinn enorme Anstrengung, nichts zu sagen oder zu tun, bis der Techniker seine Arbeit abgeschlossen hatte.

»Und jetzt du, mein Lieber. Auf den Tisch mit dir!«

Guinn überbrückte die wenigen Meter zwischen sich und dem Tisch, dann legte er sich darauf. Er wehrte sich auch nicht, als der Techniker ihn fesselte. Er spannte lediglich seine Handgelenke, um sich unter Umständen befreien zu können, falls er die Gelegenheit dazu kommen sah.

Victor schnalzte mit der Zunge. »Lass das! Du musst mich für wahrlich einfältig halten, wenn du denkst, dass ich dich nicht durchschaue.«

»Was soll das eigentlich?«, brach es aus Guinn hervor. Nicht, weil es ihn interessierte, es sollte Victor lediglich ablenken, damit er doch noch ...

Der Kolben der Waffe traf ihn seitlich am Kopf. Nicht fest genug, nicht einmal annähernd in Reichweite der Schläfe, doch es genügte, um Guinn vor Schmerz brüllen zu lassen.

Rosie zeigte keinerlei Anzeichen, dass sie es mitbekommen hatte.

»Das nächste Mal tut richtig weh!«, zischte Victor. »Machen Sie weiter!«

Der Techniker, der in seinen Fesselversuchen innegehalten hatte, beeilte sich, fortzufahren. Guinn sah, wie dessen Hände zitterten. Trotzdem schloss er die Schnallen und zurrte sie fest.

»Fester«, befahl Victor daraufhin. »Er soll keine Gelegenheit bekommen, noch einmal abzuhauen. Und falls du es nicht bemerkt haben solltest, mein lieber Seamus«, wandte er sich direkt an Guinn, »diese hier sind mit Stahl verstärkt. So leicht wie die anderen Fesseln bekommst du sie nicht geöffnet. Wenn ich geahnt hätte, wozu du fähig bist, hättest du dich auch beim letzten Mal nicht befreien können.« Er hob den Kopf. »Sind Sie endlich fertig?«

»J-ja, Sir.« Nackte Angst lag in diesen zwei Worten.

Da begriff Guinn, dass dieser Mann nicht freiwillig hier war. Seine Furcht rührte nicht daher, dass er einen Fehler begangenen hatte, der den Gefangenen die Flucht ermöglichte, nein, er sorgte sich um das, was Victor oder sogar Charming mit ihm tun würden, wenn er sich nicht fügte. Aus dieser Richtung konnten sie also keine Hilfe erwarten.

Die Bänder saßen fest. So sehr Guinn auch versuchte, er konnte weder die Handgelenke drehen noch sich losreißen. Er fühlte zudem die Metallschienen, die unter der Polsterung entlangliefen und damit auch verhindern würden, dass der Trick mit dem Lichtmesser noch einmal funktionierte. Kurz überlegte Guinn, ob er versuchen sollte, Victor damit zu blenden, aber der könnte versehentlich einen Schuss abgeben und Rosie treffen. Oder den Techniker. Dann wäre auch nichts gewonnen.

Nie zuvor hatte die Hilflosigkeit so sehr an Guinn gezerrt wie in diesen Augenblick. Er wünschte, er hätte Doyle und Roya einen Hinweis darauf geben können, wo sie sich aufhielten, dann wäre er das Risiko, Victor zu blenden und den Techniker zu töten vielleicht eingegangen. So aber musste er die Niederlage eingestehen und abwarten, was als Nächstes kam. Irgendwann würde man ihn wieder losmachen müssen, bis dahin musste er sich wohl oder übel in Geduld üben.

Es sah, wie Victor durch den Raum ging, die Waffe auf den Tisch legte und sich dann wieder ihnen zuwandte. Interessant. Also sorgte sich der Königsspross nicht darum, dass der Techniker die Pistole an sich nehmen und auf ihn richten könnte. Wie groß musste dessen Angst sein, dass Victor darauf vertrauen konnte?

»Soll ich ihn schon anschließen?« Der Techniker stand auf Guinns Kopfhöhe hinter dem Tisch und blickte über ihn hinweg zu seinem Herrn. Der zog eine silberne Taschenuhr aus seiner Weste und klappte deren Deckel auf. Danach verglich er die Uhrzeit mit der Standuhr, die in eine Ecke gequetscht neben dem Schreibtisch stand. Dass er dazu den Männern kurz den Rücken zudrehen musste, schien ihn nicht zu kümmern.

Guinn beschloss, sich zu merken, wie unvorsichtig Victor sich verhielt. Dieses Benehmen konnte ihm im besten Fall zum Vorteil gereichen. Falls es ihm doch noch gelang, irgendwann diese Fesseln loszuwerden.

Solange Victor wegsah, spannte er die Schultern und zerrte an dem Leder. Auch Metall besaß eine Haltbarkeit und würde irgendwann brechen, wenn man es nur lange genug bearbeitete.

Eine Hand legte sich auf seinen Arm. Guinn hob den Blick und traf den des Technikers, der sofort wieder zu Victor zuckte. Ohne ihn anzusehen, schüttelte der Mann den Kopf. Mit einem Seufzen gab Guinn nach.

Unterdessen hatte Victor den Uhrenvergleich abgeschlossen und wandte sich wieder um. Er zog seine Taschenuhr mittels des kleinen Rädchens an der Oberseite auf, ehe er nickte. »Wir warten noch eine halbe Stunde. In der Zwischenzeit können Sie die Injektionen vorbereiten.«

»Natürlich, Sir.«

Der Techniker lief zu einer schmalen Anrichte, auf der mehrere gläserne Phiolen, Kolben und Flaschen standen. Während Victor sich hinter den Schreibtisch setzte, sah Guinn, wie der Techniker mehrere Dinge in ein bauchiges Gefäß goss. Er ging dabei sehr routiniert vor, was bewies, dass dies nicht die erste Mischung dieser Art war, die er zusammenrührte.

Nach einiger Zeit wogte ein stechender Geruch zu Guinn herüber. Es erinnerte ihn an das, was durch die Kanalisation lief, verbunden mit Alkohol, Kräutern und diversen Blumendüften. Schwer legte er sich auf die Atemwege, sodass Guinn insgeheim darüber nachdachte, seine mechanischen Lungen die Arbeit übernehmen zu lassen und die Luft anzuhalten. Stattdessen drehte er den Kopf noch ein Stück und sah zu Rosie.

Aufrecht, als habe man ihr einen Stock unter das Kleidchen in den Rücken geschoben, saß sie da. Sie blinzelte nicht, atmete flach und schien in einer vollkommen anderen Welt zu sein. Wenn Guinn es nicht besser wüsste, würde er annehmen, dass sie wieder unter dem Einfluss dessen stand, womit Charming sie vergiftet hatte. Aber bislang war das nicht geschehen. Wenn sie keine abrupte Nachwirkung von dem verspürte, was der Lude ihr vor Guinns Operation gespritzt hatte, musste sie sich so tief in sich selbst zurückgezogen haben, dass sie den Bezug zur Realität verloren hatte.

Vielleicht hat sie sich wieder in ihre Träume geflüchtet, schoss es Guinn durch den Kopf. Möglich wäre es. Nur wollte sie ihn diesmal offensichtlich nicht dabei haben. Nicht, dass Guinn in diesem Augenblick hätte schlafen können. Am ersten Tag ihrer gemeinsamen Flucht jedoch hatte das auch keine Rolle gespielt, als er mitten auf der Straße zwischen Träumen und Wachen durch London gerannt war.

Papier raschelte, weswegen Guinn zu Victor sah. Der hatte sich inzwischen an den Schreibtisch gesetzt und las in einigen Unterlagen. Die Lippen hatte er gespitzt, was ihm ein dümmliches Aussehen verlieh. Insgeheim fragte sich Guinn, was dieser Mann an sich haben könnte, dass ausgerechnet Charming sich auf ihn eingelassen hatte.

War es die Macht?

Unwahrscheinlich. Charming war der ungekrönte König der Unterwelt. Er besaß selbst genug davon, wenn man von seinen wenigen Widersachern wie dem Schwarzbrenner Rocket oder Alfred Buckles, dem Meisterschmuggler, absah. Nur diese beiden Männer hatten es bislang gewagt, sich gegen Charming aufzulehnen und jedes Mal eine blutige Nase davongetragen. Nichtsdestotrotz versuchten es die beiden immer mal wieder. Und Victors Einfluss? Jetzt, da die Königin ebenfalls ein mechanisches Herz besaß und den Thron nicht mehr freiwillig hergab, rückte ihr Enkel an einen untergeordneten Stellenplatz, was die Herrschaft über das Empire anging. Daran konnte es also auch nicht liegen. Sollte tatsächlich Liebe die Triebfeder der beiden sein? Aber das erklärte wiederum nicht ihre Taten.

Guinn unterdrückte ein frustriertes Seufzen. Egal, wie er es drehte oder wendete, er landete immer wieder am selben Punkt. Das machte ihn wahnsinnig, insbesondere, da er zur Handlungsunfähigkeit verdammt war.

Rosie lauschte den Geräuschen um sich herum und unterdrückte ein ängstliches Zittern. Sie würde keine Schwäche zeigen. Nicht dieses

Mal. Das verängstigte kleine Mädchen war wieder dorthin zurückgedrängt, wo es hingehörte: in eine finstere Ecke ihres Verstandes.

Das verdankte sie allein Guinn. Er gab ihr den Halt, den sie benötigte, um dem, was vor ihnen lag, mit hocherhobenem Kopf zu begegnen. Sie würde nicht mehr weinen, nicht schreien und flehen. Diese Zeiten waren vorbei, egal, was Charming, Victor oder sonst jemand mit ihr vorhaben mochten.

Ich werde nicht zerbrechen!

Dem, was sie hörte, entnahm Rosie, dass Guinn ebenfalls gefesselt war. Er konnte sie also nicht wieder befreien. Sie wusste nicht, was ihre Entführer planten, also war sie wieder dort, wo alles begonnen hatte.

Als sie den Stich in ihrem Arm fühlte, stand sie kurz davor, doch wieder in alte Muster zu verfallen. Die kalte Flüssigkeit, die durch ihre Venen floss, brannte.

Jemand knurrte. Wahrscheinlich Guinn, der mit ansehen musste, was sie ihr antaten.

Überrascht schnappte Rosie nach Luft und ballte die Fäuste. Das Mittel schien sich in jeder Zelle ihres Körpers zu verteilen. Ihr Magen ballte sich zu einem schweren Klumpen, ihre Kehle wurde eng und das Atmen fiel ihr schwer. Vor ihren Augen tanzten weiße Blitze und ein Schraubstock schien sich um ihren Kopf zu legen.

»Was ...?« Ihre Zunge klebte an ihrem Gaumen, sodass die Worte nicht herauskommen wollten.

Jemand strich ihr sacht übers Haar. Guinn? Nein, wohl kaum. Charming konnte es auch nicht sein, und Victor raschelte immer noch mit den Papieren.

»Ruhig. Atmen Sie gleichmäßig, es ist bald vorbei. Das Mittel wirkt schnell.«

Was machten sie mit ihr? Rosie wand sich, doch die Fesseln saßen stramm genug, um ihr ins Fleisch zu schneiden. Selbst die weiche Polsterung verhinderte nicht, dass es wehtat. Doch es war nichts im Vergleich zu dem, was in ihrem Körper vor sich ging. Feuerlohen rasten ihr Rückgrat entlang, sammelten sich in ihrem Bauch und drängten Galle in ihren Mund. Rosie würgte.

»Verdammt, was haben Sie mit ihr gemacht!« Guinn brüllte. Rosie erahnte sein wutverzerrtes Gesicht und sie schämte sich.

Er war ihr immer so stark erschienen, der Fels in der Brandung, an dem niemand vorbeikam. Er verdiente es, dass sie nicht aufgab, obwohl ihr Körper von innen nach außen gekehrt wurde. Sie ballte die Fäuste fester und zwang sich dazu, keinen Laut von sich zu geben. Es war schon schlimm genug, das Guinn das alles sehen musste. Sie würde ihn nicht noch quälen, indem sie weinte oder schrie.

Ich. Werde. Nicht. Zerbrechen!

Trotzdem, als sie fühlte, wie ihre Augen aus den Höhlen zu quellen drohten, hätte sie diesen Schwur fast vergessen.

»Komm schon, Rosie, halt durch!«

Gott, er klang so verzweifelt. Sogar nach allem, was sie ihm zugemutet und angetan hatte, sorgte er sich um sie.

Rosie biss die Zähne zusammen. Langsam kämpfte sie sich aus dem Schmerz. Mit gewaltiger Willensanstrengung schob sie ihn fort von sich, bis nur noch eine alles umfassende Taubheit blieb.

Tief in ihrem Innern jedoch gab es etwas gänzlich Neues. Rosie legte den Kopf schräg und runzelte die Stirn. Das Feuer in ihren Adern hatte sich zurückgezogen. Jetzt loderte an seiner Stelle eine Macht, die Rosie niemals für möglich gehalten hätte.

Sie hörte nicht nur die anwesenden Männer. Sie fühlte und sah sie!

Wenngleich nicht so, wie gewöhnliche Menschen es wohl taten. Die Männer bestanden aus flirrenden Farben, mit weichen nach außen zerlaufenden Konturen. Rosie fiel kein anderer Begriff dazu ein, als Lebensenergie.

Zu ihrer Rechten befand sich Guinn. Seine Energie loderte rot vor Zorn, die Ränder seines Bewusstseins schimmerten weiß. Er kochte vor Wut und Rosie ahnte, dass er, einmal losgelassen, zu einem tosenden Sturm werden würde, der alles mit sich riss, was ihm in die Quere kam.

Rosie gegenüber stand der Techniker. Seine Aura schimmerte in sanftem Blau, während ein dunkler Fleck aus tiefstem Schwarz auf seiner Brust prangte. Der Mann strahlte Unsicherheit und Angst aus, ganz im Gegensatz zu Victor, der sich gerade aufrichtete und näher kam.

Alles an ihm war in Grautönen gehalten. Kein Zorn, keine Angst, nur neblige Unscheinbarkeit, die Rosie deutlich zeigte, dass er für das, was hier vor sich ging, keinerlei Gefühl investierte. Sie alle waren ihm gleichgültig.

Er lief auf sie zu, ging in die Hocke. »Interessant.«

Was sah er, wenn er sie anblickte? Hatte sich nicht nur ihr Bewusstsein, sondern auch ihr Aussehen verändert?

Rosie hob das Kinn.

Sie war *nicht* zerbrochen.

Victor lachte leise. »Dickköpfiges kleines Ding.« Er drehte sich leicht und sah zu Guinn. »Sie ist schon eine starke Frau, unsere kleine Rosie, nicht wahr?«

Er erwartete offenbar keine Antwort, denn er stand auf und ging um Rosie herum.

Im nächsten Moment fühlte sie, wie etwas Kaltes an ihre Schläfen gedrückt wurde. Ein Summen ging davon aus, das sich auf ihren gesamten Körper übertrug. Schon wollte sie danach fragen, was das bedeutete, als der Techniker zu Guinn ging.

In der schemenhaften Hand hielt er zwei Stäbe, an deren Enden dünne Drähte befestigt waren. Rosie erkannte entsetzt, dass diese mit der Maschine in ihrem Rücken verbunden waren.

Endlich fand sie die Sprache wieder. »Was tun Sie da?«

Es war ihr gleich, dass die Männer nun annehmen mussten, dass sie wieder sehen konnte. Sie musste einfach wissen, warum der Mann sich mit dem Rücken zu ihr vor Guinn stellte. Der hatte den Kopf zur Seite gedreht, sodass er sie ansehen konnte. Da sie nur Farben und flimmernde Schatten wahrnahm, wusste sie nicht, ob er ihr etwas mit den Augen vermitteln wollte. Nicht einmal seinen Gesichtsausdruck konnte sie erkennen.

»Wehr dich nicht«, flüsterte Guinn. Seine Stimme ein raues Wispern, das wie ein Kriechtier über ihre Haut glitt. »Alles wird gut, kleine Rose. Ich verspreche es.«

Seine Aura veränderte sich bei jedem Wort. Das Rot dunkelte ab, wurde heller, bis ein gelber Schimmer darüber lag. Guinn log. Und jetzt konnte Rosie das nicht nur anhand seines Tonfalls erkennen, sondern auch mittels dieser neuen sonderbaren Fähigkeit.

Sie wollte Guinn widersprechen, doch kaum, da sie den Mund öffnete, schob Victor etwas hinein. Rosie bewegte den Kopf, versuchte, es zu verhindern, doch das Metallstück legte sich wie angegossen über ihre Zähne.

»Ah, welch wohltuende Ruhe. Ich verstehe wirklich nicht, wie manche Männer es aushalten, tagein tagaus mit Frauen zu verbringen, die ständig reden. Meinetwegen sollte man euch listigen Schlangen ohnehin die Zunge herausschneiden. Aber in deinem Fall«, Victor kam um den Stuhl herum und tätschelte Rosies Wange, »brauchen wir sie wohl noch.«

Von Guinns Platz kam ein Grunzen. An Victor vorbei sah Rosie, dass er sich aufbäumte. Dann verschwand der Techniker aus ihrem Blickfeld und mit Entsetzen sah sie, was er getan hatte.

Die Stäbe waren an mehreren Stellen in Guinns Haut getrieben. Die Drähte, die an den Enden befestigt waren, liefen nicht nur zu der Maschine, sondern waren auch untereinander verbunden. Lichtbögen sprangen dazwischen hin und her, sodass Guinns Körper krampfte.

»Wusstest du, dass ein Großteil seines Leibes nur noch aus Metall besteht?«

Rosie wollte den Kopf schütteln, aber sie wagte nicht, sich zu rühren. Doch nicht, weil sie nicht wusste, dass Guinn anders war, sondern weil sie immer noch nicht fassen konnte, was Victor ihm da antat.

»Er sollte schon vor einigen Jahren sterben, weil er einen Offizier während einer Barschlägerei angegriffen hat. Was anfangs nur ein Streit unter Betrunkenen war, eskalierte. Der Offizier stürzte unglücklich und fiel in ein abgebrochenes Stuhlbein und durchbohrte dadurch sein Herz. Alle Zeugen sagten gemeinschaftlich, dass dein Seamus dafür verantwortlich sei, weswegen man ihn des Mordes für schuldig befand und zum Tode verurteilte.« Victor strich Rosie eine Haarsträhne aus dem Gesicht und sprach weiter, als müsse er diese Worte unbedingt loswerden. »Doktor William Gull suchte nach einem Versuchsobjekt. Es musste ein Mann sein, dessen Überlebenswille stark genug war, dass er schlechte Behandlung, Kälte und Verletzungen überstand, ohne zu sterben. Also sorgte er dafür, dass man Seamus quälte. Er wurde in eine kleine Zelle gesperrt, man versagte ihm Essen und wärmende Kleidung, gab ihm nur sehr wenig Wasser. Sein Gefängnis war feucht, und Ratten nagten an ihm, während er schlief. Sie übertrugen Krankheiten. Und als er endlich, endlich so schwer erkrankt war, dass er hätte krepieren müssen, kam Gull und holte ihn sich. Meine Großmutter wollte über jeden Fortschritt auf dem Laufenden gehalten werden, deshalb durfte ich der Operation beiwohnen. Ich fand es aufregend zu sehen, wie sie unserem Freund hier das Herz aus der Brust holten und durch eine mechanische Apparatur ersetzen. Gull tauschte totes Gewebe gegen lebendes, gebrochene Knochen gegen Eisenstangen. Es war faszinierend.«

Entsetzt lauschte Rosie den Beschreibungen. Sie konnte sich nicht vorstellen, welche Qualen Guinn erlitten haben musste. Noch weniger verstand sie, was diese Dinge mit der jetzigen Situation zu tun hatten.

»Weißt du, meine Großmutter hat sich ebenfalls dieser Operation unterzogen. Sie ist wie er. Alle körperlichen Gebrechen, die eine Frau ihres Alters haben sollte, sind verschwunden.« Sein warmer Atem streifte ihr Gesicht, so nah war er ihr inzwischen gekommen.

Und endlich erkannte Rosie, was hinter all dem steckte. Victor wollte König werden. Dass er dazu seinen Vater aus dem Weg räumen musste, schien ihn nicht weiter zu stören. Im Augenblick galt seine einzige Sorge seiner Großmutter, deren Veränderungen dafür sorgen würden, dass sie niemals abdankte.

Oh guter Gott, hier ging es einzig und allein um Macht. Victor wollte König werden. Doch wie passte Charming da hinein?

Während Victor sich von ihr entfernte, zermarterte sie sich das Hirn. Es musste einen Grund dafür geben, dass der Prinz sich mit dem Luden eingelassen hatte. Konnte es wirklich sein, dass die beiden einander liebten? Dann läge die Lösung auf der Hand. Victoria würde niemals zulassen, dass zwei Männer einander liebten und es öffentlich machten. Aber sobald ihr Enkel König wäre ...

Endlich fielen alle Teile an ihren Platz, wenngleich Rosie noch immer nicht verstand, welche Rolle sie in den Plänen der Männer spielte. Sie war nur ein Medium, das Träume auswertete. Sie hätte es verstanden, wenn Charming und Victor sie benutzten, um die Rechtsprechung zu ihren Gunsten zu manipulieren. Aber das hier ging über einfache Beeinflussung hinaus.

»Jetzt fragst du dich, was das mit dir zu tun hat. Ich sehe es in deinen perlmuttschillernden Augen.«

Perlmutt? Emma hatte immer behauptet, ihre Augenfarbe gliche verblichenem Blau.

Victor sah sie über Guinn hinweg an. »Aber ich werde es dir nicht sagen. Du wirst dich ohnehin nicht dagegen wehren können. Weil du mir gehörst.«

»Lass ... sie ... in Ruhe!«, kam es von Guinn. Sein ganzer Körper vibrierte vor Zorn. Die rote Aura war zurückgekehrt. Die Blitze zwischen den Stäben schienen ein Eigenleben zu entwickeln, flackerten heftiger und mit deutlichem Knistern.

Victor sah zu ihm hinunter. »Sonst was? Du bist bereits ein toter Mann, Seamus. Denkst du, du kannst Rosie erneut befreien und hier herausschaffen? Das wird dir nicht gelingen. Nicht nur, dass du erst mich überwinden musst, du müsstest einen Weg finden, dich von der Maschine zu trennen.«

Victor musste wahnsinnig geworden sein. Rosie sah fassungslos zu Guinn, der sich immer noch gegen das, was sie mit ihm taten, wehrte. Vergeblich, so wie ihre Versuche, sich Gehör zu verschaffen.

Ihre Gedanken sprangen wild durcheinander. So, wie Victor klang, gab es eine Möglichkeit, zu entkommen. Sonst hätte er nicht ausdrücklich darauf hingewiesen, dass es unmöglich war. Vielleicht lag die Antwort irgendwo in dem Gesagten, doch Rosie konnte sie nicht finden. Sie fühlte Tränen der Hilflosigkeit in sich aufsteigen.

Am Ende ihrer Kraft sackte Rosie in sich zusammen. Sie wollte Guinn sagen, dass er für sie das Wichtigste auf der Welt geworden war, doch sie konnte es nicht wegen des verdammten Knebels.

Es tut mir so leid, Guinn. Ich wünschte, ich hätte dich niemals um Hilfe gebeten.

Obwohl er immer noch Schmerzen leiden musste, lag er inzwischen ruhig da. Womöglich sah er Rosie direkt an, vielleicht hatte er auch das Bewusstsein verloren. Sie wusste es nicht. Sie fühlte nur wie das, was der Techniker ihr injiziert hatte, langsam seine Wirkung weiter entfaltete.

Sie hörte Schritte, das Öffnen einer Tür. Kam doch jemand, sie zu retten? Hoffnung wallte in ihr auf, nur um gleich darauf in sich zusammenzufallen.

»Entschuldige die Verspätung, Liebster, ich musste noch etwas erledigen.« Charming eilte zu Victor und zog ihn in eine Umarmung. »Sie werden schon bald am Square erscheinen. Sie haben jedes Wort geglaubt.«

Die Männer küssten sich, wodurch ihre blassen, grauen Auren verschwammen. Als sie sich wieder voneinander lösten, hing ihr schweres Atmen in der Luft.

»Wunderbar. Alles läuft nach Plan.«

Charming hob eine Hand und seine Finger glitten in Victors Haar. »So, wie wir es besprochen haben. Ist sie so weit?«

»Fast. Ein paar Minuten noch, dann können wir beginnen.«

»Was muss ich tun?«

»Du, mein Herz, musst einfach nur genauso gut aussehen wie bisher.«

Charming kicherte beinah mädchenhaft. »Du Charmeur, aber jetzt ernsthaft, gibt es etwas, das ich tun kann?«

»In der Tat, da gibt es etwas. Rosie muss an die Oberfläche. Sie wird nur dort genug Einfluss ausüben können.«

Einfluss? Wovon sprachen die beiden? Rosie war vollkommen verwirrt.

Rosie hörte ein Klacken, dann sprang die Maschine in ihrem Rücken an. Ächzend und stöhnend fingen all die Teile, die sich in ihrem Bauch befinden mussten, an, sich zu bewegen. Vertraute Geräusche wie aus dem Extraktorraum hüllten Rosie ein. Das

Zischen, als der Dampfdruck entwich, beruhigte ihre Nerven.

Die Auren der Männer verschwammen mit dem Hintergrund. Linien wurden sichtbar, zunächst dick und auseinanderlaufend, bis sie sich zu scharfen geraden Strichen veränderten. Rosies Atem stockte, ihr Herz begann einen Trommelwirbel.

Sie wusste mit plötzlicher Sicherheit, wo sich das Versteck befand. Zu spät. Sie konnte es niemandem mitteilen. Sie konnte ...

»Jetzt, Geliebter, beginnt ein neues Zeitalter!«, rief Victor und lachte.

Alles drehte sich. Die Welt schien nicht länger stillstehen zu können. Oben war unten, rechts wurde zu links und hinten schoss nach vorn.

Mittendrin befanden sich Rosie, Guinn, Charming und Victor. Der Techniker kauerte in einer Ecke, zu weit entfernt und gleichzeitig viel zu nah, als das Rosie ihm Beachtung geschenkt hätte. Sie wusste nicht mehr, wie sie die vielen Sinneseindrücke, die auf sie einprasselten, verarbeiten sollte. Ihr Magen revoltierte, ihre Kehle fühlte sich zugeschnürt an und ihr Herz donnerte wie eine Herde Rennpferde.

Sie würgte. Der Knebel schnürte ihr die Luft ab und sie drohte, daran zu ersticken. Mit einem Zungenschnalzen kam Victor heran und nahm ihn ihr ab. »Ich will nichts hören!«

Sie nickte. Es gab schließlich auch keinen Grund, seinem Befehl nicht zu gehorchen. Geduldig wartete sie, bis Victor sich ein Stück entfernt hatte. Dann sah sie sich um. Ihr Blick fiel auf Guinn. Seine Lider waren geöffnet, aber er sah sie nicht. Fast wie tot stierte er ins Leere. Seine Augen strahlten in hellem Rot, während der Rest seines Körpers von unterschiedlichen Farbnuancen durchzogen wurde. Ein Arm, ein Bein und sein Brustkorb fielen durch ihre Schwärze auf, der Rest schimmerte zwischen Gelb und Rot. Ihr Instinkt sagte ihr zwar, dass sie diesen Mann fürchten sollte, weil sie ihn kannte und wusste, wozu er fähig sein konnte. Gleichzeitig schrie etwas in ihr, dass sie sich irrte.

Rosie keuchte erschrocken, als sich eine Hand auf ihre Schulter legte. Sie blickte auf und sah in das zu einer Fratze verzerrte Gesicht Charmings. Die Augen hatten sich in schwarze Kohlen verwandelt, Kinn und Nase standen in erschreckendem Winkel zueinander. Seine Lippen kräuselten sich, während seine Brauen scharfe Striche bildeten. Er schlang ihr etwas Kaltes um die Taille und um die Stirn. Dann löste er ihre Fesseln und zog Rosie schwungvoll auf die Beine, wodurch sie gegen ihn stolperte.

Irgendwo tief in ihr drinnen, rief eine Stimme ihren Namen.

Rosie!

Diese Stimme, dunkel und geschwächt, vertraut und gleichzeitig fremd. Rosie runzelte die Stirn, versuchte, sich zu erinnern, woher sie den Sprecher kannte, aber da war nichts außer abgrundtiefer Leere in ihrem Gedächtnis, die nur von Victor und Charming durchbrochen wurde.

Charming schlang einen Arm um ihre Taille und hielt sie unbarmherzig fest. Er zog sie mit sich zur Tür.

Hinter sich hörte Rosie ein Flüstern, doch sie verstand nicht, was gesagt wurde.

20 Kapitel

Mittels einer Sturmlampe, die diffuses Licht spendete, kamen sie rasch voran. Charming führte Rosie durch die dunklen Höhlen zu einem der drei Verstecke, die sie extra für diesen Zweck ausgestattet hatten. Unterwegs passierten sie mehrere Türen, die teilweise in Sackgassen endeten, letztlich aber nur dazu dienten, mögliche Verfolger in die Irre zu führen. Bei seinem lächerlichen Fluchtversuch, war Seamus nicht einmal so weit gekommen, diese Türen zu entdecken. Doch falls es ihm gelingen sollte, weiter zu kommen, was die Mechanik in seiner Brust hoffentlich verhinderte, sorgten an strategisch wichtigen Punkten von Victor installierte Fallen für ein Ende der Flucht.

Charming lächelte sanft. Es hatte schon etwas Gutes, einen brillanten Kopf an seiner Seite zu wissen.

»Da vorne rechts muss es sein«, sagte er zu sich selbst und hob die Lampe ein Stück höher.

Vor ihnen ragte ein Balken quer in den Tunnel und versperrte das weitere Vorankommen. Jedoch verborgen von diesem offensichtlichen Hindernis gab es eine Tür, die so geschickt mit der Umgebung verschmolz, dass nur derjenige sie sehen konnte, der wusste, dass es sie gab.

Charming drückte gegen einen Mechanismus auf Höhe von Rosies Kopf in einen Stein und die Tür setzte sich polternd in Bewegung. Es knirschte, als er Rosie hindurchgeleitete und dadurch den Sand des Tunnels mit in den gefliesten Raum brachte. Charming schloss die Tür sorgfältig hinter sich und lehnte sich dann dagegen. Für einen kurzen Moment atmete er tief ein. Was jetzt kommen würde, barg ein großes Risiko. Wie Spieler, die hofften, dass das nächste Blatt den Gewinn brachte, setzten sie alles auf eine Karte.

Es kann so vieles schiefgehen …

Wortlos stieß er sich von der Tür ab und ging an Rosie vorbei zu einer Bank, auf der er bereits Kleidung platziert hatte. Er zog Rosie ein Kleid über den Kopf, schnürte das dazugehörige Mieder in ihrem Rücken und reichte ihr dann ein Paar Stiefel.

»Anziehen!«

Das Mädchen folgte jeder Anweisung, ohne zu murren, schlüpfte in die Schuhe, in lederne Handschuhe und zu guter Letzt in einen dicken Wollmantel. Um ihr Gesicht zu tarnen, setzte Victor ihr noch einen breitkrempigen Hut mit Netzschleier auf.

»Dreh dich«, forderte er und nickte zufrieden, nachdem er sichergestellt hatte, dass die Kleidung zu seiner Zufriedenheit saß. »Sehr gut. Du siehst aus wie eine kleine Lady.«

Dann verließen sie durch die gegenüberliegende Tür den Raum. Im nächsten Augenblick standen sie in einer gewaltigen Halle. Schwarz-weiß karierter Marmor bedeckte den Boden. Mannshohe Spiegel an den Wänden ließen die ohnehin schon große Halle noch riesiger erscheinen. An den Decken hingen goldene Lüster und eine geschwungene Treppe führte in den ersten Stock. Es gab weitere Türen, von denen einige in den Salon, die Wirtschaftsräume und eine Bibliothek sowie in den hinteren Teil des Gebäudes führten. *Roseland Manor* gehörte zu den größten Anwesen der Oxford Road. Bis vor wenigen Monaten hatte es noch zum Besitz des verstorbenen Lordkanzlers Pendergast gehört. Nach dessen Ableben und wegen des drohenden Skandals hatte sein Bruder, Sir Ian Connery, es der Krone als Geschenk überlassen. Es wurde seitdem von einem Mann verwaltet, der insgeheim der Ideologie Pendergasts folgte und kein Problem damit hatte, dass es jetzt jemand anderen gab, der dessen Pläne umzusetzen gedachte.

Der Geheimgang, der sich hinter einer weiß verputzten Fassade unterhalb der Treppe befand, war ebenso geschickt getarnt, wie der Weg aus den Tunneln in den gekachelten Raum, weswegen sich die Tür fast nahtlos schloss. Wer den Eingang nicht kannte, würde ihn niemals durch Zufall entdecken. Scotland Yard mochte womöglich mittels eines *Human Identify and Detection Evaluators* erkennen, ob es unterhalb der Treppe Lebewesen gab, aber solange sich niemand dort aufhielt, wäre auch eine Untersuchung mit dem *HIDE* nicht zielführend. Ganz abgesehen davon, dass kein Polizist dieses Landes es wagen würde, das Haus zu durchsuchen, nachdem es nun der Krone gehörte.

Charming und Rosie verließen das Haus durch einen Seitenausgang, wo bereits eine Droschke auf sie wartete. Am Heck und an den Türen prangte Victors Wappen mit den charakteristischen Löwen und dem Einhorn. Lester saß auf dem Bock. Er trug die einfache Kleidung eines Kutschers in gehobener Position. Sein Zylinder saß nicht ganz perfekt, aber Charming würde darüber hinwegsehen. Niemandem würde dieses kleine Detail auffallen.

Sobald er sie sah, sprang Lester zu Boden, öffnete die Tür mittels des dafür vorgesehenen Hebels und die kleine Treppe glitt vollautomatisch nach unten. Nachdem sie eingestiegen waren, schloss er den Verschlag wieder und kletterte auf seinen Platz zurück. Charming klopfte mit der silbernen Spitze eines Spazierstocks, der in der Ecke gelehnt und den er jetzt an sich genommen hatte, gegen das Wagendach, und das Fahrzeug setzte sich in Bewegung.

Rosie sollte schreien, sich wehren und Charming sagen, was sie von ihm hielt. Sie tat nichts dergleichen. Ein Teil von ihr wollte rebellieren, doch der Großteil ihres Verstandes befand sich unter einer Glocke aus nebligem Dunst.

Was auch immer dieses Mal in der Spritze gewesen sein mochte, es hatte sie nur zum Teil in seiner Gewalt. Sie konnte noch einigermaßen klar denken, wenngleich sie sich noch immer wie eine Marionette fühlte. Sobald Charming den Mund öffnete, gab es da einen inneren Zwang, der sie dazu drängte, alles zu tun, was dieser Mann von ihr verlangte, auch wenn es sie zerriss.

Rosie!

Immer wieder diese Stimme, die sich in ihren Gebeinen festgesetzt zu haben schien und sie drängen wollte, eine bestimmte Richtung einzuschlagen. Ein Name schoss durch ihr Gedächtnis. *Guinn.* Kurz und nicht greifbar. Und gleichzeitig unendlich kostbar. Mit allem, was sie besaß, klammerte sie sich daran. Sie durfte ihn nicht vergessen. Nicht wieder. Er war ihr kostbarster Besitz, den sie niemals mehr hergeben würde.

Über ihre rasenden Gedanken hinweg hielt die Droschke mit einem Ruck an. Danach öffnete sich zischend die Tür.

Rosie beobachtete, wie Charmings Umriss den Spazierstock ergriff und sich erhob. Er kletterte hinaus und streckte ihr seine Hand entgegen. Sie ergriff sie und ließ sich nach draußen helfen.

Erschrocken schnappte sie nach Luft, als ihre Welt auseinanderbrach.

»Was siehst du, Rosie?« Ein schillernder Arm schob sich in ihr Blickfeld und beschrieb einen Halbkreis.

Sie folgte der Bewegung und endlich beruhigte sich die Welt wieder. Mit einem scharfen Rucken glitt sie in ihre Achse zurück und zeigte sich in ihrer ganzen, neuen Pracht.

Vor ihnen lagen unzählige nebelgefüllte Waben. Sie unterschieden sich nur durch ihre Farben, waren aber allesamt an einem einzigen Punkt miteinander verbunden: Rosie. Feine Stränge umschlangen ihren Brustkorb, ohne sie einzuengen. Weshalb ihr das vorher nicht aufgefallen war, wusste sie nicht, aber irgendetwas sagte ihr, dass es etwas mit dem zu tun hatte, was sie mit Guinn gerade anstellten.

Sie runzelte die Stirn und strich mit den Fingern über die Saiten. Ein sanfter Laut, wie bei einem Harfenspiel, ertönte. Es war so wunderschön, dass sie es gleich noch einmal wiederholte. Wie Regentropfen rieselten die Töne auf sie hinab, setzten sich auf ihre Lider, Nase und Mund. Mit der Zungenspitze tastete Rosie danach und ein Kaleidoskop an Geschmäckern tanzte auf ihren Geschmacksknospen.

Wohin Rosie auch blickte, überall gab es diese seltsamen Gebilde. Sie sah darin Bewegungen und wusste mit einem Mal ganz deutlich, dass es sich dabei nicht um Träume handelte.

»Sie sind wach«, hauchte sie und riss erschrocken die Augen auf. Gänsehaut überzog ihren Körper.

»Richtig. Sie sind wach.« Charming klang mehr als zufrieden. Er verschränkte die Arme vor der Brust.

»Ich verstehe das nicht ...«

»Musst du auch nicht, Mädchen. Was du wissen musst, ist, dass deine Gabe einzigartig ist. Du siehst in die Köpfe jedes Bewohners dieser gottverdammten Stadt. Und du wirst in einigen bestimmten Schädeln ein paar Dinge durcheinanderbringen.«

»Ich glaube nicht, dass ...«

»Was du glaubst oder nicht glaubst, ist irrelevant, Rosie. Du tust, was ich dir befehle. Verstanden?«

Sie wollte es nicht, aber sie würde es tun. Weil sie immer tat, was er verlangte. Sie war sein ...

Es tut mir so leid, Guinn.

Rosie wollte Fragen stellen. Schreien. Irgendetwas tun, aber ihre Zunge fühlte sich an wie mit Blei ausgegossen, so wie ihr Innerstes zu einem leblosen Klumpen verschmolz.

Hilflos starrte sie auf die sich bewegenden Gebilde vor sich. All das hier fühlte sich so elendig falsch an.

Eine Bewegung in einer der Waben erregte ihre Aufmerksamkeit. Alles, was in diesen Wachträumen geschah, stellte sich Rosie so dar, wie sie es aus den Traumextrakten gewohnt war. Echte Menschen, echte Bilder. Keine Farbkleckse, keine Energieformen.

Sie sah einen Salon mit Kamin. Ein helles Sofa und einen Sessel.

Menschen tummelten sich um eine Gestalt, von der dieses Bild auszugehen schien. Sie lag auf dem Rücken und sah die anderen im Raum an. Hin und wieder veränderte sich die Achse des Blickwinkels, wenn derjenige nickte oder den Kopf bewegte. Eine schlanke Gestalt beugte sich vor, eine Hand nach vorn gestreckt, als wolle sie dem Bildgeber die Haare aus dem Gesicht streichen.

Rosies Herzschlag setzte aus, als sie die Umrisse von Emma erkannte. Als die Frau zurückwich, verdichteten sich die Gestalten im Hintergrund. Rosie erkannte Roya, Ian und Inspector Whiting. Eine weitere Person war anwesend, die sie jedoch nicht kannte. Sie sprachen miteinander, ohne dass Rosie die Worte verstand, ihren Körperhaltungen entnahm sie allerdings, dass sie aufgebracht waren. Emma wirkte, als habe sie geweint und hektische rote Flecken hatten sich auf ihren Wangen gebildet. Ian hatte einen Arm von hinten um ihre Schultern gelegt, doch das genügte offenbar nicht, um seine Frau zu beruhigen. Auch Roya sagte etwas, woraufhin alle den Bildträger ansahen. Jetzt begriff auch Rosie, um wen es sich dabei handeln musste.

Tom! Sie schrie den Namen in ihrem Kopf, weil sie fürchtete, Charming könnte darauf aufmerksam werden.

Rosie?

Ihr Atem stockte. War das tatsächlich möglich? *Tom, hörst du mich etwa?*

Laut und deutlich. Wie ist das möglich? Verdammt? Wo bist du?

Oh Gott, das ist ... Ihr fehlten die Worte, dann besann sie sich.

Erinnerungen vermischten sich mit Erlebnissen, Zeit verschwamm zur Bedeutungslosigkeit. Alles lief langsamer, während Rosies Gehirn mit der Präzision einer Maschine zu arbeiten begann.

»Nimm deine Hände weg, Tom!« Ihr Vater, der jemanden anschrie, der sie streichelte. Rosie erinnerte sich, obwohl sie noch nicht einmal geboren gewesen war! *»Du wirst dieses Kind nicht auch zu einem Monster machen!«*

»Ich wollte doch nur meine Schwester begrüßen.« Das tränendurchzogene Wispern eines Knaben.

»Wir haben keine andere Wahl, Sara.«

Eine Frau schluchzte. Bei Gott, das musste ihre Mutter sein!

»Versteh mich doch. Er geht in unseren Köpfen ein und aus. Willst du wirklich, dass er ... dem Baby das antut, was er mit uns macht?«

»Nein«, weinte die Frau.

»Dann werden wir ihn wegbringen. Fort von dem Kind, das vielleicht gesund

ist.« Nie zuvor hatte sie ihren Vater derart grausam reden gehört. Zu ihr war er stets liebevoll und aufmerksam gewesen.

»Joseph, er ist doch unser Sohn!«

»Er ist ein Monster und gefährlich, Sara! Er war an deinem Bett, Liebling. Ich habe gesehen, wie er seine Hände nach dem Baby ausgestreckt hat, während du schliefst. Wer weiß, wie oft er das schon getan hat? Es wäre möglich, dass er …«

Es gab keine Bilder zu diesem Gespräch. Dennoch wusste Rosie, dass sie es bewusst erlebt hatte. Durch die Verbindung zu ihrer Mutter. Sie erinnerte sich, dass sie danach nie wieder etwas von dem Jungen gehört hatte. Nicht einmal seine tröstende Gegenwart hatte sie gespürt. Bis jetzt.

Toms Gedanken streichelten ihren Geist. Er beruhigte ihre aufgewühlten Nerven mit seiner bloßen Anwesenheit und das, obwohl er weit weg war. In diesem Punkt hatten er und Guinn einiges gemeinsam: Beide Männer schafften es, dass sich Rosie besser fühlte.

Sie genoss einen Moment dieses Gefühl, dann stellte sie sich den Tatsachen. Endlich erinnerte sich Rosie. Er hatte sie verändert. Damals, als sie noch im Schoß ihrer Mutter ruhte. Vermutlich nicht mit Absicht, dennoch hatte er bewirkt, dass sich ihre bereits vorhandene Gabe mit seiner vermischt haben musste.

Ihr Verstand raste, während sie die Einzelteile zusammensetzte. Langsam ergab alles einen Sinn. Einen absurden, irrationalen und vollkommen verrückten Sinn. So wie Tom in Träume eintreten konnte, besaß sie die Fähigkeit, in aktives Bewusstsein einzusteigen.

Oh Gott, und es würde funktionieren! Weil sie doch anders war als gewöhnliche Traumgänger. Das wusste sie mit einem Mal so deutlich, wie sie wusste, dass sie nicht tun konnte, was Victor und Charming verlangen würden.

Rosie?

Tom, ich erinnere mich!

Eine Welle der Verblüffung ging von ihm aus. Rosie fühlte es, als könne sie seinen Gesichtsausdruck sehen. Ebenso wie sie mit einem Mal die Gefühle aller anderen Lebewesen wahrnahm, die in den Waben um sie herum existierten. Es war zu viel. Erdrückend. Beängstigend.

Woran?

An uns. An deine Berührung als kleiner Junge.

Schweigen, dann hörte sie einen Fluch. *Unmöglich! Du warst nicht einmal geboren!*

Und doch weiß ich es. Es ist wie ... ein Traum.

Verdammt Rosie, was ist da los? Wo bist du? Sag es mir und wir kommen und holen dich.

Zu spät. Dafür ist es viel zu spät. Aber ihr müsst sie aufhalten!

Wen, Rosie? Herrgott nochmal, rede mit mir!

Victor und Charming, sie wollen mich benutzen! Weil sie fürchtete, nicht länger diesen Zustand des Kontakts aufrechterhalten zu können, versuchte Rosie ihm zu übermitteln, was sie glaubte, herausgefunden zu haben. Sie schickte ihm das Bild des Labors und dessen Standorts in der Hoffnung, dass es nicht zu spät war. *Du wirst mich vielleicht nicht retten können, aber Guinn. Bitte. Er hat so viel für mich riskiert. Hol ihn da raus. Bitte, Tom!*

Hab keine Angst, Schwesterherz, wir finden einen Weg. Versuch die Verbindung aufrecht zu halten. Versuch ... Rosie? Rosie!

»Sie verdreht die Augen, Sir, was ist da los?«

»Ich habe keine Ahnung, Lester.«

Ein harter Schlag traf Rosies Wange und riss sie brutal aus der Verbindung mit Tom. Es brannte, dennoch hatte sie das Gefühl, ein Stück Stoff habe die Ohrfeige abgemildert. Jemand packte sie am Arm, zog ihn in die Länge und die altbekannte Kühle eines Mittels, das in ihren Körper gepresst wurde, überschwemmte sie. Das Gespräch mit Tom zerfaserte wie ein dünner Wollfaden, ehe es komplett in den Tiefen ihres Bewusstseins verschwand.

»Das wird genügen. Rosie?«

Was? Wer rief da? Sie blinzelte. *So viele Farben.*

»Rosie? Hörst du mich? Ich bin es ... Charlie.«

Den Namen kannte sie. Er klang vertraut. Beruhigend. Er gehörte einem Freund. Und doch nicht ...

Ihre Wange wurde getätschelt. Es tat etwas weh. »Wirst du ein braves Mädchen sein, Rosie?«

Sie konnte sich nicht gegen eine Antwort wehren. »Ja.«

Ihre bewussten Gedanken fühlten sich so schwer an. Da gab es etwas, das sie festhalten sollte, aber es gelang ihr nicht. Weitere Namen und Gesichter geisterten durch ihren Verstand, die sie nicht mehr zuordnen konnte.

Unwichtig.

Es gab nur eines, das zählte: Charlie.

21. Kapitel

Guinns Körper schien aufgegeben zu haben. Er lag auf dem Tisch und konnte sich nicht rühren, während sein Leib mit vielen kleinen Schlägen drangsaliert wurde, die von den Stäben in seiner Brust herrührten. Bevor seine Augen sich verdunkelten und er nahezu blind geworden war, hatte er noch die Lichtreflexe gesehen, die von einem Stab zum anderen sprangen.

Was auch immer Charming und Victor taten, es würde ihn früher oder später umbringen.

Rosies Angst lag noch immer wie ein schwerer Duft im Raum und zerrte an Guinns Nerven. Er wollte zu ihr, aber es ging nicht. Jede Form der Bewegung schien unmöglich. Als ob sein Verstand endlich begriffen hätte – nach all der langen Zeit – dass sein Körper aus diversen Einzelteilen zusammengestückelt worden war. Es änderte jedoch nichts daran, dass er immer noch fühlen konnte. Und das, was in ihm vorging, war schlimmer, als ein Sturm an der Küste von Dover.

Sie hatten Rosie weggebracht!

Sollte er jemals die Gelegenheit bekommen, Charming oder Victor in die Finger zu bekommen, er würde sie töten. Langsam und qualvoll. Es war ihm egal, wie Rosie später darüber denken mochte, das Tier in ihm suchte nach Befriedigung seiner Rache.

Ehe sich seine Sicht verabschiedet hatte, hatte Guinn noch gesehen, wie Charming Rosie ein silbernes Band um die Stirn geschlungen hatte, das über den Rücken nach unten lief und in einem kleinen Kästchen mündete, das mit einem Gürtel um ihre Taille befestigt war. Rosie hatte keine Fesseln getragen, weil sie sich widerstandslos in alles fügte, was ihr gesagt wurde.

Allein bei dem Gedanken, was ihr blühte, zog sich alles in Guinn zusammen. Er brüllte. Zumindest dachte er, dass er es täte. Stattdessen gab es nur ein gleichmäßiges Ticken, dort, wo sein Herz hätte sein sollen, und seine Lippen blieben geschlossen. Zum ersten Mal, seit Gull ihn verändert hatte, wünschte er sich die Glut zurück, die ihn von innen wärmte, denn mit Rosies Fortgehen breitete sich eisige Kälte in ihm aus.

Die Maschine neben ihm ratterte, stampfte und pumpte. Vollkommen unbeeindruckt von der Verzweiflung des Mannes, der zu ihrer Linken lag. Sie würde ihre Arbeit verrichten, tun, wofür sie konstruiert worden war. Ein braves Arbeitsmittel, ohne eigenen Willen. Viel leichter zu kontrollieren als ein Wesen wie Guinn.

Stoff raschelte, als der Techniker an den Tisch trat. In seinen Augen lag Angst.

»Es tut mir leid, Sir, aber ich muss Sie wieder betäuben, bis das Verfahren abgeschlossen ist. Sie sterben sonst an dem Schock.«

Oh bitte! War der Tod wirklich so schlimm im Vergleich zu dem, was eventuell noch auf Guinn zukommen konnte? Er wusste es nicht, wollte es gar nicht wissen. Alles, was für ihn zählte, war Rosie.

Seine Gedanken zerflossen zu flüssigem Silber, als der Äther, den ihm der Techniker mittels Atemmaske einflößte, seine Lungen füllte. Es war gleich, Guinn hätte auch im wachen Zustand nichts dagegen unternehmen können.

Raben umkreisten krächzend den Tower. Dunkle Wolken trieben über dem Himmel. Es war kalt und feucht. In der Ferne schlug Big Ben die achte Nachtstunde. Bis auf einen Nachtwächter war niemand zu sehen.

Das Gesicht des Mannes lag im Dunkeln. Er lief gemächlich seine Runde und beachtete Guinn nicht, der sich überrascht umsah. Nur Rosie schaffte es, Träume derart real wirken zu lassen. Sonst waren sie ihm immer blass und mit dem Gefühl der Unwirklichkeit behaftet erschienen.

Aber Rosie war fort.

Ein Knurren entriss sich Guinns Kehle. Auch in dieser Welt wollte er etwas zerschlagen oder töten.

Und diese Situation war nur allzu vertraut. Es war kurz vor dem Jahreswechsel gewesen, als er an dieser Stelle gestanden und sich überlegt hatte, wie er auf den Glockenturm hinaufkam, ohne dass der Nachtwächter ihn bemerkte. Weil er dort jene Bomben platzieren wollte, die die Königin töten sollten. Geschafft hatte er nur, dass der Glockenturm in der Realität zerstört war. Die Königin lebte noch und er ... nun, er hatte ein erfrischendes Bad in der Themse genommen, ehe dieser Albtraum begonnen hatte, in dem er sich jetzt wiederfand.

»McGuinney!«

Der Nachtwächter drehte sich in einer fließenden Bewegung um. Guinn erkannte Doyle. Womit er allerdings nicht rechnete, waren die Gestalten, die plötzlich neben dem Mann auftauchten: Emma, Lord

Connery und Royalyn. Sie hielten sich alle an den Händen. Jetzt erkannte Guinn auch, dass auf Doyles Stirn Schweißperlen standen. Hatte der Kerl etwa die anderen in Guinns Träume gebracht?

»Doyle!«

»Wo ist Rosie?«, rief Emma und machte Anstalten, auf ihn zuzulaufen, die anderen hielten sie jedoch unerbittlich fest.

Guinn runzelte die Stirn. »Weg. Charming hat sie fortgebracht.«

»Und Sie? Sind Sie immer noch am Square?« Connery wirkte ungeduldig. Sein Körper flackerte wie eine Kerze im Wind. Ständig verblasste er, um kurz darauf wieder sichtbar zu werden.

»Ich habe keine Ahnung, wo ich bin«, gab Guinn zu. »Ich liege in einem Labor, gefesselt auf einem Tisch und aus meinem Körper bezieht eine Maschine Energie, mit der sie Rosie unter ihrer Kontrolle halten.«

Doyle fluchte. Roya warf ihm einen tadelnden Blick zu und ergriff das Wort. »Guinn, wir wissen, dass das Labor unterhalb von Trafalgar Square liegt, Rosie hat es uns gesagt. Wir sind bereits auf dem Weg. Falls diese Verbindung getrennt wird, liegt es daran, dass wir versuchen, in einer Kutsche zu schlafen. Hör zu: Ian wird kommen, um dich zu befreien. Wir anderen kümmern uns um Rosie.«

»Ihr darf nichts geschehen«, stieß Guinn durch zusammengebissene Zähne hervor.

»Da sind wir einer Meinung«, zischte Doyle. Ein Schmerzenslaut folgte. »Verdammt! Ihr Traum fühlt sich an, als würden Blitze hindurchzucken. Was ist da los?«

Die Stäbe. Guinn erschrak.

»Keine Zeit für Erklärungen. Kommen Sie einfach, so schnell wie sie es schaffen. Und Doyle?«

»Ja?«

»Falls Ihnen Charming über den Weg laufen sollte, richten Sie ihm ein paar schlagfertige Grüße aus.«

Tom nickte grimmig, dann verschwanden er und die anderen aus der Traumlandschaft. Guinn wartete, dass auch er erwachen würde, aber es geschah nichts.

Wie ein ausgesetzter Hund, der auf die Rückkehr seines Herrchens wartete, stand er mitten auf der Straße und starrte auf den Rücken des Nachtwächters, der sich immer weiter von ihm entfernte.

Verdammt. Wenn er aufwachen wollte, musste er es wohl oder übel selbst in die Hand nehmen. Er erinnerte sich daran, dass Roya ihm erklärt hatte, dass Schmerzen, die man im Traum erlitt, oftmals dafür sorgten, dass man erwachte. Nun, dann wurde es jetzt wohl Zeit, herauszufinden, ob diese Theorie stimmte.

Wie von selbst glitten seine Augen zu der über den Häusern aufragenden Spitze des Glockenturms. Er würde hinaufklettern und sich fallen lassen. So, wie er es vor Wochen schon einmal getan hatte. Nur, dass er dieses Mal nicht auf den Füßen landen wollte.

Eine Walze aus Feuer raste über Guinn hinweg und ließ ihn nach Luft schnappen. Er riss die Augen auf, sah alles verschwommen, bis mehrmaliges Blinzeln dabei half, die Umgebung zu erkennen.

Er lag noch immer im Labor, der Techniker saß am Schreibtisch und starrte zu ihm herüber. Entsetzen lief über sein Gesicht. Vermutlich, weil er geglaubt hatte, Guinn dauerhaft betäubt zu haben.

»Sie ...?

»Ja, ich«, knurrte Guinn und zerrte an den Fesseln. Sie gaben keinen Millimeter nach. Daher hob er den Kopf und sah von dem Techniker auf seine Brust. Die Stäbe darin warfen immer noch Lichtbögen. Ein seltsamer Geruch lag in der Luft, der dieses Mal nichts mit Lilien zu tun hatte.

Victor saß an seinem Tisch und beachtete weder ihn noch den Techniker. Es schien fast, als sei er selbst in seiner eigenen kleinen Welt versunken.

Guinn konzentrierte sich wieder auf seine eigene Lage. Er folgte den feinen Drähten, die zu einer Muffe am Extraktor liefen. Ein Teil der Verbindungen zweigte vorher ab und wand sich um den schmalen Kopfteil des Glasbehälters. Die Flüssigkeit darin war bis zu einem Drittel verschwunden, dafür schwebten kaum wahrnehmbare Schleier hinter dem Glas.

Das Zischen der Maschine hatte auch aufgehört, wie Guinn beunruhigt feststellte. Also wurde der Dampf nicht mehr in den Innenraum, sondern nach außen abgelassen.

»Sie blasen es in die Luft«, murmelte er zu sich selbst.

»Was haben Sie gesagt?« Victor stand auf; Guinn ignorierte ihn.

Er suchte die Maschine nach weiteren Hinweisen ab, dann bemerkte er, dass an dem Stuhl, auf dem Rosie gesessen hatte, etwas anders war.

Es dauerte einen Augenblick, bis er begriff, was ihn störte. Das Kopfteil fehlte. Jetzt gab das Band um Rosies Stirn Sinn. Irgendwie musste es mit dem Extraktor verbunden sein. Guinn war kein Techniker. Seine Kenntnisse über Maschinen beschränkten sich auf die Nutzung einer Hoover-Kutsche und dem Auffüllen der Kohlen in seiner Brust. Da letzteres in Zukunft nicht mehr nötig sein würde, fiel auch das weg. Aber Guinn wusste, dass etwas, das aussah wie Fisch, stank wie Fisch und schmeckte wie Fisch, kein Vogel sein konnte.

Wenn es ihm gelang, die Maschine zu zerstören, würde Rosie nicht mehr durchführen können, wozu die Mistkerle sie entführt hatten. Und womöglich wäre auch Guinn dann in der Lage zu fliehen, ohne diese entsetzlichen Schmerzen erleiden zu müssen. Aber dazu müsste er an dem Techniker und Victor vorbeikommen. Ganz zu schweigen von den elenden mit Eisen verstärkten Fesseln.

»Sie wirken nicht sonderlich erbaut, Seamus.«

»Guinn.«

»Ah, ja, das sagte Rosie bereits.« Victor tippte sich ans Kinn. Eine affektierte Geste, die Guinn bereits von William Gull kannte.

»Wenn ich hier loskomme ...«

»Ja, ja, dann reißen Sie mir das Herz aus der Brust. Plattitüden, mein Bester. Sie sind nicht einmal in der Lage, einen einzigen Schritt zu gehen oder sich aufzurichten. Sie werden gar nichts tun, außer irgendwann zu sabbern beginnen.« Victor hob einen Mundwinkel und zum ersten Mal, seit Guinn ihn kannte, erreichte das Lächeln seine Augen. »Oh, habe ich vergessen, das zu erwähnen? Verzeihung.«

»Sie elender Mistkerl.«

»Ja, das bin ich wohl. Aber im Gegensatz zu Ihnen, Guinn, werde ich am Ende alles bekommen.«

Das würde er. Aber Guinn würde den Teufel tun, nicht alles zu versuchen, um das zu verhindern.

»Zeit, aufzuräumen.«

Ehe er fragen konnte, was Victor meinte, drehte sich dieser um. Guinn sah etwas Helles in seiner Hand aufblitzen. Im nächsten Moment gellte ein Schuss. Der Techniker stieß ein Keuchen aus, fasste sich an die Brust und sank in sich zusammen.

Victor stieg über ihn hinweg. Er zog einen Hebel an der Maschine und bewegte anschließend ein Drehrad. Die Anzeigen in den Fenstern schossen in den roten Bereich und die verbliebene Flüssigkeit im Glaskolben begann unvermittelt zu kochen.

Jäh erkannte Guinn, was der Prinz vorhatte. Er würde die Maschine in die Luft jagen – und mit ihm alles in unmittelbarer Nähe. Jetzt begriff er auch, was Doyle meinte, als er ihn nach dem Square fragte. Victor hatte einen Weg gefunden, seine Familie dorthin zu locken.

Rosie und Charming würden ebenfalls da sein.

Guinns Augen weiteten sich. »Sie wollen alle töten!«

Victor drehte sich um und sah ihn überrascht an. »Sie sind schlauer, als ich es bei einem Straßenköter für möglich hielt. Sie haben recht. Ich will, dass alle sterben.«

»Aber warum? Warum Rosie? Warum Charming?«

Victors Lippen verzogen sich erneut. »Doch nicht so intelligent, wie ich dachte.« Er nahm seinen Mantel, der über der Stuhllehne hing, und schlüpfte hinein. Anschließend setzte er sich seinen Zylinder auf das Haupt und strich seine Kleidung glatt. »Ich könnte Ihnen erklären, warum und wieso ich all das tue, aber ich denke nicht daran. Leben Sie ... ach nein, vielleicht doch nicht.« Mit langen Schritten ging er zur Tür und ließ Guinn allein mit dem toten Techniker und der rumpelnden Maschine zurück.

Trafalgar Square war weitestgehend abgesperrt. Falls Charming gehofft hatte, in der Menge untertauchen zu können, wenn etwas bei diesem Plan schiefging. Nicht, dass er glaubte, dies könne geschehen. Victor und er hatten alles bis ins Kleinste geplant.

Seit sie von Rosie und ihrem Talent wussten, hatten sie Tag und Nacht daran gearbeitet. Zunächst sollte nur das Gas in die Atmosphäre entlassen werden und dadurch Pendergasts Plan, alle Menschen mit besonderen Gaben auszustatten, erfolgen. Menschen, die sich auf diese Art veränderten, hatten mit Sicherheit weniger Bedenken gegen einen König, der einen Mann liebte, als die amtierende Königin. Und falls doch, Rosies besondere Fähigkeit sorgte dafür, dass alle nach seiner Pfeife tanzen würden.

Er lächelte in sich hinein bei der Vorstellung, wozu dieses kleine, zarte Geschöpf an seiner Seite fähig war. Er hatte es nicht glauben wollen, als Victor ihm versicherte, dass die Droge, die er aus Indien mitgebracht hatte, sie zu einer vollkommen willenlosen Puppe machen würde. Aber es funktionierte. Selbst nach ihrer Entgiftung gehorchte sie nach einer kleinen Dosis bereits wieder wie ein kleiner Schoßhund aufs Wort.

»Komm, meine Liebe. Wir müssen zur Nelson-Säule.«

Er griff Rosie am Unterarm und führte sie über den Platz. Das Wasser plätscherte leise. Das Leuchten am Himmel färbte die weißen

Steine der Säulen und Brunnen grünlich. An einigen strategisch gut platzierten Stellen entdeckte Charming Schutzmänner in Uniformen. Es gab auch Beamte in gewöhnlicher Straßenkleidung, deren Blicke ihm auf Schritt und Tritt folgten. Die üblichen flanierenden Herrschaften fehlten jedoch vollkommen.

Es scheint, als will Victoria nicht, dass jemand sieht, was heute geschieht, dachte er hämisch bei sich. *Die Gute hat wohl immer noch Angst, dass ihr kleines Geheimnis ans Licht kommt.*

Er fühlte feinen Sprühregen auf dem Gesicht, der unangenehm brannte, weil die Temperaturen viel zu niedrig waren. Trotzdem hatte Victor darauf bestanden, dass die Brunnen Wasser spien. Er fand es einfach schön, das Glitzern der feuchten Perlen im Sonnenschein zu sehen. Charming fand das albern, aber er liebte Victor und hatte dessen Wunsch daher weitergegeben. Und die Königin hatte ihn umgesetzt.

Sie tat alles, was er verlangte, um ihren Enkel wiederzubekommen. Das alte Miststück ahnte nicht einmal, dass Victor mit Charming gemeinsame Sache machte. Sie glaubte in ihrer Einfältigkeit, dass Charming ihren Enkel entführt hatte.

Sie würde Augen machen!

Charming lenkte Rosie zu einem der Brunnen. »Setz dich, Liebes.«

»Ja, Charlie.«

Es zuckte ihm in den Fingern, sie für diesen Namen zu schlagen. Aber er tat es nicht. Victor hatte ihn darum gebeten. Rosie war zu wichtig. Sie zu verletzen war ein zu hohes Risiko. Sie brauchten das Mädchen noch.

Nachdem sie auf dem von Schnee bedeckten Rand saß, drehte sich Charming um. Er suchte die Zufahrtswege zum Square ab. Victoria würde stilecht und mit großem Pomp anreisen. Selbst wenn es um das Leben ihres Enkels ging, würde die Monarchin nicht auf ihren Luxus verzichten wollen.

Es gab zwar Gerüchte, sie habe sich in den letzten Tagen zunehmend zurückhaltend gezeigt und deutlich mehr Milde walten lassen, als jemals zuvor, doch Charming gab nichts darauf. Die alte Hexe wusste, wie man Neider in die Knie zwang oder Feinde aus den eigenen Reihen vertrieb. Manchmal musste man eine Rolle spielen, um zu bekommen, was man wollte. Das sah Charming genauso, weswegen er einen kleinen Funken von Respekt gegenüber der Königin empfand. Was er dagegen ablehnte, war ihr absoluter Hass auf Männer, die Männer liebten.

»Sir?«

»Ja, Lester?«

»Da kommt sie.« Lester drehte sich so, dass er Charming direkt gegenüberstand und ihn so mit seinem Körper schützte, falls nicht die Königin, sondern ein talentierter Schütze in der Hoover-Kutsche saß. Ein einzelner Schuss könnte alles beenden. Wenngleich Charming bezweifelte, dass Victoria das Leben ihres Enkels so leicht aufs Spiel setzen würde.

Die Kutsche kam näher und hielt schließlich mit einem Zischen an. Der dunkle Vorhang in dem kleinen Fenster der Tür bewegte sich ein Stück, gab aber keinen Blick auf den Innenraum preis. Victoria wollte sichergehen, dass ihr keine Gefahr drohte.

»Mylady, wollt Ihr nicht aussteigen?« Charming säuselte fast, obwohl sich alles in ihm dagegen sträubte.

»Er scheint zu glauben, dass ich mich auf sein Niveau herablasse.«

Charming lachte. »Mitnichten. Aber ich rede nicht gerne mit einem Stück Stoff. Und wir müssen reden, nicht wahr?«

Er hörte ein Klopfen, dann setzte sich die mechanische Tür in Bewegung. Sie glitt zur Seite und eine schmale Treppe entrollte sich nach unten. Die Stufen waren mit rotem Stoff bespannt, auf den sich nun ein Stiefel setzte. Als Charming aufblickte, sah er die massige Gestalt der Königin, die sich durch den schmalen Türrahmen zwängte.

Victoria trug ein seidenes Kleid unter einer Stola aus Pelz. Ihre gesamte Kleidung kostete so viel, dass es mehrere Familien in Whitechapel für lange Zeit ernähren konnte. Wie immer, wenn sie sich aus ihrem königlichen Kokon herauswagte, trug sie anstelle ihrer Krone ein Diadem, mit dem ein Schleier aus Spitze auf ihrem Kopf befestigt war. Ihr dunkles Haar zeigte inzwischen viele graue Strähnen, ihr Blick jedoch war klar und eisig. Wie es von einer Monarchin erwartet wurde. Charming jedoch wusste, dass eines der Augen nicht mehr echt war und vermutlich jede kleine Regung seines Gesichts wahrnehmen konnte, obwohl sie mehrere Schritte entfernt stand.

»Nun, Mister ...«

»Charming, Mylady. Einfach nur Charming.«

Victoria presste die Lippen kurz zusammen, was der einzige Anhaltspunkt dafür war, dass sie sich über Charmings Art echauffierte. »Also gut, Mister Charming. Hier bin ich. Wo ist mein Enkel?«

»Nicht hier, wie mir scheint.«

»Hören wir mit den Spielen auf. Ich habe wichtigere Dinge zu tun, als mich mit Ihnen zu unterhalten. Sie, Mister Charming, gehören zum Bodensatz dieser Stadt. Wenn ich könnte, würde ich meinen Leuten befehlen, Sie auf der Stelle abzuschießen wie einen tollwütigen Köter. Aber damit riskiere ich das Leben meines Enkels. Daher sagen Sie mir einfach, was Sie wünschen, damit ich es Ihnen geben kann. Geld? Juwelen? Einen Titel? Was begehren Sie so sehr, dass Sie es wagen, ein Mitglied meiner Familie zu entführen und zu hoffen, damit durchzukommen.«

Charming ließ sich nicht aus der Ruhe bringen. Er zog seine Taschenuhr aus der Weste unter seinem Mantel und überprüfte die Uhrzeit. Sie hatten noch etwa zehn Minuten. Genug Zeit also, um die Königin noch ein wenig mehr zu reizen.

»Tz, tz, tz, Mylady ist reichlich ungeduldig. Dabei dachte ich immer, auf einem Thron zu sitzen und sich stundenlang das Gewäsch der Adligen anzuhören, bedeutet, über enormes Sitzfleisch zu verfügen.« Er hob einen Finger. »Und über einen stählernen Willen, sich nicht anmerken zu lassen, dass man alles um sich herum verabscheut. Ist es nicht so, Victoria?«

Der Kutscher und auch Lester schnappten nach Luft, bei dieser vertraulichen Anrede. Charming ging nicht darauf ein. Die Männer waren nur Nebenfiguren in diesem Komplott. Die einzige Person, die zählte, war Victoria.

Die keinesfalls so entsetzt wirkte, wie die beiden Männer. Sie faltete die Hände vor ihrem gewaltigen Bauch und senkte den Kopf ein wenig. Wer sie nicht kannte, würde dem eine Demut zumessen, die sie nicht besaß. Charming hatte die alte Hexe zu lange studiert, um darauf hereinzufallen. Jedes Mal, wenn die Königin wie eine Schlange zuschlug, nahm sie diese Körperhaltung ein.

»Sie haben ein loses Mundwerk, wie es einem Mann Ihres Standes geziemt. Sie sollten aufpassen, dass nicht eines Tages jemand kommt und es für immer schließt.«

»Eine Drohung?« Charming schnalzte mit der Zunge. »Bitte, Mylady, noch halte ich alle Fäden in der Hand. Man sagt, Ihr seid eine hervorragende Strategin, dann wisst Ihr auch, dass es nicht klug ist, einen Mann zu reizen, der über das Leben des Menschen bestimmt, den man am meisten liebt.«

»Sie Hundsfott! Lassen Sie ihn frei. Auf der Stelle, sonst vergesse ich mich!«, tönte es aus der Kutsche und endlich erschien die zweite Person, auf die Charming schon gewartet hatte in der Kutschentür: Victors Vater und nach der Königin der nächste Erbe in der Thronfolge, Prinz Albert Edward.

»Ah, willkommen auf unserer kleinen Zusammenkunft, Mylord.« Charming breitete leutselig die Arme aus. »Jetzt, da wir vollständig anwesend sind, können wir beginnen.«

Rosie verstand nicht, was das alles sollte. Charming benahm sich, als habe er die vollkommene Kontrolle über die Situation. Er klang selbstsicher und zufrieden, während er mit der Königin und deren Sohn sprach. Als täte er das jeden Tag. Dabei klopfte sogar Rosie das Herz bis zum Hals, die die Königin schon einmal getroffen hatte, wenngleich sie sich sicher war, dass die Monarchin sich nicht daran erinnern würde. Dazu war Rosie zu unbedeutend und niemand hatte sie damals als Medium des SVY vorgestellt.

Damals war die Königin nichts weiter als eine melodiöse, leicht nasale Stimme gewesen. Heute jedoch sah Rosie die voluminöse Gestalt der Frau, erkannte die violetten, roten und gelben Schattierungen ihrer Aura. Die Frau war zornig, versuchte aber, sich ihre Gefühle nicht anmerken zu lassen. Ihr Begleiter war größer und deutlich schlanker, wobei er um die Taille herum ebenfalls fülliger war. Auch er besaß eine helle Aura, die jedoch weit weniger rot strahlte, als die der Königin. Für Rosie sah es so aus, als sorge sich der Kronprinz weit weniger als die Königin. Ihr Instinkt sagte ihr, dass der Mann nicht die gleichen Gründe hatte, wie Victoria, um hier zu sein. Das bedeutete, dass der Frau gleich von mehreren Seiten Gefahr drohen mochte.

Rosie wollte sie warnen, aber sie wagte es nicht, überhaupt etwas zu sagen. Das Band um ihre Stirn engte sie ein und sie wusste nicht, was es mit dem Kästchen in ihrem Rücken auf sich hatte. Womöglich konnte Charming sie dazu bringen, furchtbare Dinge zu tun und das wollte Rosie nicht. Außerdem war da noch Lester, der sich stets in ihrer Nähe aufhielt.

An seiner Hüfte hing ein dunkler Klotz, der nur eine Waffe sein konnte, am Gürtel in seinem Rücken war ein Messer befestigt. Zu viele Waffen, gegen die sie kaum etwas auszurichten vermochte. Deshalb schwieg sie und wartete ab. Vielleicht würde doch noch alles gut werden.

Sie musste sich nur dazu bringen, nicht zu vergessen, was wirklich zählte. Ihre Erinnerungen an Guinn. Er allein war wichtig.

»Nun, meine werte Victoria, können wir beginnen.«

»Geben Sie meinen Enkel heraus, Charming, dann gehen wir und vergessen, dass es diese ... Unannehmlichkeit gegeben hat.«

»Das glaube ich weniger, meine Königin. Denn sehen Sie diese junge Dame zu meiner Rechten?«

Ein Zungenschnalzen, eindeutig von einem Mann. »Was interessiert uns Ihre Geliebte, Mister Charming. Wir wollen meinen Sohn. Geben Sie ihn frei!«

»Gemach, gemach. Alles zu seiner Zeit. Wo war ich? Ach ja, meine Begleiterin. Ihr Name ist Rosie Loyde. Sie dürfte zumindest Ihnen, werte Victoria, als Medium des Traumextraktors ein Begriff sein.«

Rosie sah, wie sich die Aura der Königin veränderte. Das Rot wurde heller, als beruhige sich die Frau.

»Was macht die junge Dame bei Ihnen, Mister Charming?«

»Sie ist meine Rückversicherung, Mylady.«

»Was soll das heißen?« Der Kronprinz machte einen Schritt nach vorn, doch Lester trat ihm in den Weg, ehe er Charming erreichen konnte.

»Oh, das ist doch ganz einfach, Mylord. Wir haben an Rosie ein paar leichte Veränderungen vorgenommen. Sehen Sie ihr hübsches Stirnband? Es sorgt dafür, dass meine Kleine mit einer Maschine verbunden ist, die ihre Kräfte bündelt. Sie kann dadurch auch ohne zu schlafen, in das Bewusstsein jedes Menschen eindringen.«

»Unmöglich«, hauchte Victoria.

»Oh, aber nicht doch, es ist durchaus möglich. Sie kann all Eure Feinde innerhalb eines Herzschlags wissen lassen, wie es *wirklich* in Euch aussieht, *Euer Majestät*.«

Obwohl die Worte harmlos klangen, bewirkten sie etwas in der Königin. Ihre Farben flackerten, wechselten die Töne, bis sich Rosie an die Stirn fassen musste, um nicht laut aufzuschreien.

Wie helle Flammen loderte Schmerz unter ihrer Schädeldecke auf, leckten an ihrer Haut, ihrer Kleidung, ihren Haaren.

»Ich weiß nicht, was Sie meinen, Sir.« Prinz Albert zischte fast wie eine Schlange, seine Silhouette versteifte sich.

»Ihr nicht, aber Eure Mutter. Wollt Ihr es ihm nicht verraten, Victoria?«

Die Königin reagierte zunächst nicht. Sie stand nur aufrecht da, ein Bildnis der Gelassenheit, doch Rosie konnte sie damit nicht täuschen. Das Rot ihrer Aura tendierte nun fast zum Schwarzen. Beinah so kalt wie die Farben, die Charming und Victor umgaben. Fast wie seelenlos. Rosie blinzelte. Dann erkannte sie, was Charming gemeint hatte. Sie sah den schwarzen Umriss auf Brusthöhe, den ebenso dunklen Punkt, wo ein Auge sitzen müsste und beide Arme unter dem Stoff schimmerten ebenfalls schwärzer, als es natürlich sein konnte. Die Königin war eine Maschine, ebenso wie Guinn es war.

Vielleicht war es der Gedanke an den Mann, der hilflos an die Maschine in diesem Labor gekettet war, der Rosie die Kraft gab, sich vom Brunnenrand zu erheben. Weder Charming noch Lester bemerkten es. Zu sehr waren die Männer auf die Königin und ihren Erben konzentriert.

Lediglich das leichte Rucken an Victorias Kinn zeigte, dass sie Rosies Bewegung wahrgenommen hatte. Vielleicht glaubte sie, dass Rosie ihrem Herrn beispringen wollte. Victoria streckte einen Arm aus und legte eine Hand auf die Schulter ihres Sohnes. »Schon gut, mein Lieber. Es ist alles in bester Ordnung. Wir sind nicht hier, Mister Charming, um über mich zu sprechen. Wir wollen meinen Enkel. Und ich bin bereit, alles zu tun, was dafür nötig ist. Sie müssen Ihre Drohung also nicht wahrmachen.«

»Sehr vernünftig, meine Liebe.«

Die Minuten krochen wie Stunden dahin. Jedes Mal, wenn der Extraktor ein Geräusch von sich gab, zuckte Guinn zusammen. Seine Nerven waren zum Zerreißen gespannt. Er wusste nicht, wie viel Zeit vergangen war, seit Victor das Labor verlassen hatte. Er hatte nicht auf die Uhr gesehen, weil er von dem Verhalten des Mannes viel zu sehr überrascht worden war. Jetzt bereute er es.

Immer wieder huschte sein Blick zu der Maschine, deren Druckanzeige mit jeder verstreichenden Sekunde weiter in den roten Bereich kroch. Guinn konnte nur ahnen, dass es nicht mehr lange dauerte, bis es zu einer Explosion kam.

Wieder einmal bedauerte Guinn, Rosie nicht gleich gerettet zu haben. Er hätte ihnen allen viel Ärger und Schmerz ersparen können.

Abermals versuchte er sein Handgelenk zu drehen, um die Fesseln mit dem Lichtmesser zerschneiden zu können, aber es gelang nicht. Inzwischen blutete er trotz der Polsterung von den Versuchen. Guinn machte dennoch weiter. Wenn er sich zurücklehnte und aufgab, wäre am Ende Rosie die Leidtragende. Die Londoner waren ihm scheißegal. Es gab nur eine Handvoll Leute, die ihn interessierten und die wussten sich selbst zu helfen – hoffte er jedenfalls.

Alles andere wollte er sich gar nicht erst vorstellen.

Aus dem Tunnel drang ein leises Schaben an sein Ohr, das er fast über den Lärm der Maschine hinweg nicht wahrgenommen hätte, die inzwischen ziemlich hässliche Geräusche von sich gab. Wie ein an Tuberkulose erkrankter Säufer, der gleichzeitig lachte, lallte und hustete, dem Tod zu nah, um sich noch über etwas Sorgen zu machen. Gespannt lauschte er, doch nichts ließ darauf schließen, dass sich tatsächlich jemand näherte.

Nach einigen Augenblicken sackte Guinn enttäuscht zusammen und lenkte seine Aufmerksamkeit zurück auf seine Hände.

»Darf ich behilflich sein?«, ertönte da aus dem Nichts eine dunkle Stimme.

Dann hörte er ein Reißen wie von Stoff und im nächsten Augenblick stand Lordkanzler Connery vor ihm, das Gesicht schmerzverzerrt.

Ehe Guinn überhaupt reagieren konnte, öffnete Connery die Schnallen an Guinns Handgelenken. »Entschuldigung, ich wollte früher hier sein, aber Charming ist ein ausgesuchter Bastard. Er hat einige Fallen gelegt.« Nur ein Lord konnte eine unflätige Bemerkung derart kultiviert hervorbringen.

Guinn hielt sich nicht mit Höflichkeiten auf. Sobald er losgeschnallt war, riss er sich die Stäbe aus der Brust und sprang vom Tisch. Er wusste nicht, ob die Entfernung Rosies Verbindung zur Maschine kappte, aber die Dinger taten weh, was Grund genug war, sie loszuwerden.

Connery sah ihm ruhig dabei zu, die Arme vor der Brust verschränkt, eine Braue erhoben. Sobald Guinn fertig war, fragte er: »Und jetzt?«

»Werde ich dieses Scheißding zerstören!«

Guinn stieg über den toten Techniker hinweg, der immer noch genau dort lag, wo Victor ihn niedergestreckt hatte, und besah sich die Apparatur genauer. Zunächst riss er den Stuhl fort, der ihm im Weg stand. Dann zog er an den Schaltern und Hebeln, schlug auf die Armaturen ein, bis der Korpus vollkommen zerdellt war. Trotzdem arbeitete die Maschine brav weiter.

Und der Druck stieg weiter an.

»Sieht erfolgsversprechend aus, was Sie da tun«, konstatierte Connery, nicht ohne ein Glucksen in der Stimme. »Wäre es nicht besser, wir verschwinden von hier?«

Guinn knurrte vernehmlich. »Würde ich zu gerne, *Mylord*, aber erst muss ich diesen Apparat zerstören, sonst komme ich hier nicht weg. Victor hat mir eine ... Gerätschaft implantiert, die verhindert, dass ich mich allzu weit von hier entferne.« Er warf einen Blick über die Schulter. »Wenn Sie kein Arzt sind, der mir mein altes Herz wieder einsetzen kann, muss ich diese Maschine abstellen, ehe sie explodiert.

Connery richtete sich beunruhigt auf. »Was meinen Sie mit *explodiert*?«

»Victor hat Charming und Rosie in eine Falle gelockt, ehe er verschwunden ist. Ich fürchte ...« Guinn schluckte trocken. Seinen Verdacht auszusprechen, kostete ihn mehr Kraft, als er im Augenblick noch zu haben glaubte. »Ich fürchte, er will beide töten. Charming sagte etwas davon, dass *sie* kommen würden. Ich denke, er meint die Königin und vielleicht Prinz Albert. Victor wird beide töten wollen, um selbst an die Macht zu gelangen.«

Oh ja, Guinn hatte reichlich Zeit gehabt, darüber nachzudenken. Das musste einfach die logische Erklärung für diesen ganzen Unsinn sein. Er hatte keine Sekunde lang geglaubt, dass Victor seinen Thron mit Charming teilen würde. Der Lude war nur ein Mittel zum Zweck. Und das hieß: Victor wollte allein über das Empire herrschen.

»Ich verstehe nicht, wozu brauchte er dann Charming oder Rosie?«

»Sir, bitte, eine Erklärung dauert zu lange.«

Der Lord schien verstanden zu haben, denn er trat neben Guinn. Er zögerte, schließlich seufzte er und sagte: »Ich könnte in die Maschine eindringen und sie von innen heraus kaputtmachen.«

Guinn überlegte. Die Idee war gut. Aber dann würde der Extraktor vermutlich nur noch schneller explodieren. Er verzog den Mund. Die Brauen so dicht zusammengeschoben, dass er fast spüren konnte, wie sie sich berührten. Dann schüttelte er den Kopf.

»Nein. Rosie und Charming befinden sich vermutlich direkt über uns. Sie ahnen nichts von der Gefahr, in der sie schweben. Sie müssen sie warnen.« Er sah Connery ruhig an, während er sein eigenes Todesurteil aussprach. »Ich werde dafür sorgen, dass niemand mehr durch diesen Apparat zu Schaden kommt.«

Connery sah aus, als wolle er etwas sagen, aber schließlich schien er zu einer Entscheidung gekommen zu sein. Er machte einen Schritt nach vorn. Gleichzeitig hörte Guinn wieder das Reißen. Im nächsten Augenblick war der Lordkanzler verschwunden.

Kein Held. Guinn spürte ein Lachen in sich aufsteigen. Er war alles, nur kein Ritter in glänzender Rüstung. Niemand würde jemals erfahren, was er hier im Begriff war, zu tun. Rosie, Roya und alle anderen, die überlebten, würden ihn vergessen.

Das Blut kreiste mit dem Öl in seinen Venen und Adern um die Wette, das neue Herz schlug einen gleichmäßigen Takt und seine Sinne waren auf das einzige Ziel ausgerichtet, das jetzt noch zählte.

Die Frau, die er liebte zu retten. Guinn keuchte auf. Das war es. Er liebte Rosie, hatte es womöglich schon seit dem Augenblick getan, als er sie hilflos in Charmings Gewalt entdeckt hatte. Nur war er zu dumm und zu verbohrt gewesen, um es zu erkennen. Aber jetzt konnte er seinen Fehler wieder gutmachen.

Er hörte das Zischen, als die Ventile versuchten, den ansteigenden Druck doch noch zu regulieren, nicht mehr lange, dann gab es ein wunderschönes Feuerwerk. Grimmig musterte er die Maschine. Wenn es ihm gelang, sie zu zerstören, dann kostete es nur ein einziges Leben. Seins. Das war es wert. Musste es einfach wert sein.

Während er die mechanische Faust ballte, rief er sich Rosies Gesicht vor Augen, ihre zarten Züge, das schwache Lächeln, das sie sich nicht traute, deutlich zu zeigen. Sie war ein guter Mensch, der etwas Besseres als den Tod verdiente.

»Dann packen wir es mal an«, murmelte er zu niemandem Bestimmten.

Obwohl er nicht mit einer Antwort rechnete, hörte er ein Röcheln und wirbelte herum. Ungläubig sah er zu dem Techniker, der die Augen weit aufriss und krampfte. Eigentlich hatte Guinn keine Zeit, sich um den Kerl zu kümmern, aber er war nicht mehr der Mann, der nur noch an sich selbst dachte. Wenn es eine Möglichkeit gab, dem Techniker das Ableben zu erleichtern, würde er ihm helfen.

Guinn kniete sich neben den Mann und legte eine Hand in dessen Nacken, sodass er ihn ein Stück aufrichten konnte. Sofort atmete der Sterbende etwas leichter. In seine Augen trat ein dankbarer Ausdruck, den Guinn versuchte, nicht an sich heranzulassen.

»Ma-Maschine ...«

»Ruhig, nicht sprechen.«

»Hebel z-ziehen«, versuchte es der Techniker dennoch.

»Ich weiß nicht, was Sie meinen. Da sind sehr viele Hebel.«

»R-rot«, brachte der Mann hervor, ehe ein Hustenkrampf ihn schüttelte. Schaumbläschen bildeten sich auf seinen Lippen und er hob einen Arm, um auf den Extraktor zu zeigen. »Roter H-hebel.«

Guinn sah zu der Maschine. Es gab einen roten langen Hebel, der nach unten zeigte. Darüber befand sich der inzwischen mit dichtem Dampf versehene Glaskolben.

»Muss er nach oben?«

Der Techniker blinzelte, was Guinn als Ja interpretierte. Da er ohnehin keine Ahnung hatte, wie er die Maschine ausschalten sollte, ohne sie in ihre Einzelteile zu zerlegen, konnte er es probieren.

Er bettete den Mann sachte zurück auf den Boden, stand auf und ging zur Maschine. Mit einem letzten Blick zurück auf den Sterbenden betätigte er den kleinen Handgriff, der den Hebel freigab, und zog daran, bis es nicht mehr weiterging.

Falls er erwartet hatte, dass der Druck entweichen und die Anzeigen wieder auf ein normales Level fallen würden, wurde Guinn enttäuscht. Stattdessen begann die Maschine zu wackeln. Mechanische Teile rieben aneinander und verursachten dadurch äußerst hässliche Geräusche, die Guinn durch Mark und Bein gingen.

Hinter ihm gab der Techniker ein letztes Husten von sich, das sehr viel Ähnlichkeit mit einem Lachen besaß, dann war er tot.

»Verdammt!«, fluchte Guinn.

Also würde er doch seine Fäuste einsetzen müssen. Er hob den Arm und wollte gerade gegen den metallenen Korpus schlagen, da erbebte die Erde.

Einige Brocken fielen von den Wänden. Ein Stein schlug gegen den Extraktor. Funken sprühten und das Glas der Druckanzeige barst. Guinn hob den Blick und entdeckte einen breiten Riss, der quer über die Decke des Labors lief. Das Stampfen der Maschine wich einem hässlichen Kreischen. Fast so, als stieße die Apparatur einen Angstschrei aus.

Die Zeit für Versuche und Spielchen war endgültig vorbei. Falls er noch etwas verhindern wollte, musste Guinn jetzt handeln.

Der Schmerz schoss durch seine Knöchel, während Guinn seine Faust oberhalb der zerstörten Druckanzeige gegen das Metall trieb. Wieder und wieder schlug er zu, bis Blut zwischen seinen Fingern hindurchlief. Er fühlte es kaum. Wie in Raserei trommelte er auf die Maschine ein, bis sich ein Loch mit ausgefransten Rändern bildete, das gerade groß genug war, um hindurchzugreifen.

Guinn schob seinen Arm so tief in die Eingeweide des Konstrukts, bis er nicht mehr weiterkam. Er umfasste so viele der Innereien, wie er greifen konnte, zog seinen Arm zurück und die Leitungen gleich mit.

Blitzte zuckten aus dem Inneren, Funken flogen und Guinn spürte einen ähnlichen Schmerz wie den, den die Stäbe in seiner Brust verursacht hatten. Dann erloschen sämtliche Anzeigen.

Es war vorbei. Guinn atmete erleichtert auf. Er ließ die abgerissenen Streben zu Boden fallen und lief zur Tür. Er hatte Rosie gerettet. Jetzt musste er Victor aufhalten, der sich darüber bestimmt nicht freuen würde.

Guinn öffnete die Tür und trat in den Tunnel. Noch immer gab es da die Angst vor der Dunkelheit und Enge und die Furcht vor den Schmerzen, die ihn an die Maschine banden. Trotzdem musste er es versuchen. Das Gerät war schließlich zerstört und gegen die Dunkelheit halfen seine modifizierten Augen oder Victors Lampe, die der Kerl außen neben der Tür abgestellt hatte.

22. Kapitel

Charming beobachtete zufrieden, wie die Königin in ihrer starren Haltung einknickte. Er hatte es geschafft. Er hatte die alte Hexe gebrochen. Nicht einmal ihr eigener Sohn wusste, was sie tatsächlich war, andernfalls wäre sie auf seine unverhohlene Drohung niemals eingegangen. So wichtig war es ihr, ihr kleines Geheimnis zu wahren.

»Also gut, Mylady, kommen wir zum Ende dieser kleinen Scharade.«

Victorias glatte Stirn runzelte sich. »Was meinen Sie?«

»Sie werden noch heute eine offizielle Erklärung abgeben, dass die Liebe zwischen zwei Männern nicht mehr unter Strafe steht.«

Albert schnappte nach Luft. »Das ist ... Nein, Mutter, das kannst du nicht zulassen!«

»Aber warum denn nicht, Mylord? Euer eigener Sohn ist es, der einen Mann mehr liebt, als er je eine Frau lieben könnte.«

Victoria wurde blass, ihr Sohn dagegen puterrot.

»Wie können Sie es wagen?«

»Hören Sie doch auf, Eure Lordschaft. Sie wissen doch, wie ihr Sohn fühlt. Sonst gäbe es keinen Grund, ihn in ein fernes Land zu versenden, um seine Schande zu verdecken. Hofften Sie, die Umgebung dort würde seine Leidenschaft abkühlen? Nun, wir wissen ja jetzt, dass er nie dort angekommen ist.«

»Was mich zu der Frage bringt, warum Sie sich jetzt erst bei uns melden, Mister Charming«, fragte Prinz Albert deutlich ruhiger diesmal. »Mein Sohn Victor ist schon seit Monaten in Indien. Komm, Mutter, wir gehen. Der Mann lügt.«

Charming lachte. »Nun, das könnten Sie tun, Mylord, aber dann werde ich Rosie leider bitten müssen, allen Londonern zu verraten, was ich weiß.«

»Tun Sie, was Sie nicht lassen können, Mister Charming. Wir gehen jetzt.«

»Rosie.«

Das Medium trat an Charmings Seite. Er sah, wie Lester eine Hand auf ihren Rücken legte. Von außen betrachtet, musste es so wirken, als wolle er die zarte Frau stützen. Charming wusste es besser. Rosie brauchte einen Halt, um ihre Kräfte zu entfalten.

»Lassen Sie sie los!« Eine weibliche Stimme hallte über den Platz.

Charming sah sich um und entdeckte eine zierliche Frau mit kastanienbraunen Locken. Obwohl sie einen Mantel trug, verrieten die eng anliegenden Hosen mit den aufgenähten Taschen, dass sie Agentin des SVY sein musste. Charming fluchte lautlos. Als Lester einen Schritt auf die Fremde zugehen wollte, hob er den Arm und hielt ihn zurück. Niemand würde ihnen zu nah kommen. Sie befanden sich in Gegenwart der Königin, die diesen Platz von ihren Leuten bewachen ließ. Wenn die alte Hexe es befahl, würde die kleine Agentin schneller ins Kittchen wandern, als sie sich ausweisen konnte.

Er entspannte sich also und verschränkte die Arme vor der Brust. Abzuwarten schien ihm die vernünftigste aller Alternativen. Während er also nach einer passenden Antwort suchte, die er der jungen Dame entgegenschleudern konnte, entdeckte er, dass die Frau nicht allein war. Royalyn Summer und ein Mann standen in ihrer Nähe. Wenn Charming sich nicht täuschte, handelte es sich bei ihm um Agent Tom Doyle. Jenen Mann, der Roya von der Straße geholt hatte und der das *Scotland Visional Yard* leitete.

Verdammt. Das verkomplizierte alles. Charmings Gedanken rasten. Konnte sein Plan noch aufgehen? Er musste. Er könnte die Agenten diskreditieren, weil sie sich in Begleitung einer stadtbekannten Diebin befanden.

Victoria, die sich zu der Gruppe umgedreht hatte, warf Charming über die Schulter einen eisigen Blick zu. Es war eindeutig, dass sie nicht wusste, was vor sich ging. Ihr Sohn schien ebenfalls unangenehm berührt. Er öffnete den Mund, um etwas zu sagen, doch wieder hielt ihn die Königin mit einer Geste zurück.

»Lady St.Claire-Connery? Was tun Sie hier?«, fragte sie gefährlich ruhig. Ganz die Herrscherin, die nicht davor zurückschreckte, Männer in den Krieg zu entsenden, wenn es nötig wurde.

Dass Victoria die Frau kannte, machte die Sache allerdings noch komplizierter, als sie ohnehin schon war. Die Agentin jetzt noch in Verruf zu bringen, konnte nach hinten losgehen wie eine schlecht gefüllte Donnerbüchse.

»Euer Majestät, ich muss Sie warnen. Dieser Mann ist gefährlich. Er schreckt nicht einmal vor Entführung zurück.« Die Agentin kam vorsichtig näher. Dabei versuchte sie, keinen der Anwesenden aus den Augen zu lassen, während ihre Begleiter sich auf die Beamten in Zivil konzentrierten, die sie langsam einkreisten. Eine Hand des Mannes war auf dessen Seite gepresst, was nichts heißen musste. Für Charming sah es jedoch so aus, als litte er Schmerzen. Er würde ihn trotzdem nicht unterschätzen. Ebenso wenig wie Roya, die dafür bekannt war, dass sie durchaus auch mit schmutzigen Tricks arbeitete. Von ihrem kleinen Geheimnis, ein Phantom zu sein, ganz abgesehen.

Charming richtete seine Aufmerksamkeit wieder auf die Königin, die ziemlich aufgewühlt wirkte. »Nun, Lady St.Claire-Connery, aus diesem Grund sind wir hier.«

Die Frau sah von der Königin zu ihm, dann zu Prinz Albert. Ihr Gesichtsausdruck veränderte sich nur minimal, als sie begriff, was hier vor sich ging. Trotzdem erkannte Charming den Augenblick, als es geschah, und wappnete sich gegen den verbalen Angriff.

»Ihr täuscht Euch, Euer Majestät. Dieser Mann hat Rosie Loyde entführt und nicht Euren Enkel. Victor und er machen gemeinsame Sache ...«, begann die Agentin.

Charming klatschte in die Hände. »Eine hervorragende Vorstellung, Mylady. Sie sollten ans London Theater gehen. Sie haben Talent.« Er wandte sich an Victoria. »Wir sollten das beenden, sonst ...«

»Emma sagt die Wahrheit«, flüsterte Rosie.

Er erstarrte. Das durfte nicht sein! Sie stand unter seiner Kontrolle. Sie musste tun, was er befahl. Wenn sie die Königin davon überzeugte, dass er und Victor zusammenarbeiteten, wäre alles umsonst. Sämtliche Pläne ...

»Halt den Mund, Rosie!«, herrschte er sie an.

Sie verstummte und senkte den Kopf. »Ja, Charlie.«

»Charlie?«, höhnte Roya. »Du lässt zu, dass sie dich so nennt? Du bist wirklich tief gesunken, Charming. Lass sie gehen und verschwinde aus der Stadt, oder du bereust es.«

Das durfte doch alles nicht wahr sein!

Er widerstand nur schwer dem Drang, an seinem Daumennagel zu kauen. Das ziemte sich nicht für einen Gentleman und es verriet Schwächen. Charming zeigte niemals Schwäche!

»Royalyn Summer oder soll ich dich lieber *Hand der Nacht* nennen?« Nicht nur sie konnte austeilen, er war dazu durchaus auch in der Lage.

Sie verzog das Gesicht und baute sich neben Emma auf. Der Mann bezog auf der anderen Seite Aufstellung.

Das Tribunal der Gerechtigkeit, dachte Charming sarkastisch. Es beunruhigte ihn, dass seine Offenbarung keinen der drei zu stören schien. Im Gegenteil, sie wirkten ziemlich gelassen.

Victoria verlor die Geduld. »Das genügt! Mister Charming, ich werde keinesfalls zulassen, dass ihr widernatürliches Benehmen Schule macht. Die körperliche ... Zweisamkeit zwischen zwei Männern wird niemals meine Billigung erhalten. Geben Sie meinen Enkel heraus, dann vergesse ich, dass ich Ihnen jemals begegnet bin.« Sie warf Doyle einen seltsamen Blick zu. »Ich bin bereit, in dieser Hinsicht, meinen Kurs zu ändern, wenn Sie es ebenfalls sind.«

Doyle stieß einen erstickten Laut aus, der Charming überraschte, weil er nicht genau wusste, worauf sich die Königin bezog. Wollte sie ihn etwa begnadigen, wo sie sonst bei Angriffen aufs Königshaus sofort die Todesstrafe verhängte? Ehe er fragen konnte, erbebte der Boden.

»Was?«

»Emma! Lauft!«

»Ian?« Die Agentin wandte sich um und starrte den Neuankömmling irritiert an. Vielleicht sah sie etwas an ihm, dass sie beunruhigte, jedenfalls eilte sie auf ihn zu, während der Boden erneut erbebte.

»Hier bricht gleich alles zusammen!«

Dann ging alles ziemlich schnell. Roya schoss vor und packte Rosie am Arm. Überrumpelt schrie sie auf, ließ sich aber widerstandslos wegführen, während Doyle sich auf Lester warf. Die beiden Männer gingen zu Boden und rollten durch den Schnee, weg von den Brunnen.

Irgendwo knackte und donnerte es. Charming sah sich entsetzt nach allen Seiten um. Was ging hier vor? Ohrenbetäubender Lärm brandete auf. Dann brach die Säule von Admiral Nelson weg. Sie fiel einfach um und riss Prinz Albert mit sich, der nur noch hilflos brüllen konnte.

Charming schrie auf. Mit einem Satz sprang er nach vorn, um sich in Sicherheit zu bringen. Knackend und dröhnend brach die Erde auf. Dort, wo bislang der mit Schnee bedeckte Boden gewesen war, gab es nur noch einen Krater. Feuerlohen schossen daraus hervor. Sie hörten das Kreischen von Metall, dann einen dumpfen Schlag. Charming wusste, weshalb. Der Extraktor, der sich unter ihnen befunden hatte, musste explodiert sein. Wie um ihn zu bestätigen, schoss eine dunkle Rauchwolke aus dem Krater, die Erde erbebte erneut. Ringsum wackelten die Häuser. Einige bekamen Risse, Dächer brachen ein. Weitere Säulen landeten krachend auf dem Boden. Eine gewaltige Explosion erschütterte den Boden, und Charming fühlte, wie unter ihm die Erde bröckelte. Er ruderte mit den Armen und versuchte, das Gleichgewicht zu halten. Feuer leckte bereits an seiner Kleidung, er schrie und streckte in einer hilflosen Geste die Hände nach der Königin aus, die entsetzt zurückgewichen war. Dann brach der letzte Halt unter Charming weg.

Während er fiel, stieg eine Wolke aus kunterbunten Farben in den Himmel auf.

Rosie sah den Mann, der sich Roya unbemerkt näherte, lange bevor Toms Verlobte ihn bemerkte. Ehe sie jedoch eine Warnung rufen konnte, schlug der Mann Roya nieder und packte Rosie an der Kehle.

Rosie sah sich hektisch um. Niemand hatte etwas bemerkt. Über Lesters kaum noch wahrnehmbarer dunkler Aura kauerte ein Mann. Der Statur nach schätzte sie, dass es Tom war, wenngleich sie ihn nicht wirklich erkannte. Emma organisierte, dass der Krater abgesperrt wurde, in dessen Mitte sie alle bis vor Kurzem noch gestanden hatten. Wäre Ian nicht aufgetaucht ...

»So hätte es nicht enden sollen«, zischte Victor.

Rosie wusste, dass er keine Antwort erwartete, dennoch versuchte sie, eine Frage hervorzupressen. »Was ... was wollten Sie dann, Victor?«

»Meine Familie hätte sterben sollen.«

»Es tut mir leid wegen Charming.«

Er lachte harsch. »Mir nicht. Er hätte mit ihnen zusammen untergehen sollen. Genau wie du. Du bist die Einzige, die verhindern könnte, dass ich auf den Thron steige!«

Sie? Wie konnte ein Medium ...? Endlich dämmerte es Rosie. Hier ging es nicht darum, dass sie Träume beeinflusste. Das war alles nur Theater! Charming hatte lediglich verhindern wollen, dass ihre Fähigkeiten ihn seiner Taten überführten. Als Einzige, die Bilder sichtbar machen konnte, bestand die vage Möglichkeit, dass eines Tages jemand auftauchte und dessen Kopf die Wahrheit preisgab. Victor hatte Charming benutzt, ihm den Mund wässrig gemacht, dass der Lude mit Rosies Hilfe die Unterwelt vollkommen kontrollieren konnte, indem er sie im Traumextraktor für eigene Zwecke einsetzte.

»Was hat das alles mit Guinn zu tun?«

»Nichts mehr. Er hat versagt.« Er packte Rosie fester und ging langsam rückwärts.

Niemand beachtete sie. Alle waren zu sehr mit der Sicherung der

Bruchstelle beschäftigt. Vielleicht glaubten sie auch Rosie sicher in Royas Obhut.

Rosie sah zu der Bewusstlosen, deren Aura langsam an Farbe verlor. Sie kühlte aus, weil sie im feuchten Schnee lag.

»Kein Wort. Mir ist es vollkommen egal, ob die dumme Schlampe krepiert. Wenn du nur einen Mucks von dir gibst, schieße ich auf sie.« Er wedelte mit einer Waffe vor ihrem Gesicht.

Rosie beschloss, sich wegführen zu lassen. Sie war kein Gegner für Victor. Sie wusste, dass sie sterben würde und seltsamerweise machte es ihr nichts aus. Die anderen waren alles, was zählte. Sie wussten nichts über die wahren Hintergründe, und wenn sie klug waren, hielten sie den Mund, falls Victor den Thron besetzte. Dann würden sie leben.

Victor zerrte sie in eine Seitengasse und stieß sie gegen eine Wand, dann hielt er ihr die Waffe an den Kopf. »Du wirst sterben. Aber nicht hier. Wenn ich dich hier erschieße, verursacht es zu viel Lärm, und wir wollen doch nicht, dass die anderen uns hören, nicht wahr?«

Sie schüttelte den Kopf. Sie würde keinen der anderen in Gefahr bringen.

»Braves Mädchen.«

Oh, wie sie diesen Satz hasste. Was gäbe sie darum, ihm diese Worte in den Hals zurückzuwürgen. Stattdessen bekam sie einen Schlag mit der Waffe gegen die Schläfe und sackte in die Knie. Etwas Warmes lief über ihr Gesicht, doch alles, woran sie denken konnte, war Guinn.

Guinn brüllte, als die Decke über ihm niederging. Er fühlte, wie Gesteinsbrocken auf ihn niederprasselten. Was er jedoch nicht bemerkte, war das Brennen in seiner Brust, das davon kündete, dass die Maschine ihn zurückrief.

Vielleicht hatte der Techniker ihn doch nicht hereingelegt, indem er ihn den Hebel umlegen ließ. Womöglich war es seine letzte gute Tat gewesen.

Jetzt kämpfte sich Guinn vorwärts. Der Tunnel war fast vollständig eingestürzt und ein Stück voraus in der Decke klaffte ein gewaltiges Loch.

Unmöglich, dort hinaufzugelangen, denn direkt vor Guinn gab es einen gewaltigen Steinwall. Zu weit vom Loch entfernt, um ihn zum Aufstieg zu benutzen. Guinn versuchte, die Brocken mit seiner mechanischen Hand zu zertrümmern, aber er schaffte es nicht. Verzweiflung breitet sich in ihm aus. Er würde also doch noch in einem dunklen kalten Loch verrecken.

Mutlos setzte er sich auf einen Felsen und legte das Kinn auf die Fäuste.

Im nächsten Augenblick sackte er nach vorne. Er streckte die Arme aus, versuchte, sich abzufangen, doch er fiel in ein bodenloses Loch.

Guinn versuchte, sich festzuhalten, doch seine Hände griffen ins Leere. Er schrie nicht, sondern konzentrierte sich darauf, sich zu beruhigen. Er ahnte, worauf das hier hinauslief.

Rosie rief ihn.

Sie wollte ihn zu sich holen. Nur, dass es sich diesmal vollkommen anders anfühlte, als die Male zuvor. Da war eine Kälte, die Guinn nicht gewohnt war zu fühlen, wenn er von Rosie gerufen wurde.

Als er auf dem Boden aufschlug, tat es nicht weh. Abgesehen von den ohnehin schon vorhandenen diversen Verletzungen. Unter seinen Fingern befand sich feuchtkaltes Pflaster. Er hörte das Quietschen von alten Hoover-Kutschen, das Reden von Menschen und Wasserplätschern. Er richtete sich auf und sah Trafalgar Square. Die imposante Säule mit Admiral Nelson hob sich dunkel vor dem Hintergrund des Wetterleuchtens ab.

In einem roten Wollmantel stand Rosie unter der Statue und sah sich suchend um. Als sie ihn entdeckte, hellte sich ihre Miene auf. Sie wirkte so glücklich wie das letzte Mal, als er sie verlassen hatte.

»Guinn!«

Sie lief auf ihn zu und sprang in seine Arme. Er konnte nicht anders und wirbelte sie im Kreis, dann küsste er sie. Es war absurd. Er befand sich immer noch in diesem dunklen Tunnel, sie vermutlich noch in der Gewalt von Charming. Und trotzdem fühlte es sich so real an, das Guinn alles um sich herum vergaß.

Er grub seine Hände in ihr Haar. Er würde sie niemals wieder loslassen. Nicht in diesem Leben.

Doch sie machte sich von ihm los.

Verständnislos sah er sie an. »Was ist?«

»Victor.«

»Er ist fort. Er kann dir nichts mehr tun. Konnte Connery euch rechtzeitig warnen?«

»Du verstehst nicht, Guinn. Ehe der Square zusammenbrach, kam Ian und warnte uns, aber dann war Victor da. Er ...«

Plötzlich wandten sich Ketten um Rosies Körper. Sie wurde aus seinen Armen gerissen und nach hinten gezerrt.

»Guinn!«

Sie rief seinen Namen. Tränen rannen ihr übers Gesicht und sie streckte eine Hand nach ihm aus. Jedes Mal, wenn er sie greifen wollte, fasste er ins Leere.

»Rosie, bitte bleib. Das hier ist dein Reich. Du kannst dich befreien!«

Sie schüttelte den Kopf, während sie über das Kopfsteinpflaster geschleift wurde. Ein dünner Weg aus aufgeworfenem Schnee zeigte ihre Spur. Guinn folgte ihr und fand Rosie schließlich in einer Maschine, die große Ähnlichkeit mit dem zerstörten Extraktor in Victors Labor hatte.

Sie hatte sich zu einer Kugel zusammengekauert. Glitzernde Perlen liefen ihr über das Gesicht. Sie sah ihm angstvoll entgegen. Über ihr stand ein Mann und richtete eine Pistole auf sie. Guinn erkannte Victor und wollte sich auf ihn werfen. Aber er wusste, dass es nichts bringen würde. Victor war hier nur eine Traumgestalt. Nicht real.

»Rosie?«

»Es tut mir leid, Guinn. Alles. Ich wünschte, ich könnte alles rückgängig machen.« Ihre blauen Augen schwammen in Tränen.

»Ich nicht. Ohne dich, Rosie, wäre ich längst tot. Nur du hast mich am Leben gehalten.«

Sie sah ihn zweifelnd an.

»Es ist die Wahrheit. Deinetwegen bin ich zurückgekommen.«

»Er wollte dich, wusstest du das?«

Guinn runzelte die Stirn. »Wen meinst du? Charming? Das weiß ich.«

»Nein. Victor. Er hat dich das erste Mal gesehen, als du bei Charming aufgetaucht bist. Er sagte, du ... du hättest Charming gebraucht, um einen Anschlag zu verüben.«

Sie wusste es. Victor hatte ihr sein letztes Geheimnis verraten. »Ich war damals ein anderer.«

»Ich weiß.« Sie klang ehrlich und keinesfalls verärgert, weil er es ihr verheimlich hatte. »Es ändert nichts.«

Was sollte das nun wieder bedeuten?

»Rosie ...«

Sie schniefte. »Komm zu mir und halte mich.«

Das ließ er sich nicht zweimal sagen. Er bückte sich, um in die Maschine zu gelangen. Seine Schultern waren zu breit. Er streckte den Arm aus.

Rosie hob ihm ihre Hand entgegen. Victor stand tatenlos daneben.

Als sich ihre Fingerspitzen berührten, spürte Guinn das kalte Prickeln und absolute Ruhe breitete sich in ihm aus. Rosie war mächtig. Mächtiger als jeder Mensch, die Königin eingeschlossen, den er kannte.

»Ich werde immer da sein, Rosie. Ich verspreche es.«

Sie nickte und ein befreites Lächeln breitete sich auf ihren Zügen aus. So entspannt hatte er sie nicht mehr seit ihrer gemeinsamen Traumnacht gesehen.

Plötzlich schlangen sich ihre Finger um sein Handgelenk. Ihr Gesicht verwandelte sich in eine Fratze wie bei einem Tier, dann zog sie an ihm.

»Rosie, hier ist es zu eng. Ich kann nicht ...« Seine Schultern stießen gegen den Rahmen. Es tat weh, als das Metall seiner Schulter gegen den Korpus stieß, nur geschützt durch eine dünne Schicht Fleisch und Haut sowie sein zerrissenes Hemd.

Doch Rosie hörte nicht auf. Sie stieß einen halb tierischen Laut aus und zerrte Guinn zu sich. Die Schulter, an dessen Arm Rosie zog, kugelte aus. Er schrie, aber es gab nichts, was er gegen Rosies Stärke einsetzen konnte.

Alles tat ihm weh, als er aufwachte. Er blinzelte gegen das Licht einer Gaslampe an, die sich direkt über seinem Kopf befand. Er wusste nicht, wie er hierhergekommen war, aber er fühlte, dass es sich nicht mehr um einen Traum handelte.

Er lag auf dem Boden einer kleinen Kammer. Es gab feuchtes Stroh und Wasser, das von Wänden lief. Es roch nach Unrat, Ratten und Lilien. Guinn schloss die Lider. Rosie war hier.

Er wusste nicht wie, aber er ahnte, dass ihre Fähigkeiten weit über das hinausgingen, was er erwartet hatte oder kannte. Sie hatte ihn über einen Traum zurück in die Realität an einen vollkommen anderen Ort geholt.

Ein Wunder.

Sein Wunder.

Er stemmte sich auf die Unterarme und blickte sich um. Warum, zum Teufel, hatte Rosie ihn nicht direkt zu sich geholt? Er war allein. Von ihr oder Victor fehlte jede Spur. Nachdem Guinn aufgestanden war, suchte er den Raum ab. Es war eine kleine Kammer, in der sich vermutlich Dienstboten umzogen. War es tatsächlich möglich, das Victor Rosie in sein eigenes Haus gebracht hatte?

Guinn verließ die Kammer und durchsuchte jedes Zimmer. Dabei bemühte er sich, so leise wie möglich zu sein. Rosie musste hier irgendwo sein und er musste sie retten.

Vor dem Salon hielt er inne. Er hörte eine Stimme durch die schwere Eichentür hindurch.

»... es nicht wehtun. Wenn ich dir eine große Dosis dieser Droge verabreiche, wirst du dauerhaft einschlafen und niemals wieder aufwachen. Es tut mir leid, dass es so enden muss. Du bist ein hübsches kleines Ding, aber deine Gabe ist wirklich zu gefährlich für mich. Charming dachte tatsächlich, er könnte dich durch Guinn kontrollieren und umgekehrt, dieser Narr.«

Guinn dachte nicht länger nach. Er stieß die schwere Eichentür mit dem Fuß auf. Das Holz splitterte. Victor wirbelte herum. In einer Hand hielt er eine Spritze, in der anderen einen Glasbehälter. Seine Miene spiegelte Überraschung, als er erkannte, wer da vor ihm stand.

»Das ist ... du solltest bei der Explosion gestorben sein!«

»Nein, bin ich nicht.«

Guinn sprang nach vorn und rammte Victor eine Faust ins Gesicht. Dass er nicht die Mechanische nahm, war purer Zufall. Es genügte dennoch, dass der Adlige wie ein nasser Sack zu Boden ging. Spritze und Glasbehälter zersprangen in tausend Stücke.

Schwer atmend sah Guinn auf. Wie von selbst fand sein Blick Rosie. Sie saß auf einem rosa-weiß gestreiften Chintz-Sofa und wirkte zerbrechlich wie eine der Porzellanfiguren, die es hier zuhauf gab. Ihre Kleidung war schmutzig und zerrissen, ihr Haar zerzaust und von irgendjemandem klebte Blut daran.

Vorsichtig setzte sich Guinn neben sie und zog sie auf seinen Schoß. Er wiegte sie zärtlich in seinen Armen. Flüsterte ihr sanfte Worte ins Ohr und versuchte, ihr Zittern zu beruhigen. »He, kleine Rose. Ich bin da. Wie ich es versprochen habe.«

Sie lächelte unter Tränen und kuschelte ihre Wange an seine Brust. Es fühlte sich so natürlich an, als sei dies der Ort, an den sie gehörte. Für immer.

»Ich habe dich wirklich geholt«, wisperte sie.

»Das hast du, kleine Rose. Aber nächstes Mal solltest du mich direkt zu dir bringen. Ich musste dich erst suchen.«

»Guinn ...«

»Wirklich anrührend. Einen netten Schlag hast du da, McGuinney!«

Guinn erstarrte. Wieder einmal hörte er das verräterische Klicken einer Waffe. Und erneut war es Victor, der sie auf ihn richtete. Guinn blickte auf.

Ein dunkler Fleck zierte Victors Wange. Seine Frisur war in Unordnung, sein Hemd unter dem Jackett zerknittert. Seine Augen sprangen nervös zwischen ihm und Rosie hin und her. Die Hand, die die Waffe hielt, zitterte.

»Wissen Sie, Guinn, ich bedauere wirklich, dass Sie sterben müssen. Ich hätte Sie gerne für mich gehabt. Nicht nur, um das Mädchen mit Energie zu versorgen und ihre Kräfte endgültig zu wecken. Sie wären sicher ein großartiger Liebhaber gewesen. Aber angesichts der Dinge, die zwischen uns stehen – und Mistress Rosie – ist es wirklich besser, wir bringen es hier und jetzt zu Ende.«

»Erlöse uns von deinem Gelaber und schieß endlich!«, knurrte Guinn und hielt Rosie fester. Sie sollte wissen, dass er auch das mit ihr gemeinsam durchstand.

Wie zur Bestätigung krallte sich ihre Hand in sein Hemd und sie schmiegte ihr Gesicht an seine Halsbeuge. Ihr warmer Atem streifte seine Haut und vertrieb den Kloß der Angst aus Guinns Magen. Wenn er jetzt doch noch starb, dann wenigstens in der Gewissheit, kein Monster zu sein und geliebt zu werden.

Victor nickte. Er presste die Lippen zu einem grimmigen Strich. Sein Zeigefinger glitt zum Abzug.

Guinn hörte als Erster, wie sich Schritte näherten. Er ließ es sich nicht anmerken. Immerhin könnte es auch ein Angestellter des Lords sein, der nur nach dem Rechten sehen wollte, dessen Leben nicht unnötig in Gefahr gebracht werden musste. Als er jedoch den rundlichen Bauch hinter der zerstörten Tür hervorblitzen sah, kostete es ihn alles an Kraft, die er noch besaß, nicht laut aufzulachen.

Von allen Menschen, die hierher hätten kommen können, hatte er am allerwenigsten mit Whiting gerechnet. Als der rothaarige Mann in den Raum trat, eine Flinte auf Victor gerichtet, wirbelte dieser herum und starrte den Neuankömmling entsetzt an.

»Wie?«

Guinn schob Rosie von seinem Schoß und kam auf die Beine. Er nutzte Victors verwirrtes Zögern und schlug ihm von unten gegen den Waffenarm.

»Nein!« Vor Überraschung schrie der Lord auf.

Ein Schuss knallte, ging aber ins Leere. Im nächsten Augenblick hatte Guinn Victor überwältigt. Er rammte ihm eine Faust in die Nieren, wodurch der Mistkerl in die Knie ging. Dann war Whiting da. Er zauberte ein paar Eisen hervor und legte sie dem verräterischen Königsspross an.

»Sie sind verhaftet, Mylord! Nächstes Mal sollten Sie ihren Kutscher anweisen, vorsichtiger zu sein. Er hat mich direkt vom Anwesen der Connerys zu Ihnen geführt, nachdem sie Mistress Rosie entführt hatten.«

»Nein! Lassen Sie mich frei«, keuchte Victor und zerrte an den Fesseln, doch Guinn hielt ihn fest umklammert.

»Wenn Sie die Entführung mitbekommen haben, wieso hat das dann so lange gedauert, bis Sie uns geholfen haben.«

Whitings Schnauzer zuckte. »Um ehrlich zu sein, hoffte ich, nur Mistress Rosie retten zu müssen. Außerdem musste ich noch dafür sorgen, dass sich jemand um die geschmierten Polizisten kümmert, die Connery und Doyle an Charming und diesen Mistkerl hier verraten haben.«

Guinn hob eine Braue.

»Sobald ich die Kerle am Haus des Lordkanzlers sah, wusste ich, dass nur jemand von Scotland Yard oder der Zugriff auf entsprechende Informationen haben konnte, dahintersteckt. Dann fiel mir ein, wie Littlechild Charmings Leute am Tag, als wir diese junge Dame befreien wollten, so dilettantisch auf die Schutztruppen aufmerksam gemacht hat. Der Rest dürfte bekannt sein.«

»Das werden Sie bereuen«, fluchte Victor und versuchte als letzten Ausweg, Whiting zu beißen, der trat jedoch nur einen Schritt zurück und überließ es Guinn, ihn festzuhalten.

»Der Tower wartet bereits auf dich, du Schwein.« Er sah Whiting an. »Bringen wir ihn zu Ihren Kollegen, *Inspector*.«

Ein breites Lächeln erschien auf dessen Gesicht. Er nickte knapp und zerrte Victor auf die Beine. Guinn hegte keinen Zweifel daran, dass der Mann trotz allem die Kontrolle über den Lord behalten würde.

Er selbst drehte sich zu Rosie und erstarrte. Sie hielt ein Messer in der Hand. Woher auch immer sie es hatte, sie richtete es auf ihren Hals. In ihren milchigen Augen entdeckte Guinn Entschlossenheit.

»Nimm das Messer weg!«

Sie schüttelte den Kopf. »Nein. Es ist besser so. Es wird immer wieder Leute geben, die versuchen werden ...

»Rosie, sieh mich an!«, Guinn ging auf sie zu und umfasste ihre Wangen. Er zwang sie so, ihm das Gesicht zuzudrehen. In den blinden Augen standen Tränen. Wieder einmal.

»Ich kann nicht sehen, du Idiot!«, fauchte sie und versuchte sich loszureißen, doch Guinn gab nicht nach.

»Ich mag ein Idiot sein, aber die Närrin von uns beiden bist du. Du warst die Einzige, die mich je wirklich gesehen hat, Rosie, *obwohl* du blind bist. Die Einzige, die mir nicht das Gefühl gegeben hat, ein Monster zu sein. Nur dir verdanke ich es, dass ich ein guter Mensch sein will. Ohne dich hätte ich längst aufgegeben. Am Boden der Themse, als Whiting mich verhaften wollte, selbst als ich an diese verdammte Maschine gefesselt war!« Er atmete heftig. »Du allein bist der Grund dafür, warum ich mich darüber freue, dass dieses Ding in meiner Brust noch läuft. Wenn du mich jetzt aufgibst, verliere ich alles. Warum sollte ich dann noch weitermachen?«

Guinn sah, wie sie schluckte. Er wusste, er benahm sich ihr gegenüber unfair, aber jedes einzelne Wort stimmte. Wenn sich Rosie selbst aufgab, besiegelte sie damit auch sein Schicksal.

Als die Tränen seine Finger erreichten, schalt er sich einen Mistkerl, doch er sprach die Worte, die sie um Verzeihung bitten sollten, nicht aus, weil er wusste, dass seine Stimme brechen würde, und in diesem Moment musste er stark sein. Hart bleiben, weil sie sonst den Kurs verlor und in eine völlig falsche Richtung davontrieb. Zärtlich strich er die feuchten Perlen fort, tat aber ansonsten nichts, um ihr die Sache einfacher zu machen.

»Du Mistkerl.« Ein Flüstern, das wie Musik in seinen Ohren klang, denn es hörte sich nicht an, als wollte sie noch immer davonlaufen.

»Wenn du willst, bin ich ein Idiot, ein Mistkerl und was auch immer du noch von mir erwartest. Nur bleib bei mir, kleine Rose. Lass mich dir beweisen, dass nicht alle Männer gemeine Scheißkerle sind.«

Sie schniefte, und obwohl ihre Nase langsam rot anlief, war diese Frau das Schönste, das Guinn je gesehen hatte. Erstaunt erkannte er, dass es tatsächlich stimmte. Nicht einmal Roya hatte solch tiefe Gefühle in ihm geweckt.

Für sie hätte er gemordet, für Rosie würde er sterben.

Das Messer, das sie immer noch an ihren Hals gedrückt hielt, fiel aus ihren kraftlosen Fingern. Rosie krallte sich in Guinns Hemd, lehnte die Stirn gegen seine Brust und schluchzte laut. Unendlich erleichtert zog er sie an sich, hielt sie fest, bis die schlimmsten Tränen versiegt waren, dann küsste er sie.

Ein Versprechen, sie niemals zu verraten oder aufzugeben.

Sie gehörte ihm. Solange sie lebten.

Er liebte sie, auch wenn es ihm jetzt noch nicht möglich war, diese Worte auszusprechen.

Als sie schließlich wieder zu Atem kamen, hob sie das Kinn. Sie mochte nicht sehen können, dennoch erfasste ihr Blick die Tiefe seiner Seele. Rosie hatte seine Grundfesten erschüttert.

»Ich liebe dich auch, Guinn«, wisperte sie, sodass ihr warmer Atem seine Haut streifte.

Schauder rannen über seinen Körper. Das war sein Mädchen, das ihn auch verstand, ohne die Worte zu hören, und er fühlte, wie sein Unterleib sich anspannte. Der Kampf und ihre unwiderstehliche Nähe forderten ihren Tribut. Dagegen halfen weder die Schnitte und Prellungen noch die Löcher in seinem Brustkorb, trotzdem trat Guinn einen halben Schritt zurück.

Hier und jetzt war nicht der rechte Zeitpunkt dafür. Doch der würde kommen. Wenn das Chaos um sie herum beseitigt war, das schwor er stumm, würde er sie tatsächlich zu der Seinen machen. Nicht nur im Traum.

Er strich Rosie übers Haar und verrieb mit dem Daumen die letzten Tränenspuren. »Alles, was kommen mag, werden wir gemeinsam bewältigen, das verspreche ich dir.«

»Ich weiß, Guinn. Endlich weiß ich das auch. Danke, dass du mich aufgehalten hast.«

»Jederzeit, kleine Rose, jederzeit.«

17. Januar 1890

Trafalgar Square existierte nicht mehr. Dunkle Rauchschwaden stiegen in den Himmel und verdunkelten selbst das Regenbogenglimmen, das nach der Explosion des unterirdischen Extraktors das alte Wetterleuchten vertrieben hatte. Das Grün schien längst in einer weit entfernten dunklen Vergangenheit zu liegen. Eine Erinnerung, mehr nicht. Ob es jemals wiederkehren würde, wusste niemand. Mit der Zeit würde das Wissen um die Geschehnisse verblassen. Nur die durch Battersea hervorgerufenen Kräfte blieben. Umso wichtiger war es, dass Tom und Roya gemeinsam mit Ian und Emma einen Weg fanden, die Menschen mit diesen Gaben auszusöhnen.

Ohne Rosies Hilfe.

Guinn stand hinter ihr, den Kopf auf ihren Scheitel gelegt, die Arme um ihre Hüften, die Hände vor ihrem Bauch verschränkt. Sie starrten zu dem Loch, das einst der Square gewesen war. Und obwohl Rosie es nicht sehen konnte, wusste er, dass sie ebenso große Ehrfurcht empfand wie er.

»Was werdet ihr jetzt tun?« Ian trat an ihre Seite, Emma neben sich, die den kleinen Paul, ihren Adoptivsohn, an der Hand festhielt. Der Junge nuckelte am Daumen, obwohl er eigentlich schon zu alt dafür war. Etwas weiter abseits standen Tom und Roya. Sie unterhielten sich leise mit Whiting, der ebenso mitgenommen aussah, wie alle anderen.

»Wir werden London verlassen. Rosie ist hier nicht sicher. Obwohl sie keine Schuld an all dem trägt, werden die Menschen einen Sündenbock suchen und ihn in ihr finden.«

Ian nickte. »Das haben wir uns bereits gedacht.«

»Es ist so traurig, dass ihr gehen müsst. Ohne euch wären wir alle tot«, Emma wirkte ziemlich unglücklich.

Rosie drückte Guinns Hand und wandte sich in die Richtung der Stimme ihrer Freundin. »Es muss sein. Ein neues Leben wartet auf uns.«

»Ist vielleicht auch besser so.« Whiting kam heran. Sein Schnauzer zuckte bei jedem Wort wie ein eigenes lebendiges Wesen. Allein diesen Anblick würde Guinn vermissen – und niemals wieder vergessen. Nach Victors Verhaftung hatte die Königin ihn wieder in seine alte Position als Inspector zurückbeordert. »Wir hätten arge Probleme, euch zu schützen. Nach allem. Wenigstens konnte dieser Lester uns verraten, woher Charming wusste, wer euch allen hilft. Er und Littlechild teilen sich jetzt eine Zelle und warten auf den Strick.« Er lachte bellend.

Ian stimmte kurz mit ein. Von Rosie wusste Guinn, dass der Lordkanzler ein ganz persönliches Interesse daran hatte, den einstigen Constable namens Littlechild baumeln zu sehen. Es hatte etwas mit seiner Verhaftung im vergangenen Jahr zu tun.

»Wohin werdet ihr gehen?«

Jetzt mussten sich Guinn und Rosie umdrehen, um auch Roya und Tom antworten zu können, ohne ihnen den Rücken zuzukehren.

»Afrika.«

Whiting stieß einen Pfiff aus. »Hartes Land.«

»Aber sie brauchen dort Leute für die Kolonien. Ich kann arbeiten und meine Familie versorgen. Mich bekommt so schnell nichts klein.« Inzwischen konnte Guinn tatsächlich daran glauben.

»Wie wahr«, lachte Tom, ehe er wieder ernst wurde. »Ich danke Ihnen, McGuinney. Ich dachte die ganze Zeit, Sie seien eine Gefahr für uns alle. Aber ohne Sie wäre meine Schwester jetzt tot.« Er streckte eine Hand aus. »Freunde?«

Guinn wusste nicht, was er sagen sollte. Es war Rosie, die ihn anstupste. Vielleicht hatte sie am Rascheln von Toms Kleidung gehört, was er tat. Er würde nie ganz verstehen, was sie um sich herum alles wahrnahm oder nicht, aber er wusste, dass er den Rest seines Lebens Zeit haben würde, es herauszufinden.

Er schlug ein. »Freunde.«

Es gab nicht viel mehr zu sagen. Tom und Rosie hatten sich viele Stunden lang unterhalten, warum ihr Vater Tom fortgeschickt hatte. In der Zwischenzeit hatten Ian und Emma mit der Königin beraten, wie es weitergehen sollte. Die Monarchin war angesichts der jüngsten Ereignisse um Jahre gealtert. Ihr Sohn war tot, ihr Enkel ein Verräter. Schließlich beschloss sie – nach eindringlicher Beratung mit ihrem Lordkanzler, dass es vielleicht besser war, wenn das Empire nicht mehr von einer Person allein regiert wurde. Sie würde alles dafür in die Wege leiten, doch bis dahin änderte sich erst einmal nichts.

Ob und wann Victoria abdankte, stand in den Sternen. Irgendwie bezweifelte Guinn, dass es jemals so weit kam. Hochrangige Personen versprachen nur allzu oft Dinge, die sie niemals gedachten zu halten. Ihm konnte es egal sein. Das Empire und seine Königin würden ihn und Rosie niemals wiedersehen. Dafür würde er schon sorgen. Und wenn es nicht Afrika war, dann ein anderes Land, in dem sie sich ein neues Leben aufbauen konnten.

Ein kleiner Teil von Guinn bedauerte, dass die frische Beziehung zwischen Tom und Rosie ein so rasches Ende finden würde, doch beide hatten ihm versichert, dass die Träume genügen würden, um einander nah zu sein. Bedachte er die Dinge, die er in der letzten Zeit erlebt hatte, konnte er nur zustimmen.

Jetzt drehten sich allesamt wieder dem Krater zu und starrten in dessen schier unendliche Tiefe.

Es war vorbei.

Endgültig.

Nachwort

Liebe Leser,

ich glaube, nach drei Teilen ist es nicht mehr nötig, zu erwähnen, dass das wahre London jener Zeit vollkommen anders ausgesehen hat. Ich mache es dennoch der guten Ordnung wegen.

Dass ich die Stadt nach eigenem Ermessen umgestaltet, technische Einzelheiten (Luftdroschken, Traumextraktor etc.) eingebettet und auch die Lebensweise, insbesondere im Hinblick auf Frauen, unserer Gesellschaft ein wenig angeglichen habe, ist für eingefleischte Fans dieser Zeit offensichtlich. Sämtliche Umstrukturierungen waren nötig, um Euch Lesern die Möglichkeit zu geben, Parallelen zum wahren London jener Zeit zu ziehen und doch ein ganz eigenes Bild vor Augen zu haben – nämlich so, wie ich mir die Stadt nach der Battersea-Katastrophe vorstelle.

Weil genau diese Frage bei meinen Testlesern aufkam, möchte ich kurz erwähnen, dass der » Hirntod« kein Phänomen der Neuzeit darstellt. Tatsächlich wurde dieser Begriff schon 1800 geprägt.

Ich hoffe, es ist mir gelungen, Euch mit meinen Ideen und Veränderungen in diese mystische Welt rund um Traumgänger und Phantome zu ziehen. Mir jedenfalls hat es großen Spaß gemacht, ein paar Häuser zu verschieben und Fahrzeuge einzubetten, von denen der viktorianische Londoner nicht einmal im Ansatz zu träumen gewagt hätte.

Wenn ich es geschafft habe, in Euch ein ähnliches Gefühl der Zufriedenheit zu wecken, dann habe ich mein Ziel erreicht.

Falls nicht – nun ja, als Künstler genieße ich gewisse Freiheiten.

Eure Helen

Danksagung

Ich versuche, mich kurz zu halten, es muss ja nicht immer ein Roman werden.

Allen voran steht Eva Leitold, die nicht nur der Reihe, sondern insbesondere auch diesem Teil eine Chance gegeben hat, obwohl die Sterne dafür denkbar schlecht standen.

Des Weiteren Jacky von JDesign für ihre wieder einmal großartige Arbeit. Ich liebe ihre Victorian Secrets Cover einfach!

Ohne die tolle Hilfe meiner Betaleser Sarah König, Corinna Inderst und Theresa Bauer wäre der Roman überhaupt nicht erst fertig geworden. Und weil ich weiß, dass sie Danksagungen überhaupt nicht mag, bekommt Annika Thomassen einen extra Dankessatz, denn ohne unsere Telefonate, ihre liebevollen Frotzeleien und das regelmäßige Schnacken wäre ich schon manches Mal in einer Glaubenskrise versackt. Also, meine liebe Key, nimm den Dank hin wie eine echte grüne Frau es täte!

Mein Mann kommt wie immer am Schluss – er ist das bereits gewohnt und mit guten Traditionen soll man bekanntlich nicht brechen. Danke für deine Unterstützung und Geduld, mein Herz, und für die vielen Stunden, die du allein verbringen musstest, weil ich mit meinen Figuren beschäftigt war. Du weißt, in der Realität würde ich sie dir nie vorziehen.

Victorian Secrets: Verbotene Träume
von Helen B. Kraft

ISBN-Paperback: 978-3-902972-38-5
ISBN-EPUB: 978-3-902972-62-0

Die Vergangenheit sollte man ruhen lassen

Doch neun Jahre später sucht die junge Diebin Royalyn Summer noch immer nach ihrer großen Liebe Tom, der sie vom einen auf den anderen Tag verließ. Als Royalyn einem Mordkomplott auf die Spur kommt, treffen sie einander wieder und die alten Gefühle lodern erneut auf. Heute stehen sie jedoch auf unterschiedlichen Seiten des Gesetzes. Wird ihre Liebe ausreichen, diese Distanz zu überwinden?